Der Rauch trieb ihr Tränen in die Augen. Tief in ihrem Inneren verborgene Erinnerungen suchten sich einen Weg nach oben, bildeten Muster und ergaben Zusammenhänge. Jahrzehnte ohne Inhalt füllten sich rasch mit Menschen und Ereignissen. Sie schob ihre Hand in die Tasche und umschloss das zusammengeknüllte Papier. Der Text der belanglosen Meldung war inzwischen unlesbar geworden. Sie war ihr erst aufgefallen, als sie die Zeitung zum zweiten Mal gelesen hatte. Es waren nur wenige Zeilen gewesen, aber sie hatten einen Abgrund in ihr aufgetan.

Der weiche Marderhaarpinsel glitt methodisch über den erdbraunen Schädel, von dem sich Sand und kleine Steinchen lösten, die auf die staubtrockene Erde rieselten.

Linda Holtz wischte sich mit der freien Hand einen Schweißtropfen von der Stirn. Ein weiterer salziger Tropfen bildete sich, lief über die Haut, hinterließ eine Spur im Schmutz und landete im Auge. Es brannte. Sie blinzelte, legte den Pinsel zur Seite und hob den Schädel hoch. Linda hielt ihn mit beiden Händen von sich gestreckt und starrte in die leeren Augenhöhlen. Sie waren eher klein mit abgerundeten Kanten.

Welche Farbe hatten deine Augen? Was hast du wohl zuletzt gesehen?, überlegte sie.

Vielleicht war dieser Mensch eines gewaltsamen Todes gestorben oder auch an Altersschwäche. Soweit sie sehen konnte, wies der Schädel keine Löcher oder andere Schäden auf, die auf einen Schlag hätten hindeuten können. Dünne Risse verliefen netzförmig über die gewölbte Schädeldecke. Die Zähne im Oberkiefer waren intakt, recht klein und viel weißer als der vergilbte Schädel. Der Unterkiefer lag noch in der Erde und kam später an die Reihe.

Was auch immer geschehen sein mag, liegt lange zurück, dachte Linda und legte den gesäuberten Schädel behutsam in eine blaue Plastikwanne, die neben ihr stand. Ihr tat der Rücken weh. Sie arbeitete jetzt schon seit über einer Stunde auf Knien an der Grube, aber erst jetzt fiel ihr der stechende Schmerz ihrer müden, schlecht durchbluteten Muskeln auf. Ein warmer, trockener Wind strich ihr über das Gesicht. Sie streckte die Hand nach der Wasserflasche aus, trank gierig ein paar große Schlucke und stand zögernd auf. Ein Gelenk knackte, und sie verzog das Gesicht. Es war, als starrten sie die schwarzen Augenhöhlen aus der Plastikwanne an.

Genau hier, wo sie stand, hatte dieser Mensch vor vielen hundert, vielleicht vor tausend Jahren gelebt, und hier war er auch gestorben. Er oder sie hatte diese Wiese betrachtet, die sich jetzt vor Linda erstreckte. Sie ließ ihren Blick über die Landschaft schweifen, über Bäume, Hügel und Ebenen. Vermutlich hatte es damals genauso ausgesehen wie jetzt. Obwohl die riesigen, knorrigen Eichen, die auf der Wiese standen, vermutlich noch keine Wurzeln geschlagen hatten, als der Mensch hier lebte, dessen Schädel sie gerade aus der Erde geholt hatte. Die Bäume hatten Jahr für Jahr einen weiteren Ring angesetzt, während Generationen von Menschen Kriegen und Krankheiten getrotzt hatten. Nationen waren entstanden und untergegangen, Könige und Tyrannen hatten regiert und waren gestürzt worden.

Die ganze Zeit über hatte das Skelett tief in seinem Grab geruht.

Linda Holtz hatte plötzlich ein schlechtes Gewissen. Müsste sie nicht etwas für den Menschen empfinden, dessen Schädel sie gerade aus der Hand gelegt hatte? Sie versuchte es, aber es gelang ihr nicht. Wie lange dauert es, bis das Gefühl der Pietät vor einem Toten verschwindet? Hundert Jahre? Tausend? Sie trank einen weiteren großen Schluck aus der Flasche, schraubte sie zu und stellte sie wieder in den Schatten ihrer Tasche.

Ihre Rückenschmerzen hatten nachgelassen. Linda schaute auf die Uhr. Noch zwei Stunden musste sie graben, dann hatte sie ihr Tagespensum erfüllt. Eigentlich hätten sie zu zweit an diesem Grab arbeiten sollen, aber der Archäologiestudent, der sie hätte anweisen sollen, war verhindert gewesen, und da so unendlich viel zu tun und die Zeit so knapp war, hatte der Grabungsleiter entschieden, dass sie auch allein graben durfte. Schließlich sei ihr Vater Polizist, hatte er gesagt. Linda hatte nicht recht verstanden, was das damit zu tun hatte. Unbegreiflich war ihr aber auch, warum sie ihren neuen Arbeitskollegen erzählt hatte, welchen Beruf ihr Vater ausübte. Jetzt fand sie das nur noch peinlich.

Sie schüttelte den Kopf und drehte sich um. Der Mann, der ihr grünes Licht gegeben hatte, bewegte sich mit aristokratischer Gelassenheit zwischen den Grabungsplätzen. Linda war ihm zum ersten Mal im Winter bei einer Vorlesung über Indianergräber begegnet. Sie interessierte sich für die lateinamerikanische Geschichte. Bald würde sie eine weitere Reise dorthin unternehmen und sich für Frieden und Demokratie einsetzen. In letzter Zeit hatte sie ein Bedürfnis nach Gemeinschaft verspürt. Sie wollte ihre Beziehung zu den geschundenen Ländern, in denen sie arbeitete, vertiefen. Was eignete sich da besser als ein Seminar über die Ausgrabungen an den Begräbnisstätten der Maya?

Arnold Sebastian hatte sie vom ersten Tag an in seinen Bann gezogen mit seiner nasalen, zögernden Stimme, die gleichsam über den Zuhörern schwebte und das Wissen flüsternd vermittelte. Jetzt beugte er sich auf seinen Stock gestützt über eine Grube, in der zwei Archäologen unentgeltlich und routiniert arbeiteten. Linda beobachtete, wie sie ihm zuhörten und bei allem zustimmend nickten. Plötzlich drehte Arnold Sebastian den Kopf in ihre Richtung, als hätte er ihren Blick gespürt. Er winkte. Sie nickte nur.

Er hatte ihr angeboten, im Sommer einige Wochen an einer Grabung auf der Insel teilzunehmen. Hier hatte das städtische Leben seinen Ursprung, und Archäologen waren schon seit Jahrzehnten damit beschäftigt, die Geschichte zu ergründen. Jetzt sollte eine vor vielen Jahren gestoppte Grabung wieder aufgenommen werden. Mittels Bodenradar-Untersuchungen hatten sie mehrere bislang unberührte Gräber ausgemacht. Diese Entdeckung hatte sowohl Begeisterung, als auch Entrüstung hervorgerufen, denn die Grundbesitzer hatten einige Jahre zuvor zum Schrecken der Archäologen die Genehmigung erhalten, ihre fruchtbaren Felder wieder zu bestellen. Jetzt war die Kultivierung wieder untersagt worden, und es galt zu retten, was zu retten war, ehe die Traktoren wieder auf die Felder durften.

Linda hatte erst gezögert, sich dann aber doch überreden lassen.

Sie ging wieder in die Hocke und begann langsam einen Knochen freizulegen, der ein Stück unter dem Unterkiefer zum Vorschein gekommen war.

»Wie läuft's?«

Plötzlich stand Arnold Sebastian neben ihr, aber Linda hatte sich bereits so sehr an sein stets lautloses Erscheinen gewöhnt, dass sie kaum aufmerkte. Er hob die Hand, um seine Augen vor der grellen Sonne zu schützen. Sein Gesicht ließ sich nur als Schatten unter dem abgenutzten, breitkrempigen Hut erahnen.

»Gut, glaube ich.«

Arnold Sebastian nickte langsam. Sie konnte seine Augen mit den Krähenfüßen immer noch nicht erkennen.

»Vergessen Sie nicht, Notizen zu machen und die genaue Platzierung auf dem Ausgrabungsplan einzuzeichnen.«

Linda wusste nicht recht, ob sie seine Worte als Zurechtweisung oder als guten Rat auffassen sollte.

»Natürlich nicht. Ich habe bereits alle Fundstücke eingetragen und auch fotografiert«, antwortete sie und deutete auf den mit einem Raster versehenen Ausgrabungsplan, auf dem alles detailliert zu sehen war.

»Ich weiß, dass Sie sorgfältig arbeiten und dass ich mich auf Sie verlassen kann«, sagte Arnold Sebastian und überließ sie dann wieder ihrer Arbeit.

Linda Holtz setzte sich neben den Knochen und begann, diesen systematisch abzubürsten, wobei ihre Gedanken abschweiften. Noch zwei Wochen, dann würde sie wieder aufbrechen. Ausgrabungen machten Spaß, waren aber eintöniger als erwartet. Die Anzahl der Freiwilligen war im Laufe der Zeit erheblich geschrumpft, aber sie war fest entschlossen, nicht aufzugeben. Vielleicht hatte man ihr auch deswegen immer mehr Verantwortung übertragen.

Der Sommer war bislang der wärmste seit Menschengedenken. Zur allgemeinen Freude hatte bereits die Woche vor Mittsommer mit Hochdruckwetter aufgewartet, das seither anhielt. Die erste Euphorie war jedoch allgemeinem Gejammer gewichen. »Ich will ja nicht über das schöne Wetter klagen, aber...« Linda wusste nicht, wie oft sie diese Bemerkung in letzter Zeit gehört hatte.

Auch ihr Vater hatte jedes Mal, wenn sie ihm begegnet war, mit der Hitze gehadert. Und sie hatte ihn oft getroffen, viel öfter als sonst, denn sie war zu ihm in sein weißes Vorstadthaus gezogen, ein Schmuckstück des Funktionalismus. Er hatte sich über ihren Beschluss, den Sommer über in ihrer Heimatstadt zu arbeiten, sehr gefreut. Fast zu sehr. Über den Umstand, dass sie für ihre Arbeit auf der Insel kein Geld erhielt, hatte er kein Wort verloren, aber ihr freie Kost und Logis angeboten. Es freut mich, wenn ich etwas für dich tun kann, und außerdem kann mir etwas Gesellschaft nicht schaden, hatte er gesagt. Bereits als sie sein Angebot angenommen hatte, war ihr klar gewesen, dass das keine gute Idee gewesen war, aber ihr war kein triftiger Grund eingefallen, um es auszuschlagen. Außerdem hatte sie ihn nicht verletzen wollen.

Er war schon deprimiert genug.

Linda stand auf und reckte sich. Breitbeinig betrachtete sie die Parzelle, die ihr zugeteilt worden war und die nicht viel hermachte. Ein drei Quadratmeter großes Rechteck, in dem die trockene Erde Millimeter um Millimeter abgetragen worden war. In diesen drei Wochen war sie nur siebzig Zentimeter in die Tiefe vorgedrungen. Ihre Aufregung, wenn der kleine Spaten auf etwas Hartes stieß, das kein Stein war, hatte sich rasch gelegt. Statt einfach den Spaten in die Erde zu stoßen, um diesen bräunlichen Gegenstand freizulegen, musste sie stets noch langsamer vorgehen. Drei Tage hatte es gedauert, den Schädel und den Knochen in derselben Erdschicht freizulegen. Jetzt war der Schädel geborgen, und der Unterkiefer sowie ein weiterer Knochen waren zum Vorschein gekommen.

Arnold Sebastian hatte ihr mit zufriedener Miene erklärt, dass es sich bei Letzterem vermutlich um ein Wadenbein handelte, die Lage in unmittelbarer Nähe des Schädels aber eigentlich nicht so merkwürdig war. Der Rest des Skelettes befände sich sicher direkt darunter. Im Laufe der Jahrhunderte konnten sich die Knochen durch Erdbewegungen oder dadurch, dass sich ein Tier an dem Leichnam zu schaffen gemacht hatte, verschoben haben, ehe dieser unter der Vegetation verschwunden und später in der Erde versunken war. Vermutlich handelte es sich nicht um eine Grabstätte, da keine Wertgegenstände neben den Knochen gefunden worden waren. Zumindest noch nicht.

Sie beugte sich vor und bürstete weiter, ohne sonderlich bei der Sache zu sein. Nur noch ein Stündchen, dann hatte sie für heute genug getan.

Plötzlich blitzte etwas im Sonnenlicht auf. Eine Glasscherbe? Nein, etwas anderes. Linda Holtz hielt den Atem an. Sie ging auf alle viere und bürstete vorsichtig die Erde von dem Gegenstand, der unter dem Wadenbein festsaß. Ihr Puls beschleunigte sich, und sie spürte, wie ihr die Röte in die Wangen stieg. War das Metall?

Sie schaute sich um. Die anderen hatten bereits begonnen, ihre Sachen zu packen. Pinsel und Spaten kamen in nummerierte Kästen mit Fächern, die in einem Schuppen verwahrt wurden. Die Ausgrabungspläne wurden eingesammelt. Arnold Sebastian stützte sich auf seinen Stock und unterhielt sich mit Andor, einem jungen Mann, den Linda im Kurs über die Maya kennengelernt hatte. Andor mit dem Pagenschnitt. Ein dröger, femininer Besserwisser, der ihr von Anfang an auf die Nerven gegangen war.

Sie wollte rufen und von ihrem Fund berichten, kam sich aber plötzlich lächerlich vor. Hatte der Gegenstand tausend Jahre hier gelegen, dann machten ein paar Minuten keinen Unterschied. Linda klopfte sich den Sand von den Khakihosen und ging den Professor holen.

Es zeigte sich, dass sie richtig geraten hatte. Es war Metall, möglicherweise Silber. Sie hatte das Relikt einer verschwundenen Zeit entdeckt; eine Kette, die ein Mensch vielleicht vor tausend Jahren getragen hatte. Linda Holtz fühlte sich unschlagbar. Wie eine echte Archäologin. Bei dieser Grabung hatte bislang noch keiner etwas Derartiges gefunden, dabei war sie nur eine unbeaufsichtigte Freiwillige.

Professor Sebastian neigte den Kopf zur Seite und spitzte die Lippen wie immer, wenn er nachdachte. Trotz seines hohen Alters kniete er neben dem Wadenbein, das noch halb mit Erde bedeckt war.

»Die Archäologie hört nie auf, uns zu erstaunen«, meinte er.

»Wie meinen Sie das, Herr Professor?«

Als sie Andors Stimme hörte, lief Linda ein Schauer den Rücken hinunter. Heuchler, dachte sie und musterte ihn missbilligend. Lächelnd drehte sich Andor zu ihr um.

»Gratuliere«, flüsterte er.

Entnervt hob sie die Augenbrauen und wandte sich wieder der Grube zu.

»Was ist denn so erstaunlich?«, fragte sie.

»Ich weiß nicht... Fußkettchen. Das deutet auf den Orient hin.«

»Den Orient?«

Vor ihrem inneren Auge sah Linda eine Schönheit aus einem fernen Land, die vor Jahrhunderten in diesen entlegenen Winkel geraten und der es nicht mehr gelungen war zu entkommen.

»Wir haben in dieser Gegend wiederholt orientalischen Schmuck gefunden. Aber normalerweise trugen die Wikinger keine Fußkettchen. Jedenfalls ist mir davon nichts bekannt«, sagte Arnold Sebastian und griff nach dem Pinsel, den Linda auf den Rand der Grube gelegt hatte.

Er beugte sich vor und bürstete vorsichtig die Erde um den Schmuck herum weg. Nach wenigen Minuten hatte er ihn ganz freigelegt. Linda Holtz war enttäuscht, weil sie nicht das beenden durfte, was sie begonnen hatte.

Andor sah dem Professor mit wichtiger Miene zu. Linda betrachtete ihn von der Seite und spürte die Wut in sich aufsteigen. Plötzlich drehte sich Andor zu ihr um. Es gelang ihr nicht, den Blick rechtzeitig abzuwenden, und sie merkte, wie sie errötete. Wieder schenkte er ihr dieses eigenartige Lächeln.

»Ich glaube, wir haben ein kleines Geheimnis entdeckt. Schauen Sie«, sagte der Professor ohne aufzusehen.

Linda und Andor knieten sich hin und folgten dem Zeigefinger des alten Mannes mit dem Blick. Das fahle Sonnenlicht war intensiver geworden, und der rostfarbene Knochen mit dem Kettchen schimmerte im rötlichen Nachmittagslicht. An dem Kettchen hing ein Medaillon.

»Wie ist das möglich?«, rief Linda Holtz.

Ulf Holtz starrte seit zwei Stunden an die Wand. Er wusste, dass es dafür einen Namen gab, die Ärztin hatte ihn verwendet, als sie ihn krankgeschrieben hatte. Irgendwas mit Syndrom, aber er fand, dass ausgebrannt verständlicher klang.

Er hatte nicht wahrhaben wollen, dass es auch ihn erwischen könnte, aber vielleicht hatte sie ja recht. Im letzten Monat hatte er sich mehrmals dabei ertappt, wie er an die Wand starrte, ohne zu wissen, wie lange schon. Aber es handelte sich nicht um einen Dauerzustand, es ging mal auf, mal ab. Manchmal war alles wie immer, aber immer öfter versank er in eine graue, grenzenlose Apathie.

Das hatte nach seiner letzten Ermittlung begonnen, die sich endlos in die Länge gezogen hatte. Zuletzt hatte keiner mehr die Energie besessen, sich mit den Spuren zu befassen, die alle ins Nichts führten. Der Verdacht, dass ein Unschuldiger wegen Mord verurteilt worden war, schien sich immer mehr zu erhärten. Aber sowohl das Amtsgericht als auch der Oberste Gerichtshof waren zu dem Schluss gekommen, dass der Angeklagte zweifellos der Schuldige war.

Es war jedoch nicht diese Tragödie, die Holtz so vereinnahmte. Es war Nahid. Nahid, die auf einem staubigen Platz in einem Land, das er nie besucht hatte und in das er bestimmt nie seinen Fuß setzen würde, an dem Seil eines Mobilkrans gehangen hatte.

Die kurze, verschwommene Filmsequenz hatte sich für immer in sein Gehirn eingebrannt, und sie wurde immer wieder von Neuem vor seinem inneren Auge abgespult. Nahid, die in ein knöchellanges schwarzes Gewand gehüllt sachte in der schwachen Brise hin und her pendelte. Es gab Momente, in denen er an andere Dinge denken konnte, Momente, in denen das Leben wie gewohnt zu verlaufen schien. Aber wenn er am wenigsten darauf gefasst war, kehrten die Bilder zurück. Er hatte einfach keine Kraft mehr. Alles Erdenkliche war unternommen worden, um die Wahrheit zu erfahren. Die diplomatischen Beziehungen zum Iran waren frostig gewesen und dann wieder aufgetaut.

Diplomatie sei besser als Isolation. Ungefähr so hatte es in den Medien geheißen, nachdem die kritische Phase nach etwa einem Monat vorüber gewesen war. Dann war alles wie immer gewesen. Schließlich war Nahid unter falschen Prämissen eingereist, außerdem war sie Doppelbürgerin gewesen. Der Beamte des Außenministeriums hatte geklungen, als wäre sie selbst an allem schuld gewesen.

Holtz hatte geweint, bis seine Tränen versiegt waren. Dann hatte er begonnen, an die Wand zu starren.

Als ihm seine Tochter eröffnet hatte, den Sommer über zu Hause wohnen zu wollen, hatte er am Ende des schwarzen Tunnels einen schwachen Lichtschein gesehen. Auf diese kleine zuckende Flamme hatte er seine gesamte mentale Gesundheit gesetzt.

Er schaute auf die Uhr. Sie musste bald zu Hause sein. Sollte er kochen oder ein Take-away bestellen? Unentschlossen wandte er sich seinem Bonsai zu. Ein Ast hatte alle Blätter verloren. Er wusste, dass es am klügsten war, Äste, die krank aussahen oder falsch wuchsen, einfach abzuschneiden. Trotzdem verspürte er einen fast körperlichen Schmerz, wenn sich die Zange um den Ast schloss und die Rinde und das Holz durchtrennte.

Der japanische Ahorn mit den kleinen Blättern und dem

verhältnismäßig kräftigen Stamm, der zur Wurzel hin dicker wurde, war eine Illusion. Ausgewachsen, aber klein. Bonsais gefielen Ulf Holtz. Der langsame Prozess, die Macht des Menschen über die Natur. Macht ist vielleicht zu viel gesagt, dachte er. Der ewige Kampf um das natürliche Aussehen des kleinen Baumes in der flachen glasierten Tonschale, der den Anschein erweckte, als würde er permanent gegen den Wind ankämpfen.

Dieser war der erste Bonsai, der ihm geglückt war. Viele Bäume hatten im Laufe der Jahre dran glauben müssen, aber der japanische Ahorn und Holtz hatten offenbar beschlossen, gemeinsam durchzuhalten. Schlechter war es um die Kiefern bestellt, die er im Garten am Bretterzaun entlang gepflanzt hatte. Holtz hatte geglaubt, dass sie an dieser windgeschützten Stelle gedeihen würden, aber sie waren eine nach der anderen eingegangen. Nur ein einziges, mickriges Pflänzlein hatte überlebt, die Kiefer, an die er nie geglaubt und mit der er sich keine besondere Mühe gegeben hatte.

Vielleicht ist es ja bei den Menschen genauso, dachte er. Man kann sie leicht zu Tode lieben, man hält sie häufig zu fest, obwohl man weiß, dass sie nur in Freiheit gedeihen können.

Aber Nahid Ghadjar war wild gewachsen. Holtz hatte geglaubt, sie behalten zu können, wenn er ihr nur ihre Freiheit ließ. Es war ihm nicht gelungen. Nahid hatte ihn verlassen, um in ihrer Heimat Iran zu leben. Sie war für ihr Land gestorben, für ein Land, das sie nicht gewollt hatte.

Würde er für sein Land sterben können? Das war zweifelhaft. Überhaupt fand er den Gedanken zu sterben nicht sonderlich ansprechend. Würde er für jemanden in den Tod gehen? Für meine Töchter natürlich, dachte er, spürte aber, dass auch das nicht ganz stimmte. Wenn sein Tod verhinderte, dass seine Töchter starben, würde er ihn dann auf sich nehmen?

Linda und Eva Holtz waren starke, eigenständige Frauen, die ihre eigenen Wege gingen und sich nicht sonderlich um sein Ergehen kümmerten. Sie hatten sich frei entfalten dürfen. Und was hatte er nun davon?

Jetzt bin ich ungerecht, dachte er.

Linda wohnte immerhin nun schon seit einigen Wochen bei ihm und kümmerte sich um ihn, obwohl er sich anfangs widersetzt hatte. Er war ein erwachsener Mann und kam schon seit zwei Jahrzehnten ausgezeichnet allein zurecht. Obwohl ausgezeichnet vielleicht eine Übertreibung war.

Das Telefon klingelte. Er schüttelte sein Selbstmitleid ab und sah sich in dem hell möblierten Zimmer um, von dem er behauptete, es sei in japanischem Stil eingerichtet. Er ging in die Diele, wo das Handy auf dem Tisch lag und vibrierte.

Eine unterdrückte Nummer. Holtz zögerte, ihm fehlte die Kraft, sich zu unterhalten. Bevor er sich entscheiden konnte, erlosch das Display, und das Vibrieren verstummte. Er griff nach dem Handy und wartete. Es piepste, und er öffnete die Textnachricht. Sie war von Linda: »*Ruf mich so schnell wie möglich an!!!*«

Ulf Holtz starrte auf die drei Ausrufungszeichen. Mit zitternden Händen rief er Linda an.

»Du musst sofort kommen«, sagte Linda.

»Was ist los? Wo bist du?«, fragte er und bemühte sich, ruhig zu klingen.

»Auf der Insel, am Grabungsort. Ich habe eine Leiche entdeckt.«

»Eine Leiche?«

»Ich meine ein Skelett.«

Ulf Holtz wurde wieder wärmer. Sein Schrecken verwandelte sich in Empörung.

»Na hör mal, damit ist doch wohl zu rechnen, wenn man ein Wikingerdorf ausgräbt.«

»Es ist kein altes Skelett. Es ist ein neues.«

Er hörte, wie Linda ein paar Worte mit jemandem wechselte, dann hatte er plötzlich eine fremde Stimme am Apparat.

»Spreche ich mit Lindas Vater?«

»Ja, und wer sind Sie?«

»Ich bin Professor Sebastian und leite die Ausgrabung hier vor Ort. Wir wollten die Polizei verständigen, und da Linda erzählt hat, Sie seien Polizist, da dachte ich...«

»Könnten Sie sich bitte präziser ausdrücken?«, zischte Holtz.

»Ich denke, es wäre gut, wenn Sie vorbeikommen«, sagte der Professor.

Bedächtig schwenkte der Kran von ihr weg. Das tonnenschwere Betonelement schwebte langsam auf die aus dem darunterliegenden Segment herausragenden Armierungseisen zu. Das Haus war bereits fünf Stockwerke hoch, zwölf sollten es werden. An einer Schmalseite des Fertigteils hing ein Seil, mit dem es von einem Mann mit nacktem Oberkörper und brennender Zigarette im Mundwinkel hin und her bewegt wurde. Dieser nickte zufrieden, als das Betonfertigteil an seinem Platz war, zog ein letztes Mal an seiner Zigarette und warf die Kippe in die Tiefe.

Neugierig verfolgte Kerstin die Arbeit. Ein rostiger Bauzaun mit quadratischen Löchern versperrte ihr teilweise die Sicht. Außerdem war schwer zu erkennen, wo die Grundstücke mit den fertigen Häusern endeten und die Bauplätze begannen. Das ganze Viertel glich einer Großbaustelle, obwohl viele Familien die Häuser bereits bezogen hatten. Gelbe, verblichene Schilder hingen hier und da an den Bauzäunen und informierten darüber, dass Erziehungsberechtige für ihre Kinder hafteten und dass es verboten war, die Baustellen zu betreten.

Kerstin hatte sich davon zunächst abschrecken lassen, aber nach einiger Zeit hatte das Verbot seine Wirkung verloren, da es niemanden zu kümmern schien. Die Männer auf den Gerüsten riefen zwar, sie solle verschwinden, aber ohne sonderlichen Nachdruck, denn sie lachten dabei und pfiffen ihr auch schon mal hinterher, wenn sie am Zaun entlangschlich.

Grünflächen, Spielplätze und Fußwege existierten bislang nur in der Fantasie der Architekten. Nichts sah so aus, wie sie erwartet hatte. Ihre Mutter hatte erzählt, ihr neues Zuhause würde wunderschön mitten in der Natur liegen. Ein Baum für jedes Kind. Sie hatte ihre Mutter vorher noch nie so reden hören. Vielleicht hatte sie diese Worte irgendwo gelesen oder gehört. In dem Restaurant, in dem ihre Mutter gelegentlich arbeitete, war wohl eher selten von wunderschöner Natur die Rede, vermutete Kerstin.

Dass es keine Bäume und Büsche gab, machte ihr jedoch nichts aus. Im Gegenteil. Die Mondlandschaft aus Kies- und Sandbergen gefiel ihr und bot ganz andere Abenteuer als das Stadtviertel, in dem sie aufgewachsen war. Die Häuser mit ihren Hinterhöfen, in denen sie ihr ganzes, kurzes Leben gespielt hatte, sollten abgerissen werden. Alles sollte weg, alles sollte besser werden.

Hell, modern, sauber und hoch.

Kerstin schaute auf ihre Uhr. Sie war rot, mit einem roten blumenverzierten Armband. Ihre Mutter hatte sie ihr geschenkt, aber sie wusste nicht recht warum, denn sie musste keine bestimmten Zeiten einhalten. Der Sommer hatte gerade begonnen und lag unerforscht vor ihr.

Die Lehrerin hatte Kerstin umarmt und ihr mit einem Fünkchen Eifersucht in der Stimme viel Glück gewünscht, fast so, als würde sie ins Ausland ziehen und nicht nur an den Stadtrand. Aber jetzt kam es Kerstin hier fast wie in einem anderen Land vor. Die Fahrt mit der neuen U-Bahn in die Stadt dauerte zwar nur eine halbe Stunde, aber ihr altes Zuhause kam ihr bereits wie eine Welt vor, die sie für immer verlassen hatte.

Kerstin war sich bewusst, dass sie ein einsames Kind war. Niemand hatte ihr das erzählt, sie wusste es einfach. Sie hatte keine Geschwister und in dem neuen Viertel auch keine

Freunde. Aber das kümmerte sie nicht. Aus dem Fenster im zehnten Stock hatte sie gesehen, dass es andere Kinder und Jugendliche gab. Kleine Gruppen von Entwurzelten, die ziellos durch die Gegend streunten. Abends, wenn auf den Baustellen die Arbeit ruhte, drangen sie in die unfertigen Häuser ein. Kerstin fragte sich, was sie dort wohl taten. Mit der Zeit würde sie das schon noch herausfinden.

Der Baukran schwenkte ohne Last zurück, um ein neues Fertigteil aufzunehmen. Die schwere Kette mit dem Eisenhaken pendelte hin und her. Sie schaute mit zusammengekniffenen Augen zu der kleinen Kabine ganz oben hinauf. Sie wusste, dass dort jemand saß. Dass man so hoch über der Erde arbeiten konnte. Sie erschauerte und fasste sich an den Hals, wo der Schlüssel hing. Vielleicht wurde sie ja langsam hungrig. Kerstin war sich nicht sicher, ob sie wusste, wie sich Hunger anfühlte. Sie aß, was gerade da war, aber mehr aus Pflichtgefühl und nicht, weil ihr Magen es verlangt hätte. Ihre Mutter hatte einen Karton Dosen gekauft und in den Schrank unter der Spüle gestellt. Ravioli. Nimm, wenn du Hunger hast, hatte sie gesagt, und Kerstin öffnete ab und zu eine Dose und aß die Ravioli kalt. Gelegentlich stand auch Essen in dem neuen, glänzend weißen Kühlschrank, der nachts brummte, Gerichte in kleinen Plastikgefäßen, die ihre Mutter vermutlich aus dem Restaurant mitgenommen hatte.

Ein warmer Wind strich zwischen den hohen Häusern hindurch und wirbelte trockenen, feinen Sand auf. Sie schloss ganz fest die Augen, aber trotzdem setzten sich ein paar Sandkörner in ihren Augenwinkeln fest. Es brannte, und ihre Augen tränten.

Kerstin musste auf die Toilette, hatte aber keine Lust, nach Hause zu rennen. Sie sah sich nach einem Platz zum Pinkeln um. Zwischen einer ungestrichenen Hauswand und einem Kieshaufen war ein schattiger Winkel. Sie zog die Unterhose herunter, ging in die Hocke, schloss die Augen und verspürte eine Woge der Erleichterung. Und der Müdigkeit. Kerstin hatte den ganzen Tag auf der Suche nach Spielgefährten im Freien zugebracht, sich dann aber nicht getraut, sich den anderen Kindern zu nähern. Selbst wenn jemand sie gefragt hätte, hätte sie nicht zugegeben, spielen zu wollen. Mit dreizehn spielte man nicht mehr.

Ihre nackten Beine waren schmutzig, und das Haar, das sie vor einigen Tagen gewaschen hatte, war schon wieder klebrig und strähnig. In der ersten Zeit im neuen Haus hatte sie jeden Tag gebadet. Luxus, hatte ihre Mutter gesagt und an das gemeinsame Bad auf dem Hof erinnert, das sie sich mit vielen anderen Familien in dem alten Haus in der Stadt geteilt hatten. Vermutlich war es das letzte gemeinsame Bad der Stadt gewesen. Davon, das Haus zu renovieren, war nie die Rede gewesen. Alles sollte einem modernen Stadtzentrum aus Stahl und Beton weichen. Die Menschen sollten woanders wohnen.

Die neue Wohnung hatte ein Badezimmer mit einer Badewanne, und in der Küche gab es einen Kühlschrank und einen kleinen Gefrierschrank. Weiterhin gab es einen Müllschlucker, ein Loch in der Wand im Treppenhaus, in das sie die Mülltüten warf. Ein runder Metalldeckel verbarg ein schwarzes, übel riechendes Loch, in dem der Müll einfach verschwand. Im Keller lag eine Waschküche. Es war wie eine andere Welt.

Recht bald hörte Kerstin jedoch auf, regelmäßig zu baden und zu duschen. Der Reiz des Neuen war geschwunden, und außerdem hatte es begonnen zu jucken. Die Haut wurde von zu viel warmem Wasser und Seife trocken und rot. Kerstin war sehr hellhäutig und sommersprossig. Das musst du von mir geerbt haben, sagte ihre Mutter immer. Nichts schien sie von ihrem Vater geerbt zu haben. Sie war ihm nie begegnet und wusste nicht, wer er war. Er fehlte ihr auch nicht. Ihr hatte noch nie jemand gefehlt, das war immer schon so gewesen. Manchmal, wenn sie abends in ihrem Bett lag, versuchte sie sich vorzustellen, wie es wäre, allein auf der ganzen Welt zu sein. Sie empfand dabei überhaupt nichts. Nicht einmal der Gedanke, ihre Mutter könnte verschwinden, machte ihr Angst. Das war eine aufregende Vorstellung. Wie wäre es wohl, wenn ihre Mutter plötzlich starb?

Kerstin lehnte sich an die Wand und hatte das Gefühl, gleich einzuschlafen. Sollte sie nach Hause gehen? Aber was gab es dort? Außer ein paar Dosen Ravioli nichts.

Ein Geräusch.

Flüsternde Stimmen und leise Geräusche in dem unfertigen Haus. Sie kroch dichter an die Wand und hielt sich den Mund zu, um nicht zu laut zu atmen. Dann hielt sie die Luft an und presste sich an die Wand in den Schatten. Das tat an den Knien weh, aber sie wagte nicht, ihre Stellung zu verändern. Sie verharrte in der Hocke und hoffte, dass niemand sie entdeckte.

Er war groß und schlank und trug eine hellbraune Lederjacke mit Fransen auf dem Rücken und an den Ärmeln. Die langen Haare hatte er zu einem Pferdeschwanz zusammengebunden. Sie hatte noch nie einen Mann mit so langen Haaren gesehen. Das war doch ein Mann? Er ist sicher mindestens zwanzig, dachte sie.

Der andere war kleiner, rundlicher und hatte einen hässlichen roten Ausschlag im Gesicht. Sie kamen um die Ecke und blieben wenige Meter von ihr stehen und unterhielten sich gedämpft, schauten aber nicht in ihre Richtung. Der Große redete am meisten. Der Kleine mit den vielen Pickeln schien ihm zuzustimmen. Kerstin hätte gerne gehört, was sie sagten. Der Große lachte, und dann entfernten sie sich von ihr. Sie hörte, dass der Große immer noch lachte. Ein helles, sorgloses Lachen.

Kerstin wartete eine Weile und stand dann auf. Sie rieb sich ihre kribbelnden Oberschenkel. Eine unerklärliche Mischung aus Angst und Aufregung bemächtigte sich ihrer. Dann rannte sie den ganzen Weg nach Hause und hielt dabei den Schlüssel, den sie an einer Schnur um den Hals hängen hatte, mit einer Hand ganz fest umklammert.

Er hatte sich nicht warm genug angezogen. Die Abendbrise war kalt, obwohl der Tag heiß gewesen war. Es fröstelte ihn hinter dem Windschutz aus Plexiglas. Die Schwimmweste wärmte auch nicht sonderlich. Das RIB-Boot war schnell, gute dreißig Knoten, vermutete er. Es schoss zwischen den Inseln hindurch und ließ weiße funkelnde Wellenkämme hinter sich zurück. Die letzten, tapferen Badegäste auf den Felsen gaben auf und suchten ihre Kleider und Picknickdecken zusammen. Das hier war der Sommer, nach dem sich alle gesehnt hatten, der wärmste seit vielen Jahren. Wir brauchen diese Wärme, um im hohen Norden überleben zu können, sagten die Leute. Holtz gehörte zu denen, die auch mit einem kühleren Klima klarkamen.

Er dachte daran, wie er seinen Wagen einfach am Kai abgestellt hatte, obwohl das verboten war. Er hatte seine Genehmigung auf das Armaturenbrett gelegt, befürchtete aber, dass sich die Politessen nicht darum scherten. Falschparken war eine Sünde, und an den Kais der Innenstadt war die Gefahr, einen Strafzettel zu bekommen, ausgesprochen groß. Aber er hatte keinen Parkplatz gefunden, und vielleicht konnte er ja gegen das Bußgeld Einspruch erheben und geltend machen, dass er dienstlich unterwegs gewesen war. Aber eigentlich bezweifelte er, dass es sich wirklich um eine dienstliche Angelegenheit handelte.

Als er das Boot gesehen hatte, das ihn erwartete, hatte er gezögert. Ulf Holtz hatte zwar nichts gegen Wasser oder Boote, obwohl er erst unlängst erstaunt festgestellt hatte, dass auch er seekrank werden konnte, aber für hohe Geschwindigkeiten konnte er sich nicht so recht begeistern. Die vier Motoren im Heck sowie die Tatsache, dass es nur Stehplätze mit Vierpunktgurten gab, verhießen nichts Gutes. Eine lächelnde Frau in Survival-Montur hatte ihm zugewinkt, als er den Kai erreicht hatte. Ob er Lindas Vater sei? Er hatte genickt, und sie hatte ihm geholfen, ins Boot zu steigen, ihm eine Schwimmweste gereicht und ihn dann auf etwas festgeschnallt, was ihn an einen schaumgummibezogenen Barhocker erinnerte.

»Wir fahren nicht mit Höchstgeschwindigkeit. Die Küstenwache lauert im Schilf«, hatte sie erklärt und ihm zugezwinkert.

Sie war sehr jung.

Er war besorgt.

Zwanzig Minuten später hatten sie die Insel erreicht. Seine Knie zitterten leicht, als er aus dem Boot stieg. Am Anleger lagen drei kleinere Arbeitsboote, die über recht viel Stauraum zu verfügen schienen, ein Segelboot, ein Hausboot und zwei weitere RIB-Boote.

Mit einem fröhlichen Ciao legte die junge Frau wieder ab, gab Vollgas und verschwand, wobei sie eine riesige Heckwelle hinter sich zurückließ. Als das Dröhnen der Motoren verstummt war, wurde es still. Nicht einmal ein Vogelzwitschern war zu hören. Die Stille rauschte Holtz in den Ohren. Mit geschlossenen Augen blieb er auf dem Anleger stehen und lauschte konzentriert. Leises Plätschern unter der Landungsbrücke, raschelndes Schilf, ein Insekt. Mehrere Insekten. Geräusche, die ihm vorher nicht aufgefallen waren, waren plötzlich klar und deutlich zu hören, als hätten sie darauf gewartet, dass er die richtige Frequenz einstellte.

»Hallo, Papa. Schön, dass du kommen konntest.«

Holtz wurde in die Wirklichkeit zurückgerissen.

»Hallo, Kleine. Wie still es hier ist.«

»Das hier ist Professor Sebastian. Arnold Sebastian«, sagte Linda und deutete mit einer ausholenden Geste auf den Mann, der ihnen auf einen Stock gestützt entgegenging.

»Sehr erfreut«, sagte der Professor und schüttelte Holtz die Hand.

Holtz schätzte ihn auf Anfang achtzig. Seine Augen funkelten, und seine Miene deutete an, dass er ein Geheimnis hütete, über das er bald sprechen würde. Holtz war der alte Mann sofort sympathisch.

»Lassen Sie uns zur Grabung hochgehen«, sagte der Professor und drehte sich um.

»Einen Moment bitte. Könnte mir vielleicht jemand erklären, warum ich hier bin?«, bat Holtz.

Der Professor drehte sich um und lächelte.

»Die Sache ist die«, erwiderte er. »Wir haben ein Skelett gefunden, von dem ich glaube, dass es die Polizei interessieren könnte. Aber ich finde, dass Sie es sich selbst ansehen sollten.«

Linda Holtz hakte sich bei ihrem Vater ein, und die drei gingen vom Hafen aus die lange Anhöhe hinauf. Der Sommerabend war hell, und es war immer noch warm. Der Pfad wurde von hohem, vertrocknetem Gras gesäumt, und es duftete nach Heu. Der Professor wies mit weit ausholenden Schritten den Weg. Holtz blieb stehen, als sie oben angekommen waren, und schaute auf den Platz, an dem die Stadt entstanden war. Das Gelände war so groß wie zwei Fußballplätze. Am entgegengesetzten Ende standen ein paar niedrige Gebäude. Schweine liefen herum, und Menschen in weiten Kleidern bewegten sich zwischen den Häusern. Hühner pickten auf den Hofplätzen.

»Was soll das denn?«

»Das sind die Sommerwikinger«, sagte Linda Holtz. »Sie halten sich jedes Jahr sechs Wochen lang hier auf und versuchen, wie die Wikinger zu leben. Ihre Häuser liegen neben der Grabungsstätte, behindern uns also nicht.«

»Außerdem locken sie Touristen her. Die Besucher interessieren sich mehr dafür, wie die Wikinger zurechtkommen, als für unsere Arbeit«, meinte der Professor.

Holtz betrachtete eine Frau und ein Kind, die zusammen einen Eimer mit Wasser trugen. Die Frau musste sich bücken, um nicht mit dem Kopf anzustoßen, als sie das Haus betrat. Das Kind folgte ihr. Alles wirkte sehr friedlich.

»Kommen Sie, hier ist es«, sagte der Professor. Sie bogen von dem Pfad ab und verließen die Bebauung.

Das Grabungsfeld hatte einen vollkommen anderen Charakter als das kleine Dorf: Es war eben und übersät mit geräumten, unterschiedlich tiefen, rechtwinklig angelegten Flächen. Ein Schotterweg führte zu einer unansehnlichen Baubude.

»Hier entlang«, sagte Linda Holtz und wies den Weg.

Neben einer Grube saß ein Mann auf einem Klappstuhl und las. Er erhob sich und gab Ulf Holtz die Hand.

»Ich heiße Andor. Ich schiebe hier Wache. Ich hielt das für das Beste. Alle anderen sind schon nach Hause gefahren«, brabbelte er.

»Mein Name ist Ulf«, erwiderte Holtz. »Vielleicht könnte ich ja jetzt eine Erklärung bekommen.«

»Schau hier«, sagte Linda und deutete in die Grube, in der ein langer Knochen und ein Unterkiefer freigelegt worden waren.

Ulf Holtz kniete sich hin und betrachtete den Knochen.

Dann drehte er sich zu den drei anderen um, die ihn gespannt ansahen.

»Und?«

»Fällt dir nichts Merkwürdiges auf?«

»Ich finde es nur merkwürdig, dass ihr mich hierher geschleppt habt, um mir an einem Ort, an dem vermutlich unzählige Knochen herumliegen, ein Skelett zu zeigen. Wenn ihr glaubt, dass ich beurteilen kann, ob dieser Mensch Opfer eines Verbrechens ist und in welchem Jahrtausend sich dieses Verbrechen zugetragen hat, dann ...«

»Schauen Sie sich das Kettchen einmal näher an«, meinte Andor.

Zwischen Lindas Brauen entstand eine Falte, und sie schien sich auf die Zunge zu beißen. Ulf Holtz verdrehte die Augen und wandte sich widerwillig wieder den Knochen zu. Er brummte etwas Unverständliches und verstummte.

»Oh ...«, sagte er und sah den Professor an. »Solche Kettchen gab es wohl kaum zur Wikingerzeit?«

»Nein«, entgegnete der Professor.

»Habt ihr was angefasst?«, wollte Holtz wissen, begriff aber im selben Moment, wie idiotisch diese Frage war.

»Durchaus, beim Graben«, meinte Linda Holtz.

»Was geschieht jetzt?«, wollte der Professor wissen.

»Ja, was geschieht jetzt?«, wiederholte Andor.

Breitbeinig baute sich Holtz neben dem flachen Grab auf und überlegte.

»Könnte es sich eventuell um alten Schmuck handeln, könnte es sein, dass dieses Symbol schon viel früher entstanden ist? War das beispielsweise beim Sonnenkreuz nicht auch der Fall?«

»Das Sonnenkreuz gibt es seit Tausenden von Jahren in vielen Kulturen, dieser Gedanke ist richtig.«

»Aber?«

»Ich kann mir natürlich nicht sicher sein, aber ... Nein. Dieses Symbol tauchte zuerst Ende der 1950er-Jahre auf.«

»Aber trotzdem?«

Der Professor schüttelte den Kopf.

»Leider nein. Dieser Schmuck ist höchstens fünfzig oder sechzig Jahre alt.«

»Dann müsste diese Person also bedeutend später als zur Wikingerzeit gestorben sein«, meinte Holtz. »Theoretisch besteht natürlich die Möglichkeit, dass der Schmuck relativ modern, das Skelett aber viel älter ist.«

»Und wie hätte das zugehen sollen?«, wollte Andor wissen.

»Keine Ahnung, aber auf den ersten Blick ist nicht immer alles so, wie es scheint«, antwortete Holtz.

»Und was machen wir jetzt?«, fragte Linda Holtz.

»Tja. Sollte es sich um eine Straftat handeln, ist es nicht ganz unwahrscheinlich, dass sie verjährt ist.«

»Aber man muss der Sache doch trotzdem nachgehen?«, fragte Linda barsch.

»Ja, durchaus«, erwiderte Holtz und seufzte.

»Wird das Auswirkungen auf die Grabungen haben?«, fragte der Professor, und es klang fast so, als bereue er es, die Polizei hinzugezogen zu haben. »Wir dürfen nicht noch mehr Zeit verlieren.«

»Sollte es sich um ein Verbrechen handeln, hat das natürlich Vorrang. Aber das weiß ich nicht. Wir müssen abwarten. Ich muss erst mal die Kollegen verständigen, und so lange muss das Grab abgesperrt werden. Ich weiß allerdings nicht, wie lange es dauert, bis jemand hierherkommt. Alte Skelette haben nicht unbedingt erste Priorität.«

»Aber kannst du dich nicht einfach darum kümmern?«, fragte Linda Holtz.

»Ich? Ich bin krankgeschrieben. Das ist ausgeschlossen. Da muss sich jemand anders kümmern. Gibt es ein Seil oder sonst etwas, was sich für eine Absperrung eignet?«

Bereitwillig eilte Andor davon und kam mit einem blauen Nylonseil zurück, das sie zwischen ein paar Zweigen und einem Distanzmessgerät auf einem Stativ spannten.

»Irgendwas, worauf man was schreiben kann, ein Stück Pappe oder so?«

Andor verschwand erneut und kehrte mit ein paar Papptellern zurück.

»Das Einzige, was ich finden konnte«, sagte er beschämt.

»Kein Problem«, meinte Holtz und schrieb auf die Teller, der Ort sei von der Polizei gesperrt worden und das Betreten sei verboten.

»Ich weiß nicht, ob das juristisch hieb- und stichfest ist, aber einstweilen muss das genügen«, meinte Holtz.

»Wir bleiben und halten Wache, nicht wahr?«, sagte Andor an Linda Holtz gewandt.

Die Frage kam so überraschend, dass sie nur nickte.

»Nun gut«, meinte der Professor. »Ihr bleibt über Nacht. Ihr könnt euch in der Baubude aufwärmen, und ich sorge dafür, dass Gendarm Holtz wieder in die Stadt kommt.«

Ulf Holtz wollte gegen diesen Titel protestieren, überlegte es sich dann aber anders.

Der Professor bestellte ein Taxiboot, und sie begaben sich alle wieder zu dem kleinen Hafen jenseits des Hügels. Die Rückfahrt ging beinahe noch schneller als die Hinfahrt, und

Holtz hoffte, dass sie nicht der Küstenwache begegneten. Eine halbe Stunde nachdem er die Insel mit dem geheimnisvollen Skelett verlassen hatte, saß er wieder in seinem Auto. Das Wort geheimnisvoll drängte sich ihm auf. In Verbindung mit einer Ermittlung würde er es nie verwenden, aber diese Sache konnte er nicht richtig ernst nehmen. Irgendetwas an dieser Insel, dem Grabungsfeld und diesem Wikingerdorf raubte ihm seine Scharfsicht. Vielleicht liegt das aber auch an meiner Erschöpfungsdepression, dachte er und merkte zum ersten Mal seit Langem, dass er lächeln musste. Erschöpfungsdepression ist was für Waschlappen, sagte er leise vor sich hin und lachte. Ein blechernes, betrübtes Lachen. Kurz befürchtete er, den Verstand zu verlieren, und kam zu dem Schluss, dass das vermutlich immer noch besser sei, als den Lebensmut zu verlieren.

Ulf Holtz ließ den Motor an, blieb dann aber unbeweglich sitzen, während französische Chansons in voller Lautstärke aus dem Radio dröhnten. Dann stieg er noch einmal aus, schnappte sich den Strafzettel unter dem Scheibenwischer und fuhr das kurze Stück zum Präsidium.

Es war kurz nach Mitternacht, und er hoffte, dass ein halbwegs vernünftiger Mensch Dienst hatte. Hätte nicht seine eigene Tochter an dem Grab Wache geschoben, dann wäre er nach Hause gefahren und hätte erst am nächsten Tag Anzeige erstattet, aber so wie die Dinge jetzt lagen, wollte er damit nicht warten. Es würde schnell gehen, und der Rest konnte ihm dann egal sein.

Als er seinen elektronischen Ausweis vor das Lesegerät hielt, streifte ihn der Gedanke, dass er vielleicht keine Zutrittsbefugnis für das Präsidium mehr besaß und dass das Lesegerät rot aufleuchten würde. Aber seine Sorge war unbegründet. Das einladend grüne Lämpchen leuchtete auf, er tippte seinen Code ein, ging durch die Drehtür und betrat das ausgestorbene Präsidium.

An den Wänden im Entree hingen Gemälde unterschiedlicher Größen und Stilrichtungen. Die jährliche Verlosung der vom Kunstclub erworbenen Werke stand bevor, und das Marmorfoyer hatte sich deshalb in eine Galerie verwandelt.

Erst als er das Foyer bereits durchquert hatte, stutzte er und ging zu einem der Gemälde zurück.

»Welch ein Zufall«, sagte er laut zu sich selbst.

Das muss ein Zeichen sein, dachte er, als er anschließend im Fahrstuhl stand, der ihn in die forensische Abteilung im siebten Stockwerk brachte, in der sich sein Büro befand. In der roten Zone war es fast vollkommen still. Einige diensthabende Kriminaltechniker der Alphagruppe saßen in einer Ecke, sahen fern und nickten ihm zu, als er vorbeiging. Er war dankbar, dass ihn niemand nach seinem Befinden fragte. Er hätte nicht gewusst, was er hätte antworten sollen.

Sein Zimmer strahlte Verlassenheit aus. Aufgeräumte Verlassenheit. Er ließ sich in den Bornholm-Sessel sinken, den er selbst bezahlt hatte, schloss die Augen und atmete den Geruch der Geborgenheit ein.

Ulf Holtz war einer der wenigen im Präsidium, denen es gelungen war, sich an ihrem Büro festzuklammern. Aufgrund unentwegter Restrukturierungen wurde im Präsidium ständig umgezogen und renoviert. Im Laufe weniger Jahre hatte er erlebt, wie sich Großraumbüros in kleine Büros verwandelt hatten, die recht umgehend wieder in Großraumbüros umgebaut worden waren. Er versuchte schon gar nicht mehr, die Gründe dafür zu verstehen. Das Zimmer am äußersten Ende des siebten Stockwerks hatte fast immer ihm gehört. Er hatte es, als er bei der Forensik angefangen hatte, vom stellvertretenden Chef übernommen, der eine Stelle beim Gemeinsamen Forensischen Forschungscenter, GFFC, angetreten hatte und nicht mehr zurückgekehrt war. Eigentlich war es nur als vorübergehende Lösung gedacht, da die größeren Eckzimmer eigentlich den Chefs vorbehalten waren. Als er später selbst Chef geworden war, hatte es ausgezeichnet gepasst. Die Abteilung für Kriminaltechnik war stetig gewachsen und hatte sich schließlich in die Abteilung für Forensik mit mehr Mitarbeitern und mehr Chefs verwandelt, aber Holtz klammerte sich immer noch an seinem Büro fest.

Er spürte, wie sich seine Muskeln entspannten und sein Kopf nach vorne sank. Nur kurz ausruhen, dachte er.

Holtz wusste nicht, was ihn geweckt hatte. Sein Mund stand offen, er hatte einen trockenen Hals und war durstig. In seinem Büro war es dunkel, abgesehen von der Schreibtischlampe, die einen orangefarbenen Lichtkegel auf den Tisch warf. Er wollte nicht aufwachen, wollte nichts unternehmen müssen. Sachte ließ er sich wieder in das Dunkel zurücksinken und bemitleidete sich selbst ungemein.

Als er zum zweiten Mal erwachte, stand die Kommissarin Ellen Brandt vor ihm. Vorsichtig rüttelte sie an seiner Schulter, und als er die Augen öffnete, hatte er ihre Jeans direkt vor sich. Ellen Brandt roch gut. Die beiden obersten Knöpfe ihres weißen Hemds waren aufgeknöpft. Ihr Busen wirkte riesig. Was ist eigentlich los?, dachte Holtz und schüttelte den Kopf, um wieder einen klaren Gedanken fassen zu können.

»Wie geht es dir?« Ellen trat einen Schritt zurück und musterte ihn.

»Alles in Ordnung, ich bin nur eingeschlafen.«

Er schluckte, wischte sich verlegen die Spucke aus dem

Mundwinkel und versuchte einen wachen Eindruck zu machen.

»Was tust du hier?«, fuhr Ellen fort.

»Wie meinst du das? Ich arbeite hier.«

»Falsch. Du bist krankgeschrieben und außerdem immer noch vom Dienst suspendiert.«

»Hör schon auf. Die Suspendierung ist nur eine Formsache, und außerdem soll es vorteilhaft sein, wenn man während einer Krankschreibung mit der Arbeit in Verbindung bleibt.«

»Und das nennst du in Verbindung bleiben? Wenn du im Büro schläfst?«

»Du weißt, was ich meine. Was machst du übrigens hier?«

»Ich hatte in der Stadt zu tun und wollte auf dem Weg nach Hause nur noch rasch etwas überprüfen. Die Jungs von der Alphagruppe haben gesagt, dass du hier bist. Ich wollte nur sehen, wie es dir geht.«

Mühsam erhob Ulf Holtz sich aus seinem Sessel und streckte sich. Dann trat er ans Fenster, stemmte die Hände in die Seiten und beugte sich wechselweise nach rechts und nach links.

»Du. Ich hab dich was gefragt«, sagte Ellen hinter ihm.

Ulf antwortete nicht und machte einfach weiter.

»Ulf, ich meine das ernst. Du hast im Präsidium nichts zu suchen.«

»Ich bin hier, um einen Mord anzuzeigen«, sagte er.

Ellen Brandt wirkte, als hätte sie ihn nicht verstanden, als hätte er eine andere Sprache gesprochen.

»Was hast du gesagt?«

»Jetzt bist du ganz schön neugierig«, meinte er und ließ sich mit einem zufriedenen Lächeln wieder in seinen Sessel sinken.

Ellen Brandt näherte sich bedächtig Holtz' Bürostuhl auf der anderen Seite des Schreibtisches.

»Ich bin nicht verrückt geworden, jedenfalls noch nicht«, sagte Holtz.

Sie nahm Platz und sah Holtz lange in die Augen.

»Könntest du bitte ganz von vorne beginnen?«

Holtz gähnte ausgiebig und bewegte seinen Unterkiefer einige Male seitlich hin und her. Er hörte, wie es knackte, vermutete aber, dass das Knirschen nur in seinem Kopf zu hören war.

»Verdammt...«

Er schaute auf die Uhr.

»Vor fünf Stunden war ich zu Hause und habe auf einen Fleck schräg hinter dem Fernsehapparat gestarrt, der nicht eingeschaltet war. Ich war vollkommen überzeugt davon, endgültig den Boden unter den Füßen zu verlieren.«

»Du...«

»Warte«, sagte er und hob eine Hand. »Dann rief Linda an.«

»Ist Linda was passiert?«

»Nein, überhaupt nicht. Linda rief an und erzählte, sie habe ein Skelett gefunden«, sagte Holtz rasch.

Ellen Brandt erwiderte nichts.

»An ihrem Grabungsort. Habe ich erzählt, dass sie draußen auf der Insel ehrenamtlich bei einem archäologischen Projekt mitarbeitet? Sie hat ein Skelett gefunden und mich angerufen.«

Ellen Brandt nickte. Jetzt war er wirklich verrückt geworden.

»Da ist doch weiter nichts dabei? Unter einem alten Wikingerdorf dürften unendlich viele Skelette herumliegen, und falls du das noch nicht gewusst hast, führen wir keine Ermittlungen durch, wenn die Straftaten tausend Jahre zurückliegen. Wir haben auch so ...«

»Das habe ich auch gesagt.«

»Aber?«

Holtz hob die Schultern und unternahm einen unbeholfenen Versuch, ein Gähnen hinter seinem Handrücken zu verbergen.

»Entschuldige. Seit geraumer Zeit werde ich einfach nicht mehr richtig wach.«

Ellen Brandt wurde allmählich ungeduldig.

»Das Skelett? Du hast es dir also angesehen?«

»Genau. Das ging sogar recht fix. Sie haben mich mit so einem schnellen Schlauchboot abgeholt, so eins, in dem man steht.«

»RIB.«

»Genau. So heißen die. Wie auch immer. Ich habe mir das Skelett angesehen. Es war neu, also nicht gerade von gestern, aber definitiv nicht aus der Wikingerzeit.«

»Wie willst du das wissen?«

Er sah aus, als wolle er etwas entgegnen, überlegte es sich dann aber anders. Er erhob sich aus seinem Sessel und bat Ellen, ihm zu folgen.

Ellen Brandt schluckte ihren Ärger hinunter und folgte ihm durch den Korridor zu den Fahrstühlen. Sie fuhren in das leere Foyer. Holtz baute sich vor dem Gemälde auf, das er etwa eine Stunde zuvor betrachtet hatte.

»Und?«, meinte Ellen.

»Was meinst du, was hier dargestellt ist?«

»Krieg. Frieden, vielleicht. Ich weiß es nicht.«

»Was weißt du über dieses Symbol?«

Auf dem Gemälde war eine niedergebrannte und ausgebombte Stadt zu sehen. Die Sonne brach durch die Wolken, und Ruinen ragten in den Himmel. Ein umgekehrtes Y mit durchgezogener Mittellinie umrahmt von einem Kreis lag wie ein Schatten auf der düsteren Szene.

»Das ist das Friedenszeichen«, meinte Ellen selbstverständlich.

»Genau. Das Friedenszeichen. Irgendwann in den Fünfzigerjahren entstanden. Das Skelett trägt so einen Anhänger an einem Fußkettchen um das Wadenbein, zumindest liegt es unter einem Wadenbein begraben.«

Ellen Brandt wandte sich ihm zu und forschte in seinem Gesicht nach einem Hinweis darauf, dass er scherzte. Sie fand nichts.

Ein roter Aufkleber am unteren Rand des Gemäldes zeigte, dass es vergeben war. Holtz verspürte plötzlich das dringende Bedürfnis, dieses Bild zu besitzen. Er beschloss herauszufinden, wer es gewonnen hatte, um es ihm abzukaufen. Er kannte sich mit Kunst nicht aus, und die wenigen Gemälde, die er besaß, glichen sich alle. An den weißen Wänden seines Hauses aus der Funktionalismus-Ära hingen japanische Schriftzeichen, japanische Fische und große Wellen, Tsunamis. Das einzige Bild, das sich davon abhob, war eine Mangazeichnung, die er von seiner Tochter Linda bekommen hatte. Aber die war natürlich ebenfalls japanisch. Sie hing im Schlafzimmer über seinem Bett und zeigte eine junge japanische Frau mit zu großen Augen in Lolita-Kleidung. Linda hatte ihm das Bild geschenkt, kurz nachdem er Nahid kennengelernt hatte, und er hatte es verärgert als eine Anspielung aufgefasst. Erst viel später hatte er begriffen, dass es weder Linda noch ihre große Schwester Eva störte, dass

Nahid zwanzig Jahre jünger war als ihr Vater. Das Bild hatte Linda auf dem Heimweg aus einem entlegenen, krisengeplagten Winkel der Erde während einer Zwischenlandung in Japan gekauft. Sie hatte es im Souvenirladen gesehen, und es hatte ihr gefallen. Das Lolita-Motiv hatte nichts mit seiner Affäre zu tun, wie sie ihm später versicherte.

»Hast du schon Anzeige erstattet?«, fragte Ellen Brandt.

»Was? Nein. Es genügt doch wohl, dass ich dir davon erzähle«, erwiderte er.

Ellen Brandt seufzte und sah auf die Uhr.

»Der Teufel soll dich holen. Ich arbeite jetzt schon fast zwölf Stunden. Kannst du dir nicht jemand anderen suchen?«

»Ich habe gerade einen Mord gemeldet, und du findest, dass ich jemand anderen damit behelligen soll? Wen soll ich anrufen? Den Diensthabenden oder den Bereitschaftsdienst der Kripo?«

Er verstummte und sah sie an.

»Ich hätte gern, dass du die Formalitäten erledigst. Mir zuliebe.«

Sie drehte sich wieder zu dem Gemälde um und betrachtete es eingehend.

»Bist du dir sicher, dass es bei den Wikingern keine Peace-Symbole gab?«

»Ja. Ein Professor hat mir sein Wort gegeben. Es soll die Abrüstung der Atomwaffen symbolisieren. Ich bin mir ziemlich sicher, dass die Wikinger keine Atomwaffen besaßen.«

»Und dafür sollten wir vermutlich sehr dankbar sein«, meinte Ellen.

Holtz sah sie mit flehendem Blick an.

»Okay, komm mit! Du gibst sonst ja doch keine Ruhe.«

Ein kleines wärmendes Feuer hätte nicht geschadet. Linda

Holz schaute sich um, entdeckte aber nichts Brennbares. Außerdem vermutete sie, dass nichts am Ausgrabungsort zerstört werden durfte. Das wäre was, wenn ich ein paar hölzerne Wikingergerätschaften ins Feuer werfen würde, dachte sie und lachte.

Die Nacht war hell, aber ab und zu zogen dunkle Wolken über den Himmel, und die Schatten begannen ihr eigenes Leben zu führen. Linda hatte Andors Angebot ausgeschlagen, ihr Gesellschaft zu leisten, da sie sich nichts Unangenehmeres vorstellen konnte. Stattdessen hatte sie ihm vorgeschlagen, dass sie sich beim Wacheschieben abwechselten. Jetzt bereute sie das. Die Schatten regten sich, und plötzlich fühlte sie sich schutzlos und einsam. Jenseits des Hügels wohnten die Sommerwikinger, aber diese aufzusuchen, wäre ihr lächerlich vorgekommen, außerdem schliefen sie vermutlich alle. Wenn sie sich doch nur hätte wärmen können.

Sie schaute auf die Uhr. Bald drei. Andor würde sie erst in einer Stunde ablösen. Wie hatte sie nur so dumm sein können? Die Stunde zwischen drei und vier war am schlimmsten. Die Stunde, die es nicht gab, pflegte ihr Vater zu sagen. Nach vier dämmert bereits der nächste Morgen, und vor drei geht noch der Vortag zur Neige. Eine irrsinnige Stunde. Es fröstelte sie, und sie zog ihre Jacke enger um sich. Die Wolken rasten am Himmel dahin, und erst jetzt fiel ihr auf, dass Vollmond war.

Plötzlich hörte sie es neben der Baubude leise rascheln. Sie versuchte zu sehen, ob sich in den Schatten des recht schiefen Schuppens etwas regte. Da war doch was? Vielleicht ein Tier? Ein Fuchs?

Sie hätte Feuer machen sollen, sie hätte nicht darauf bestehen sollen, die Nacht aufzuteilen. Jede Gesellschaft wäre besser gewesen als das hier. Sie war froh, dass die Plastikwanne mit dem Schädel in der Baubude stand. Ihr Blick fiel auf die Grube. Im strahlenden Sonnenschein war es ihr ganz natürlich vorgekommen, hier zu sitzen und sich mit den Knochen zu beschäftigen. Da hatte es sich um einen Menschen gehandelt, der vor sehr langer Zeit gestorben war. Vor so langer Zeit, dass sie die Knochen kaum mit einem Menschen assoziiert hatte. Was hatte sie sich nur gedacht? Es war alles so schnell gegangen, und ihr Vater hatte keine Einwände erhoben, als Andor vorgeschlagen hatte, Wache zu schieben. Meine Güte, es kann sich ja um einen Mord handeln! Warum sitze ich hier herum und bewache einen Tatort?, dachte sie, und ihr Blick fiel auf den Unterkiefer, der halb aus der Erde ragte. Die Zähne waren gerade und komplett. Es musste ein junger Mensch gewesen sein, so alt wie sie selbst vielleicht. Linda richtete sich auf, hob das Seil an und betrat den abgesperrten Bereich. Der Unterkiefer und das Wadenbein waren deutlich zu sehen, und auch der Schmuck schimmerte.

Eine Wolke schob sich vor den Mond, es wurde dunkel, und Linda drehte sich reflexartig um. Sie hätte schwören können, dass jemand im Schatten der Baubude stand. Aber wer sollte das sein? Sie versuchte sich vorzustellen, wie es tagsüber bei der Baubude aussah, wenn man in der Sonne und in Sicherheit war. Linda meinte, dass ihr Rauchgeruch in die Nase stieg.

»Hallo!«, rief sie. »Ist da jemand?«

Jemand bewegte sich neben der Bude. Jetzt war sie sich ganz sicher. Eine Bewegung an der Schmalseite des Gebäudes. Ab und zu ließen die Wolken etwas Mondlicht durchsickern, aber das reichte nicht aus, um die Dunkelheit direkt an der Wand zu vertreiben. Sie kniff die Augen zusammen und bewegte den Kopf ein wenig hin und her wie ein Tier, das versucht, die Witterung eines Feindes aufzunehmen. Die Einsicht, dass sie ganz allein und verwundbar war, traf sie mit voller Wucht. Was erst nur ein Gefühl der Neugier gewesen war, schlug in Angst und Wehrlosigkeit um. Linda Holtz war gefährliche und heikle Situationen gewohnt, aber besaß keinerlei Erfahrung darin, allein zu sein. Jetzt war sie allein, und dort drüben versteckte sich ein Unbekannter. Bis zur Panik war es nicht mehr weit. Sie streckte die Hand nach einem Ast auf der Erde aus, ohne den Schatten aus den Augen zu lassen. Wenn ich doch nur eine Fackel hätte, mit der könnte ich mich verteidigen. Linda umklammerte den Ast und erhob sich langsam. Breitbeinig stand sie da und versuchte größer auszusehen, als sie war und als sie sich fühlte.

»Hallo«, rief sie laut. »Wer ist da?«

Keine Reaktion.

Mit steifen Bewegungen ging sie in weitem Bogen auf die Bude zu, um von der Seite zu kommen. Den Ast hielt sie krampfartig fest. Ein Windstoß fuhr ihr unter die dünne Jacke, und sie stellte fest, dass es aufgefrischt hatte. Vermutlich habe ich deswegen den Rauchgeruch bemerkt, dachte sie.

Eine eindeutige Bewegung. Linda reagierte instinktiv und rannte auf die Gestalt zu, die im Schatten verborgen stand. Hob den Ast. Blieb wie angewurzelt stehen.

Ein alter Mantel an einem Haken an der Schmalseite der Baubude wurde vom Wind aufgeblüht und raschelte auf der groben Bretterwand. Lindas Puls raste. Sie ließ den Ast zu Boden fallen und lachte.

Mein Gott, bin ich dumm, dachte sie und drehte sich um.

Da stand er vor ihr.

Es begann in der Schulbibliothek, einem Raum mit lauter gepolsterten Sesseln und Papier. Binnen zehn Minuten stand das gesamte Obergeschoss in Flammen, die hoch in den Himmel loderten, wie eine Gruppe Betrunkener tänzelten, in sich zusammensanken und dann wieder in die Höhe schossen, wobei ihre Farbe von Tiefrot zu Hellgelb wechselte. Der Gestank von verbrannten Textilien, verkohltem Holz und Schaumstoff legte sich wie eine Haut auf die herbeieilenden Schaulustigen. Nach weiteren zwanzig Minuten schlugen die Flammen aus sämtlichen Fenstern des Gebäudes. Metall knirschte, als Wände einstürzten. Das Feuer dröhnte, als es den Sauerstoff der warmen Sommernacht ansaugte.

Von ferne waren Sirenen zu hören. Die Leute, die sich das Feuer anschauten, machten keine Anstalten, die Einsatzfahrzeuge durchzulassen. Die vier Feuerwehrwagen hielten mit blinkendem Blaulicht in einigem Abstand, die Feuerwehrleute warteten ab. Der Brand wütete, aber niemand unternahm etwas. Zwei Streifenwagen tauchten hinter dem Löschzug auf, passierten diese und fuhren so nah wie möglich an das Feuer heran.

Eine Mülltonne flog durch die Luft und landete auf dem Autodach der Streife. Hätte die Menge durch die abgedunkelten Scheiben des Autos schauen können, dann hätte sie zwei junge Beamte in Uniform gesehen, die vor sich hinstarrten und nicht die geringste Ahnung hatten, was sie unternehmen sollten. Der Fahrer umklammerte das Lenkrad so fest, dass seine Knöchel hervortraten.

»Wir müssen aussteigen«, sagte er.

»Wir warten.«

»Worauf?«

Ein Pflasterstein prallte gegen die Windschutzscheibe, und sie zersplitterte. Der Beamte am Steuer legte den Rückwärtsgang ein und trat aufs Gaspedal. Dann verlor er die Kontrolle über sein Fahrzeug und rammte einen Verteilerkasten. Hier war die Fahrt zu Ende. Die Fahrertür sprang auf.

Dann ging alles ganz schnell.

Jene Zeugen, die sich dann doch noch zu einer Aussage überreden ließen, erklärten, dass der Beamte keine Möglichkeit hatte, sich zu verteidigen. Er war noch angeschnallt, als die Meute mit Knüppeln und Eisenrohren über ihn herfiel.

Die Lampe über dem Küchentisch warf ein schwaches, diffuses Licht auf das karierte Wachstuch auf dem Küchentisch. Rote, schwarze und gelbe Quadrate. Im Übrigen war es dunkel. Kerstin versuchte, so leise wie möglich aufzutreten, als sie durch die Küche ging. Nackte Füße auf braunem, klebrigem Linoleumboden.

Ihre Mutter schlief.

Zu Beginn war ihnen die Wohnung ungeheuer groß vorgekommen. Zwei Zimmer und Küche. So viel Platz. Was machte man damit? Aber nach einiger Zeit wirkte sie gar nicht mehr groß. Ein Onkel hatte ihnen ein paar alte Möbel überlassen, damit die Wohnung nicht so leer aussah. Nur Kerstins Bett, das in dem sogenannten Wohnzimmer stand, war neu. Wohnzimmer war ein seltsames Wort. Das Schlafzimmer hatte ihre Mutter mit Beschlag belegt.

Die Matratze war etwas dünn, aber das Bett war der erste neue Gegenstand, den Kerstin je erhalten hatte. Die erste Freude darüber, sich nicht mehr ein Zimmer teilen zu müssen, war in ein Gefühl übergegangen, das sich nicht so recht beschreiben ließ. Sie wusste, dass sie zu groß war, um noch wie in der kleinen Einzimmerwohnung zusammen mit ihrer Mutter in einem Bett zu schlafen. Aber irgendwie fehlte ihr das. Dieser Verlust trug zu dem Gefühl der Leere bei, das mit jedem Tag wuchs.

Sie öffnete den Kühlschrank. Das Licht fiel auf die lackierten Küchenschränke mit den Edelstahlgriffen und die funkelnde Metallspüle. Kerstin nahm eines der Plastikgefäße heraus, holte sich eine Gabel und setzte sich an den Küchentisch am Fenster.

Im Laufe des Tages waren Wolken aufgezogen, die die untergehende Sonne verdeckten. Es war der wärmste Juli seit Menschengedenken. Kerstin hoffte, dass es eine Weile bewölkt bleiben und vielleicht auch etwas regnen würde. Zwischen den Häusern war es bereits dunkel, und auf der großen Straße in der Ferne blitzten die Scheinwerfer der Autos auf. Noch weiter weg, jenseits einer glänzend grauen Fläche ließ sich die Stadt ausmachen. Das gab ihr einen Stich. Sie erinnerte sich an die Gerüche. Schimmel, Schmutz und Kohlerauch. Die Gerüche ihres Zuhauses.

Sie atmete tief durch die Nase ein, um die Gerüche der Erinnerung zu vertreiben. In der neuen Küche roch es fast überhaupt nicht, nur nach Schmierseife und neuer Farbe. Von dem starken Farbgeruch war ihr in der ersten Zeit regelmäßig schlecht geworden. Die Maler waren mit ihrer Arbeit zum Einzugstermin noch nicht ganz fertig gewesen, und zwei Männer hatten sich in der Wohnung befunden, als sie mit ihrer Habe eingetroffen waren. Der eine hatte auf einer Leiter in der Diele gesessen und geraucht, als sie ihr neues Zuhause betreten hatten. Der andere hatte gerade die

Wände des Schlafzimmers hellbraun gestrichen. Sie hatten sich in einer Sprache entschuldigt, die sie kannte, aber nicht verstand. Die Männer hatten ihre Farbeimer und ihre Leiter genommen und waren verschwunden. Der eine, ein großer, schlanker Typ, bedrängte Kerstin, als er sich in der Diele an ihr vorbeischob. Er hatte gelbe Zähne und einige Zahnlücken. Ihre Mutter bemerkte nichts. Sie war bereits in die Küche gegangen und hatte sich eine Zigarette angezündet.

Niemand half ihnen, ihre wenigen Habseligkeiten in die Wohnung zu tragen. Kerstin und ihre Mutter mussten allein zurechtkommen. Das war schon immer so gewesen. Sie hatten dreimal den Fahrstuhl genommen, dann war alles oben gewesen. Einige Tage später war der Onkel gekommen. Wortlos hatte er die Möbel in die Diele gestellt und war wieder gegangen. Kaffee und Gebäck hatte er ausgeschlagen. Ihre Mutter hatte ihn auch nicht gedrängt. Er hatte ihnen zugenickt, sich umgedreht und war gegangen, ohne sich zu verabschieden.

Den ganzen ersten Tag hatte Kerstin nur aus dem Küchenfenster geschaut. So hoch oben hatte sie sich noch nie befunden. Die Aussicht hatte ihr von Anfang an gefallen. Es fiel ihr immer noch schwer, sich von ihr loszureißen.

Widerwillig betrachtete Kerstin das Essen. Bohnen, eine gebratene Wurst und ein paar graue, verschrumpelte Erbsen, die einmal grün gewesen waren. Sie spießte die Wurst mit der Gabel auf und biss vorsichtig ab. Der Wurstzipfel schmeckte nach kaltem Fett. Kerstin zuckte mit den Achseln und biss ein weiteres Mal ab. Als sie die Wurst aufgegessen hatte, versuchte sie es mit den Bohnen. Sie schmeckten süß und hatten eine sandige Konsistenz. Kerstin schluckte die aufsteigende Übelkeit hinunter und schob den Plastikbehälter beiseite. Sollte sie wieder nach draußen gehen oder sich ins Bett legen? Ihre Armbanduhr zeigte, dass bald ein neuer Tag anbrechen würde. Sie überlegte, ob sie müde war, aber es war, als ziehe eine unsichtbare Kraft an ihr, die auch ihre Müdigkeit in Schach hielt.

Kerstin stellte den Behälter mit den Bohnen neben die Spüle, zog eine Schublade heraus, nahm sich ein paar Würfelzucker und steckte sie in die Tasche. Dann schlich sie in die Diele, zog ihre dünne Wildlederjacke an und schob ihre nackten Füße in ein Paar rote Clogs. Vorsichtig drückte sie die Klinke herunter und lauschte gleichzeitig ins Innere der Wohnung. Ihre Mutter hustete, dann ein weiteres Mal und ein drittes Mal, danach war es wieder still.

Kerstin glitt nach draußen, schloss lautlos die Tür und rannte die Treppen hinunter.

»Was zum Teufel denken die sich?«, sagte Pia Levin entrüstet. Sie hatte einen metallischen Geschmack im Mund und atmete stoßweise durch die Nase. Warum wurden Polizisten angegriffen, die Leben retten wollten?

Sie warf die Mappe mit den Ermittlungsunterlagen auf den Glastisch im Pausenzimmer. Hier saßen ein paar Techniker des forensischen Audiolabors, auch das Geräusch genannt, tranken Kaffee und teilten sich ein Stück Torte. Neugierig schauten sie von ihren Zeitungen auf und wandten sich, nachdem sie erkannt hatten, wer sich da näherte, wieder den Promis und Diättipps der Boulevardpresse zu.

»Wir müssen trotzdem unsere Arbeit erledigen und uns auf den Brand konzentrieren. Um das Vorstadtchaos dürfen sich andere kümmern«, meinte Hermine Vogel, die gemeinsam mit Levin den forensischen Teil der Brandermittlung verantwortete.

Die Schule war vollkommen ausgebrannt. Selbst wenn sich die Feuerwehr vorgewagt und einen Löschversuch unternommen hätte, hätte sich daran wahrscheinlich nichts ändern lassen. Die Schule stammte aus den 1970er-Jahren und war innen mit viel Plastik und leicht entzündlichem Holz verkleidet gewesen, obwohl der eigentliche Baukörper aus stabilem Beton bestand. Es war ein Rätsel, dass sie nicht schon viel früher abgebrannt war. Die Feuerwehrleute hatten alle Hände voll zu tun gehabt, sich in dem Chaos, das nach dem Angriff auf den Streifenwagen und die Polizisten entstanden war, selbst zu schützen. Der Polizeibeamte auf dem Beifahrersitz war der kollektiven Wut mit knapper Not entronnen. Der Profiler der Alphagruppe beschäftigte sich nun damit, eine Erklärung für diese Wut zu finden. Die Wahrheit war jedoch, dass niemand so recht verstand, warum die Bewohner des von den nächtlichen Bränden heimgesuchten Vororts jene Leute angegriffen hatten, die ihnen helfen wollten.

Pia Levin gab sich redlich Mühe. Den Zusammenhang zwischen Außenseitertum, Resignation und schließlich Aggression zu erkennen, fiel ihr nicht schwer. Immerhin war sie Polizistin und war zu Beginn ihrer Laufbahn in den Beton-Vororten im Streifenwagen unterwegs gewesen. Levin wusste sehr gut, was es hieß, nicht dazuzugehören. Sie konnte sogar verstehen, was Menschen dazu veranlasste, die Polizei als ihren Feind zu betrachten und anzugreifen. Den Bewohnern der problematischen Vororte verhießen die Ordnungshüter nichts Gutes. Immer wieder von Neuem bewiesen die Polizisten den Leuten aus der Vorstadt, dass die Theorien über den gleichen Wert jedes Menschen und der Gleichheit vor dem Gesetz eben nur Theorien waren.

Aber die Feuerwehr? Pia hatte immer geglaubt, dass

Feuerwehrleute gemeinhin als Helden angesehen wurden. Offenbar war dem nicht so. Im Frühjahr und Frühsommer waren die Unruhen eskaliert. Jede Nacht hatten Autos in Flammen gestanden. Beharrlich waren die Feuerwehrleute ausgerückt und hatten gelöscht. Anfangs hatten diese Brände an Happenings erinnert. Brennende Autos, Löscharbeiten und viele Schaulustige. Niemand wusste genau, wann das alles gekippt war und warum. Es begann damit, dass Werkzeug aus den Feuerwehrwagen gestohlen wurde. Dann wurden Reifen aufgeschlitzt. Wachpersonal wurde eingesetzt. Es wurde böse gestritten, Steine flogen. Dann gab es Polizeieskorten und noch mehr Steine und noch mehr Polizei. Es wurde weniger gelöscht. Schulen, Kindergärten und Vereinslokale brannten oder wurden verwüstet. Niemand wusste, wie diese Entwicklung gebremst werden konnte. Anfänglich hatten die Politiker aller Parteien die Gewalt verurteilt und zu Kundgebungen aufgerufen. In den Medien war debattiert worden, aber nach einiger Zeit hatte das Interesse nachgelassen. Schließlich hatte die Polizeichefin Charlotte Högberg entschieden, dass niemand ungestraft ihre Vororte niederbrennen dürfe. Im Rahmen einer Konferenz der Polizeiführung hatte sie die Phönixkommission ins Leben gerufen, um alle verfügbaren Kräfte und Mittel gegen die Exzesse in den Vororten zu bündeln. Diese Kommission konzentrierte sich auf die Verfolgung jener vergleichsweise wenigen Straftäter, die Autos in Brand setzten und Steine warfen, aber recht bald entstand der Eindruck, dass jeder gegen jeden kämpfte. Der Verfassungsschutz war sich nicht einmal sicher, ob die Unruhestifter überhaupt in den Problemvierteln wohnten. Gerüchteweise hieß es, dass es sich bei mehreren dieser Brände um Versicherungsbetrug handelte, was sich jedoch nicht belegen ließ.

Die Arbeit der Phönixkommission schien wirkungslos zu sein. Die Bewohner der Vorstädte wurden zunehmend ihrem eigenen Schicksal überlassen, und die Brandstiftungen wurden fortgesetzt. Immer häufiger kam es zu Gewalttätigkeiten und Konfrontationen. Als die Schule abbrannte und ein Polizeibeamter beinahe sein Leben verlor, war der Gipfel erreicht.

»Vielleicht sollten wir den ganzen Dreck einfach abbrennen lassen«, sagte Levin und biss herzhaft in die Schokoladentafel, die sie sich auf dem Weg ins Pausenzimmer am Automaten gekauft hatte. Sie war mit Hermine Vogel verabredet.

Hermine lehnte sich auf dem unbequemen, aber hochmodernen Designerstuhl zurück. Ein spöttisches Lächeln, das Levin ganz aus dem Konzept brachte, umspielte ihre Lippen.

»Zum Grinsen gibt's da ja wohl keinen Grund!«, fuhr Levin mit gespieltem Ernst fort.

»Nein, wirklich nicht, aber es ist auch nicht verboten, mal gute Laune zu haben.«

Pia Levin lachte. Sie kannte Hermine Vogel eigentlich nicht sonderlich gut, hatte aber viel über sie gehört und sich wie alle anderen eine Meinung gebildet. Bislang hatten sie nur einmal miteinander zu tun gehabt, als ein Neonazitreff gebrannt hatte. Vogel hatte Levin sehr beeindruckt, und sie hatte rasch eingesehen, dass die knallroten Fingernägel, die hautengen Jeans und das lange Haar die Professionalität Hermine Vogels nicht im Geringsten beeinträchtigten. Sie war eine der besten Brandursachenermittlerinnen des Landes. Ihre Expertise war gefragt, und sie wurde mit besonders schwierigen Fällen betraut.

Wie diesem hier.

Ellen Brandt schnupperte.

»Was riecht hier so?«, fragte sie und drehte gleichzeitig die französischen Chansons leiser.

»Wie?«, sagte Ulf Holtz, der sich aufs Fahren konzentrierte.

»Es riecht süßlich, was ist das?«

»Ach ja? Ich rieche nichts«, erwiderte Holtz, der im Schneckentempo an zwei Taxis vorbeifuhr, die nebeneinander vor einem der beliebtesten Nachtlokale der Stadt parkten. Eine lange Schlange hatte sich vor dem Eingang gebildet, obwohl es schon fast drei Uhr nachts war. Holtz bog zum Kai unterhalb der Oper ab und hielt an. Er öffnete das Handschuhfach, tastete darin herum und nahm einen Wunderbaum heraus.

»Ist das dein Ernst? Warum hast du so was im Handschuhfach liegen?«, fragte Brandt.

»Eine sentimentale Anwandlung, als ich das letzte Mal tanken war. Aber Linda hat gesagt, dass sie nicht mitfährt, wenn er am Rückspiegel hängt...«

»Also hast du ihn ins Handschuhfach gelegt.«

Holtz zuckte mit den Achseln und hängte die kleine Tanne an den Rückspiegel. Sie baumelte hin und her und verströmte dabei einen süßlichen Tannennadelgeruch.

»Komm jetzt, das Boot wartet«, sagte Holtz und stieg aus.

Aber das RIB-Boot war nicht da, und nachdem Holtz eine Weile herumtelefoniert hatte, wusste er, dass es erst um acht Uhr morgens eintreffen würde. Die übernächtigte Brandt schimpfte Holtz gehörig aus, dann schwiegen sie sich an. Sie fröstelten, denn sie waren zu dünn angezogen. Im Schein der erleuchteten Oper eilten einzelne Passanten und Pärchen vorbei, vielleicht nach Hause, vielleicht auch nächtlichen Abenteuern entgegen.

»Fehlt dir das nie?«, fragte Brandt plötzlich und deutete vielsagend auf ein Grüppchen junger Männer, die laut lachend mit raschen Schritten vorbeigingen.

»Was?«

»Die sorglose Zeit. Als alles noch möglich schien und der Ernst des Lebens noch nicht begonnen hatte. Alles war im Fluss.«

Holtz schaute den jungen Männern lange hinterher, bis sie um die Ecke verschwunden waren.

»Ich weiß nicht. Ich glaube, dass ich niemals sorglos war.«

Seine Stimme klang brüchig und abwesend, als spräche er mit sich selbst.

Ellen Brandt hatte das Gefühl, ein Thema angeschnitten zu haben, das sie nichts anging, spürte aber den Zwang fortzufahren.

»Aber ein wenig Spaß hattest du doch sicher, als du jung warst?«

»Ich weiß nicht mal, ob ich überhaupt jemals jung war.«

»Das klingt jetzt aber sehr ernst? Du hast dich doch auch über Dinge gefreut, dich verliebt, gefeiert und all das getan, was man tut, ehe es zu spät ist?«

»Zu spät? Meinst du, dass es jetzt zu spät ist?«

»Nein, ich meinte...«

»Das war nur ein Witz. Aber aus der Zeit kann ich mich an fast nichts erinnern. Ich war ein typischer Streber und hatte keine wirklichen Freunde. Die Zeit verging einfach.«

»Und Angela?«, fragte Ellen Brandt zögernd.

Ulf Holtz schaute über das Wasser und versuchte, Gewesenes auszublenden, aber je mehr er sich bemühte, desto deutlicher traten die Erinnerungen hervor. Überdeutlich.

Er war Angela in einer Vorlesung an der Universität begegnet und hatte sich bis über beide Ohren in sie verliebt. Er war mit einer anderen Studentin zusammen, aber beide wussten, dass es sich nur um eine unverbindliche Beziehung handelte, während sie auf etwas Besseres warteten. Angela war die Frau seiner Träume gewesen, eine Frau, für die er alles zu opfern bereit war. Wenn nötig, auch sein eigenes Leben. In schneller Folge hatten sie zwei Töchter bekommen und vorausgesetzt, dass sie ein langes, glückliches Leben zusammen verbringen würden. Dann hatte der Tod zugeschlagen. Binnen eines halben Jahres war Angela an Brustkrebs gestorben. Holtz fühlte sich schuldig, weil er sie nicht hatte retten können. Die Ungerechtigkeit, überlebt zu haben, während sie verschwunden war, war unerträglich. Es hieß zwar, die Zeit heile alle Wunden, aber das stimmte nicht. Er würde sich nie von Angelas Tod erholen können. Gewiss, es hatte Augenblicke des Glücks und der Liebe gegeben, aber nicht so wie mit Angela. Er hatte ein paar Affären gehabt, aber nichts war von Dauer gewesen. Als er dann vor einem Jahr Nahid Ghadjar kennengelernt hatte, hatte er geglaubt, dass es das Leben endlich wieder gut mit ihm meinte, aber sie hatte ihn verlassen. Und jetzt war sie tot.

Alle verschwanden. Die Angst, seine geliebten Töchter zu verlieren, hatte ihm die beiden entfremdet. Seine Bemühungen, sie nicht unter Druck zu setzen, sie nicht zu überwachen, sie nicht übermäßig zu beschützen, hatten unbeabsichtigte Folgen gehabt. Als er erkannt hatte, dass sie ihre eigenen Wege gingen, war es zu spät gewesen. Plötzlich war er in dem neuen Haus mit dem Garten, der nie dem japanischen Ideal entsprechen würde, allein gewesen. Ein weißes Haus im Stil des Funktionalismus, das so unauffällig war wie er selbst.

Düstere Gedanken gingen ihm durch den Kopf. Die Zeit blieb stehen. Ellen Brandt, die dicht neben ihm stand, nahm er nicht mehr wahr. Sie plauderte weiter, aber er hatte keine Ahnung, was sie sagte. Holtz blickte in den Himmel und versuchte, tief einzuatmen. Sein Hals war wie zugeschnürt. Er bekam keine Luft mehr und spürte einen stechenden Schmerz in der Brust. Die Farbe der prächtigen Opernbeleuchtung wechselte von Gelb zu Rot, dann wurde sie rosa.

Man sollte Pagenschnitt bei Männern verbieten. Das war Lindas erster Gedanke, als sie sah, wer es war.

»Musst du mich so erschrecken? Ja, bist du denn nicht ganz bei Trost?«, fauchte sie. »Was soll diese Anschleicherei? Mich hätte der Schlag treffen können!«

»Entschuldige! Das war nicht ...«, sagte Andor und schaute verlegen zu Boden. Sein Haar hing ihm in die Stirn.

Lindas Zorn erlosch ebenso schnell, wie er aufgeflammt war, und sie musste lachen. Seine hagere Gestalt, die seltsame Frisur, seine verlegene Miene und nicht zuletzt der Kaffeebecher, den er in der Hand hielt. Erst jetzt bemerkte sie den Kaffeeduft.

»Ist der Kaffee für mich?«, fragte sie.

Alles, was sie an ihm verachtet hatte, sein Besserwisserlächeln und seine Wichtigtuermiene, erhielten in der Dunkelheit eine andere Bedeutung. Er ist unsicher, dachte sie, er ist ein kleiner Junge.

Andor strich sich mit einer Hand das Haar hinters Ohr,

hielt ihr mit der anderen die Tasse hin und versuchte, ihrem Blick zu begegnen.

»Ich dachte, dass du vielleicht etwas Warmes trinken möchtest, und dass dir ein wenig Gesellschaft ganz recht ist.«

Linda Holtz streckte die Hand aus und nahm den Becher. Sie spürte seine schmalen Finger auf ihren.

»Einen Kaffee kann ich gebrauchen, aber alleine... ich weiß nicht.«

»Ich wollte dir wirklich keinen Schrecken einjagen.«

»Warum hast du dich dann angeschlichen?«

Sie versuchte, wütend zu klingen.

»Ich habe dich nicht gefunden. Bei der Grube war niemand. Dann habe ich eine Weile gesucht. Schließlich habe ich dich entdeckt und bin dir gefolgt...«

»Hm. Okay. Mach das bloß nicht noch mal«, meinte sie lächelnd.

Er strahlte.

»Komm«, sagte er. »Wir gehen zurück. Dein Vater hat ja gesagt...«

»Ich weiß, was mein Vater gesagt hat«, erwiderte sie unwirsch, aber ihr Ärger war bereits verflogen, und sie folgte ihm zur Grube, in der die sterblichen Überreste eines Menschen darauf warteten, dass etwas geschah.

Linda setzte sich auf eine Holzkiste, die am Vortag stehen geblieben war. Andor nahm sich den Campingstuhl. Linda war todmüde, konnte sich jedoch nicht überwinden, die Grube zu verlassen. Andor schlug auch nicht vor, die Schicht allein zu übernehmen, obwohl es so ausgemacht war. Langsam trank Linda den Kaffee.

»Was ist an der Archäologie eigentlich so besonders?«,

fragte sie, nachdem sie eine Weile schweigend nebeneinander gesessen hatten.

Andor sah sie an. Sie hatte einen jungen Mann vor sich, der sich für etwas begeisterte. Wie alt war er eigentlich? Zwanzig? Höchstens fünfundzwanzig. Ein Kind.

»Willst du das wirklich wissen? Ich dachte, dass du dich auch dafür interessierst.«

»Ja, ich will das wissen.«

Er nickte und schaute auf den Unterkiefer, der in einigen Metern Entfernung von ihnen aus der Erde ragte.

»Schon immer habe ich mich für Dinge interessiert, die gewesen sind. Ich habe mein ganzes Leben in der Vergangenheit verbracht.«

Andor besaß keine gleichaltrigen Freunde. Er wusste, dass er mit seiner altklugen Art und seinen seltsamen Interessen die meisten anderen abstieß, aber hatte es schon lange aufgegeben, den Kontakt zu suchen. Er war gerne mit sich selbst und den Toten zusammen, wie er es ausdrückte.

»Ich führe mit den Wikingern und den Menschen aus der Bronzezeit ein reiches Leben.«

Die Einzigen, mit denen ihn so etwas wie eine Gemeinschaft verband, waren alte Professoren, Archäologen in schlecht sitzenden Kleidern, die seltsam rochen. Seine Freizeit verbrachte er in der Universität und im Naturhistorischen Museum. An seiner ersten Grabung hatte er als Vierzehnjähriger teilgenommen. Den ganzen Sommer über hatte er auf den Knien zusammen mit erfahrenen Archäologen Millimeter um Millimeter ein Grab aus der Bronzezeit freigelegt. Er hatte es geliebt. Das Rätsel, das zum Vorschein gekommen war, nachdem sämtliche Sandkörnchen weggepinselt worden waren. Erst war es nur ein Durcheinander an

Knochen gewesen, die dann zusammen mit den dazugehörigen Gegenständen eine Geschichte zu erzählen begannen. Er hatte einen Bronzemeißel, einen Schleifstein, einen Feuerstein, ein Werkzeug aus einem Schafsknochen und einige Miesmuschelschalen gefunden. Diese alltäglichen Gegenstände, die Tausende von Jahren in der Erde gelegen hatten, konnten eine Geschichte erzählen, die so spannend war wie ein Roman.

Er hatte bereits gewusst, dass er sich mit nichts anderem beschäftigen wollte, als er einige Jahre später Professor Sebastian begegnet war. Der Professor war im Unterschied zu anderen Professoren schlagfertig und exzentrisch und besaß Humor und Empathie.

Seit ihrer ersten Begegnung war er dem Professor nicht mehr von der Seite gewichen.

»Ich weiß, dass über uns beide geredet wird«, sagte Andor.

Linda Holtz stutzte.

»Wie meinst du das?«

»Du hast noch nichts davon gehört? Der kleine Junge des Professors.«

Linda war aufrichtig erstaunt, aber verstand sofort, was er meinte. Junger, femininer Mann und älterer, exzentrischer Professor. Wie gemacht für Klatsch.

»Nein, das ist mir noch nicht zu Ohren gekommen. Und? Ist was dran?«

Andor lächelte ein trauriges Lächeln, das sie nicht recht deuten konnte. Sie streckte die Hand aus und strich ihm mit dem Handrücken vorsichtig über die Wange. Er zuckte zurück, als hätte er sich verbrannt. Linda Holtz fragte nicht weiter. Sie schwiegen, beide in Gedanken versunken, während das Licht langsam die Schatten auslöschte und die Morgendämmerung hereinbrach.

Der fettige Ruß auf dem Beton stank nach Rauch. Nur zwei tragende Wände waren von dem Gebäude stehengeblieben, das zwei Stockwerke und ein Flachdach gehabt hatte. Außer den Betonwänden und einem Teil des Obergeschosses war alles eingestürzt oder von den Flammen verzehrt worden. An einigen Stellen qualmte es noch, und Hermine Vogel ging davon aus, dass der Brand im Übrigen gelöscht war. Sie trug einen dicken Gummioverall mit Kapuze, hohe Gummistiefel und robuste Gummihandschuhe, die bis zu den Ellenbogen reichten. Mund und Nase bedeckte ein Mundschutz. Levin trug identische Kleider. Sie standen wie zwei Wesen aus einer fremden Galaxie nebeneinander und betrachteten die Zerstörung.

»Dann wollen wir mal«, sagte Hermine und machte resolut einen Schritt in den schwarzen Matsch. Levin folgte ihr mit einer Kamera. Routiniert, aber weder sonderlich vorsichtig noch methodisch bewegte sich Hermine Vogel in den Trümmern der abgebrannten Schule. Bei Brandermittlungen muss man nicht pingelig sein, pflegte sie zu sagen, aber Levin wusste, dass das nur Gerede war. Sie kannte keinen anderen Menschen, der einerseits so forsch zupackend, andererseits so ausgesprochen pedantisch arbeiten konnte. Hermine Vogel war der Typ Frau, der die Männer völlig aus dem Konzept brachte, wenn sie einen Raum betrat. Ihr langes, stets sorgfältig gebürstetes Haar, ihre erstklassige Figur, ihr hübsches Gesicht und ihre gewagte Art, sich zu kleiden, stellten einen extremen Kontrast zu ihrer Arbeit dar.

Pia Levin war bei ihrer ersten Begegnung nicht sonderlich

von ihr beeindruckt gewesen, hatte dieses Urteil dann aber recht bald revidiert. Als ihr aufging, dass Hermine Vogel die gefragteste Brandermittlerin des Landes war, und dass es ihr außerdem vollkommen gleichgültig war, was andere von ihr hielten, schämte sie sich ihrer eigenen Vorurteile.

»Hilf mir hier mal«, rief Hermine Vogel. Sie bückte sich, wühlte mit beiden Armen im Matsch und versuchte, einen schweren Gegenstand anzuheben.

Sorgfältig verstaute Pia Levin ihre Kamera in der Schultertasche und watete auf ihre Kollegin zu.

»Irgendwas sitzt hier fest. Vielleicht kriegen wir es ja zusammen los.«

Levin stellte sich dicht neben Hermine Vogel, steckte beide Hände neben ihr in den zähen Brei und ertastete etwas Hartes, Glattes und Schweres.

»Jetzt.«

Sie stemmten mit aller Kraft, langsam löste sich der Gegenstand vom Boden, und gemeinsam gelang es ihnen, ihn an die Oberfläche zu hieven.

»Was ist das?«, fragte Levin angestrengt.

Hermine antwortete nur mit einem Stöhnen. Schließlich gelang es ihnen, den Gegenstand an die Wand zu lehnen.

»Ein Sicherheitsschrank«, stellte Vogel fest. »Feuerresistent und alles. Mal sehen, ob das auch wirklich zutrifft.«

»Was ist das hier für ein Zimmer?«, fragte Levin und schaute sich um.

»Du meinst wohl, was das für ein Zimmer war?«, erwiderte Vogel lachend.

»Ich weiß nicht«, fuhr sie fort. »Wir sollten uns den Grundriss ansehen, bevor wir unsere Arbeit fortsetzen. Du könntest auch noch ein paar Fotos machen.«

Pia Levin schoss eine Fotoserie vom Schrank und folgte dann ihrer Kollegin in die Ruine. Vorsichtig erklommen sie die Überreste einer Treppe und betraten den ersten Stock oder das, was davon übrig war. Offenbar hatte sich hier eine Bibliothek befunden. Zahllose verkohlte Bücher lagen am Boden. Pia Levin bückte sich und nahm einen rußverschmierten Papierstapel in die Hand, der seltsamerweise recht unbeschädigt war.

Hermine rief vom anderen Ende des Raumes nach ihr. Sie beugte sich über die Reste eines Sessels und deutete auf etwas. Pia begriff nicht, was sie meinte. Hermine zog ihren Mundschutz nach unten und grinste.

»Ich wette einen Monatslohn, dass es hier angefangen hat«, sagte sie.

»Warum das?«

»Schau dir mal den Fußboden und die Wand an.«

Vor dem zerstörten Sessel breitete sich ein schwarzes, schlangenähnliches Muster aus, und die Wand dahinter war kegelförmig mit Ruß bedeckt.

»Ein Benzinbrand. Jemand hat Benzin oder eine andere leichtentzündliche Flüssigkeit auf den Fußboden und den Sessel gegossen und dann angezündet«, sagte sie.

Levin machte ein paar Fotos von dem ruinierten Sessel.

»Ich werde mich auf diesen Raum konzentrieren und, wenn nötig, eine Simulation im Labor durchführen, damit wir uns ein Bild vom Ablauf machen können«, fuhr Hermine fort. »Aber es hängt ganz von dir ab, wie viel Energie wir auf diese Sache verwenden.«

Levin verstaute ihren Fotoapparat wieder in der Tasche und sah sich um.

»Wir setzen die Untersuchungen vor Ort fort und entscheiden später, wie's weitergeht. Schick mir morgen einen vorläufigen Bericht, dann bespreche ich das mit der operativen Einsatzleitung.«

Sie verabschiedete sich von Hermine Vogel, stieg die Treppe vorsichtig wieder hinunter, watete durch das schwarze Löschwasser und verließ die abgebrannte Schule. Vor der Absperrung hatte sich eine Menschentraube versammelt. Levin verlangsamte ihren Schritt und überlegte, wie sie vorgehen sollte. Sie bereute jetzt, dass sie ihr Auto nicht innerhalb der Absperrung geparkt hatte, obwohl diese nur einen geringfügigen Schutz geboten hätte. Einen Schutz wovor?, dachte sie, während sie sich aus dem Schutzanzug schälte.

Aus dem Augenwinkel sah sie, dass es sich um etwa zwanzig Personen handelte, die lautstark diskutierten. Eine große dunkelhäutige Frau, die sich einen bunten Schal wie einen Turban um den Kopf gewickelt hatte, drohte einem jungen Mann mit der Faust.

Pia Levin sah sich um. Eigentlich mussten ihre Kollegen in der Nähe sein. Das hatte ihre Chefin in einer Talkrunde im Fernsehen einige Abende zuvor feierlich versprochen. Levin hatte gezappt und war mitten in einen heftigen Wortwechsel zwischen Charlotte Högberg, genannt C., und einem Kommunalpolitiker in der Sendung »Ansichten« geraten. Die Brände in den Vorstädten hatten bislang niemanden gekümmert. Erst seit der Misshandlung des Polizisten war die Debatte überhaupt in Gang gekommen, und plötzlich hatten sich die Versprechen nur so aneinandergereiht. C. hatte mehr Beamte für die betroffenen Stadtviertel versprochen, aber soweit Pia Levin sehen konnte, war das ein leeres Versprechen. Jedenfalls im Augenblick.

Sollte sie auf die Gruppe zugehen? Oder in die Ruine zurückkehren?

»He, Sie da! Sie sind doch von der Polizei, oder?«, rief die Frau mit dem bunten Halstuch auf dem Kopf, und Levin sah ein, dass sie sich weder verstecken noch dem Konflikt entziehen konnte.

»Meinen Sie mich?«, rief sie zurück und deutete auf sich selbst.

»Sehen Sie hier sonst noch wen?«, erwiderte die Frau und lachte.

Levin nahm ihre Tasche und schlenderte auf die Menge zu.

»Ja, ich bin Polizistin. Wie kann ich helfen?«, fragte sie, bevor sie das durchhängende blauweiße Flatterband erreicht hatte, das im Wind schaukelte.

»Haben Sie den Täter gefasst?«, fragte die Frau.

»Vielleicht gibt es gar keinen Täter und es war ein Unfall. Um das herauszufinden, bin ich hier.«

»Und wie wollen Sie da vorgehen?«

»Ich bin Kriminaltechnikerin und...«

»Aber Sie sind doch trotzdem Polizistin?«

Ein junger Mann starrte Levin durchdringend an.

»Wir wollen hier keine Bullenschweine haben«, fauchte er.

Die Frau mit dem Turban drehte sich zu ihm um. Sie war einen Kopf größer und bedeutend stämmiger.

»Sie ist hier, um uns zu helfen, begreifst du das nicht?«

»Wir brauchen hier keine Bullen. Die haben uns noch nie geholfen. Im Gegenteil. Die schikanieren uns doch nur. Bis jetzt sind wir auch gut ohne euch klargekommen, also verschwinden Sie.«

»Findest du, dass man das hier gut zurechtkommen nennen kann? Dass es für die Kinder keine Schule mehr gibt?

Dass unsere Autos in Brand gesteckt werden und dass sich abends keiner mehr auf die Straße traut?«

Pia Levin wusste nicht, was sie tun sollte. Die beiden schrien sich an und schienen sie und die anderen Umstehenden vergessen zu haben.

»Was ist hier los?«

Pia Levin hatte nicht bemerkt, dass sich Hermine Vogel zu ihr gesellt hatte. Sie trug immer noch den dicken Overall, hatte aber Kapuze und Mundschutz abgenommen und trug das lange Haar offen.

Nun stand sie ruhig und ernst hinter ihr.

»Was ist los?«, wiederholte sie, und Levin fühlte sich plötzlich ganz klein. Hermine mischte sich in etwas ein, was Pia nicht kontrollieren konnte, und nahm sich der Sache an.

»Wie heißen Sie?«, fragte sie die Frau.

»Warum wollen Sie das wissen?«, erwiderte die Frau trotzig. »Wie heißen Sie denn?«

»Hermine Vogel. Ich freue mich immer, wenn ich weiß, mit wem ich mich unterhalte. Also, wie heißen Sie?«

Ihre Autorität strahlte Herzlichkeit aus, und Pia Levin fühlte sich plötzlich noch winziger. Sie begriff nicht, was geschehen war. Eigentlich galt sie als taffe und selbstständige Beamtin, die kein Problem scheute und jede Lage meisterte. Aber irgendetwas hatte sich verändert. Innerhalb kürzester Zeit war ihr das Selbstvertrauen abhandengekommen. Sie war zwar eine Weile krankgeschrieben gewesen. Während der Ermittlung in einem Todesfall auf einem Kreuzfahrtschiff hatte sie einen Zusammenbruch erlitten und danach die Hilfe eines Psychologen verweigert. Es hatte zu diesem Zeitpunkt andere hoffnungsvolle und lichte Dinge in ihrem Leben gegeben, und deswegen war sie der Meinung gewesen, keinen Seelendoktor zu brauchen. Aber eigentlich wusste sie, dass die Abgründe, die sich aufgetan hatten, nachdem sie Beate Henneland im Zusammenhang mit der Ermittlung auf dem Kreuzfahrtschiff kennengelernt hatte, ihr noch länger zu schaffen machen würden. Sie war sich nicht einmal sicher, ob da etwas zu beheben war und ob sie überhaupt geheilt werden wollte. Jetzt war sie schwach und verängstigt, und verängstigte Polizisten lebten gefährlich.

»Ich heiße Chantal«, sagte die Frau, »und dieser Tunichtgut ist Fabian, einer meiner Söhne.«

Pia Levin sah sie verblüfft an. Mutter und Sohn. Das hätte sie nicht gedacht. Hermine Vogel zog einen Handschuh aus und reichte der Frau die Hand.

»Wir tun, was wir können, um dieser Sache auf den Grund zu gehen, das verspreche ich«, sagte sie und lächelte Chantal an. Diese erwiderte das Lächeln.

»Gut. Wir brauchen hier Ruhe und Frieden. Kümmern Sie sich nicht um ihn. Er ist nicht so abgebrüht, wie er tut«, meinte sie und nickte in Richtung ihres Sohnes.

Fabian starrte sie nur an, spuckte aus und ging. Ein paar junge Männer verließen die Menge und folgten ihm. Einer von ihnen drehte sich noch mal um und zeigte ihnen den Finger.

»Haut ab«, schrie er und rannte seinen Kumpeln hinterher.

»Um die kümmer' ich mich später«, sagte Chantal und grinste breit. »Viel Glück.«

Sie verschwand in der Menge. Hermine Vogel wandte sich an Levin.

»Nichts ist schwarz oder weiß. Stimmt`s?«

Kerstin spürte den rauen Beton durch ihre Jacke. Es war früher Morgen, die Sonne ging gerade auf. Die kühle Nachtluft traf auf die ersten wärmenden Sonnenstrahlen. Sie hatte noch nie so einen Nebel erlebt. Wie ein dicker Teppich bedeckte er die Erde. Die Sandhaufen schienen auf ihm zu schweben. War es in der Stadt neblig, wurde die Welt in einen weichen, durchsichtigen Dampf getaucht. Das Weiß verfing sich in den engen, dunklen Gassen und den kleinen Innenhöfen mit seinen Trockenklosetts. Der kalte Nebel der Stadt hatte ihr Angst gemacht. Dieser Nebel hier gefiel ihr.

Eine weitere Nacht war sie zwischen den Häusern herumgestreunt. Mittlerweile fand sie sich gut zurecht, kannte alle Verstecke, wusste, wo man unter eine Plane kriechen konnte und welche Baubuden in der Regel nicht abgeschlossen waren, weil die Arbeiter das vergaßen. Während dieser Wochen in dem neuen Viertel hatte sie wie eine Katze ihr Revier erweitert. Manchmal begegnete sie anderen Jugendlichen, aber sie war noch nicht soweit. Sie wusste, dass sich die anderen in den halbfertigen Häusern trafen. Bald würde auch sie sich in diese unbekannte Welt aus Treppen ohne Geländer und Stockwerken ohne Fenster und Außenwände vorwagen.

Kerstin blieb lange sitzen und sah den Nebel verschwinden, bevor sie ihren Platz der Geborgenheit an der Wand verließ. Ob Mama wohl zur Arbeit gegangen ist?, überlegte sie. Hoffentlich. Kerstin wollte nach Hause gehen, hatte aber keine Lust, ihrer Mutter zu begegnen und sich deren Klagen anzuhören.

Sie trat einen Schritt aus den Schatten. Ihr Haus lag auf der anderen Seite nur wenige Hundert Meter entfernt, aber es kam ihr weiter vor.

Die Hand, die sich auf ihren Mund und ihre Nase legte

und zudrückte, roch nach Tabak. Sie wehrte sich, aber sie wurde mit einer festen Umklammerung der Oberarme von hinten festgehalten. Kerstin versuchte zu schreien, aber sie gab nur ein ersticktes Geräusch von sich. Sie konnte ihren Kopf nicht bewegen, ihr Hals tat weh, und sie bekam keine Luft. Ihre Tritte verfehlten den Angreifer. Sie unternahm noch einen zweiten Versuch, wieder ohne Erfolg.

Die Warnungen ihrer Mutter hallten in ihrem Kopf wider. Sei vorsichtig. Du weißt nicht, was für Typen hier herumlungern. Junkies nannte sie die.

Die Hand auf ihrem Mund drückte nicht mehr ganz so fest zu, die Finger glitten auseinander, und einer geriet zwischen ihre Lippen. Er schmeckte schlecht. Sie biss zu. Der Arm, der ihre Arme umklammert hielt, verschwand. Sie riss sich los. Ihr wurde schwindelig. Sie wollte weglaufen, aber ihre Beine gehorchten nicht. Jemand schrie. Es flimmerte vor ihren Augen. Der Schlag traf sie mit solcher Wucht, dass sie das Gleichgewicht verlor. Sie spürte, dass sie unter dem Auge getroffen worden war, und ehe das Gehirn die Schmerzsignale gesendet hatte, schlug sie mit dem Gesicht auf dem Boden auf.

»Du verdammte Hure. Ich bring dich um«, hörte sie, ehe sie ein Tritt in die Seite traf. Ihr ganzer Körper ging in die Defensive. Reflexartig krümmte er sich, sie zog die Beine an und riss die Arme hoch, um ihren Kopf zu schützen.

Langsam war sie wieder in der Lage, einen klaren Gedanken zu fassen. Die Schmerzsignale wurden verarbeitet, und sie schrie. Ihr Gesicht schmerzte, ihr Bauch schmerzte, und sie hatte das Gefühl, ihr Kopf müsste platzen, weil sie keine Luft bekam.

»Ich sterbe«, dachte sie, krümmte sich noch mehr zusammen und wartete auf den nächsten Tritt.

Sehr lange geschah nichts.

Dann hörte sie ein Geräusch. Kam er zurück, um wieder über sie herzufallen? Schritte auf Kies, ihr wurde übel. Sie atmete stoßweise, drehte sich um und setzte sich auf. Alles tat ihr weh, aber ihr Kopf war wieder klar. Sie stand auf und wollte fliehen, aber es gab kein Entkommen. Er kam direkt auf sie zu. Der geborgene Winkel hatte sich in eine Falle verwandelt. Sie lehnte sich an die Wand, alle Muskeln angespannt, bereit zum Kampf.

»Ganz ruhig, hab keine Angst.«

Er blieb ein paar Meter vor ihr stehen und hob beschwichtigend die Hände. Die Haare hingen ihm in die Augen. Lockiges, langes, schwarzes Haar.

»Ganz ruhig. Ich habe gesehen, was passiert ist. Er ist weg. Die Gefahr ist vorbei«, sagte er und kam langsam näher.

Kerstin atmete rasch, drückte sich an die Wand und blickte nach links und nach rechts.

»Fass mich nicht an!« Dann bekam sie plötzlich keine Luft mehr und begann zu husten. Sie krümmte sich und übergab sich.

»Fass mich nicht an«, jammerte sie. Sie hatte den Geschmack von Erbrochenem im Mund.

Er legte ihr eine Hand auf die Schulter. Sie hatte keine Kraft mehr. Sie hatte nicht einmal mehr die Kraft, Angst zu haben.

»Hab keine Angst«, sagte er und lächelte. »Ein Glück, dass ich gekommen bin. Wie heißt du?«

Sie schloss die Augen, zögerte.

»Kerstin«, erwiderte sie.

»Ich heiße Stavros«, sagte er und schüttelte sich das Haar aus den Augen. »Wie geht es dir?«

»Schon okay. Nur etwas zittrig. Wer war das?«

»Weiß nicht? Einer von den Junkies vielleicht. Du solltest nicht allein hier rumlaufen.«

Die Wasseroberfläche glühte, die Bugwelle schimmerte gelblich-weiß in der frühen Morgensonne. Das Boot beschrieb mit hoher Geschwindigkeit eine weite Kurve, dann wurden die Motoren abgestellt und es glitt auf den Anleger zu und stoppte an dessen Gummileiste. Ulf Holtz spürte den leichten Aufprall.

»Geht es dir inzwischen besser?«, fragte Ellen Brandt. Sie wusste nicht recht, was sein zögerliches Lächeln bedeuten sollte, wertete es aber als ein Ja.

Holtz hatte mitten in der Nacht auf dem Kai eine Art Schwächeanfall erlitten. Er hatte sich setzen und den Kopf in den Nacken legen müssen, um seinem Gehirn wieder Sauerstoff zuzuführen. Brandt hatte neben ihm gekniet und sich wiederholt nach seinem Befinden erkundigt. Es war ihm wie eine Ewigkeit vorgekommen, aber vermutlich war alles im Nu vorüber gewesen. Anschließend waren beide nach Hause gefahren, um den versprochenen Transport abzuwarten. Nach ein paar Stunden Schlaf hatte Holtz sich wieder wie immer gefühlt.

Während der letzten Wochen hatte er sich einige Male schwindlig und einer Ohnmacht nahe gefühlt, dies aber als Symptome seiner Erschöpfungsdepression abgetan, wie es seine Ärzte beharrlich nannten.

»Bist du sicher, dass es dir wieder gut geht?«, fragte Ellen Brandt.

Er hob abwehrend die Hand.

»Doch, doch. Ich bin nur etwas müde. Wollen wir an Land gehen?«

Brand wirkte besorgt und betrachtete den Pfad, der vom Anleger wegführte. Auf der Anhöhe, die den Hafen umschloss, erkannte sie eine Gestalt im Gegenlicht, deren Haltung sie aufmerken ließ. Sie war groß. Vermutlich handelte es sich um einen Mann, aber sie war sich nicht sicher, da sie nur eine Silhouette mit wehenden Kleidern erkennen konnte. Offenbar ein Umhang, der sich im Wind bewegte.

»Was hältst du davon?«, fragte Brandt an Holtz gewandt.

Holtz sah sie an, dann folgte sein Blick ihrer deutenden Hand.

»Wovon?«

Auf dem Gipfel war niemand mehr zu sehen.

»Da oben war jemand«, sagte Ellen Brandt zögernd.

Ulf Holtz schüttelte den Kopf, klaubte seine Sachen zusammen und ging an Land. Ellen Brandt schaute erneut zum Gipfel hinauf, zuckte mit den Achseln und folgte ihm schließlich.

Eine Tür des Hausbootes, das am Steg lag, öffnete sich, und ein Mann in einem großgeblümten Bademantel trat an Deck. In den Händen hielt er ein Tablett und über seinem Arm hing ein Stock.

»Guten Morgen. Sie kommen gerade recht zum Kaffee«, sagte er.

Ellen Brandt warf Holtz einen Blick zu und ging dem Mann entgegen.

»Sie müssen Professor Sebastian sein«, sagte sie, als sie vor ihm stand. Der Mann stellte sein Tablett auf einen Poller und reichte ihr die Hand.

»Es hat sich also schon herumgesprochen«, erwiderte er.

»Ulf Holtz hat mir von Ihnen erzählt.«

»Sie dürfen mich Arnold nennen, liebes Kind.«

»Ich heiße Ellen. Ich glaube, es ist recht lange her, dass mich jemand liebes Kind genannt hat«, erwiderte sie lachend.

Er reichte ihr eine Tasse.

»Gibt es vielleicht auch Tee?«, wollte Holtz wissen.

»Dieser Kaffee besteht aus frischgemahlenen brasilianischen Bohnen«, entgegnete der Professor und reichte Holtz eine Tasse, ohne auf die Frage einzugehen.

Ellen Brandt stieß Holtz unauffällig mit dem Ellenbogen an.

»Danke, sehr freundlich«, sagte Holtz, nippte und verzog das Gesicht.

Sie tranken ihren Kaffee stehend auf dem Anleger, und Professor Sebastian erzählte Ellen Brandt von den Ausgrabungen und von der Insel, auf der alles begonnen hatte. Inzwischen wisse man, behauptete er, dass die Wikinger keine unzivilisierten Gesellen gewesen seien, die einfach nur durch die Welt gezogen waren und vergewaltigt, gemordet und gebrandschatzt hätten, sondern dass sie auch eine moderne Handelsflotte besessen hätten.

»Tja, so ganz glaube ich ja nicht an ihre Vortrefflichkeit«, meinte Ellen Brandt.

Ulf Holtz stand in Gedanken versunken schweigend neben ihnen. Er betrachtete die am Anleger vertäuten Boote. Die Fender quietschten, wenn sie mit dem Steg in Berührung kamen. Sie wurden gestrafft und erschlafften im Takt der Dünung. Im vergangenen Frühjahr, während der Mordermittlung auf einem Kreuzfahrtschiff, hatte Holtz einige Nächte an Bord zugebracht und Gefallen daran gefunden. Er war zwar seekrank geworden, aber dagegen gab es Mittel. Er trug sich mit dem Gedanken, sich ein Boot zuzulegen. Ein kleines Segelboot, das ihn beschäftigte und seine Kraft absorbierte. Oder vielleicht war ein Motorboot aus Plastik geeigneter.

»Wohnen Sie in dem Hausboot?«, hörte er Ellen fragen.

»Ja, aber nur jetzt im Sommer während der Grabungen. Ich finde es praktisch. Möchten Sie es sich anschauen?«

»Tja...«, meinte sie zögernd.

Holtz spürte, dass sie sich zu ihm umgedreht hatte.

»Vielleicht später. Wir müssen uns ranhalten. Linda wartet auf uns«, meinte er.

»Sie haben ganz recht. Gehen sie schon mal vor«, sagte Professor Sebastian. »Ich komme nach, sobald ich mich angezogen habe.«

Ulf Holtz und Ellen Brandt nahmen ihre Taschen und begaben sich zum Grabungsplatz. Holtz referierte das wenige, was er über das Wikingerdorf wusste, als sie daran vorbeikamen. Dort herrschte reger Betrieb, aber niemand schien sich um die beiden Polizisten zu kümmern. Eine unsichtbare Grenze schien zwischen dem Dorf und der Umgebung zu verlaufen. Ein Fenster zur Geschichte. Fasziniert betrachtete Ellen die Leute in ihrer Wikingerkluft. Alle gingen ihren Verrichtungen nach, und niemand schaute zu ihnen herüber. Mit Ausnahme eines Mannes in weiten Kleidern.

Linda Holtz rieb sich zum dritten Mal die Augen. Sie lag auf dem Boden und schaute an die Decke. Sie hatte am Morgen nur wenige Stunden in ihren Kleidern zwischen zwei Holzkisten auf einem alten Jutesack mit einer Decke zugedeckt gelegen. Sie sehnte sich nach einer Dusche und etwas Essbarem. Eine Spinne hing an einem Faden von einem Dachbalken herab und drehte sich langsam um sich selbst. Linda dachte an ihren Vater. War es richtig gewesen, ihn rufen zu lassen? Schließlich war er krank. Wenn er jetzt zusammenbrach? Aber schließlich war er alt genug, um selbst zu entscheiden. Sie war sogar der Meinung, dass er trotz seiner mürrischen Art am Vorabend neugierig und sogar fröhlich gewirkt hatte.

Die Spinne kletterte den Faden hinauf und verschwand in einem schattigen Winkel unter dem Dach. Die Sonnenstrahlen bildeten ein symmetrisches Muster auf dem Fußboden, und der Staub der schmutzigen Holzdielen tanzte in der Luft. Das kitzelte in der Nase. Linda blinzelte ins grelle Licht und nieste.

»Gesundheit«, war von draußen zu vernehmen.

Andor öffnete die Tür und betrat die Baubude.

»Guten Morgen. Du hast dich doch hoffentlich nicht erkältet?«

»Nein, ich glaube nicht. Vermutlich ist es der Staub.«

»Ja. Das Sheraton ist das hier ja nicht gerade. Hast du schlafen können?«

»Ein bisschen, aber das ist schon okay. Ich habe schon an schlimmeren Orten geschlafen.«

»Wirklich?«

»An viel schlimmeren, dort war es allerdings in der Regel wärmer.«

»Ach ja?«

»Das erzähle ich dir ein andermal. Jetzt muss ich unbedingt was essen.«

»Der Professor hat angerufen. Er kommt gleich mit dem Frühstück. Dein Vater ist auch unterwegs.«

Linda Holtz erhob sich gelenkig von ihrem provisorischen Schlafplatz und trat in dem Augenblick ins Warme hinaus, als die beiden Polizeibeamten eintrafen.

Holtz umarmte seine Tochter. Darüber, dass sie nach Jute roch, verlor er kein Wort.

»Ich habe Ellen mitgebracht«, sagte er.

»Hallo, Linda, das ist wirklich lange her«, meinte Ellen Brandt.

Linda Holtz strahlte und umarmte sie ebenfalls.

»Große Güte! Hast du in einem alten Sack übernachtet?«, fragte Brandt und lachte.

»O je. Riecht das so stark?«

»Können wir uns jetzt vielleicht auf die wesentlichen Dinge konzentrieren?«, fragte Ulf Holtz.

Linda stellte Andor vor, der etwas abseits stand und darauf zu warten schien, in die Unterhaltung miteinbezogen zu werden. Als sich alle begrüßt hatten, begab sich die Gruppe zu dem flachen Grab mit dem Skelett. Die Schnur war heruntergefallen, und die Pappteller, die Holtz beschrieben hatte, lagen auf der Erde. Andor nahm die provisorische Absperrung und wollte sie gerade zurückhängen, als Ellen ihn bat zu warten. Sie ging neben dem teilweise freigelegten Skelett in die Hocke und betrachtete es schweigend.

»Hast du Handschuhe dabei?«, fragte sie Holtz.

Er kramte in seiner Tasche, fand das Gesuchte und reichte ihr ein Päckchen sterile Gummihandschuhe. Routiniert riss Ellen es mit den Zähnen auf, zog die Handschuhe heraus und streifte sie über. Nachdem sie den Schmuck untersucht hatte, der in der harten Erde feststeckte, erhob sie sich und sah Holtz bekümmert an.

»Du hast vermutlich recht. Wir haben es mit einem Rätsel zu tun.«

Holtz nickte.

»Was passiert jetzt?«, fragte Linda Holtz.

Noch ehe jemand etwas sagen konnte, wurden sie von Professor Sebastian unterbrochen. Er kam auf seinen Stock gestützt auf sie zu. Über seine Schulter hing eine Tasche.

»Herrlicher Morgen, nicht wahr? Ich habe ein paar Butterbrote für die Nachtwachen mitgebracht«, sagte er.

Ellen Brandt lotste Holtz etwas abseits in den Schatten einer großen Eiche. Holtz lehnte sich an die raue Rinde. Er riss einen langen Grashalm ab, steckte ihn zwischen die Lippen und ließ ihn auf und ab wippen.

»Dieser Fall wird auf der Dringlichkeitsliste so weit unten landen, dass er praktisch nicht existiert«, sagte Brandt.

Ulf Holtz kaute bedächtig auf dem Grashalm und sah ihr in die Augen.

»Irgendwas müssen wir aber trotz allem unternehmen. Es kann sich um eine Straftat handeln, und du weißt genauso gut wie ich, dass es bei Mord keine Verjährung mehr gibt. Du kannst das nicht einfach ignorieren.«

Sie wich seinem Blick aus.

»Ich habe einen Vorschlag. Ich muss mich bei C. absichern, aber alles andere hängt von dir ab«, sagte sie und fixierte einen Punkt über Holtz' Kopf.

»Von mir? Ich bin doch krankgeschrieben.«

»Jetzt fang nicht dauernd von deiner Krankschreibung an. Du hast mich hier in die Wildnis geschleift und mir eine Leiche vorgesetzt, über die wir nicht das Geringste wissen. Außerdem wissen wir gar nicht, ob hier die neue Verjährungsregelung gilt. Falls diese Person vor über fünfundzwanzig Jahren gestorben ist, hat es ohnehin keinen Sinn«, meinte Ellen Brandt.

»Und wie lautet dein Vorschlag?«

»Du kümmerst dich. Ich sehe zu, dass dir die operative Einsatzleitung grünes Licht gibt.«

»Und worum soll ich mich genau kümmern?«

»Du weißt, was ich meine. Finde heraus, um wen es sich handelt, alles Weitere entscheiden wir später.«

Ulf Holtz wollte erneut protestieren. Er war krankgeschrieben und außerdem suspendiert und hatte wirklich nicht die Absicht, den Rest des Sommers mit ein paar staubigen Archäologen und einer Handvoll Pseudowikingern auf einer Insel zu verbringen. Aber ehe er widersprechen konnte, kam ihm ein Gedanke. Eigentlich handelte es sich eher um ein Gefühl. Neugier. Das Wort Rätsel kam ihm wieder in den Sinn. Aus diesem Grund war er damals schließlich Kriminaltechniker geworden, ein Experte, der Rätsel löste.

Ellen Brandt lachte laut und lange. Er wartete ab.

»Ich wusste es«, sagte sie. »Du kannst nicht widerstehen, nicht wahr?«

»Ich willige ein, weil ich mit Linda zusammen sein kann. Nur damit du das weißt.«

»Whatever. Dann ist es also abgemacht. Sollen wir mal nachschauen, was die anderen machen?«

Der Professor, Andor und Linda saßen an dem flachen Grab und diskutierten.

»Und?«, fragte der Professor an Holtz gewandt.

Schweigend betrachtete dieser die erwartungsvollen Mienen der Archäologen. In seinem Inneren regte sich etwas, das er lange nicht mehr gespürt hatte. Lebensfreude. Die Hoffnung auf eine lichtere Zeit. Er holte tief Luft und atmete die Gerüche des Sommers ein. Blumen, Heu und ein schwacher Meeresduft.

»Ich brauche ein Team. Aber ich glaube, dass ich hier bereits eines habe«, sagte er an Ellen Brandt gewandt. Diese nickte zustimmend. »Es wird einige Zeit dauern, und zahlen kann ich auch nichts, aber mit etwas Glück werden wir vielleicht herausfinden, mit wem wir es hier zu tun haben.«

Andor klatschte begeistert in die Hände. Professor Sebastian lächelte und Linda Holtz warf sich ihrem Vater mit solchem Schwung um den Hals, dass er fast umfiel.

Auf dem Hausboot gab es alles.

»Wir müssen halt etwas zusammenrücken«, meinte der Professor.

Holtz sah sich mit einem Déjà-vu-Gefühl auf dem ehemaligen Fischkutter um. Vor nicht allzu langer Zeit hatte er die Kabine auf dem Kreuzfahrtschiff verlassen. Jetzt würde er sich also wieder auf einem Boot häuslich niederlassen. Er war sich schmerzlich bewusst, dass sein letztes Bootabenteuer einige Probleme mit sich gebracht hatte und dass diese Probleme jetzt Gegenstand einer internen Ermittlung waren. Er hatte jedoch beschlossen, ein möglichst normales Leben zu führen, das Resultat dieser Ermittlung einfach abzuwarten und sich währenddessen freizunehmen. Aber es war anders gekommen. Er hatte sich nicht erholt und sich ständigen Grübeleien über Nahid, sein Leben und alles, was schiefgegangen war, hingegeben.

Ein Skelett mit einem modernen Medaillon am Knöchel war vielleicht trotz allem ein Geschenk des Himmels.

»Ich weiß nicht...«

»Warum nicht? Es ist doch unnötig, eine Menge Zeit auf die Anreise zu verschwenden. Das Ganze wird effektiver, wenn wir zusammen hier campen«, meinte der Professor.

Linda war vollauf damit beschäftigt, sich von Andor

alles zeigen zu lassen. Ulf Holtz konnte sie im Bug hören. Es wurde gekichert.

»Ist denn überhaupt genug Platz?«, erkundigte er sich zögernd.

»Durchaus. Ich zeige es Ihnen«, sagte der Professor, zog einen Vorhang beiseite und verschwand eine Leiter hinunter.

Der ehemalige Laderaum des Fischkutters, in dem der blutige Fisch in Eis gelegen hatte und der Boden mit Blut und Eingeweiden bedeckt gewesen war, hatte sich seither gänzlich verwandelt. In der Mitte befand sich ein im Boden verankerter Tisch, an der ausbuchtenden Bordwand befanden sich unter den Bullaugen die Kojen, in denen dicke, dunkelblaue Decken lagen. Ganz vorne im Bug gab es eine halbmondförmige Koje, in der Linda Holtz und Andor saßen und lächelten.

»Achtern befinden sich Küche und Dusche«, sagte Linda und zeigte nach hinten.

»Ganz richtig. Und hier sind vier Schlafplätze. Man muss nur die Vorhänge vor die Koje ziehen und hat sein eigenes Reich. Meine Koje befindet sich hinter dem Ruderhaus. Ich belästige Sie also nicht«, sagte der Professor und konnte einen gewissen Stolz nicht verbergen.

»Perfekt, Papa. Du brauchst ja nicht ständig hier zu übernachten, nur wenn es dir zu anstrengend wird, abends noch nach Hause zu fahren. Du scheinst dich ja nicht wirklich für das RIB-Boot zu begeistern.«

»Aber...«

»Ich gedenke jedenfalls hierzubleiben.«

Der Gedanke, wieder allein zu sein, erfüllte Holtz mit Entsetzen. Sein Herz wurde ihm schwer.

»Sicher?«

Linda Holtz warf Andor, der geschwiegen hatte, seit sie an Bord gekommen waren, einen Blick zu. Dann lächelte sie ihren Vater zärtlich an.

»Mach, was du willst, aber ich bin mir ganz sicher«, erwiderte sie.

Die Luft zitterte vor Hitze. Ulf Holtz ging langsam den Hügel vom Hafen hinauf. Er wollte eine Weile allein sein und nachdenken, was weiter zu tun war. Unbewusst streckte er die Hand aus und strich über die trockenen, meterhohen Grashalme am Wegrand. Ihm stieg der Geruch von Heu in die Nase, als sich die Halme beugten und die Grassamen stoben. Ein trockener Geruch, trocken wie der staubige Platz in der Ferne. Die Fernsehbilder hatten sich auf ewig in seinem Gehirn festgebrannt. Sie waren scharf und detailliert. Den Geruch von Staub hatte er ergänzt. An der Schmalseite des Platzes standen die drei Mobilkräne ordentlich nebeneinander geparkt. Auf der gegenüberliegenden Seite drängten sich die Menschen. Männer in langen Hosen und weiten Hemden, Frauen in schwarzen, alles bedeckenden Gewändern, zerlumpte Kinder. Alle blickten konzentriert auf die ausgefahrenen Kräne. Motorräder mit uniformierten Männern fuhren vor den Zuschauern hin und her. Von jedem Kran hing ein Stahlseil mit je einem Leichnam herab. Die drei Leichen baumelten im trockenen Wind, und die schwarzen Tschadors flatterten.

Holtz fröstelte es. Er hatte versucht, das Gefühl in seiner Brust zu benennen, aber kein passendes Wort gefunden. Trauer, Wut, Resignation. Nichts passte.

In der ersten Zeit hatte er geglaubt, nie mehr lächeln und nie mehr einen fröhlichen Gedanken fassen zu können. Irgendwie lag das Erlebnis, Nahid dort hängen zu sehen, jenseits und außerhalb seiner selbst. Als sei es nicht wirklich geschehen. Der ihm von der Personalabteilung aufgezwungene Psychologe hatte ihm erklärt, dies sei eine Methode, mit der Trauer und dem Schock umzugehen. Die Reaktion könne viel später erfolgen oder auch ausbleiben, denn gewisse Vorfälle würden eingekapselt und auf immer unter Verschluss gehalten. Manche Menschen bräuchten Jahre oder auch Jahrzehnte, um sich dem Geschehenen zu stellen. Bei anderen wiederum reichten Tage.

Die Grashalme neigten sich und richteten sich wieder elastisch auf. Er erreichte den Gipfel und ließ seinen Blick über das Wikingerdorf schweifen. Es war faszinierend, dass tausend Jahre verstrichen waren, seitdem hier Menschen gewohnt hatten. Plötzlich kamen ihm seine Sorgen nichtig vor. Welchen Grund zur Klage hatte er schon? Das Leben ging mit oder ohne ihn weiter. Ihm fiel ein Sprichwort ein: *Der Friedhof ist voller unersetzlicher Menschen.*

Er beschattete die Augen mit der Hand und versuchte auszumachen, was unten in dem Dorf geschah. Ein Mann stapelte Äste an eine Hauswand. Auf der Erde saß eine Frau und rollte etwas zwischen den Beinen hin und her. Zwei Kinder spielten neben ihr. Ein kleines Schwein wühlte in einem Erdhaufen.

Ulf Holtz betrachtete die Ferienwikinger lange. Eine Gelassenheit bemächtigte sich seiner, ein Gefühl der Erwartung und der Lebensfreude erwachte. Er lebte. Seine Töchter lebten. Es ging ihm gut.

Holtz begann in Gedanken eine Liste zu erstellen. Er hatte eine Ermittlung durchzuführen und wollte seine Arbeit gut machen.

Linda und Andor waren im Begriff, die Baubude in der Nähe des Grabes zu leeren. Zwei schwarze Müllsäcke waren bereits gefüllt. Der Professor hatte vorgeschlagen, dass sie die Baubude für ihre Ausrüstung und zum Schutz vor schlechtem Wetter verwendeten.

»Das Wetterempfinden ist schon seltsam. Ist es warm und sonnig, kann man sich Regen und Kälte fast nicht vorstellen, oder?«, hatte er gesagt.

Holtz hatte zwei Tische neben der Baubude aufgestellt. Auf einem lag der Schädel. In seinen vielen Jahren als Kriminaltechniker hatte er viele Skelette untersucht, aber dieses war etwas Besonderes. Nicht etwa, weil es anders ausgesehen hätte. Er konnte es nicht recht benennen, vielleicht nahm er die Angelegenheit auch einfach nicht richtig ernst. Ellen Brandt hatte ihm keine konkreten Anweisungen erteilt, ehe sie die Insel verlassen hatte. Nimm dir die Zeit, die du brauchst, hatte sie nur gesagt. Sie würde eine Akte anlegen und jemanden bitten, die Liste der in der Gegend vermisst gemeldeten Personen durchzusehen.

Holtz streifte ein Paar Latexhandschuhe über, hob den Schädel hoch und starrte in die leeren Augenhöhlen.

»Wahrscheinlich eine Frau«, sagte er laut.

»Wie kommst du darauf?«

Holtz zuckte zusammen und drehte sich zu Linda um.

»Schau hier«, sagte er und deutete auf eine Augenhöhle. »Siehst du die Rundung? Die Augenhöhlen der Männer sind eckiger.«

Linda Holtz betrachtete den Schädel.

»Er ist auch relativ klein«, fuhr Holtz fort. »Möglicherweise handelt es sich um ein Kind.«

»Ein kleines Mädchen?«

»So klein auch wieder nicht. Eine junge Frau.«

»Sollen wir ihr einen Namen geben?«, fragte Linda.

»Warum?«, wollte Holtz wissen, und es klang, als sei dies der dümmste Vorschlag, den er seit Langem gehört hatte.

»Es kommt mir irgendwie demütigend vor, dass sie keinen Namen hat. Andor, was meinst du, sollen wir ihr einen Namen geben?«, rief Linda über die Schulter.

Verwirrt steckte Andor seinen Kopf aus der Baubude.

»Ich finde, dass sie Jane heißen soll«, fuhr Linda fort, »wie in Jane Doe.«

Ulf Holtz setzte eine skeptische Miene auf.

»Das ist ungefähr so, als würde man einer zugelaufenen Katze einen Namen geben. Später kommt dann jemand und erzählt, wie sie wirklich heißt.«

»Papa!«

Holtz schaute zu Boden und fühlte sich wie ein Idiot.

»Okay. Meinetwegen. Jane.«

Vorsichtig legte er den Schädel in die Plastikkiste zurück. Jetzt, wo sie einen Namen erhalten hatte, war es noch wichtiger, sie respektvoll zu behandeln. Professor Sebastian näherte sich der Baubude.

»Ich habe den anderen mitgeteilt, was nun geschieht, und angeordnet, dass sie uns nicht stören dürfen«, sagte er und wischte sich mit einem Taschentuch den Staub aus der Stirn. »Die Grabungen werden noch ein paar Wochen fortgesetzt. Ich habe alle angewiesen, wie gewöhnlich weiterzumachen.«

Ulf Holtz sah sich um. An den anderen Grabungsstätten wurde konzentriert gearbeitet. Nur wenige Archäologen schauten in seine Richtung. Es kam ihm etwas seltsam vor, eine umfassende Tatortuntersuchung durchzuführen, während sich so viele Leute in nächster Nähe aufhielten, aber ihm fiel nichts ein, was dagegen gesprochen hätte, dass die Archäologen ihre Arbeit fortsetzten.

Zu viert begaben sie sich zu dem Grab, blieben davor stehen und betrachteten Janes sterbliche Überreste.

»Jetzt ist es wohl an der Zeit, sie ganz auszugraben«, meinte Andor.

Linda fand, dass er wieder einmal eine wichtigtuerische Miene aufgesetzt hatte, aber das störte sie nicht mehr so wie am Anfang. Vermutlich war er stolz auf seine umfassenden Kenntnisse. Und warum auch nicht?

Der Professor erklärte, dass sich Andor gut mit archäologischer Methodik auskannte. Wenn sie also wissen wollten, wie es bei einer Grabung zuging, dann konnten sie sich an ihn wenden. Holtz erwiderte mit einer gewissen Bissigkeit, dass er nicht zum ersten Mal eine Leiche ausgrub und dass diese Ausgrabung auch nicht komplizierter war als jede andere. Der Professor ließ ihn ausreden und antwortete dann mit milder Stimme, dass es sich trotz allem um den Platz einer prähistorischen Grabung handelte und man daher nicht nach Lust und Laune vorgehen dürfe. Der Kommissar konnte vielleicht sogar noch etwas lernen?

Linda legte Holtz eine Hand auf den Unterarm.

»Wir finden bestimmt einen Kompromiss, nicht wahr?«

Ulf Holtz schluckte widerwillig seinen Stolz hinunter. Der Professor hatte nicht ganz unrecht. Er konnte bestimmt noch einiges dazulernen. Archäologische Methoden funktionierten bei kriminaltechnischen Grabungen ausgezeichnet. Es gab sogar einen Begriff dafür: forensische Archäologie.

Sie setzten sich an den Tisch, und Andor breitete eine Skizze von dem Grab aus. Die Funde waren auf dem Ausgrabungsplan eingezeichnet, der mit einem Raster und einer

Kompassrose in einer Ecke versehen war. Holtz tippte mit einem Finger auf das Papier.

»Der Schädel liegt im Verhältnis zum Wadenbein falsch. Der Unterkiefer befand sich fast einen Meter vom Rest des Schädels entfernt. Was sagt uns das?«

Andor strich sich die Haare aus der Stirn und vertrieb eine Wespe, die auf dem Tisch gelandet war.

»Wenn es sich um ein tausend Jahre altes Skelett gehandelt hätte, wäre das nicht weiter merkwürdig gewesen. Die Erde bewegt sich, Tiere können sich an der Leiche zu schaffen gemacht haben, eventuell ist sie auch einmal ausgegraben und dann wieder bestattet worden.«

»Die Leiche könnte aber auch zerstückelt worden sein«, meinte Holtz, ohne eine Miene zu verziehen.

Andor zuckte zusammen.

»Glauben Sie das?«

»Ich glaube überhaupt nichts. Ich entwickele nur ein paar Theorien«, meinte Holtz, der ein Lächeln nicht unterdrücken konnte. »Ich weiß nur, dass wir zu wenig wissen. Wir müssen jetzt einen Plan für die Grabung festlegen und uns überlegen, auf welche Fragen wir eine Antwort suchen. Die ersten beiden Fragen lauten: Wie lange hat Jane im Grab gelegen, und wie alt war sie zum Zeitpunkt ihres Todes.«

»Und dann noch das Wichtigste von allem.«

Holtz sah Andor fragend an.

»Wer sie ist.«

»Natürlich«, erwiderte Holtz. »Aber wir halten uns an die richtige Reihenfolge. Erzähl mir etwas über den Grabungsort.«

Die Grabung lag am Rand dessen, was die Archäologen für das Herz der Siedlung hielten, die bereits vor vielen Jahren ausgegraben worden war. Nachdem man der Meinung gewesen war, dass es nichts mehr zu entdecken gab, hatte man den Bauern, denen der Grund gehörte, wieder erlaubt, das Land zu bestellen. Nachdem die Archäologen ihre Arbeit beendet hatten, war die Gegend mit Löchern übersät gewesen. Aber einige Jahre später war nichts mehr davon zu sehen gewesen. Pflüge und andere Ackerbaugeräte hatten alles eingeebnet und Getreide war gesät worden.

»Aber vor einigen Jahren hat man dann mit Hilfe von Bodenradargeräten und Luftbildern eine neue Untersuchung durchgeführt«, sagte Andor.

»Und da erkannte man, dass Fehler begangen worden waren«, ergänzte Linda.

Spuren älterer Gräber wurden entdeckt, die tiefer lagen als die bislang untersuchten. Trotz lautstarker Proteste der Grundbesitzer war das Gebiet abgesperrt worden. Allerdings nur vorübergehend.

»Zwei Sommer. Mehr bekommen wir nicht. Das ist doch verrückt!«, sagte Linda.

Ulf Holtz klopfte mit seinem Stift auf den Tisch.

»Alles hat zwei Seiten. Das Leben muss auch weitergehen. Es kann nicht einfach angehalten werden, weil ein paar alte Gräber untersucht werden sollen«, meinte er.

Andor holte tief Luft.

»Papa!«, rief Linda.

Ulf Holtz lachte.

»Ich weiß doch, wie man euch provozieren kann.«

Kleine schwarze Fliegen umschwirrten Lindas Gesicht. Sie umkreisten sie und gingen hin und wieder zum Angriff über. Sie wedelte mit der Hand vor dem Gesicht und wischte sich den Schweiß aus der Stirn. Die Fliegen verschwanden einen Augenblick lang, waren aber gleich darauf wieder zurück.

»Was wollen die hier?«, fragte sie und wedelte erneut mit der Hand.

»Kümmer dich nicht drum«, meinte Andor und rammte in einigem Abstand von dem Skelett einen Spaten so fest in den Boden, dass der Staub aufwirbelte. Sie wollten um das Skelett herum einen anderthalb Meter tiefen Graben ausheben. Der Professor hatte protestiert, da dies seiner Meinung nach nicht mit archäologischen Methoden vereinbar war. Wichtige Funde konnten dabei zerstört werden. Ulf Holtz hatte höflich zugehört und dann mit der gesamten ihm verfügbaren Autorität erklärt, dass die forensische Archäologie einen Sockel vorschrieb, damit stehend an Janes Überresten gearbeitet werden konnte. Falls sich der Professor dieser Vorgehensweise widersetzen wolle, werde er ganz einfach einen Bagger anfordern, alles ins Präsidium schaffen lassen und die restlichen Untersuchungen dort im forensischen Labor durchführen.

Diese Notlüge hatte die gewünschte Wirkung erzielt. Nach Einwilligung des Professors hatte er seiner Tochter und Andor erläutert, wie sie zu graben hatten, und war dann gegangen.

Linda Holtz hatte ihren Vater hinter der Hügelkuppe verschwinden sehen. Er wolle nachdenken, hatte er gesagt. Linda merkte zu ihrem Erstaunen, dass sie stolz auf ihn war. Sie konnte sich nicht erinnern, seit sie erwachsen geworden war, dieses Gefühl gehabt zu haben. Eigentlich nicht einmal als Kind. Nachdem ihre geliebte Mutter Angela gestorben war, hatte er die Verantwortung für die Kinder allein getragen. Sie vermutete, dass er dieser Aufgabe gerecht geworden war, sah aber plötzlich ein, dass sie nie überlegt hatte, wie es ihm dabei ergangen war. Diese schockierende Einsicht erfüllte sie mit Zuneigung. Papa, dachte sie. Wie mühsam das alles gewesen sein muss. Wie sehr hast du wohl in deiner Einsamkeit gelitten.

Die Fliegen waren zurückgekehrt und vollführten ihren sinnlos kreisenden Tanz vor Lindas Augen. Sie fluchte erneut und begann wieder zu graben. Die Erde war nicht so hart, wie sie geglaubt hatte. Trocken schon, aber nicht steinig, und die Wurzeln, auf die sie stieß, ließen sich mit einem gezielten Spatenhieb einfach durchtrennen. Der Erdhaufen hinter ihr wuchs rasch. Der Professor hatte darauf beharrt, die Erde zumindest zu sieben, damit keine eventuellen Funde verloren gingen.

Linda und Andor kämpften den ganzen Tag, um den Graben auszuheben, und gönnten sich nur wenige Pausen, um etwas zu essen und zu trinken. Sie sprachen nicht viel und arbeiteten zügig. Linda merkte, dass Andor sich, sobald sie einen Vorsprung gewonnen hatte, besonders anstrengte.

Zu Beginn war ihr die Aufgabe unerfüllbar erschienen. Mit der Hand einen tiefen Schacht um das Skelett herum auszuheben, wirkte unmöglich. Andor hatte sie verspottet. Die Menschen hätten zu allen Zeiten mit der Hand gegraben und ganze Kanäle mit dem Spaten ausgehoben. Das hatte sie angespornt. Er würde sich noch wundern. Nach einer Weile waren ihre Muskeln geschmeidig geworden, und sie hatte die monotone und anstrengende Arbeit geradezu genossen.

Sie waren fast fertig, als Holtz zurückkehrte. Er hielt ein Papier in der Hand und trug einen beigen, breitkrempigen Hut auf dem Kopf.

»Schick«, meinte Linda. »Wo hast du den denn her?«

»Der Professor fand, dass ich mir etwas aufsetzen sollte«, erwiderte Holtz verlegen.

»Der steht dir. Du siehst aus wie ein Forschungsreisender«, sagte Linda und nahm auf einer der Holzkisten aus der Baubude Platz. Holtz grummelte.

Andor stützte sich auf seinen Spaten. Sein Gesicht war gerötet und verschwitzt, Haarsträhnen klebten ihm an der Stirn. Dieser Anblick erinnerte Linda an die Propagandagemälde aus den kommunistischen Ländern. Ein starker junger Mann ruht sich nach anstrengendem Tagewerk auf den Spaten gestützt aus, während im Hintergrund die Sonne untergeht. Der junge Arbeiter sah Holtz konzentriert dabei zu, wie er das Papier auf die Holzkiste neben Linda legte.

»Rück ein Stück beiseite«, sagte er und faltete den Bogen auseinander. »Das hier sind eine Skizze des Grabes und eine Liste der Dinge, die wir als Erstes erledigen müssen.«

Auf dem Bogen waren ein Raster und eine nummerierte Liste zu sehen.

»Ich habe die Knochen, die ihr gefunden habt, bereits eingezeichnet. Ich habe mir erlaubt, deine Skizze dazu zu verwenden«, sagte er an Andor gewandt. Dieser strahlte.

»Und das sind die Arbeiten, die Priorität haben«, verkündete Holtz und deutete auf die Liste. »Alle Knochen müssen freigelegt und ordnungsgemäß verwahrt werden. Anschließend müssen wir einen Knochenexperten auftreiben, der uns sagen kann, wie lange die Knochen in der Erde gelegen haben, wie alt Jane ist und ob es sich wirklich um eine Frau handelt. Bislang ist das ja nur eine Vermutung.«

Linda hörte nicht zu. Es war, als sähe sie ihren Vater zum ersten Mal. Sie konnte ihren Blick gar nicht mehr von ihm abwenden. Er presste die Lippen zu einem Strich zusammen, wenn er nachdachte. Manchmal kaute er auch auf seiner Unterlippe. Am meisten faszinierte sie aber das Jungenhafte, das gelegentlich in seinem Blick aufblitzte.

Wo sind nur all die Jahre geblieben?, dachte sie.

Pia Levin fuhr mit dem Kleinbus der Kriminaltechniker bis vor die Absperrung, stieg aus und sah sich nach einem Gegenstand um, mit dem sie das Flatterband hochhalten konnte. Die Menschenmenge hatte sich zerstreut, und der Platz vor der Ruine war menschenleer. Eingestürzte Wände und Dächer und gekrümmte Eisenträger, sonst war nichts mehr übrig. Erst jetzt fiel ihr auf, wie ramponiert der Schulhof wirkte. Der Asphalt hatte Risse, aus denen Grasbüschel wuchsen. Ein Klettergerüst mit defekter Rutschbahn stand recht schief auf verbogenen Beinen. Es sah lebensgefährlich aus.

Hier will man wirklich nicht aufwachsen, dachte Levin. Die Latte eines Holzzauns musste genügen, um das Flatterband hochzuhalten. Sie fuhr darunter hindurch, ging dann zur Absperrung zurück und ließ das Plastikband wieder herunter. Ihr Magen knurrte. In etwa einer Stunde war sie mit Beata in der Pizzeria um die Ecke zum Mittagessen verabredet, aber vorher wollte sie sich die Brandstelle noch einmal ansehen.

Rauchgestank stieg ihr in die Nase. Hier und da qualmte es immer noch. Eigentlich hätte sie warten müssen, bis alles erkaltet war, oder dafür sorgen sollen, dass die Feuerwehr noch mehr Wasser verspritzte. Der Einsatzleiter war jedoch unerbittlich gewesen, keine weiteren Einsätze, sofern es nicht um Menschenleben ging. Pia Levin konnte ihn verstehen. Er hatte es zwar nicht ausdrücklich gesagt, aber offensichtlich hätte er nichts dagegen gehabt, wenn das ganze Stadtviertel abgebrannt wäre.

Pia Levin zog Schutzkleidung über und begab sich in die Trümmer. Als Erstes stieß sie auf den Schrank, den sie gemeinsam mit Hermine aufgerichtet hatte. Sie trat leicht dagegen. Er bewegte sich nicht. Das Metall war dick und hatte vermutlich der Hitze und dem Wasser standgehalten. Ich muss zusehen, dass ich ihn umgehend abtransportieren lasse, dachte sie und watete weiter.

Es würde lange dauern, die Schule wieder aufzubauen. Vorsichtig erklomm Levin die massive Betontreppe, die von dem Feuer nicht sonderlich in Mitleidenschaft gezogen worden war. Im ersten Stock blieb sie vor einem Fenster stehen, dessen Scheibe durch die Hitze geborsten und von dessen Rahmen nur noch verkohlte Reste übrig waren. Sie schaute hinaus, auf die Autobahn und das Funkeln dahinter. Zwischen der Schule und der Autobahn standen ein paar vereinzelte Bäume. Sie wirkten einsam, als hätte man sie im Niemandsland zurückgelassen.

Sie dachte an ihre eigene Schulzeit. Chaotische Erinnerungsfragmente bedrängten sie. Der Hohn, die Angst, die nassen Hosen, das Versteck hinter der Schule, in dem sie gewartet hatte, bis alle nach Hause gegangen waren. Der Lehrer, der vom alten Schlag gewesen war. Da musst du durch, hatte er gesagt, als sie sich schließlich ein Herz gefasst und ihm erzählt hatte, dass die anderen Kinder sie schlugen und verhöhnten. Da musst du dich wehren.

Sie hatte sich nicht gewehrt, jedenfalls damals nicht.

»Hallo! Ist da jemand?«

Pia Levin durchquerte den Raum und schaute auf den Schulhof. Eine ältere Dame stand neben ihrem Wagen und sah zu dem Fenster hoch. Pia eilte die Treppe hinunter und in die Sonne.

»Tut mir leid, aber das hier ist ein Tatort. Hier dürfen Sie sich nicht aufhalten.«

Die Frau sah Levin aus klugen, warmen Augen an.

»Entschuldigen Sie.«

Sie begann leise zu weinen. Pia Levin hatte sie eigentlich auffordern wollen, den Schulhof zu verlassen.

»Kann ich Ihnen irgendwie helfen?«

Die Frau trocknete sich die Augen.

»Ich würde mich hier gerne umsehen.«

»Das geht nicht. Das ist ein Tatort. Außerdem ist es in der Ruine gefährlich. Es besteht Einsturzgefahr, und das Feuer glimmt noch stellenweise.«

Die Frau sammelte sich und hielt Levin die Hand hin.

»Ich sollte mich vielleicht vorstellen. Ich bin Margareta, und das ist meine Schule.«

»Wie meinen Sie das?«

»Also, ich bin zwar jetzt Rentnerin, aber ich habe in dieser Schule gearbeitet. Im Grunde genommen seit sie vor fünfzig Jahren erbaut wurde.«

Margareta drehte sich zu dem vom Feuer verwüsteten Gebäude um und breitete resigniert die Arme aus. Pia legte ihr die Hand auf die Schulter.

»Ich kann mir vorstellen, wie schwer das sein muss, aber ich kann Sie da jetzt leider nicht reinlassen. Vielleicht später.«

Die Frau seufzte.

»Ich verstehe. Aber es wäre nett von Ihnen, wenn ich mich ein letztes Mal umsehen könnte, bevor alles verschwindet.«

»Aber die Schule wird doch wohl wieder aufgebaut?«

»Nein, das glaube ich nicht. Sie hätte ohnehin geschlossen werden sollen.«

»Warum das?«

»Sie war zu klein, um alle Kosten abdecken zu können. Eine Schule muss mehr Schüler aufnehmen können. Hier fanden nur knapp hundert Platz. Zu wenige.«

Pia Levin schielte auf ihre Armbanduhr. Sie wollte mehr über die Schule erfahren, und die etwas einsam wirkende Dame würde ihr sicher wertvolle Informationen liefern können.

»Wissen Sie was? Ich wollte jetzt mit einer Freundin zu Mittag essen. Wollen Sie nicht einfach mitkommen?«

Die Frau sah aus, als hätte sie die Frage nicht richtig verstanden. Dann strahlte sie.

»Gerne. Es ist lange her, dass ich in Gesellschaft zu Mittag gegessen habe. Wo gehen wir hin?«

»Nur um die Ecke. In die Pizzeria.«

»Wie nett. Da bin ich nicht mehr gewesen, seit das Lokal eine Konditorei war, und das liegt sicher schon zwanzig Jahre zurück.«

Der Zigarettenrauch stieg vor seinem Gesicht auf und vollführte einen Elfentanz. Er kniff die Augen zusammen. Der qualmende Stummel wirkte etwas mitgenommen, und die Glut näherte sich gefährlich seinen Lippen. Stavros kniff die Augen noch fester zusammen und lächelte sie an. Kerstin fiel auf, dass er den Kopf wie am Vortag dabei schräg legte. Diese Bewegung und die Art, wie er die Augen zusammenkniff, so dass sich kleine Fältchen bildeten, faszinierten sie.

Er hatte angekündigt, ihr ein Geheimnis zeigen zu wollen. Kerstin hatte deswegen in der Nacht nicht schlafen können.

»Hallo«, sagte sie.

Stavros antwortete nicht. Er lächelte, zog ein letztes Mal an seiner Zigarette und warf den Stummel auf die Erde.

»Komm«, sagte er. Seine Jacke hatte Fransen auf dem Rücken, die sich beim Gehen bewegten. Er drehte sich um, ob sie ihm auch folgte. Kerstin war enttäuscht. Sie musste fast rennen, um mit ihm Schritt halten zu können und ihr tat immer noch alles weh. Sie dachte daran, wie er vor ihr in die Hocke gegangen war und sie gefragt hatte, ob ihr etwas wehtäte. Kerstin wusste nicht warum, aber sie hatte ihm vertraut. Wegen seiner Art und seiner Stimme. Er hatte mit ihr wie mit einer Erwachsenen gesprochen, ihr Befinden war ihm wichtig gewesen, und er hatte sie gefragt, ob sie Hilfe brauchte. Aber sie kam allein klar. Das hatte sie immer getan, aber es war auch ein gutes Gefühl, sich klein fühlen zu dürfen, und trotzdem erwachsen zu sein. Schließlich war sie bereits dreizehn.

»Wie alt bist du?«, hatte er gefragt.

»Siebzehn.«

Nur Stavros hatte geredet. Der andere hatte mürrisch danebengestanden. Er hatte einen stechenden Blick und ein vernarbtes Gesicht voller Ausschlag gehabt, kein Wort gesprochen und nicht einmal seinen Namen genannt.

Stavros kletterte unbekümmert über den umgefallenen Zaun und ging auf das letzte Gebäude der Siedlung zu, ein zweistöckiges Haus aus Rohbeton mit Brettern vor den Fenstern. Kerstin stolperte über die Schienen, die kreuz und quer über den Bauplatz führten. Ihr Fuß schmerzte, aber sie wollte Stavros nicht aus den Augen verlieren. Dann blieb er vor dem Haus stehen, um auf sie zu warten.

Kerstin war oft und in immer größerem Radius von Zuhause aus auf dem Bauplatz herumgestromert, aber so weit war sie noch nie gekommen. Das riesige Gelände hatte früher als Militärübungsplatz gedient und wurde jetzt in die modernste Wohnsiedlung des Landes verwandelt. Voller Stolz hatte ihre Mutter ihr davon erzählt.

Hier stand das Gras höher als um die anderen Häuser. An der Stirnseite rostete ein von Schlingpflanzen überwachsener Betonmischer vor sich hin. Die Blüten dufteten stark und süßlich. Hinter dem Haus lag ein kleines Wäldchen, hinter dem sich die Autobahn und noch weiter weg das funkelnde Wasser erahnen ließ. Das leise Rauschen des Verkehrs drang an ihre Ohren.

»Willkommen in der Welt der Vergessenen«, sagte Stavros und schüttelte eine Zigarette aus einer knittrigen Schachtel. Er riss ein Zündhölzchen an und hielt die Hand um die Flamme, damit der Wind sie nicht ausblies.

Kerstin war mehrere Meter von dem Haus entfernt stehengeblieben und musterte ihn. Er lehnte an der Wand und stützte einen Fuß gegen die Mauer. Seine Jacke mit den Fransen, Jeans und Sandalen. Zigarette im Mundwinkel. Der Rauch stieg vor seinem Gesicht auf. Er kniff die Augen zusammen. Ein warmes Gefühl breitete sich in ihr aus, und sie verspürte ein Kribbeln im Magen, das sich bis zwischen ihre Beine fortsetzte, wenn sie ihn anschaute. Er sah ihr lange in die Augen.

»Die Welt der Vergessenen?«

»Komm«, sagte er erneut und ging um das Gebäude herum. An der gegenüberliegenden Schmalseite befand sich eine Türöffnung, die mit einer stabilen Holzplatte verschlossen war. Davor saß ein breites Brett mit einem Schild, das mitteilte, das Betreten der Baustelle sei verboten. Es war dasselbe Schild, das auch sonst überall hing und von allen ignoriert wurde.

Er stemmte sich mit der Schulter gegen das Brett, woraufhin es sich löste und zu Boden fiel. Kerstins Puls beschleunigte sich. Stavros lächelte sie wortlos an und trat gegen das Brett. Die Holzplatte, die die Tür bedeckte, schob er zur Seite. Dann deutete er einladend erst auf sie und dann in das dunkle Innere.

Kerstin zögerte. War es nicht ratsam, nach Hause zu gehen? Ihre Mutter fragte sich vielleicht, wo sie steckte. Ach was, dachte sie dann, Mama fragt sich doch nie, wo ich stecke. Sie fasste sich ein Herz und ging auf die Tür zu. Er deutete mit einem Kopfnicken ins Unbekannte, und Kerstin trat in die Dunkelheit. Es roch nach Stein und Holz. Das Licht des Türspalts reichte nur ein kleines Stück weit. Sie schaute sich neugierig um, konnte aber nichts erkennen.

Plötzlich bekam sie Angst und drehte sich um. Von draußen wurde die Holzplatte vorgeschoben und das Licht verschwand.

Der Duft von erhitztem Olivenöl, Knoblauch und Holzofenfeuer schlug Pia Levin entgegen, als sie die Tür zur Pizzeria öffnete. Sie ließ Margareta den Vortritt. Das Lokal war hellrosa gestrichen und an einer Wand stand ein Aquarium mit großen goldenen Fischen und ein paar kleineren gestreiften, die zwischen Plastikwracks verschiedener Größe herumschwammen. Ein Taucher mit einem Schlauch stand in einer Ecke, und Luftblasen perlten aus seinem Kopf. An den Wänden hingen dicht an dicht diverse Bilder, die nach dem Zufallsprinzip aufgehängt worden zu sein schienen. Große mit Segelschiffen sowie kleine mit muschelverzierten Rahmen und mit Motiven bekannter Touristenorte. Am anderen Ende des Lokals glühte hinter einer halbhohen Glaswand ein offener Ofen. Aus Lautsprechern drang arabische Musik.

Margareta wandte sich an Lewin.

»Sollen wir uns einen Tisch aussuchen?«, fragte sie.

Pia Levin antwortete erst nicht, sondern lächelte nur.

»Was für ein Lokal«, staunte sie.

Ungerührt setzte sich Margareta an einen Tisch am Fenster. In diesem Augenblick hielt ein überdimensionierter SUV vor der Pizzeria, dem eine große, kräftige Frau in Khaki behände entstieg.

»Ich dachte erst, ich hab die falsch Adresse«, sagte Beata Heneland, als sie die Pizzeria betrat. Sie ging auf Pia Levin zu und küsste sie flüchtig auf die Wange.

»Ich glaube nicht, dass man auf dem Platz da fahren darf.«

Beata Heneland schaute aus dem Fenster und fuhr sich mit der Hand durchs kurz geschnittene Haar.

»Das ist ein Jeep. Mit dem darf man alles.«

»Ich bin Polizistin.«

Beata tätschelte ihr die Wange.

»Danke, ich weiß, Frau Wachtmeister. Komm, lass uns bestellen. Ich habe Hunger.«

»Erst musst du noch Margareta begrüßen. Sie wohnt hier im Viertel«, sagte Levin.

»Eine echte Eingeborene!«

Margareta sah sie verwirrt an, begann dann aber zu lachen und streckte die Hand aus.

»Sehr erfreut.«

Während Pia und Beata Platz nahmen, erschien ein älterer Mann mit gezwirbeltem Schnurrbart und blutrotem Fez mit schwarzer Troddel auf dem Kopf.

»Willkommen. Was darf ich Ihnen bringen?«, sagte er und legte ihnen Speisekarten in dunkelrotem Kunstleder hin.

Pia versuchte ein Kichern zu unterdrücken, aber als sie

Beata ansah, mussten sie beide lachen. Der Mann mit Fez wartete schweigend ab, bis sie fertig waren.

»Wollen Sie schon jetzt bestellen?«, fragte er dann.

»Entschuldigen Sie, ich weiß nicht, was das war. Wahrscheinlich die Anspannung«, sagte Pia und holte tief Luft.

»Ich nehme eine Quattro Stagioni«, sagte sie.

Beata und Margareta bestellten Vesuvio und Zitronenwasser. Levin schielte auf die Uhr.

»Ich mache anschließend Feierabend. Also ein Glas Weißwein.«

Der Mann nickte bei jeder Bestellung, so dass die schwarze Troddel hin- und herbaumelte. Er ging, kehrte aber recht rasch mit den Getränken zurück. Pia nippte an ihrem Wein und verzog das Gesicht.

»Oje, nicht besonders gut«, sagte sie und nahm dann noch einen großen Schluck.

Der Platz war fast ausgestorben. Mehrere Ladenlokale standen leer, die Fenster waren mit Packpapier zugeklebt. Andere waren mit Graffiti-beschmierten Metallrollos verschlossen. Über einem der Metallrollos hingen ein paar schiefe Buchstaben. Offenbar war dort einmal ein Blumenladen gewesen. Nur zwei Läden schienen geöffnet zu sein, ein Zeitschriftenladen und ein Videoverleih. Plötzlich tauchten drei junge Männer in Bomberjacken auf, die ihre Baseballmützen verkehrt herum trugen. Sie blieben immer wieder wachsam stehen und sahen sich um. Sie gingen auf den Geländewagen zu, überlegten es sich dann aber anders und verschwanden in dem Videoverleih. Mitten auf dem Platz stand eine große graugrüne Metallskulptur: abstrakte Kunst. Der untere Teil war mit verschiedenen Farben beschmiert, und die Tags überdeckten einander teilweise. Zwei gänzlich verschleierte Frauen schoben Kinderwagen vor sich her und bewegten sich rasch über die offene Fläche.

Beata erhob sich.

»Ich verschwinde mal kurz«, sagte sie und deutete auf einen Wandschirm neben dem großen Aquarium.

Der Mann mit dem Fez brachte die Pizzen. Sie waren so riesig, dass die Teller darunter verschwanden.

»Um Gottes willen. Wie soll ich das nur schaffen?«, sagte Levin und begann wieder zu lachen.

Der Mann lächelte breit, und ein goldener Schneidezahn wurde sichtbar.

»Die größte Pizza der Stadt aus einem echten Holzofen«, sagte er stolz. »Noch was zu trinken?«

Margareta schüttelte den Kopf. Pia schaute Richtung Wandschirm. Beata war nicht zu sehen.

»Noch ein Glas, bitte«, sagte sie leise.

Beata kehrte im selben Augenblick zurück, in dem der Mann Pias Wein brachte. Sie betrachtete erst den Wein und dann Pia, sagte aber nichts.

Pechschwarz.

Kerstin stand allein in der Dunkelheit. Ihr Herz raste in ihrer Brust. Ihr Hals war so trocken, als wäre sie gerannt. Langsam gewöhnten sich ihre Augen an die Dunkelheit. Weiter hinten konnte sie eine Treppe ahnen. Mit vorsichtigen Schritten, um nicht über den ganzen Müll, der den Boden bedeckte, zu stolpern, ging sie darauf zu. Das Scheppern einer umgestoßenen Farbdose erschreckte sie. Ihr Knöchel schmerzte, aber andere Gefühle verdrängten den Schmerz.

Kerstins erster Impuls war gewesen, ihm zuzurufen, den Unsinn zu lassen und sie nicht so zu ängstigen. Aber ein Gefühl der Scham hatte sie daran gehindert. Sie fürchtete sich und schämte sich deswegen. Große Mädchen hatten keine Angst vor der Dunkelheit. Sie war mutig.

Sie streckte die Arme aus und tastete sich Richtung Treppe vor. Der Geruch von Beton, Holz und Erde vermischte sich mit etwas anderem, mit einem schwachen Duft von Chemikalien. Sie schnupperte. Leim oder vielleicht Benzin. Der Geruch erinnerte sie an die frische Farbe aus ihrer Wohnung.

Kerstin drehte sich hin und wieder zu der verbarrikadierten Türöffnung um, aber sie blieb dunkel. Sie konnte das nicht verstehen. Warum hatte Stavros sie hierher gelockt? Sie hatte ihm vertraut, aber was wusste sie schon? Er hatte sie vor einem Überfall bewahrt. Aber stimmte das wirklich? Sie war sich nicht mehr sicher. Und dieser andere mit der schlechten Haut, der nie etwas sagte. Was war mit dem?

An der Treppe zögerte Kerstin. Dort konnte sie sich hinsetzen und warten. Aber worauf? Sie machte einen vorsichtigen Schritt. Die Treppenstufe schien aus Beton zu sein. Sie machte einen weiteren Schritt und dann noch einen. Je höher sie kam, desto bewusster wurde ihr, dass es kein Treppengeländer gab. Licht drang durch den Spalt zweier Bretter vor dem Fenster im Obergeschoss. In dem Licht tanzten Staubkörner. Kerstin hob die Hand und versuchte ein paar einzufangen, aber sie wichen aus und wirbelten weiter.

Sie nahm die letzte Stufe ins Obergeschoss. Hier gab es einen großen Raum ohne Zwischenwände. Müll lag auf dem Boden, leere Milchtüten, Papiertüten, alte Decken und eine Menge anderes. Ihre Augen hatten sich an die Dunkelheit gewöhnt, und sie sah recht gut. Sie holte tief Luft und atmete durch die Nase aus. Kerstin trat gegen den Müll auf dem Boden. In einer Ecke war es dunkler als in den anderen, das schwache Licht drang nicht bis dorthin vor. Kerstin fühlte sich von dieser Ecke angezogen. Dort schien etwas zu liegen. Sie zögerte, denn am liebsten hätte sie sich umgedreht, um die Treppe hinunter und wieder in die Sonne zu rennen.

Kerstin fror leicht, und ihr Magen machte sich bemerkbar.

Aus dem Untergeschoss kam ein Geräusch. Reflexartig drehte sie sich um. Tageslicht drang von unten hoch. Gleichzeitig nahm sie aus dem Augenwinkel eine kurze Bewegung in der Ecke wahr. Sie streckte die Hand aus und berührte eine schmutzige Decke. Sie schlug sie zur Seite und sah in ein Paar aufgerissene Augen. Sie waren groß und leuchteten weiß in dem schmutzigen Gesicht. Kerstin schrie auf. Das Mädchen warf die Decke beiseite und stürzte sich auf sie. Bei dieser raschen Bewegung verlor Kerstin das Gleichgewicht. Sie stürzten beide zu Boden, und Kerstin merkte, dass ihre Gegnerin sie im Gesicht kratzte. Sie hatte nur den einen Gedanken, ihre Augen zu schützen. Das Mädchen mit dem schmutzigen Gesicht fauchte und kratzte wie ein wildes Tier.

Genauso schnell, wie es begonnen hatte, war es vorüber. Stavros stand mit geballten Fäusten über das Mädchen gebeugt. Sie kroch wimmernd in die Ecke. Sie hielt die Arme über den Kopf und zog die Knie an.

»Du bist verdammt noch mal nicht bei Trost!«, schrie er.

Kerstin setzte sich auf. Ihr Gesicht brannte, und sie schmeckte Blut. Sie atmete so hektisch, dass sie fast keine Luft in die Lungen bekam. Sie hatte das Gefühl, ihr Kopf müsste platzen.

»Warum hast du mich eingeschlossen?«, schniefte sie. »Was ist bloß los mit dir?«

Mit sonderbarem Blick wandte sich Stavros langsam von

dem Mädchen in der dunklen Ecke ab. Kerstin biss sich auf die Unterlippe, als er sich näherte.

»Ist das der Dank dafür, dass ich dir das Leben gerettet habe? Dass du mich anschreist?«, fauchte er und packte sie am Kinn. Sie versuchte, das Gesicht abzuwenden, aber er hielt es fest. Das tat weh, und Tränen traten ihr in die Augen. Es brannte, als sie ihr die Wangen bis in den Mundwinkel hinabliefen und sich mit dem Blut vermischten.

»Schätzchen, dir ist doch klar, dass du hier nicht lange ohne mich zurechtkommst«, sagte er, und während er sprach, veränderte sich sein Tonfall. Kerstins Wut verrauchte, und sie kam sich nur noch lächerlich vor. Schließlich hatte er sie jetzt schon zweimal gerettet.

Mit freundlicherem Blick neigte er den Kopf zur Seite und lockerte langsam seinen Griff um ihr Kinn, nahm die Hand aber nicht weg.

»Warum hast du mich eingesperrt?«, fragte sie fast lautlos.

Er lächelte, und die Fältchen um seine Augen waren wieder zu sehen.

»Ich mach' doch nur Spaß.«

Er beugte sich vor und gab ihr einen leichten Kuss auf die Nasenspitze.

Das Mädchen in der dunklen Ecke bewegte sich. Es klang, als würde sie das Wort Papa wiederholen, aber Kerstin war sich nicht sicher. Stavros ließ ihr Kinn los und ging zu dem Mädchen.

»Ganz ruhig, keine Gefahr«, sagte er und deckte ihren zarten Körper mit der Decke zu.

»Was ist mit ihr?«, fragte Kerstin.

»Nichts. Sie kommt schon klar. Komm«, sagte er und hielt ihr seine Hand hin.

Sie wollte mehr über das Mädchen in der Ecke wissen, aber als Stavros ihre Hand ergriff, verschwand jegliche Neugier.

»Wir gehen nach unten«, sagte er, und Kerstin folgte ihm, ohne sich umzudrehen.

Auf der untersten Treppenstufe saß der Typ mit dem vernarbten Gesicht. Er nickte schweigend.

Am Bug des Schiffes schäumte es, und das aufgewühlte Meer umspülte die Galionsfigur, eine nackte Frau. Das Gemälde war offenbar etwas kleiner als jenes, das vorher dort gehangen hatte, was den Eindruck erweckte, als habe es zwei Rahmen, einen verschnörkelten goldenen und einen in einem dunklen Rosaton, der verriet, wie die Wand ausgesehen hatte, als sie frisch gestrichen gewesen war.

Pia Levin sann darüber nach, warum nackte Frauen als Galionsfiguren dienten. Irgendwo hatte sie gelesen, dass diese Figuren die Besatzungen der feindlichen Schiffe erschrecken sollten. Dass Frauen furchterregend sein konnten, wusste sie, aber dass eine Nackte hartgesottene Seeleute in Angst und Schrecken versetzen würde, bezweifelte sie dann doch. Pia ging dazu über, Margaretas Gesicht zu betrachten. Es war etwas mitgenommen, aber immer noch schön. Sie hätte beinahe gefragt, wie alt sie war, beherrschte sich dann aber.

»Darf es noch etwas sein?«, fragte der Mann mit dem Fez, der sich angeschlichen hatte.

»Wir nehmen noch drei Gläser«, sagte Beata rasch.

Pia Levin leerte ihr Glas und stellte es wieder auf den Tisch.

»Sonst noch etwas?«, fragte der Mann.

Beata zog die Brauen hoch und sah Pia an.

»Ein Eis wäre nicht schlecht«, antwortete diese.

Beata war als Erste mit ihrem Eis fertig und bemühte sich, der allerletzten geschmolzenen Tropfen habhaft zu werden.

»Wie lebt es sich hier denn so?«, fragte sie und leckte ihren Löffel sorgfältig ab.

Margareta schwieg eine Weile und begann dann eine Welt zu beschreiben, die in stetem Wandel begriffen war.

»Ich wundere mich manchmal über die Leute, die jetzt hier wohnen. Alle sind dunkelhaarig und tragen Schleier. Ich verstehe nicht, wohin all die anderen verschwunden sind. Wir, die hierher gezogen sind, als alles neu war, haben uns im Paradies gewähnt. Alles war so modern, wir hatten Kühlschränke und Badezimmer mit fließend warmem Wasser. Alles war fantastisch. Es war der Anfang von etwas Neuem. Bereits damals gab es hier viele seltsame Namen.«

»Sie meinen ausländische Namen?«

»Ja. Viele waren ja wie wir, aber es kamen auch Leute aus Italien, Griechenland und Jugoslawien, und dann ist man eines Tages plötzlich aufgewacht, und alle waren weg. Stattdessen lebten hier auf einmal Familien aus fernen Ländern. Aus Afrika und dem Nahen Osten.«

»Kulturaustausch ist doch bereichernd«, meinte Beata fröhlich, und Pia warf ihr einen bösen Blick zu.

Die neuen Verhältnisse, die für sie unbegreiflich waren, erschreckten Margareta. Nichts hatte sich so entwickelt, wie sie es erwartet hatte.

»Sehen Sie dort drüben das Loch in der Erde?«, fragte sie und deutete auf den Platz.

»Ein Baum für jedes Kind, hieß es, als wir hierher gezogen sind. Wissen Sie, was passiert ist?«

Pia und Beata schüttelten den Kopf.

»Das hier war einmal eine Wiesenlandschaft, auf der verstreut Bäume standen. Alle Bäume wurden gefällt, als die Baukräne anrückten. Alle! Können Sie sich das vorstellen? Bäume, die hier jahrzehntelang gewachsen waren, wurden einfach umgesägt, um den Schienen Platz zu machen.«

»Schienen?«, fragte Beata.

»Um möglichst schnell und effektiv bauen zu können, standen die Kräne, die die Betonfertigteile an Ort und Stelle hoben, auf Schienen. Diese Schienen sind jetzt natürlich verschwunden. Aber damals verliefen sie kreuz und quer durchs ganze Viertel.«

»Und die Grube?«

»Als alles fertig war, nachdem alle Straßen und Spielplätze angelegt worden waren, kamen die Bäume an die Reihe. Man hat viele Versuche unternommen, das kann ich Ihnen sagen. In jede Grube wurde ein Baum gepflanzt. Diese Gruben gibt es hier überall. Aber die Bäume hatten natürlich keine Chance. Fast alle Gruben sind leer. Die Bäume hatten keine Gelegenheit, Wurzeln zu schlagen. Immer war da jemand und brach sie ab.«

Pia wusste nicht recht, was sie sagen sollte. Sie schaute auf den viereckigen, fast unsichtbaren Flecken Erde auf dem Platz und versuchte sich einen stattlichen Baum vorzustellen, aber das war unmöglich. Margareta schien mit ihrem Bericht fertig zu sein. Beata, der Stille immer Unbehagen bereitete, rutschte auf ihrem Stuhl hin und her.

»Wie geht es eigentlich deinem Freund Ulf?«, fragte sie und sah Pia an.

»Besser. Ich habe gehört, dass er wieder angefangen hat zu arbeiten, jedenfalls ein bisschen. Offenbar sind auf dieser Wikingerinsel, du weißt schon, die sterblichen Überreste eines Menschen gefunden worden. Und er hat den Auftrag erhalten herauszufinden, um wen es sich handelt.«

Beata nickte desinteressiert. Plötzlich waren Stimmen auf dem Platz zu hören. Dort stand jetzt eine Frau mit buntem Turban und einem ebenso farbenfrohen Gewand. In einer Hand hielt sie eine zusammengerollte Zeitung, mit der anderen hielt sie einen jungen Mann am Ohr. Sie schrie ihn an und schlug ihm mit der Zeitung auf den Rücken. Er versuchte sich zu wehren, leistete aber keinen größeren Widerstand. Pia erkannte die beiden. Es handelte sich um die Frau, mit der sie sich an der Absperrung unterhalten hatte, und ihren Sohn Fabian, der Pia als Bullenschwein bezeichnet hatte.

Pia Levin erhob sich so rasch, dass ihr Stuhl umfiel und eilte zur Tür. Im Nu war sie auf dem Platz und stand vor dem Paar, als Chantal gerade wieder auf ihren Sohn einprügeln wollte. Jetzt bemerkte Levin auch, dass er seine Mutter angrinste.

»Hören Sie auf«, rief Levin und packte den dünnen Ärmel der Frau.

Fabian wand sich aus Chantals Griff, schnappte sich seine Baseballmütze, die auf der Erde lag und rannte lachend weg.

»Was soll das?«, fauchte Chantal.

Levin schaute dem Jüngling hinterher.

»Schläge sind nicht erlaubt. Das ist Körperverletzung.«

»Körperverletzung? Ein Klaps mit einer Zeitung? Außerdem hat er das verdient. Und im Übrigen: Was geht Sie das an?«

Pia Levin sah sich auf dem Platz um und zur Pizzeria hinüber, als suche sie Unterstützung, aber niemand war da.

»Wir sind uns schon einmal begegnet. Vor der abgebrannten Schule«, sagte sie und ließ den Arm los. Ich bin Polizistin, erinnern Sie sich?«

Die Frau, die einen Kopf größer war als Levin, schaute demonstrativ reserviert auf ihren Arm.

»Natürlich erinnere ich mich«, sagte sie und lächelte breit. »Haben Sie vor, mich anzuzeigen?«

Pia sah sich wieder um. »Vielleicht sollte ich das tun, aber ...«

»Er hat es nicht besser verdient, das muss ich Ihnen sagen. Wenn er nicht noch ein Fünkchen Respekt vor mir hätte, würde er das gar nicht zulassen.«

»Was?«

»Fabian ist ein Früchtchen, aber er hat ein gutes Herz. Man muss ihn manchmal in seine Schranken weisen. Aber er ist natürlich viel stärker als ich.«

Endlich ging die Tür der Pizzeria auf, und Beata und Margareta erschienen. Beata wirkte in ihrer Tarnkleidung wie immer recht bedrohlich. Margareta sah in ihren Jeans und einer kurzen Sommerjacke über gelbem Pullover noch ziemlich jugendlich aus. Sie entsprach überhaupt nicht den Vorstellungen, die Levin von alten Frauen hatte. Margareta sagte etwas zu Beata, und diese nickte zustimmend.

»Hier«, sagte Beata und reichte Levin ihre Tasche. »Du hast sie über der Stuhllehne hängen lassen.«

»Danke. Das hier ist ...«

»Chantal«, sagte die Frau und reichte Beata die Hand. Beata schüttelte sie und lächelte strahlend.

Pia kam die Luft auf einmal dünn vor, als sie den beiden Frauen dabei zusah, wie sie um die Wette lächelten und Höflichkeiten austauschten. Beata behielt Chantals Hand in der ihren, und Chantal unternahm nichts, um sich zu befreien. Levin bekam einen trockenen Mund, und sie hatte Mühe beim Sprechen, als sie versuchte, die Aufmerksamkeit der anderen auf sich zu lenken.

»Und das hier ist Margareta.«

Beata ließ Chantals Hand los. Eine kaum merkliche Röte erschien trotz ihrer Sonnenbräune auf ihren Wangen. Pia betrachtete eingehend ihre Schuhe, schluckte und fluchte innerlich. Was ist nur mit mir los, dachte sie.

Margareta legte ihr eine Hand auf den Unterarm.

»Ich muss jetzt gehen. Danke für die Gesellschaft. Wie gesagt, wäre ich sehr dankbar, wenn ich noch einmal vorbeikommen und alles anschauen dürfte.«

»Was?«

»Die Schule.«

»Ja, natürlich. Entschuldigen Sie. Ich war in Gedanken gerade woanders. Warten Sie«, Levin wühlte in ihrer Tasche, zog einen Stift und einen alten Briefumschlag heraus und schrieb ihre Telefonnummer auf.

»Rufen Sie mich an, dann werde ich mal sehen, was ich tun kann.«

Margareta lächelte schwach, nickte Chantal und Beata zum Abschied zu, überquerte den Platz und verschwand hinter dem seit Langem geschlossenen Blumenladen.

»Fährst du mich zur Arbeit?«

Pia unterbrach Beata, die in eine Unterhaltung mit Chantal vertieft war.

»Du wolltest doch heute nicht mehr arbeiten? Du hast schließlich etwas getrunken.«

»Ich entscheide selbst, wann ich arbeite. Und wann ich trinke«, fiel Pia ihr ins Wort.

Sie wusste, dass es nicht den geringsten Grund gab, sauer zu sein, aber ein düsterer Teil ihres Gehirns hatte die Kontrolle übernommen, und die Worte kamen ihr über die Lippen, bevor sie sie aufhalten konnte.

»Vergiss es. Ich nehme ein Taxi«, sagte Pia und ging, ohne sich um Beatas Versuch zu kümmern, sie zum Bleiben zu überreden.

Morteza Ghadjar schaute dem Mann lange in seine kalten grauen Augen. Sie passten zu seinem Anzug.

»Was meinen Sie mit stiller Diplomatie?«

Der Mann in dem grauen Anzug räusperte sich.

»Sie müssen wissen, dass wir alles unternehmen um herauszufinden, wohin sie ihre Leiche gebracht haben«, sagte er und strich mit dem Zeigefinger eine unsichtbare Falte seines Einstecktüchleins glatt. Es hatte dieselbe Farbe wie die stramm gebundene Fliege.

»Nein, davon weiß ich nichts. Stellen Sie Forderungen oder stellen Sie keine?«, fragte Morteza Ghadjar. »Irgendwas müssen Sie doch unternehmen können um herauszufinden, wo Nahids Leiche sich befindet. Sie hat einen schwedischen Pass. Sie müssen mir helfen.«

Seine Stimme war zunehmend lauter geworden, und er beugte sich zu dem Beamten des Außenministeriums vor. Der Mann mit den grauen Augen nickte taktvoll und betrachtete den älteren Mann, der ihm gegenübersaß und Antworten verlangte. Er nahm seine Teetasse vom Tisch und lehnte sich zurück, schlug die Beine übereinander, pustete in seine Tasse und trank einen Schluck. Den kleinen Finger spreizte er seitlich ab.

»Sie müssen wissen, dass wir nur sehr begrenzte Möglichkeiten haben, auf den Iran einzuwirken, aber ich kann Ihnen versichern, dass wir tun, was wir können. Wie Sie wissen, haben wir eine harsche Protestmitteilung übersandt und außerdem den Botschafter zu einer Unterredung einbestellt«, sagte er.

Der Brief des Außenministeriums hatte Morteza etwas Hoffnung gemacht. Falls bekannt war, wo die Leiche hingebracht worden war, konnte er sie vielleicht nach Hause holen. Diese Hoffnung war in jenem Augenblick zerstört worden, als er dem Beamten des Außenministeriums die Hand gegeben hatte. Es war ein kalter, formeller Händedruck gewesen.

Ghadjar war zum vereinbarten Zeitpunkt erschienen und hatte in der kleinen, kühlen Rezeption warten müssen, in die der Hochsommer nicht vorgedrungen war. Alles war in gedämpften Farben gehalten, der Fußboden aus Marmor und die holzvertäfelten Wände. Die Holzbank an der Wand, auf der er warten sollte, glänzte. Das Einzige, was nicht 19. Jahrhundert atmete, war die verglaste Pförtnerloge am Ende des Raumes, in der ein uniformierter Wachmann saß.

Nach einer halben Stunde hatte ihn der Mann im grauen Anzug abgeholt. Morteza Ghadjar war ihm durch enge Korridore und Treppenhäuser gefolgt, bis er die Orientierung verloren hatte. Das Büro, in dem sie saßen, war groß und hell, aber mit schweren Möbeln ausgestattet. Vor den Fenstern brauste das Großstadtleben, als gäbe es keine fürchterlichen Hinrichtungen.

»Noch eine Tasse Tee?«, fragte der Mann, nachdem Morteza Ghadjar recht lange geschwiegen hatte.

Morteza spürte, wie der Druck auf seiner Brust etwas nachließ.

»Können Sie mir die stille Diplomatie noch einmal erläutern?«, fragte er.

Der Mann in dem grauen Anzug stellte seine Tasse wieder ab und setzte sich zurecht. Dann erklärte er umständlich und überheblich, dass die Beziehungen des Landes zu anderen Nationen von dem Streben geprägt seien, Lösungen zu finden, die es den Beteiligten ersparten, das Gesicht zu verlieren. Einigungen, deren Früchte die Regierungen ernten konnten, wurden im Verborgenen erzielt. Sowohl die Vertreter des eigenen Landes als auch die, die sich dem Druck der stillen Diplomatie ausgesetzt sahen, kamen dabei nicht zu kurz.

»Ich wünschte, ich könnte Ihnen von den vielen erfolgreichen Missionen im Laufe der Jahre erzählen, aber das darf ich natürlich nicht.«

Morteza Ghadjar hielt sich für einen Mann der Tat. Er verstand, was der Beamte meinte, stimmte ihm jedoch nicht zu. Er bat darum, zur Tür gebracht zu werden. Der graue Mann wirkte erleichtert und ging voraus.

Auf der Straße vor dem Außenministerium blieb Nahids Vater lange stehen. Er schaute über das Wasser zum Schloss und auf das hügelige Södermalm hinüber. Die lähmende Trauer, die ihn übermannt hatte, als er erfahren hatte, dass seine einzige Tochter im Iran festgenommen und hingerichtet worden war, war von ihm abgefallen und von Zorn abgelöst worden. Er ging am Ufer entlang, knöpfte sein Jackett auf und atmete die Düfte ein. Die Touristen um ihn herum sprachen alle möglichen Sprachen. Er passierte ein Schild, das Schiffstouren zu einem Wikingerdorf auf einer Insel anpries. Vor dem Ticketschalter stand eine lange Schlange. Ihm fielen die fröhlichen, erwartungsvollen Gesichter der Wartenden auf. Er spazierte weiter, weg vom Stadtzentrum. Eine überfüllte Straßenbahn fuhr klingelnd an ihm vorbei. Er beschleunigte seinen Schritt und erreichte nach kurzer Zeit eine schmale Brücke. Mit jedem Schritt schlug sein Herz schneller, und seine Kräfte kehrten zurück.

Er hatte einen Entschluss gefasst.

Zehn Tage später stand er mit einem Mann auf einer Laderampe. Morteza drückte fest seine feuchte Hand und fixierte seine starren Augen.

»Dir ist hoffentlich klar, dass du ein gutes Geschäft machst? Fünf Millionen ist ein regelrechter Schleuderpreis«, sagte Morteza.

»Das bleibt abzuwarten.«

Der Mann verzog keine Miene. Er entzog Morteza Ghadjar seine Hand und ging. Als er vor der Schiebetür stand, die von der Laderampe in die Empfangshalle der Großhandelsfirma führte, drehte er sich um.

»Morgen hast du das Geld auf dem Konto. Vergiss nicht, mir die Schlüssel zu geben.«

Er verschwand in der Halle, und wenig später verließ eine auf Hochglanz polierte schwarze Limousine den Parkplatz.

Morteza Ghadjar hatte stets danach gestrebt, den Traum von einem besseren Leben für seine Familie zu verwirklichen. Als seine Frau gestorben war, hatte er es fast als eine von Gott gegebene Aufgabe erachtet, ihrem einzigen und geliebten Kind Nahid alles zu ermöglichen. Der Weg von einem kleinen Kiosk zu einer Großhandelsfirma für Restaurants war beschwerlich gewesen.

Fünf Millionen. Er hatte geglaubt, dass er mehr für die Firma bekommen würde, aber die Konjunktur war abgeflaut. Strengere Kontrollen durch das Finanzamt erschwerten es, Schwarzgeld zu verdienen, und die Restaurants gingen reihenweise in Konkurs. Der Markt für seine Produkte schrumpfte rasch. Aber er hatte keine Zeit, einen Aufschwung abzuwarten. Er brauchte das Geld jetzt.

Er sah sich in der leeren Empfangshalle um. Ein Gabelstapler, dessen Akkus gerade aufgeladen wurden, stand in einer Ecke. Das Ladegerät knackte. Der Lärm der Maschinen für die Kühlräume drang bis zu ihm vor. An der Wand lehnte ein aufgeplatzter Mehlsack, und eine weiße Spur auf dem Fußboden verriet, dass er vorher woanders gestanden hatte.

Nahid hatte ihn geliebt, das wusste er. Sie hatte nie etwas verlangt. Wenn sie über ihre Zukunft gesprochen hatten und darüber, was er von ihr erwartete, hatte sie ihn auf die Stirn geküsst und gelacht. Wenn du willst, dass ich glücklich werde, musst du erlauben, dass ich es auf meine Art versuche, hatte sie gesagt. Er hatte gelitten und zugeschaut, wie sie eine Ausbildung nach der anderen abgebrochen hatte und immer unentschlossen war. Er hatte schweigend gelitten, als sie die Wohnung, die er ihr besorgt hatte, abgelehnt und stattdessen bei einer älteren Dame zur Untermiete gewohnt hatte.

Forensische Wissenschaft. Widerwillig hatte er akzeptiert, dass Nahid auflebte, als sie endlich das Richtige gefunden hatte. Dann war sie nicht mehr so oft nach Hause gekommen, und ihm war klar geworden, dass sie jemanden kennengelernt hatte. Schließlich war sie bereits dreißig gewesen und hatte Stabilität gebraucht. Diese Überlegung hatte er zumindest angestellt, als er erfahren hatte, dass der Mann ihrer Wahl über zwanzig Jahre älter war. Seine schlimmste Enttäuschung hatte sich nach einer Weile gelegt, und er hatte die Beziehung akzeptiert, solange sie glücklich wirkte. Aber Nahid hatte andere Pläne gehabt, denn sie war genauso rastlos wie ihre Mutter gewesen.

Die Nachricht, dass sie in den Iran zurückkehren wollte, hatte ihn sowohl mit Entsetzen als auch mit Stolz erfüllt. Dass seine Nahid bereit war, für ihr Volk zu kämpfen, hatte einen schlummernden Kampfgeist in ihm geweckt. Jetzt verflucht er sich, weil er mit seinen alten Freunden Kontakt aufgenommen und ihr dadurch ermöglicht hatte, in den Iran zu reisen.

Es knackte, und die grellweißen Leuchtstoffröhren an der Decke erloschen. Durch einen Spalt des nicht ganz geschlossenen Rolltores drang Licht. Er überlegte, ob er einen letzten Blick auf das Lager werfen sollte, das ihm nicht mehr gehörte, ging dann aber schweren Schrittes auf das grelle Licht zu.

Es war Zeit, nach Hause zu fahren und herauszufinden, was mit Nahids Leiche geschehen war. Morteza würde nicht eher ruhen, bis er sich darüber Klarheit verschafft hatte. Er würde keinen Aufwand scheuen und hoffte, dass fünf Millionen ausreichten.

Eine leichte Brise wehte ihr ins Gesicht. Linda taten die Knochen weh, aber es war kein unangenehmer Schmerz. Eher im Gegenteil, sie hatte sich schon lange nicht mehr so lebendig gefühlt. Sie hörte Andor in der Kombüse hantieren, und ihr stieg der Geruch von in Butter gedünsteten Zwiebeln in die Nase. Sie betrachtete ihren Vater, der mit einem Block und einem Farbstift neben ihr auf dem Achterdeck saß. Er zeichnete, dachte nach und zeichnete weiter. Sie hatte versucht, sich mit ihm zu unterhalten, aber er hatte nur etwas gemurmelt und sich wieder in seine Skizze vertieft.

Linda Holtz hatte die letzten zehn Jahre in verschiedenen Krisengebieten überall auf der Welt verbracht. Sie hatte erklärt, das Bedürfnis für Gerechtigkeit und Demokratie einzutreten, habe sie angetrieben. Aber die Bedeutsamkeit dieses Kampfes hatte sie eigentlich erst erkannt, als sie erlebte, was Menschen einander antun konnten. Mit eigenen Augen hatte sie gesehen, wie zerstörerisch Diktaturen und Kriege waren und dass immer die Schwächsten den Preis dafür zahlen mussten. Erst wenn man das verinnerlicht hatte, konnte man etwas verändern. Ihre Schwester Eva hatte sie nie verstanden, und ihr Vater hatte sich nie so richtig dafür interessiert.

Aber zu Anfang hatte sie einfach das Abenteuer gelockt. Die Möglichkeit, interessante Menschen kennenzulernen oder zumindest interessante Männer. Linda musste schmunzeln, als sie daran dachte. Im Laufe der Jahre waren es einige gewesen, aber die Beziehungen hatten nie sonderlich lange gehalten.

Ihre erste Reise hatte nach Lateinamerika geführt. Zwanzig Friedensaktivisten hatten in einem großen, schönen Haus hinter einer hohen Mauer mit Stacheldraht und Wachen gewohnt. Einmal hatten sie es verlassen, um ein Wahllokal in einer Kleinstadt zu beobachten, hatten aber umkehren müssen, weil man sie an der ersten Straßensperre nicht durchgelassen hatte. Erst später hatte sie eingesehen, wie verlogen das alles gewesen war. Gut gefütterte und behütete Aktivisten, die sich ein paar Wochen lang einen schönen Urlaub gegönnt hatten, um dann nach Hause zu fahren und zu erzählen, was für eine wichtige Arbeit sie geleistet hatten.

»Woran denkst du?«

Holtz weckte sie aus ihrem Tagtraum.

»Ich weiß nicht recht. An mein Leben vielleicht. Was daraus geworden ist.«

»Und? Was ist daraus geworden?«

Sie überlegte und wickelte eine Haarsträhne um ihren Finger.

»Es ist ein gutes Leben, aber...«

»Aber was?«

»Ich bin über dreißig, und die Uhr tickt.«

Holtz war aufrichtig erstaunt. Er faltete das Papier zusammen, legte es neben sich und schob seinen Stuhl näher an Lindas heran.

»Du bist noch jung. Du hast doch dein ganzes Leben noch vor dir.«

Er klang nicht sonderlich überzeugend.

»Danke, Papa. Aber du weißt genauso gut wie ich, dass das nicht stimmt. Ich befürchte langsam, dass ich nie eine eigene Familie haben werde.«

Sorgsam wählte Holtz seine Worte.

»Ich wusste gar nicht, dass du das willst. Du hast nie ...«

»Papa. Du bist wirklich ein ganz lieber Kerl, aber du hast keine Ahnung.«

Ulf Holtz spürte, wie er errötete.

»Wie meinst du das? Ich war doch immer für dich da?«

Linda öffnete den Mund, aber ehe sie etwas sagen konnte, wurde sie gestört.

»Kann mir mal jemand helfen?«, rief Andor, und eine Hand mit einer Flasche Wein tauchte aus dem Dunkel des Bootes auf. Dann war sein Gesicht zu sehen.

»Das Essen ist fertig. Ich hoffe, ihr mögt Rinderfilet à la Rydberg. Sollen wir hier draußen essen?«

Ulf Holtz war erleichtert. Darüber müssen wir später noch eingehender reden, dachte er und streckte die Hand nach der Flasche aus.

»Rinderfilet à la Rydberg, das ist lange her. Aber was willst du essen?«, fragte er Linda.

»Dasselbe. Ich gönne mir eine kleine Pause von der vegetarischen Küche.«

»Ja, geht das denn?«

»Natürlich geht das. Alles geht.«

Sie aßen zu Abend, während die rote Sonne im Meer versank. Dann brachten sie Holtz aufs Festland und legten sich anschließend in ihre Kojen.

Als Linda am nächsten Morgen erwachte, stieg ihr der Duft von frisch aufgebrühtem Kaffee in die Nase. Es dauerte ein paar Sekunden, bis sie wieder wusste, wo sie war. Sie blinzelte und versuchte die Zeiger ihrer Armbanduhr zu erkennen. Sie war noch halb in ihrem Traum, der von einem Skelett gehandelt hatte, das mit einem Wikinger tanzte, einem richtigen Filmwikinger mit Hörnern am Helm und allem

Drum und Dran. Das Paar war auf einer Hügelkuppe herumgewirbelt. Linda starrte an die Decke und versuchte, sich auf Einzelheiten zu besinnen, aber je mehr sie nachdachte, desto verschwommener wurde der Traum. Ihre Schulter und ihre Kiefer schmerzten. Ich muss im Schlaf die Zähne zusammengebissen haben, dachte sie, rieb sich die schmerzende Schulter und bewegte den Unterkiefer so energisch hin und her, dass es in ihrem Schädel knackte. Sie blieb noch eine Weile in ihrer Koje liegen, sog den Kaffeeduft ein und lauschte. Sie hörte Andors ruhige Atemzüge in der Nachbarkoje. Er hatte den Vorhang vorgezogen.

Andor hat sich verändert. Oder ich sehe ihn plötzlich mit anderen Augen, dachte sie. Von dem drögen Studenten mit dem seltsamen Haarschnitt, der sich gern anbiederte, war nichts mehr übrig. Der Andor, der ihn ersetzt hatte, war bescheiden, lustig, gutaussehend und intelligent und außerdem ein fantastischer Koch. In der Kombüse konnte er wahre Wunder vollbringen. Die Filetwürfel mit den roh gebratenen Kartoffeln, den goldbraunen Zwiebeln und dem rohen Eigelb, die er ihnen am Vorabend serviert hatte, waren das Beste gewesen, was Linda je gegessen hatte. Ihr Lob hatte Andor in Verlegenheit gebracht.

Die Sehnsucht nach frischem Kaffee veranlasste sie, an Deck zu gehen. Es war etwas diesig, und die Sonne war nicht zu sehen, aber die Decksplanken waren bereits warm unter ihren nackten Füßen. Ein milder Wind strich durch das Hemd, das sie übergestreift hatte. Sie atmete ein paarmal genüsslich ein und versuchte zu erschnuppern, woher der Kaffeeduft kam.

Der Professor saß mit einem Becher in der Hand auf einem Liegestuhl an Deck. Seine Augen waren geschlossen, und Linda fragte sich, ob er eingenickt war.

»Willkommen, es ist noch Kaffee da«, sagte er, ohne die Augen zu öffnen.

»Danke«, erwiderte Linda unsicher. Sie zog sich einen Stuhl heran und setzte sich neben den alten Mann.

»Alles in Ordnung?«

Er hielt eine Hand vor die Augen.

»O ja. Meine alten Augen vertragen morgens nur nicht so viel Licht, habe ich gemerkt«, sagte er und reichte ihr einen Becher, der neben einer Thermoskanne mit Blumenmuster auf den Decksplanken stand.

Linda trank langsam ihren Kaffee und wollte diesen Augenblick so lange wie möglich genießen.

»Wir haben wirklich Glück mit dem Wetter gehabt«, sagte sie schließlich.

Der Professor brummte. Linda deutete das als Zustimmung.

»Wie lange kennen Sie Andor eigentlich schon?«

»Seit einigen Jahren. Ein sehr begabter Junge. Etwas eigen, aber sehr ehrgeizig.«

Der Professor sah aus, als wolle er ihr ein Geheimnis verraten, zögerte dann aber.

»Ich freue mich, dass Sie ihn mögen«, sagte er.

»Ich weiß nicht recht...«

»Ich weiß, was ich weiß. Wenn man so alt ist wie ich, dann weiß man Dinge. Er braucht jemanden. So viel ist sicher.«

»Warum...«

»Brauchen wir nicht alle jemanden?«, flüsterte der Professor und richtete seinen Blick auf einen Punkt in der Ferne.

Andor steckte seinen Kopf aus dem Bootsinneren. Sein Haar war zerzaust, und sein Kissen hatte auf seiner Wange einen Abdruck hinterlassen. Seine Augen funkelten.

»Wollt ihr frühstücken? Ich lasse mir was einfallen«, sagte er, wartete die Antwort aber nicht ab, sondern verschwand wieder unter Deck.

»Was wollten Sie sagen?«, fragte Linda, aber der Professor hing seinen Gedanken nach und hatte die Augen geschlossen. Er antwortete nicht.

Der Schädel lag auf einem Glastisch. Ulf Holtz hatte mit Ellen Brandts Einverständnis die Bürokratie umgangen und sich alles Nötige besorgt. Was einmal ein Lagerschuppen mit altem Werkzeug und Gerümpel gewesen war, glich jetzt eher einem Labor. Zwei Stehlampen erleuchteten den Aluminiumklapptisch, den Holtz zusammen mit der Ausrüstung und einem transportablen Dieselgenerator, der sie jetzt mit Elektrizität versorgte, auf die Insel hatte bringen lassen. Das Licht wurde gebrochen und breitete sich von unten her aus, so dass es aussah, als leuchteten die Augen des Schädels.

Holtz umrundete langsam den Tisch und fotografierte den Totenkopf. Die Bilder kopierte er auf seinen Laptop, der auf einem Hocker neben dem Tisch stand. Er versuchte sich vorzustellen, wie die Frau ausgesehen hatte, und ergänzte Nase, Haut, Ohren und Augen, besaß aber nicht genügend Fantasie, um ein klares Bild zu erhalten. Noch nie hatte ihn ein Skelett so berührt. Ein lebloses Gebilde, das sich aus etwa hundert Knochen zusammensetzte. Obwohl er keine Ahnung hatte, wer die Tote war, spüte er immer stärker, dass er dieses Rätsel lösen musste. Holtz erstaunte die Intensität seines Bedürfnisses herauszufinden, wer die junge Frau gewesen und was ihr zugestoßen war.

Ellen hatte eine Liste von Frauen zwischen zehn und fünfundzwanzig zusammengestellt, die in den letzten fünfzig

Jahren vermisst gemeldet worden waren. Aber da niemand wusste, wann Jane gestorben war, und auch nicht, wo sie herkam, war es sehr schwierig, die Zahl der möglichen Opfer einzugrenzen. Tatsache war jedoch, dass sie nicht von der Insel verschwunden war, denn hier war niemand vermisst gemeldet worden. Vor allen Dingen musste geklärt werden, wie sie ausgesehen hatte. Vielleicht konnte man sie dann mit einem Foto vergleichen, oder jemand erkannte sie wieder. Die DNA-Analysen mussten noch warten.

Holtz zog sein Handy aus der Hosentasche. Seltsam. Wie lange war es wohl schon ausgeschaltet, überlegte er und gab seine PIN ein, um das Gerät wieder zum Leben zu erwecken. Dann wählte er eine Nummer. Am anderen Ende sprang ein Anrufbeantworter an und wiederholte eine Mitteilung in mehreren Sprachen.

»Hallo, hier ist Holtz. Ich brauche deine Hilfe bei einem Gesicht. Ruf mich an, sobald du Zeit hast«, sagte er, nachdem die Ansage verstummt war.

Das Medaillon lag in einer Pappschachtel mit einem durchsichtigen Plastikdeckel, während die Knochen in ausgedienten Holzkisten aufbewahrt wurden, die ihm der Professor gegeben hatte. Eigentlich hätten die Knochen in Spezialbehältern mit einer Flüssigkeit liegen sollen, damit sie nicht austrockneten und dabei Spuren verschwanden. Es war Holtz jedoch nicht gelungen, Flüssigkeit oder Behälter aufzutreiben, und er fand, ein paar Tage seien schon nicht sonderlich von Belang.

Das Friedenszeichen, das Peace-Symbol, wie Linda es nannte, schien aus Silber gefertigt zu sein. Es hatte sich recht bald herausgestellt, dass es nicht wie zuerst vermutet das Wadenbein umschlungen hatte. Die Kette hatte auf dem Friedenszeichen gelegen. Als sie sie ganz freigelegt hatten, hatten sie entdeckt, dass sie zwar verschlossen gewesen, aber durchgerissen war. Das Medaillon und die Kette würden später noch eingehender untersucht werden. Holtz hatte Nachforschungen über die Ursprünge des Symbols angestellt und dabei herausgefunden, dass der Schmuck nicht vor den Fünfzigerjahren gefertigt worden sein konnte. Es gab zwar ältere Symbole, die dem Friedenszeichen glichen, aber es stand zweifelsfrei fest, dass dies ein moderner Schmuck war. Holtz konnte sich noch daran erinnern, wie das Symbol zu Zeiten des Kalten Krieges und eines drohenden Atomkriegs erstmals populär geworden war.

Holtz musste herausfinden, wann das Friedenszeichen aus der Mode gekommen war. Er hörte ein Knarren und wandte sich zur Tür, die sperrangelweit offenstand. In der Türöffnung war eine dunkle Gestalt zu erkennen, die die Sonne im Rücken hatte und deren Gesicht im Schatten lag.

»Was ist hier eigentlich los?«, fragte die Gestalt mit rauer Stimme und einem leichten Akzent.

Ulf Holtz legte den Schädel vorsichtig wieder auf den Glastisch.

»Und wer sind Sie?«

Der Mann zog den Kopf ein, um beim Eintreten nicht anzustoßen. Er war von kräftiger Statur, und sein Alter ließ sich nur schwer schätzen. Sicher ein gutes Stück über fünfzig, dachte Holtz. Sein Gesicht war zerfurcht und sonnengebräunt. Er wirkte nett.

Ulf Holtz reichte ihm die Hand.

»Holtz, Polizei.«

»Beowulf.«

»Was kann ich für Sie tun?«, fragte Holtz und verstellte

Beowulf die Sicht, der sich interessiert in der Baubude umsah.

»Hier geht ja offenbar einiges ab«, sagte Beowulf. »Ich habe gehört, dass hier ein frisches Grab gefunden worden ist, und da die Polizei hier ist, muss ja etwas vorgefallen sein.«

»Wir reden draußen weiter«, sagte Holtz und deutete demonstrativ zur Tür. Der Mann zuckte mit den Schultern und drehte sich um. Er verließ die Baubude und blieb unweit der abgesperrten Parzelle stehen, an der Andor und Linda arbeiteten. Andor schüttelte das große Sieb, unter dem der Haufen mit feinem Sand immer größer wurde. Linda hatte sich hingekniet und legte hochkonzentriert Knochen mit dem Pinsel frei. Die beiden bemerkten den Besucher, der sie beobachtete, gar nicht.

Ulf Holtz musterte den Mann. Er trug ein moosgrünes, knielanges Hemd und ein Paar weite ockerfarbene Hosen, die an den Knöcheln mit einem Lederband zusammengebunden waren. Seine Füße steckten in Schuhen aus weichem Leder. Über den Schultern trug er einen Umhang in einem dunkleren Grün als das Hemd, der von zwei ziselierten Bronzescheiben am Hals gehalten wurde. In dem grellen Tageslicht sah sein Haar schmutzig und verfilzt aus.

»Wo haben Sie denn den Helm mit den Hörnern?«, fragte Holtz.

Der Wikinger drehte sich lächelnd zu ihm um.

»Wissen Sie, in all den Jahren, die ich jetzt schon hier bin, ist das die häufigste Frage.«

»Und wie viele Jahre sind das?«

»Fünfzehn.«

Holtz stieß einen leisen Pfiff aus.

»Sie zelebrieren hier also seit fünfzehn Jahren das Wikingerleben?«

»Ja, finden Sie das so merkwürdig?«

Beowulf nickte, nicht unfreundlich, aber vielleicht etwas nachsichtig.

»Was graben Sie denn da gerade aus?«, fragte er dann und schaute wieder zu den beiden Grabungsteilnehmern hinüber.

Holtz wollte bereits neutral und formell antworten, es handele sich um eine polizeiliche Ermittlung und er könne nichts sagen, war diesen Satz dann aber plötzlich leid.

»Ein Skelett. Wir glauben, dass es sich um eine junge Frau handelt.«

Der Wikinger zog die Brauen hoch.

»Es ist nicht ganz ungewöhnlich, dass die Archäologen hier Skelette finden.«

»Skelette wie dieses sind dann glücklicherweise doch recht selten.«

»Ach?«

»Hm«, brummte Holtz und wechselte das Thema. »Und wie lebt es sich heutzutage als Wikinger?«

Beowulf sah aus, als hätte er gern noch mehr über das Skelett erfahren, aber die Frage verfehlte die von Holtz erhoffte Wirkung dann doch nicht.

»Kommen Sie doch mit runter ins Dorf und schauen Sie sich an, wie es bei uns aussieht. Übrigens hatten die Wikinger nie Hörner auf ihren Helmen. Das ist eine Erfindung der romantischen Strömungen des 19. Jahrhunderts und möglicherweise auch der Hollywoodproduzenten.«

»Ich weiß«, erwiderte Holtz grinsend. »Aber Sie heißen doch wohl auch kaum Beowulf?«

»Nein, ich heiße Gerard.«

Der Geruch von glühender Kohle, Erde und in der Sonne trocknendem Schweinemist verdrängte zusehends den Duft von Staub und Heu, je näher sie zum Wikingerdorf gelangten. Eine Frau Mitte dreißig kam ihnen auf dem Pfad entgegen. Sie trug ein Kätzchen auf dem Arm, dessen Kopf in einem unbequemen Winkel nach unten hing. Ein Junge mit verfilztem flachsblondem Haar klammerte sich an dem bodenlangen, handgewebten Kleid der Frau fest. Der Junge trug halblange Hosen und einen Pullover aus demselben weichen Stoff und hing widerstrebend an seiner Mutter wie ein Beiboot am Mutterschiff. Er war wütend und trat nach ihr, verfehlte sie aber. Als er Holtz und Gerard entdeckte, ließ er den Rock der Frau los und rannte auf sie zu. Gerard beugte sich vor und fing den Jungen auf.

Holtz versuchte der Frau in die Augen zu sehen. Sie nickte kurz, starrte jedoch die ganze Zeit zu Boden.

»Ich habe einen Gast mitgebracht. Das Essen reicht doch für alle?«, sagte Gerard mit leiser Stimme und nickte der Frau zu. Diese drehte sich um und eilte zu ihrem Haus zurück. Gerard lachte, hob den Jungen auf seine Schultern und folgte ihr.

Holtz zögerte. Die Frau zog den Kopf ein, da der Türstock sehr niedrig war, und verschwand im Haus. Was war nur mit ihr los? Ein Gefühl des Unbehagens erfasste Holtz und vertrieb die Sommerwärme, während er Gerard und dem Jungen folgte und den großen als Wikinger verkleideten Gerard und den Knirps auf seinen Schultern betrachtete, der hin und her schaukelte, als würde er auf einem störrischen Esel reiten.

Der Geruch von glühendem Holz war im Dorf noch durchdringender, obwohl Dorf eigentlich zu hochtrabend klang. Es handelte sich lediglich um ein paar Häuser an einem großen Platz. Kleine schwarzfleckige Schweine hielten sich im Schatten der Häuser und erkundeten den Boden, als wären sie Spürhunde. Eine große, vollkommen schwarze Sau döste am Haus. Die Hühner, die um sie herum pickten, schienen sie nicht weiter zu kümmern. Über einer Feuerstelle hing ein Topf, und der daraus aufsteigende Duft weckte Holtz' Hunger. Er hatte schon seit Stunden nichts mehr gegessen, und diese Einsicht verursachte einen dumpfen Druck oberhalb der Schläfen. Sein Magen knurrte.

Gerard hob den Jungen von seinen Schultern. Er landete zwar auf beiden Füßen, verlor jedoch das Gleichgewicht und fiel hin. Erst schien es, als würde er gleich weinen, doch dann biss er die Zähne zusammen und sah Gerard an, als suche er nach einem Fingerzeig, wie er sich verhalten sollte. Der große Wikinger blickte dem Jungen in die Augen. Holtz sah etwas ihm Wohlbekanntes. Respekt durch Angst.

Das Gericht, das serviert wurde, hatte er noch nie gegessen. Weichgekochtes Wurzelgemüse mit Kräutern sowie fette Fleischbrocken mit Knochen. Ulf Holtz kaute langsam und genüsslich. Das Geschmackserlebnis ließ ihn beinahe vergessen, wie unbequem er saß. Der Tisch war niedrig und die Bank an der Wand befestigt. Sein Rücken schmerzte, und der Rauch, der nicht durch das Loch im Dach abzog, brannte ihm in den Augen.

Gerard saß ihm gegenüber. Weder die Frau noch der Junge hatten Platz genommen.

»Wie heißt du denn?«, fragte Holtz und versuchte dem Blick des Jungen zu begegnen. Der Kleine versteckte sich sogleich hinter den weiten Röcken der Frau.

»Er heißt Tor«, sagte Gerard.

»Wie der Donnergott?«

Gerard brummte zustimmend, fischte mit seinem Holzlöffel ein Stück Fleisch aus dem Topf und schob es in den Mund. Funkelndes Fett lief ihm das Kinn runter. Sie aßen schweigend weiter, bis Holtz so satt war, dass er keinen einzigen Bissen mehr geschafft hätte.

»Sind Sie jeden Sommer hier?«, fragte Holtz.

Gerard rülpste und wischte sich mit dem Handrücken über den Mund.

»Hm.«

»Wie lange gibt es dieses Wikingerdorf denn schon?«

»Wie ich vorhin schon gesagt habe, seit ungefähr fünfzehn Jahren, jedenfalls in dieser Form.«

»Wie meinen Sie das?«

»Eigentlich existiert es schon viel länger. Ich war mit zwanzig zum ersten Mal hier, aber damals haben wir Hütten gebaut und uns von den Archäologen ferngehalten. Es war nicht erlaubt, hier zu campen, aber es hat uns auch niemand vertrieben.«

»Mit zwanzig. Das muss...«

»Das ist eine Weile her«, erwiderte Gerard und erhob sich. »Ich muss mich jetzt um das Vieh kümmern, wenn Sie mich entschuldigen.«

Holtz begleitete ihn ins Freie, bedankte sich für das Essen und verabschiedete sich. Er sah sich nach der Frau und dem Kind um, aber sie waren nirgends zu sehen.

Ulla Fredén legte die Leber in eine Edelstahlschale und sprach gleichzeitig in das kleine Mikrofon, das um ihren Hals hing. Sie mochte den Geruch von zersägten, vom rotierenden Sägeblatt erwärmten Knochen gar nicht. Der Torso war geöffnet, und die vitalen Organe waren entfernt worden. Zumindest die Organe, die sich für gewöhnlich in jenem Teil des Körpers befanden, der auf dem rostfreien Seziertisch lag. Andere Körperteile fehlten. Es gab keine Arme, keine Beine und keinen Kopf. Wer der Tote gewesen war, wusste niemand. Der Torso war in einem schwarzen Müllsack an einem Badestrand am Stadtrand angetrieben worden. Zwei zehnjährige Jungen hatten den Sack gefunden und geöffnet und würden deswegen vermutlich noch recht lange an Albträumen leiden. Vielleicht sogar ihr Leben lang, dachte die Gerichtsmedizinerin und stellte sich vor, wie zwei sonnengebräunte blonde Knirpse am Ufer spielten und etwas entdeckten, das sie einfach nicht in Ruhe lassen konnten. Sie hatten ein Loch in den Sack gerissen, nachdem sie ihn ins seichte Wasser bugsiert hatten, und hineingeschaut, ohne zu begreifen, was sie sahen. Mit ihren hohen Stimmen hatten sie die Erwachsenen gerufen, die erstaunt herbeigelaufen waren. Dann hatte nur noch Chaos geherrscht, aufgebrachte Badende und Polizeiautos mit blinkenden Blaulichtern.

Trotz umfassender Bemühungen, den Torso zuzuordnen, tappten die Ermittler immer noch im Dunkeln. Die Beamten hatten die Strände der Badebucht mit Leichenhunden abgesucht, jedoch ohne Ergebnis. Ulla Fredén war von einem verzweifelten Ermittlungschef gebeten worden, die Organe nach

Antworten zu untersuchen. Welche Gewohnheiten und Laster hatte der Mann möglicherweise gehabt? Dass es sich um einen Mann handelte, hatte das GFFC, das Gemeinsame Forensische Forschungscenter, nach der DNA-Analyse mitgeteilt. Sie wussten auch, dass der Tote keine Straftaten begangen hatte, da seine DNA weder im Register der unbekannten Einbrecher, Diebe oder Schläger, noch in dem der verurteilten Straftäter auftauchte. Die DNA war außerdem an Polizeibehörden in aller Welt verschickt worden. Bislang ohne Resultat.

Ulla Fredén war müde. Die Toten machten ihr immer mehr zu schaffen. Aus dem Pausenzimmer jenseits des Korridors hörte sie das Radio. Sie beugte den Kopf vor und schaltete das Tonband mit dem Kinn aus. Das Klingeln des Telefons übertönte das Radio. Ulla Fredén wusste, dass sie allein im Gebäude war, und ließ den aufgesägten Torso auf dem Seziertisch zurück, um ans Telefon zu gehen.

Es hatte aufgehört zu klingeln, als sie das Pausenzimmer betrat, fing dann aber wieder an. Sie streifte ihre Handschuhe ab und griff zum Hörer. Nachdem sie die Nachricht abgehört hatte, wählte sie eine Nummer.

»Hallo, Ulf, lang ist's her. Wie geht es dir?«

Ulla runzelte die Stirn und schwieg lange.

»Eigentlich habe ich keine Zeit«, sagte sie dann. »Aber weil du es bist und ich mich ablenken muss... Also, gut. Wir sehen uns in ein paar Tagen.« Dann kehrte sie in den Seziersaal zurück.

Ulla Fredén und Ulf Holtz arbeiteten schon seit vielen Jahren zusammen, waren allerdings nicht befreundet. Sie hatte seine Karriere nur sporadisch verfolgt. Falls man das überhaupt Karriere nennen kann, dachte sie und schob den Tisch mit dem Torso und der Schale mit der Leber und den anderen Organen in den Kühlraum.

Holtz galt als Kriminaltechniker vom alten Schlag. Ein beschlagener und engagierter Polizist, der sich mehr auf sein Urteil und sein Gefühl für Menschen verließ als auf moderne Technik. Damit stand er inzwischen recht alleine da. Im Laufe der Jahre war es ihm geglückt, seinen Chefs mit seinen Eigenheiten und seiner Vorliebe für Regelverstöße derart auf die Nerven zu gehen, dass er wiederholte Male fast gefeuert worden wäre. Irgendwie war es Holtz dann aber doch immer gelungen, sich an seinem Abteilungsleiterschreibtisch festzuklammern. Nicht zuletzt weil er in Bezug auf seine Aufklärungsquote besser abschnitt als alle anderen.

Ulla Fredén wusste, dass wieder einmal eine interne Ermittlung gegen ihn lief, hatte sich aber nicht die Mühe gemacht herauszufinden, worum es dabei ging. Sie hatte nicht einmal den Nerv gehabt, sich den Klatsch auf dem Korridor anzuhören. Sie wusste jedoch, dass er von einer Tragödie heimgesucht worden war. Seine geliebte Nahid war im Iran verschwunden und verstorben. Wenn er Hilfe brauchte, dann würde er sie von ihr bekommen.

Den Toten neues Leben einzuhauchen war schließlich ihre ungewöhnliche Spezialität.

Ihr ganzer Körper schmerzte. Der Knöchel tat weh, und das Gesicht brannte. Kerstin war noch nie so müde gewesen. Sie betrachtete sich im Badezimmerspiegel, während das warme Wasser in die Badewanne lief. Ab und zu wischte sie den Spiegel mit der Hand ab, aber er beschlug sofort wieder von Neuem. Sie konnte verschwommen ihr Gesicht erkennen und neigte den Kopf ein wenig zur Seite. Immer wieder fielen ihr die Haare ins Gesicht und piekten in den Augen. Zögernd beugte sie sich zu der glatten, beschlagenen Fläche vor, schloss die Augen und küsste ihr Spiegelbild auf den Mund.

Kerstin konnte sich auf ihre Gefühle keinen Reim machen. Sie hatte Angst vor Stavros, musste aber ständig an sein dunkles, lockiges Haar, die Fältchen um seine Augen und die Art denken, wie er seinen Kopf in den Nacken warf.

Plötzlich bemerkte sie das Wasser auf dem Fußboden. Ihre Strümpfe saugten es auf, sie drehte sich erschreckt zur Badewanne um und sah das Wasser über die Kante laufen. Hektisch versuchte Kerstin, die Hähne zuzudrehen. Sie klemmten, und sie rutschte ab. Das Wasser strömte weiter, der kleine Teppich schwamm. Sie versuchte es erneut, jetzt ging es, und der Wasserstrom versiegte.

Ratlos betrachtete Kerstin die gewölbte, unter Spannung stehende Wasserfläche, die über den Rand der Wanne zu ragen schien. Sie legte eine Hand auf die Fläche. Noch mehr Wasser lief über. Dann zog sie sich aus und stieg langsam in das heiße Wasser. Sie kümmerte sich nicht darum, dass noch mehr Wasser überschwappte und tauchte mit dem ganzen Körper ein.

Die Wärme machte sie schläfrig, sie schloss die Augen und döste. Die Schmerzen verschwanden, und beinahe wäre sie eingeschlafen. Plötzlich sah sie das Mädchen aus dem Haus vor sich. Kerstin hatte immer wieder gefragt, wer sie war, aber Stavros hatte nur gelacht und sie sein kleines neugieriges Fräulein Naseweis genannt. Seines. Kerstin spürte, wie sich etwas in ihr zusammenzog. Das war nicht unangenehm. Darüber brauchst du dir deinen süßen Kopf nicht zu zerbrechen, hatte er gesagt. Kümmer dich nicht um sie.

Als sie aus dem unfertigen Haus gekommen waren, war Stavros verschwunden. Ich muss weg, hatte er gesagt und sie mit einem »bis dann« stehenlassen.

Das kam ihr unwirklich vor. Hatte sie das alles nur geträumt?

Kerstin kniff die Augen zusammen, schloss den Mund und tauchte unter. Sie wollte nicht an das Mädchen denken, sondern nur an Stavros. Fast eine Minute lang hielt sie den Atem an, dann stieg sie aus der Badewanne.

Er war bärtig und trug sein schmutziges Haar zu einem nachlässigen Knoten zusammengebunden. Seine Haut hatte einen Graustich, und seine Augen waren halb geschlossen. Aber sein Blick war klar, obwohl er schon seit vielen hundert Jahren tot war.

Ulla Fredén nickte zufrieden. Die Restaurierung war perfekt. Dieser Mann hatte ein hartes Leben gehabt, ehe ihm jemand mit einer Axt den Kopf gespalten hatte. Der Schädel war vor rund zwanzig Jahren auf einem Acker ausgegraben worden, und mit viel Arbeit und Geduld hatte Ulla ihm sein Gesicht zurückgegeben.

Im Laufe der Jahre hatte sie etliche Schädel für die Polizei präpariert, aber inzwischen wurde diese Arbeit von Computeranimationsprogrammen geleistet, und heutzutage hatte niemand mehr Zeit, die Fertigstellung eines Modells abzuwarten. Mittlerweile betrieb Ulla Fredén diese Tätigkeit nur noch als Hobby.

Ulfs Anruf hatte sie in gute Laune versetzt. Ein richtiger Fall. Eine junge Frau in einem flachen Grab an einer ehemaligen Wikingerstätte. Ulf hatte den Schädel bereits im Krankenhaus durchs CT geschickt. Mit Hilfe der daraus gewonnenen Werte ließ sich ein Plastikabguss herstellen. Ein Bote würde ihr diesen Abguss am Vormittag vorbeibringen.

Ulla Fredén stellte den bärtigen Mann aus der Bronzezeit in einen weißen Glasschrank, der drei weitere Köpfe enthielt. Dann goss sie sich eine Tasse Kaffee ein und setzte sich an ihren großen weißen Schreibtisch, der im Obergeschoss vor dem Fenster stand. Von dort hatte sie eine wunderbare Aussicht auf die Natur. Ulla Fredén schlug das Notizbuch auf, in das sie schon seit Jahren ihre Erfahrungen eintrug. Sie ging mit dem Finger die Listen durch, auf denen verzeichnet war, wie dick die Weichteile des menschlichen Gesichts statistisch waren.

Langsam ging die Sonne hinter den Wiesen unter, und ihre Gedanken kehrten unbeabsichtigt zur Arbeit zurück, zu dem Torso, den sie im Kühlraum weggeschlossen hatte. Sie hatte nie verstehen können, warum Menschen andere Menschen zerstückelten, obwohl sie tagtäglich an ihrem Arbeitsplatz im Prinzip nichts anderes tat. Aber die Leichen, mit denen sie sich befasste, waren schon keine Menschen mehr.

Ulla Fredén erhob sich und nahm »Forensic Art and Illustration« aus dem Bücherregal. Sie las sich die Beschreibungen von Mordopfern durch und sah sich besonders genau die Bilder an, die den Alterungsprozess von der Geburt bis zum Tod beschrieben. Kinderbilder waren manipuliert worden, um zu zeigen, wie das Altern das Aussehen beeinflusste. Es gab auch Tabellen und Beschreibungen von Faltenbildungen, Tränensäcken und Hautveränderungen, die sich einem bestimmten Alter zuordnen ließen und bei der Identifizierung verschwundener und gekidnappter Kinder wichtig waren. Später wollte sie sich in die Details vertiefen, im Moment blätterte sie einfach nur, um in die richtige Stimmung zu kommen. Ein Gesicht auferstehen zu lassen, war nur zum Teil eine Frage von Zahlen und Vergleichswerten. Mindestens ebenso wichtig war das Einfühlungsvermögen.

Es klingelte, und sie ging zur Tür.

»Hier wohnst du also«, sagte Ulf Holtz und sah sich in der fast leeren Diele um.

»Ja, hereinspaziert. Ich mache uns rasch einen Tee«, sagte Ulla Fredén.

Holtz sah sie erstaunt an. Es dauerte eine Weile, bis er begriff, was ihn störte. Er hatte sie bislang immer nur in Arztkittel und mit hochgestecktem Haar unter einem Haarnetz oder einer Plastikmütze gesehen. Jetzt trug sie ihr langes blondes Haar offen. Sie hatte ein gerade geschnittenes weißes Kleid mit Spaghettiträgern an. Holtz kam es so vor, als sei er dieser Frau noch nie begegnet.

Alles im Haus war weiß. Das Einzige, was in dem minimalistisch eingerichteten Wohnzimmer auffiel, war ein großes Gemälde in einem Goldrahmen. Ein schnaubender Stier, der einen Matador in engen Hosen, seltsamem Hut und goldener Weste angriff, der sein rubinrotes Cape vor den spitzen Hörnern des Stiers wegzog.

»Eigentlich empfange ich hier keinen Besuch, aber es schien ja wichtig zu sein«, sagte Ulla Fredén.

Holtz nickte. Am Ende des großen Raumes lag die ultramoderne, glänzend weiße Küche. Es gab nur zwei Türen, die, wie Holtz vermutete, zur Toilette und ins Schlafzimmer führten. So hätte Holtz auch gerne gewohnt.

»Wir gehen nach oben in mein Büro«, sagte Ulla Fredén, als der Tee fertig war und ging voran.

Das Obergeschoss bestand aus einem einzigen Raum. Zwei Bürostühle aus weißem Leder, ein großer weißer Tisch, ein volles Bücherregal und ein in die Wand eingelassener Glasschrank mit vier naturgetreuen Köpfen bildeten die gesamte Einrichtung. Holtz nahm davon jedoch kaum Notiz, sondern blieb mit offenem Mund vor der Fensterwand stehen, die vom Fußboden bis zur Decke reichte. Davor erstreckten sich Felder und Wiesen, soweit sein Auge reichte.

Obwohl Andor oft Details auffielen, die den meisten entgingen, hätte er es beinahe übersehen. Vielleicht weil er müde und hungrig war, vielleicht weil ihn die untergehende Sonne blendete.

Normalerweise hatte Andor nichts gegen monotones Arbeiten einzuwenden. Der Professor hatte ihm einmal erklärt, dass die Grundlage der Archäologie daraus bestand. Wenn man nicht in der Lage war, drei Wochen lang in staubiger Erde zu knien und immer wieder dieselbe Bewegung auszuführen, sollte man sich nach einem anderen Zeitvertreib umsehen. Andor ärgerte sich darüber, dass er die Erde sieben musste, während Linda den Rest des Skelettes ausgraben sollte. Der Professor hatte darauf bestanden. Knochen sauberpinseln könne jeder, sorgfältig Unmengen von Erdreich zu durchsuchen, sei etwas ganz anderes. Dafür seien archäologische Geduld und archäologischer Eifer vonnöten. Andor war davon überzeugt, dass der Professor mit dieser Schmeichelei nur seinen Willen durchsetzen wollte, hatte die Arbeitsverteilung aber schließlich widerwillig akzeptiert.

Andor war sich selbst ein Rätsel. Seine Gedanken kehrten zu den Ereignissen vom Vortag zurück. Linda hatte den Unterkiefer ausgegraben, und dann waren sie zusammen in die Baubude gegangen und hatten eine mit grünem Seidenpapier ausgeschlagene Pappschachtel rausgesucht. Er hatte Linda dabei zugesehen, wie sie den Unterkiefer vorsichtig in die Schachtel gebettet hatte. Das grelle Licht der Lampen war vom Glastisch reflektiert worden, und durch die Schatten hatte sie hohläugig und müde gewirkt, irgendwie zerbrechlich. Ohne zu wissen warum, hatte er seine Hand ausgestreckt und mit den Fingerspitzen ihre Wange berührt. Sie war zusammengezuckt, zurückgewichen und dabei an den Tisch gestoßen, und die Schachtel mit dem Unterkiefer war heruntergefallen. Er hatte den Bruchteil einer Sekunde zu spät reagiert und der Schachtel, statt sie aufzufangen, einen Stoß versetzt, wodurch diese eine halbe Drehung in der Luft vollführt hatte.

»Pass auf!«, hatte Linda geschrien, und in diesem Augenblick war die Schachtel am Boden aufgeschlagen. Der Kieferknochen war über den Fußboden geglitten und mit dem Lampenständer kollidiert.

Sie hatten erst den Kiefer, der in zwei Teile zerbrochen war, angestarrt und dann sich gegenseitig.

»Was soll das? Bist du noch zu retten?«

Ihm stockte der Atem.

»Aber... ich...«

»Idiot!«

Sie hatte sich hingekniet und die beiden Teile vorsichtig wieder in die Schachtel gelegt.

Andor hatte geschwiegen.

Und jetzt saß Andor da und spürte, dass er etwas übersehen hatte. Er hatte einen Erdhaufen durchgesiebt, und erst als er die Reste aus dem Sieb genommen hatte, war es ihm aufgefallen. Irgendwas verbarg sich in dem Erdhaufen. Er brachte das schaukelnde Sieb zum Stillstand und fixierte den Punkt, an dem sich der Gegenstand befinden musste. Wenn er ihn nur eine Zehntelsekunde aus dem Blick ließ, würde er ihn nie wiederfinden. Schon des Öfteren hatte er den Eindruck gehabt, sich die Stelle, an der etwas aufgetroffen war, ganz genau gemerkt zu haben, nur um den Gegenstand ein Stück weiter weg wiederzufinden.

»Linda«, rief er.

Behände hüpfte Linda Holtz aus dem Graben, der Janes Skelett umgab.

»Kannst du mal nachschauen, ob da was liegt?«

Sie kniete sich neben den Erdhaufen und strich langsam über die Stelle, auf die er deutete.

»Hier?«

»Weiter links.«

»Wonach suche ich denn?«

»Ich habe was übersehen, und das ist zu Boden gefallen. Es ist klein und erdfarben«, sagte Andor und kniete sich neben sie.

Er nahm eine Handvoll Erde und ließ sie durch die Finger rieseln. Auch Linda zerrieb kleine Klumpen, fand aber nichts.

»Bist du dir sicher?«, fragte sie nach einer Weile.

Er lehnte sich zurück und machte eine Dehnungsübung.

»Nein. Es war wohl doch nichts«, sagte er und erhob sich. »Ich glaube, für heute reicht's.«

Andor klaubte seine Sachen zusammen, um sie in die Baubude zu bringen.

Linda Holtz spürte plötzlich, wie müde sie war. Andor hatte recht. Es war Zeit, Feierabend zu machen, obwohl es noch gar nicht so spät war. Sie schob die Hand noch einmal in den Erdhaufen und zerrieb die Erde. Unbewusst wiederholte sie diese Prozedur immer wieder. Plötzlich spürte sie etwas. Auf ihrer Handfläche lag ein ein Zentimeter langes und ein paar Millimeter dickes Stück Plastik. Sie sah dann zur Baubude hinüber, aber Andor war verschwunden.

Das ist sowieso nur Abfall, ich gebe es ihm später, dachte sie und steckte es in die Hosentasche.

Linda lehnte sich mit der Stirn an die Wand und ließ das warme Wasser über Nacken und Rücken laufen. Die Dusche an Bord war winzig, aber vollkommen ausreichend. Mit Hilfe seiner guten Kontakte hatte der Professor die Wasserversorgung an Land angezapft, und Linda brauchte mit dem Wasser nicht zu geizen.

Sie benutzte eine grüne, nach Oliven duftende Seife. In den vergangenen Tagen intensiver Arbeit hatte sie nicht so viel Gelegenheit gehabt, sich zu waschen. Linda Holtz war Strapazen gewohnt, und es machte ihr nichts aus, wenn sie nicht täglich duschen konnte, aber jetzt war es selbst für sie höchste Zeit gewesen. Sie ließ sich berieseln und die Gedanken schweifen.

Was war eigentlich mit Andor los? Manchmal wirkte er wie ein bockiger kleiner Junge und im nächsten Augenblick wie ein hochqualifizierter Archäologe, der sein Wissen gern weitergab. Ein alter Mann im Körper eines jungen Mannes.

Sie legte den Kopf in den Nacken, ließ Wasser über ihr Gesicht strömen und lächelte, als sie sich an seinen unbeholfenen Annäherungsversuch erinnerte. Hatte sie ihn dazu ermuntert? Vermutlich, dachte sie beschämt. Anschließend hatten sie kein Wort darüber verloren. Vielleicht war ja auch alles ein Missverständnis gewesen. Er hatte ihre Wange berührt, und sie war zurückgeschreckt, woraufhin der Kieferknochen zu Boden gefallen und zerbrochen war. Linda redete sich ein, dass ihre Reaktion auf die Überraschung zurückzuführen war.

Wie auch immer, der Vorfall hatte seine Spuren hinterlassen. Sie ertappte sich dabei, wie sie an ihn dachte, an sein Gesicht, sein Lächeln, seine Frisur. Manchmal meinte sie sogar, seine Stimme zu hören. Sie strich sich mit der Hand über Bauch und Schenkel und spürte, wie das Wasser zwischen ihren Fingern hindurchfloss, die zögernd über ihren Schoß streichelten.

Nein, jetzt ist es wirklich genug, dachte sie, drehte das Wasser ab und streckte die Hand nach dem Handtuch aus, das über einer funkelnden Messingstange an der Wand neben der Dusche hing.

Ein Geräusch. Linda wusste nicht recht, wo es herkam. Vielleicht vom Kai, vielleicht von einem anderen Boot. Sie lauschte ins Innere des Bootes. Es knarrte, und irgendwo brummte ein Generator. Sie ging davon aus, dass sie allein an Bord war. Wo sich der Professor aufhielt, wusste man nie. Ulf Holtz war noch in der Stadt, und Andor hatte mitgeteilt, noch etwas erledigen zu müssen und sich auf den Weg zu den anderen Archäologen gemacht. Er hatte sie nicht gefragt, ob sie mitkommen wolle.

Linda wickelte sich ein kleines Handtuch um den Kopf und das größere um die Taille. Dann betrat sie die Kajüte mit den Kojen. Auf dem matten, geölten Holzboden lagen ihre Kleider. Ich muss herausfinden, wo ich meine Sachen waschen kann, dachte sie, während sie in ihren Kleidern wühlte. Das Badetuch fiel zu Boden. Sie ließ es liegen.

Der Sommer war beständig, und die Wärme hatte in ihrem Körper Einzug gehalten. Sie hatte es nicht eilig, sich wieder anzuziehen. Auf einem Tisch lagen kleine Fossilien in einem Glaskästchen. Daneben stand ein Aschenbecher, mit einem Druckknopf aus schwarzem Bakelit. Sie ließ den Teller scheppernd rotieren. Der Aschenbecher wurde von einer Skulptur überragt, die an ein Dinosaurierskelett erinnerte. An der Wand hingen ein Pergament mit Symbolen, die Linda nichts sagten, und einige kleine Bilder mit den berühmten Bauten in Gizeh. Der gute Professor ist ein richtiger Sammler, dachte Linda.

Ein hübsches, exklusives Newtonpendel stand auf dem Tisch. Sie hob die erste Kugel an und ließ sie los. Die Kugel schlug auf und setzte die Kugel am entgegengesetzten Ende in Bewegung. Klack, klack, klack. Dieser rätselhafte Pendeleffekt hatte sie schon immer fasziniert.

Der Vorhang vor Andors Koje war vorgezogen. Linda wusste, dass das nicht statthaft war, konnte es aber nicht lassen, den schweren Stoff aufzuziehen.

Andor saß im Schneidersitz im hintersten Winkel seiner Koje. Sein Gesicht drückte beim Anblick der nackten Linda sowohl Entsetzen als auch Faszination aus. Obwohl sie unerlaubt in seine Privatsphäre eingedrungen war, erzürnte sein Anblick sie. Sie war wütend, weil er sich hinter dem Vorhang versteckt hatte, weil er sich nicht zu erkennen gegeben hatte, als er sie in der Kajüte gehört haben musste, und weil er so schuldbewusst dreinblickte. Und schwach. Nichts konnte Linda so sehr erzürnen wie die Schwäche anderer Menschen. Sie war sich ihrer eigenen Unzulänglichkeiten bewusst, und diese Reaktion war eine davon. Der Instinkt des Herdentieres, das schwächste Individuum aus der Gruppe auszuschließen, rief in ihr reine Bösartigkeit hervor.

»Wie lange sitzt du denn schon da?«, schrie Linda. Im selben Moment ging ihr auf, dass sie nackt war. Rasch hielt sie die Hände vor ihre Brüste.

»Sag was, verdammt«, fauchte sie, drehte sich um und hob ihr Handtuch auf.

»Das ist meine Koje«, sagte Andor leise.

Linda Holtz wollte etwas erwidern, aber ihr fiel nichts ein. Das Reptilhirn lockerte seinen Griff, und sie begann zu lachen. Erst leise, dann immer lauter. Sie konnte nicht aufhören, und wenig später fiel Andor ein.

»Das ist meine Koje«, äffte sie ihn zwischen zwei Lachanfällen nach.

Dann setzte sie sich nach einem letzten Lachanfall neben ihn und atmete tief durch.

»Tut mir leid«, sagte sie.

»Ich habe dich duschen gehört.«

Sie lehnte sich zurück, um sein Gesicht betrachten zu können.

»Warum hast du nichts gesagt?«

Er wandte sich ihr langsam zu, sah ihr in die Augen und hoffte darin eine Aufforderung zu lesen, aber sie kam ihm zuvor. Ihre Lippen begegneten sich, erst federleicht, dann immer fordernder. Ihr Handtuch glitt auseinander, und behutsam legte Andor seine Hand auf ihre Brust. Ihre fast unhörbaren Seufzer erregten ihn. Er beugte sich vor und berührte ihre Brust mit dem Mund. Sie legte sich auf den Rücken, zog ihn mit sich und knöpfte seine Hose auf.

Der kleine Kran auf dem gemieteten Lastwagen quietschte und schien einen Augenblick innezuhalten. Dann hob der Stahlschrank von der Ladefläche ab und wurde auf eine stabile Palette gehoben, die ihn in die Werkstatt der Kriminaltechniker transportieren würde, die einen großen Teil der Tiefgarage des Präsidiums einnahm.

Zwei Techniker hatten eine gute Stunde gebraucht, um in der abgebrannten Schule die Tragriemen unter dem Schrank zu befestigen. Der altmodische Stahlschrank wog über hundert Kilo, aber nicht sein Gewicht, sondern der fette Ruß, der eine glatte Oberfläche bildete, hatte ihnen Mühe gemacht. Pia Levin hatte ihnen eingeschärft, keine Lösungsmittel zu verwenden, damit Fingerabdrücke oder andere Spuren nicht zerstört wurden.

Sie machte sich keine großen Hoffnungen, etwas Verwertbares auf der Außenseite des Schrankes zu finden, aber bei Brandermittlungen konnte man nicht vorsichtig genug sein. Daher hatte sie das Abladen auch persönlich beaufsichtigt.

Levin biss in den Apfel, den sie im Büro der Tiefgarage gefunden hatte und wischte sich einen Safttropfen vom Kinn. Sie schämte sich, Beata auf dem Platz stehengelassen zu haben, ohne auf ihre Rufe zu reagieren. Die zuverlässige, liebe Beata Heneland, die ihr sowohl physisch als auch psychisch das Leben gerettet hatte. Sie hatte Pia beatmet, nachdem sie in einem Fischteich beinahe ertrunken wäre, und wich seither nicht mehr von ihrer Seite. Beata hatte sich um Pia Levin gekümmert, nachdem sie nach der fürchterlichen Ermittlung im Fall eines Kindsmordes einen Zusammenbruch erlitten hatte. Warum war sie jetzt auf diese energische, fähige Frau so sauer?

Pia beschloss, sie anzurufen und sich zu entschuldigen. Aber nicht jetzt. Sie warf den Apfelbutzen weg und konzentrierte sich auf den Schrank. Vermutlich würde er ihnen nicht weiterhelfen, aber als die Phönixkommission von dem Schrank erfahren hatte, war sie angewiesen worden, ihn unter die Lupe zu nehmen. Hermine hatte bestätigt, dass es sich um Brandstiftung handelte, aber sehr viel mehr gab es nicht. Der feuerfeste Schrank enthielt sicher nur Zeugnisse und Ähnliches und würde weder über den Brand, noch über die chaotische Situation Aufschluss geben.

Fast lautlos setzte der Schrank auf der Palette auf. Pia löste die Riemen, rollte sie ordentlich auf und legte sie in den Kasten hinter der Fahrerkabine. Sie gab dem Gabelstaplerfahrer ein Zeichen, er gab Gas und ratterte breit grinsend mit etwas zu viel Begeisterung an ihr vorbei.

Sie brauchte zwei Stunden, um den Schrank mit dem Schweißbrenner zu öffnen. Als die Tür endlich aufging, war sie hungrig und aufgekratzt. Sie klappte das Visier des gemeinhin als Darth Vader-Maske bezeichneten Schutzhelmes mit dem geschwärzten Sichtschutz hoch, schob die Hand unter die silberne Schürze und zog eine Tafel Schokolade aus der Seitentasche ihrer Hose.

Im Schrankinneren standen fein säuberlich beschriftete, altmodische Videokassetten. Sie wirkten unbeschädigt. Alle Etiketten schienen von derselben Person beschriftet worden zu sein.

Levin zog eine Kassette heraus und begab sich damit in die forensische Abteilung. Die Kassetten waren alle datiert oder mit einer Zeitintervallangabe versehen. Wenn sie die Zahlen richtig deutete, waren die ältesten Bänder zwanzig, die jüngsten zehn Jahre alt.

Sie wusste, dass irgendwo ein Videorekorder stand, konnte ihn aber nicht finden. Vermutlich war er bei der letzten Inventur ausrangiert worden. Keine Geräte, weder Computer, Fernseher oder Radios, noch avancierte forensische Ausrüstung, durften im Dezernat herumstehen, sofern sie nicht benutzt wurden. So lautete C.s Anweisung, die wohl auf die interne Buchführung zurückzuführen war.

Nachdem sie jeden Schrank und jeden Winkel der Abteilung durchsucht hatte, gab sie auf und rief beim Chef des Dezernats für Internetkriminalität, Jerzy Mrowka, an. Dieser teilte ihr mit, er habe das Gesuchte, und sie könne es gerne abholen.

»Vielleicht ist das ja etwas viel verlangt, aber könntest du mir den Videorekorder vielleicht vorbeibringen?«, fragte Pia.

Jerzy Mrowka versprach, so schnell wie möglich ihrem Wunsch nachzukommen.

Pia Levin setzte sich an einen der hohen Tische in der forensischen Abteilung. Es würde eine Weile dauern, bis Jerzy Mrowka erschien, und sie hoffte, dass ihr bis dahin eine glaubwürdige Erklärung eingefallen war, warum sie sein Dezernat nicht aufsuchen wollte. Dort hatte sie bei ihrem letzten Besuch ihren Zusammenbruch erlitten. Aber das war nicht der einzige Grund. Sie ertrug es nicht, den Saal der Taskforce Kinderpornografie zu durchqueren und die Bildschirme der Ermittler zu sehen.

Videokassetten, eine Erfindung des Teufels. Sie dachte an Kinderpornografie und an den schwarzen Plastikgegenstand, der vor ihr lag, eine Gedankenkette, die sich nicht aufhalten ließ. Ihr Magen zog sich zusammen, sie sprang vom

Hocker, konnte den Kopf aber nicht mehr rechtzeitig abwenden. Noch bevor sie die Hand hochreißen konnte, ergoss sich ihr saurer Mageninhalt über den Tisch und das Video. Zäher Schleim lief über die Tischkante, und sie sah hilflos zu, wie er auf den Fußboden tropfte und dort einen rosa Fleck bildete. Reste von unverdautem Essen klebten überall, sie erbrach sich erneut.

Die Küche war klein und modern. Es gab einen Elektroofen mit Platz für zwei Bleche und einen Herd mit drei Spiralplatten. Unter der Decke saß eine Lüftungsklappe, die sich mit einer Kette aus silbernen Kügelchen öffnen und schließen ließ. Durch die Klappe zog der Essensdunst ab, aber auch der Zigarettenqualm ihrer Mutter. Die Klappe half allerdings nur wenig. Kerstin fand, dass es immer schlecht roch. Nach Essen, Zigaretten und Parfüm. Ihre Mutter hatte erzählt, das Parfüm sei ein Geschenk, hatte aber nicht gesagt von wem. Es war richtiges Parfüm und kam aus Frankreich, es hatte sogar eine Nummer. Fünf, meinte sich Kerstin zu erinnern.

Der Geruch nach neuer Wohnung, Farbe und Plastik war rasch den normalen Gerüchen gewichen, wobei etwas fehlte. Kerstin war darauf gekommen, dass es der Geruch von Brennholz war. Das war ihr eines Abends aufgegangen, als sie hinter aufgestapelten Zementsäcken versteckt einigen Jugendlichen hinterherspioniert hatte. Der Geruch von Brennholz. Die Jungen hatten in einer Tonne ein Feuer angezündet. Jedes Mal, wenn sie eine Latte in die Tonne warfen, flammte das Feuer rot auf. Sie atmete den Geruch von brennendem Holz tief ein und versuchte, ihn zu bewahren.

Auf der schmalen Arbeitsfläche neben dem Herd stand auf einem gelben Häkeldeckchen die Porzellanpferdchensammlung ihrer Mutter. Einmal hatte Kerstin versehentlich eines der Pferde in die Spüle gestoßen, so dass ein Bein abgebrochen war. Sie hatte zum Zimmer ihrer Mutter hinübergehorcht, aber nichts gehört. Dann hatte sie das Pferd in den Müllschlucker im Treppenhaus geworfen. Sie konnte sich noch an das Geräusch erinnern, als das Porzellan das Metallrohr hinabgesaust war. Inständig hatte sie gehofft, dass ihre Mutter nicht genau wusste, wie viele Pferde sie besaß. Wie dumm sie doch gewesen war, natürlich hatte sie es gewusst und sich voller Gram nach dem Malheur tagelang in ihrem Schlafzimmer verschanzt.

Unentschlossen saß Kerstin da. Eigentlich hätte sie versuchen müssen, wieder einzuschlafen, aber ihr war klar, dass ihr das sowieso nicht gelingen würde. Ein Traum hatte sie geweckt, und sie hatte sich mit trockenem Mund im Bett aufgesetzt und das Kissen an die Brust gepresst. Traumfragmente waren noch präsent. Und das Bild von dem einsamen Mädchen.

Kerstin streckte die Hand nach der Milchtüte auf dem Küchentisch aus und nahm einen großen Schluck. Die Milch war lauwarm und sauer. Hastig erhob sie sich und spuckte keuchend aus. Sie spülte den Mund mit Wasser und goss die restliche, klumpige Milch in den Ausguss.

Sie hielt das Geschirr unter fließendes Wasser und legte es vorsichtig, um nicht an die Pferde zu stoßen, in die Spüle. Dann schlich sie in die Diele und legte das Ohr an die Schlafzimmertür. War ihre Mutter wach? Lange stand Kerstin in der dunklen Diele und überlegte, ob sie es wagen sollte, nachzuschauen. Dann drückte sie die Klinke aus weißem Plastik herunter. Die Tür öffnete sich lautlos. Sie hielt den Atem an und schaute ins Zimmer. Die Gardinen waren nicht zugezogen, und der silbrige Mondschein erhellte die Ecke mit dem Bett. Die Flaschen auf dem Boden reflektierten den Silberglanz. Ihre Mutter lag in einem seltsamen Winkel in ihrem hellblauen Polyesterkleid, das sie bei der Arbeit trug, auf der Decke. Ein paar schmutzige Haarsträhnen bedeckten das halbe Gesicht, der Mund war geöffnet, und Speichel war über die Wange gelaufen.

Kerstin schloss die Tür ebenso leise, wie sie sie geöffnet hatte. Sie nahm ihre Jacke und verließ die Wohnung. Dann rannte sie die Treppe hinunter, über den großen Platz, auf dem die Schienen verliefen, und zu dem Wäldchen mit dem verrammelten, halbfertigen Haus. Sie hatte sich überlegt, was sie tun würde, wenn sie dort war. Was war, wenn das Mädchen noch dort war? Kerstin hoffte, dass das nicht der Fall sein würde.

Erst zerrte sie mit bloßen Händen an der Planke und verletzte sich dabei am Mittelfinger. Sie sah sich nach einem Werkzeug um. Ihre Fingerspitzen schmerzten, der Mittelfinger pochte, und das Blut gerann bereits. Kerstin wischte es an ihrer hellen Hose ab.

Ein Armierungseisen ragte aus der Erde, ließ sich jedoch nicht bewegen. Kerstin ging um das Haus herum und stieß dabei mit dem Fuß gegen eine Eisenstange, die an einem Ende spitz zulief. Sie kehrte damit zum Eingang des verrammelten Hauses zurück.

Das Brecheisen passte genau in den Spalt. So leise wie möglich schob sie es hinein und stemmte sich dagegen. Die Nägel lösten sich langsam und quietschend. Sie lauschte gespannt, aber in dem Haus herrschte Stille. Als sie die Nägel ganz herausgezogen hatte, war der Spalt breit genug. Sie warf das Armierungseisen ins hohe Gras. Dann glitt sie vorsichtig in die Dunkelheit und tastete sich zur Treppe vor. Ich muss mir eine Taschenlampe zulegen, dachte sie und streckte die Hände aus, um nirgends anzustoßen. Sie ging zur Treppe in den ersten Stock und hielt auf jeder Stufe inne, um zu lauschen.

Kerstin wusste nicht recht, warum sie in das Haus zurückgekehrt war. Der Traum dieser Nacht hatte ihr jedoch Angst gemacht und war ihr wie ein Fingerzeig vorgekommen, nach dem Mädchen zu suchen.

Mit jedem Schritt war sie sich jedoch sicherer, dass das Mädchen nicht mehr dort oben in einer dunklen Ecke unter einer Decke liegen würde. Wie auch? Schließlich war das alles schon mehrere Tage her.

Oben roch es immer noch nach Farbe. Kerstin blieb stehen und spähte in die Dunkelheit. Das Licht der Morgendämmerung fiel durch die Ritzen der mit Brettern vernagelten Fenster, reichte jedoch nicht aus, um den großen, leeren Raum zu erhellen. Außerdem speicherte der Beton die Kälte, und Kerstin fröstelte. Plötzlich merkte sie, dass ihr Finger immer noch pochte. Sie schob ihn ohne nachzudenken in den Mund, aber zog ihn wegen des Blutgeschmacks rasch wieder zurück.

Sie konzentrierte sich gänzlich auf die dunkle Ecke und nahm die Bewegung nur am Rande wahr. Kerstin merkte nicht, wo die Bedrohung lauerte, und der Schlag traf sie mit halb geöffneter Hand schräg unter ihrem rechten Auge. Das kam so überraschend, dass Kerstin den Schmerz anfangs vor Verblüffung nicht spürte. Er war wie aus dem Nichts aufgetaucht, obwohl sie beim Aufbrechen der zugenagelten Tür so vorsichtig gewesen und die Treppe ins Obergeschoss hinaufgeschlichen war. Vielleicht hat er im Dunkeln auf mich gewartet, dachte sie noch. Dann traf sie der zweite Schlag etwas höher und setzte das Verteidigungssystem ihres Körpers in Gang. Ihre Pupillen weiteten sich, und ihr Mund öffnete sich, aber kein Laut drang über ihre Lippen. Instinktiv zog sie den Kopf ein, um ihn zu schützen, war aber nicht schnell genug. Der dritte Schlag erwischte sie an der Schläfe. Der Schmerz strahlte bis unter das Auge aus und verstärkte das rotglühende Pochen, das sich von ihrem Wangenbein zum Auge zog.

Stavros schrie etwas, aber sie konnte ihn nicht verstehen. Er schleuderte ihr die Worte förmlich entgegen. Seine Spucke traf sie im Gesicht, was sie noch mit Ekel registrierte. Dann streckte er ihr sein Gesicht entgegen. Sie wollte sich abwenden, aber er hatte sie an den Haaren gepackt und zog sie an sich. Sein Atem war süß und stank nach Zigaretten.

Ihre Augen tränten, ihr Magen zog sich zusammen, und ihre Angst blockierte jeden Gedanken.

Ebenso plötzlich wie der Angriff begonnen hatte, war er wieder vorüber. Stavros ließ ihr Haar los, wischte sich mit dem Handrücken über den Mund und zog sein rosa Hemd mit dem riesigen Kragen zurecht. Er atmete stoßweise.

Kerstin spürte das Pulsieren ihrer Schläfe, ihr Magen krampfte sich immer wieder zusammen. Sie schluckte ihren sauren Speichel hinunter, aber die Übelkeit ließ nicht nach. Der salzige Geschmack von Galle drang ihr in Hals und Nase. Sie ließ sich auf die Knie fallen und erbrach schluchzend halbverdaute Ravioli und grünen Schleim. Dann saß sie einfach nur da, ohne zu ihm aufzuschauen. Sie spürte, dass er dicht neben ihr stand, aber sie wagte nicht, ihn anzusehen.

»Verzeih«, sagte Stavros. »Ich weiß nicht, was mit mir los war. Hier, wisch dir den Mund ab.«

Er beugte sich zu Kerstin vor, hielt ihr die Stirn und wischte ihr mit einem Taschentuch den Mund ab. Sie fiel in seine Arme, und er wiegte sie hin und her.

»Schon gut, meine Kleine. Alles wird wieder gut.«

Der Schmerz verebbte und ein taubes, kribbelndes Gefühl im Gesicht blieb zurück. Sie verstand überhaupt nichts, und die Müdigkeit überwältigte sie, nachdem der Adrenalinpegel gesunken war. Plötzlich legte er ihr eine Hand auf den Mund und schob einen Finger zwischen ihre Lippen. Ihre Zunge schmeckte etwas Bitteres.

»Alles wird gut«, wiederholte Stavros und drückte ihre Nasenflügel zusammen. Von Neuem traten ihr Tränen in die Augen, und der überwältigende Schmerz kehrte zurück, als sie keine Luft mehr bekam. Sie schluckte und spürte, wie die Tablette durch ihre Speiseröhre schrammte, aber das kümmerte sie nicht. Alles war egal. Die Zeit verging und stand trotzdem still. Wärme breitete sich von einem Ort tief in ihrem Innern aus, und das Licht nahm eine grüne Färbung an. Die Angst, die sie beinahe gelähmt hatte, ließ von ihr ab, und ein leises Lachen kam ihr über die Lippen. Müde, so wahnsinnig müde. Sie glitt aus Stavros' Armen zu Boden. Ihre Wange landete in dem Erbrochenen auf dem kalten Boden. Die Kälte linderte den Schmerz im Gesicht. Im Grenzland zwischen Schlaf und Wachsein fiel ihr auf, dass das Mädchen in der Ecke, das sich in eine Decke gehüllt hin und her wiegte, sehr schön war.

Als Kerstins Gedanken wieder klarer wurden und sie sich mehrere Minuten lang wach halten konnte, spürte sie, dass sie fror. Die Kälte kam von unten. Sie lag unter einer schweren Decke, und ihr stieg der Geruch von Staub, Rosshaar und Schmutz in die Nase. Einen Augenblick lang glaubte sie, wieder in der alten Wohnung in der Stadt zu sein. Die Decken, mit denen ihre Mutter sie zugedeckt hatte, wenn es kalt durch die Türen und undichten Fenster gezogen hatte, rochen genauso. Kerstin versuchte sich zu bewegen, aber der Arm, der unter ihr lag, entzog sich ihrem Willen. Er kribbelte. Sie tastete über den kalten Betonboden und erinnerte sich. Mit geschlossenen Augen versuchte sie zu erlauschen, ob jemand da war. Stavros. Das Mädchen. Das Geräusch der Umgehungsstraße hinter dem Wäldchen und Vogelgezwitscher drangen an ihr Ohr. Seltsam, dachte sie. Es kam ihr vor, als hätte sie schon ewig keine Vögel mehr zwitschern hören. Aber vielleicht hatte sie sie auch einfach nicht bemerkt. Ihr Gesicht und ihr Körper schmerzten. Mühsam zog sie die Hand unter sich hervor und befühlte die Schwellungen im Gesicht. Langsam kehrte ihre Erinnerung zurück. Die Prügel und die Tablette, die er ihr aufgezwungen hatte. Wann war das gewesen? Seit wann lag sie schon hier?

Widersprüchliche Gefühle stürmten auf sie ein. Warum hatte er sie geschlagen? Das musste ein Irrtum sein. Es war dumm gewesen, sich unerlaubt in das Haus zu schleichen. Klar, dass er wütend geworden war! Das verstand sie jetzt. Er hatte sie schließlich um Verzeihung gebeten. Kerstin setzte sich langsam auf und lehnte sich an die Wand. Ihr war schwindlig, und sie hatte einen sauren Geschmack im Mund. Sie sah sich nach etwas zu trinken um, stand auf, schwankte und musste sich an der Wand abstützen.

»Wie geht's?«

Kerstin drehte sich zu der heiseren, aber hohen Stimme um. Ihr Körper war auf die rasche Bewegung nicht vorbereitet. Hinter ihrer Stirn blitzte es auf, und sie ging in die Knie.

Da war jemand. Die Hand auf ihrer Stirn war kalt. Beruhigend.

»Keine Sorge. Ich helfe dir«, sagte der Mann mit dem vernarbten Gesicht.

Er reichte ihr einen Becher Wasser, sie trank dankbar und legte sich wieder hin. Sie hatte keine Kraft mehr. Sie schlief ein und erwachte wieder. Kerstin hatte keine Kraft zu protestieren, als jemand ihr den Ärmel hochkrempelte. Die Zeit existierte nicht mehr. Ein Finger strich über ihre Armbeuge. Sie öffnete die Augen und begegnete Stavros' warmem Blick. Etwas wurde um ihren Oberarm gelegt und straff gezogen.

Dann die Geräusche eines Feuerzeugs. Ein leises Zischen, danach Stille.

»Ganz ruhig.«

Kerstin zuckte zusammen, als die Nadel in die Haut eindrang.

Die rote Lampe blinkte stet und beharrlich. Der Security-Mann, der mit einem Metalldetektor über den Rücken einer entsetzten älteren Dame gestrichen hatte, drehte sich zu Morteza Ghadjar um. Dieser hielt den Atem an und bemühte sich um einen unbeteiligten Gesichtsausdruck. Der Security-Mann verlor das Interesse an der alten Dame, die in ihren dünnen Strümpfen vor ihm stand und nicht wusste, ob sie weitergehen durfte oder ob von ihr noch etwas erwartet wurde.

Morteza schluckte, konzentrierte sich auf den nachlässig gebundenen Schlips des Security-Mannes und merkte gar nicht, dass der andere Security-Mann, der auf seinem Bildschirm alles kontrollierte, was über das Rollband lief, ihn aufforderte, durch die Schleuse zu gehen. Magensäure stieg ihm in die Kehle, aber Morteza schluckte nochmals, um den stechenden Geschmack loszuwerden.

»Kommen Sie bitte«, sagte der Mann mit dem nachlässigen Krawattenknoten. Das blinkende rote Licht fiel seitlich auf sein Gesicht, dessen Farbe sich nun in regelmäßigem Rhythmus veränderte.

»Haben Sie Metallgegenstände in der Tasche?«, fragte der Mann ungeduldig.

Morteza Ghadjar schluckte erneut, sah den Mann an, erkannte, dass sich dessen Lippen bewegten, verstand aber kein Wort. Ein Stich in seiner Brust veranlasste ihn, tief einzuatmen. Er schwankte. Der Security-Guard am Monitor erhob sich und beugte sich über das Fließband, um ihn zu stützen.

»Alles in Ordnung?«, fragte er und legte Morteza Ghadjar eine Hand auf die Schulter.

Die Berührung löste seine Lähmung. Unbewusst hob er die Hand ans Herz und atmete aus.

»Soll ich einen Arzt rufen?«, fragte der Mann mit dem Metalldetektor, aber Morteza schüttelte den Kopf.

»Alles in Ordnung. Mir war nur kurz schwindlig.«

»Treten Sie bitte vor«, sagte der Security-Mann und deutete mit dem Metalldetektor.

Morteza Ghadjar gewöhnte sich langsam an sein heikles Herz. Immer mit der Ruhe, hatte der Arzt gesagt, den er wegen seines unregelmäßigen Herzrhythmus' aufgesucht hatte. Ihr Herz hält noch viele Jahre durch, aber Stress müssen Sie vermeiden.

Morteza Ghadjar wollte nicht sterben. Nicht jetzt. Noch nicht.

Er hatte lange an seinem Computer gesessen, um seine Reise nach Teheran zu buchen, und sich für First Class mit Champagner und Hummer und einem Platz am Mittelgang entschieden. Das Ticket war teuer, und er brauchte eigentlich das ganze Geld von der Firma, um sein Vorhaben durchzuführen. Schließlich hatte er dann aber doch die Entertaste gedrückt und die Buchung bestätigt. Warum nicht bequem reisen und ein letztes Mal gut speisen, hatte er gedacht und langsam sein Notebook wieder zugeklappt.

Danach war er noch lange am Schreibtisch sitzengeblieben.

Die Gedanken an Nahid hatten ihn verfolgt. Die Zeit hatte in seinem Fall keine Wunden geheilt. Die Bilder der Leiche seiner Tochter in dem alles verhüllenden schwarzen Gewand, die langsam im Wind hin- und herschwang, ließen ihn nicht los.

Der Beschluss, das einzig Richtige zu tun, hatte ihm einen

gewissen Seelenfrieden beschert. Die Wut, die auf die Erkenntnis gefolgt war, dass ihm niemand helfen würde, hatte sich ein wenig gelegt. Stille Diplomatie, was für Schlappschwänze.

»Können Sie bitte Ihre Taschen leeren?«

Morteza steckte die Hände in die Taschen, fand aber nur ein paar Krümel und lose Fäden.

»Ich habe die Taschen bereits geleert«, erwiderte er.

»Sie müssen die Schuhe ausziehen.«

Er legte seine Schuhe in eine schwarze Plastikwanne und hob die Arme, als ihm der Mann vom Sicherheitsdienst mit dem Detektor über Rücken und Beine fuhr. Nichts geschah. Er ging auf Anweisung wieder zurück und nochmals durch die Schleuse. Der Security-Mann zuckte mit den Achseln und machte eine Geste, die Morteza als grünes Licht deutete. Rasch klaubte er seine Habseligkeiten aus der Wanne, nahm die Schuhe in die Hand und begab sich in das Café hinter der Sicherheitskontrolle.

Während er seine Schnürsenkel zuband und seinen Gürtel wieder anlegte, passierte eine junge Frau die Sicherheitskontrolle. Die Security-Männer interessierten sich nicht weiter für sie, und ihre unansehnliche Schultertasche glitt unbeachtet über das Fließband, während der Wachmann unkonzentriert auf den Monitor schaute. Ungehindert ging sie durch die Schleuse, nahm unbeschwert ihre Tasche vom Band und drängte sich rasch an einem Mann vorbei, der gerade seinen Mantel anzog.

Die Frau hatte kurzes dunkles Haar und trug Jeans, einen Rollkragenpullover und Turnschuhe. Niemand schien Notiz von ihr zu nehmen. Sie sah aus wie Tausende von Frauen aussehen, die täglich die Transithalle eines internationalen Flughafens durchquerten. Als sie an Morteza Ghadjar vorbeiging, begegneten sich eine Sekunde lang ihre Blicke.

An Bord der Maschine betrachtete er zerstreut die Stewardess, die gelangweilt vorführte, wie man die Schwimmweste anlegte, vorne verschloss und mit Hilfe eines Mundstücks aufblasen konnte. Nachdem dies beendet war und sich die Maschine langsam Richtung Startbahn bewegte, legte Morteza die Zeitung beiseite, die er am Eingang mitgenommen hatte, lehnte sich zurück und schloss die Augen. Nervös wie immer, wenn die Maschine startete, beschleunigte und dann beim Abheben vibrierte, klammerte er sich an den Armlehnen fest. Sobald die Räder von der Rollbahn abhoben, öffnete er die Augen und schaute nach hinten.

Sie wirkte vollkommen gelassen, hob aber den Blick, als hätte sie gespürt, dass jemand sie musterte. Dann sah sie ihn ausdruckslos an und schlug anschließend die Zeitung auf, die auf ihrem Schoß lag. Morteza holte tief Luft und ließ sich wieder in das weiche Polster zurücksinken. Er kniff die Augen zu, als die Maschine nach hinten kippte und den Steigflug auf 12 000 Meter begann. Es hatte ihn Zeit und Geld gekostet, sie ausfindig zu machen, aber dem Sicherheitsunternehmen zufolge, das weder einen offiziellen Namen noch eine Adresse besaß, eignete sie sich perfekt für den Auftrag.

Er hoffte, das stimmte auch.

Bislang war die Planung einwandfrei verlaufen. Fast kam es ihm vor, als hätte nicht er selbst, sondern eine andere Person seine Firma verkauft und den Erlös über Beziehungen zu einer Wechselstube in Bargeld verwandelt. Es hatte ihn einige Hunderttausend Kronen gekostet, die Spuren zu verwischen, aber als er die gebrauchten Dollarnoten gebündelt vor sich liegen hatte, fand er, dass es das wert war. Der Verkauf der

Firma hatte ihn ziemlich mitgenommen, aber noch schmerzlicher war es gewesen, dem Makler die Haustürschlüssel zu überreichen. Sein Zuhause hatte irgendwie seinen Erfolg symbolisiert. Das Haus zu verkaufen, war aber auch eine Befreiung gewesen. Alle Bande waren durchtrennt, alle Verbindungen zu dem Leben, das er jahrzehntelang geführt hatte, waren nun eine nach der anderen schnell und diskret gekappt und alle Möbel an einem Nachmittag verkauft und abgeholt worden. Seine Kleider hatte er, ausgenommen jene, die er trug und die im Handgepäck lagen, verschenkt.

Von Morteza Ghadjars Leben in Schweden blieb nur noch sein Geländewagen, der auf einem Langzeitparkplatz einige Kilometer vom Flugplatz entfernt stand. Dort würde er zwischen Tausenden anderer Fahrzeuge monatelang unbemerkt stehen können.

Die Maschine vibrierte, dann wurde es still. Morteza sah sich nach der Stewardess um. Diese öffnete gerade ihren Sicherheitsgurt und stand auf. Sie verschwand hinter einem Vorhang und brachte ihm nach wenigen Minuten eine Flasche Champagner und ein Glas.

»Möchten Sie schon einen Schluck trinken, bevor ich Ihnen den Hummer bringe?«

Alles, wie es sein soll, dachte er. Jedenfalls fast.

Die Knochen lagen ordentlich sortiert auf dem Tisch in der Baubude. Ulf Holtz hatte Linda, Andor und den Professor dorthin gebeten, damit sie sich die Gebeine noch ein letztes Mal anschauten. Anschließend sollten Janes sterbliche Überreste verpackt und in die Forensik gebracht werden, wo ein DNA-Experte sie begutachten würde. Falls er Zeit fand.

Die Knochen waren ungefähr so platziert wie einst, als sie von Sehnen, Knorpeln und Muskeln zusammengehalten worden waren. Alle weichen Bestandteile fehlten seit langem. Übrig waren nur noch die harten Teile des menschlichen Körpers, die unter gewissen Bedingungen ewig überdauerten.

Der Geruch von alten Planen, Schmutz und Staub in der Baubude war einem geradezu sterilen, sauberen, fast statischen gewichen. Die Knochen selbst waren geruchsfrei.

Ulf, Linda, Andor und Professor Sebastian betrachteten die Sammlung. Es war recht eng, und in der Baubude herrschte eine andächtige Stimmung; die Ehrfurcht vor dem Tod.

»Aus wie vielen Knochen besteht ein Mensch?«, fragte Linda Holtz.

»Das ist etwas unterschiedlich, aber bei den meisten Erwachsenen sind es zweihundert, bei Kleinkindern sind es dreihundert«, antwortete Andor.

»Das hier sind keine dreihundert«, meinte Linda, und alle warfen ihr einen Blick zu, als würde sie einen Witz machen und nicht das Offensichtliche aussprechen.

Auf dem Tisch lagen, nach einem von Andor zusammengestellten Verzeichnis, die Knochen der Beine und Arme, das Rückgrat, das Becken und etliche kleinere Knochen. Ulf Holtz hatte erklärt, das Skelett sei so vollständig, wie zu erwarten. Das Grab war gründlich freigelegt und die gesamte Erde war sorgfältig gesiebt worden. Mehr gab es nicht. Das einzige Stück, das nicht auf dem Tisch lag, war der Schädel, der sich in der Gerichtsmedizin befand. Dort hatte man ihn eingescannt, um eine exakte Kopie anzufertigen, damit die Gerichtsmedizinerin Ulla Fredén ein Modell formen konnte.

»Eine Sache ist mir unklar«, sagte Linda. »Wenn sie im Ganzen begraben wurde, warum lagen dann die Knochen so durcheinander?«

»Du hast doch geglaubt, dass die Leiche zerstückelt wurde, nicht wahr?«, fragte Andor an Ulf Holtz gewandt.

Dieser schüttelte den Kopf.

»Habe ich das gesagt? Es gibt weder Sägespuren noch Brüche. Nein, wohl eher nicht«, murmelte er.

»Vielleicht ist sie im Sitzen begraben worden?«, meinte Professor Sebastian.

Ulf Holtz, der nachdenklich die Knochensammlung betrachtete, wandte sich an den Professor.

»Im Sitzen?«

»In vorzeitlichen Gräbern liegen die Knochen häufig zerstreut. Es gibt da zwar verschiedene Theorien, aber wenn Sie mich fragen, dann ist das darauf zurückzuführen, dass die Toten sitzend in der Grabkammer platziert wurden.«

»Und?«

»Wenn die Leiche verwest, fällt sie in sich zusammen. Das sieht dann so aus, als würden die Knochen durcheinanderliegen. Aber das müssten Sie eigentlich wissen.«

Ulf Holtz schwindelte es. Was der Professor da sagte, klang wie eine Selbstverständlichkeit, aber er hatte noch nie darüber nachgedacht. Er hatte auch bisher von keinem Kriminaltechniker oder Gerichtsmediziner von einer solchen Theorie gehört.

Er zog einen Latexhandschuh über und nahm das Wadenbein in die Hand, auf dem der Schmuck mit dem Peace-Symbol gelegen hatte.

»Hier verbirgt sich die Antwort auf die Frage, wer sie war«, sagte er und drehte den Knochen hin und her.

»Wie meinen Sie das?«, fragte der Professor, schob seine Brille auf die Stirn und beugte sich vor.

»Hier verbergen sich weitere Spuren«, sagte Holtz und klopfte mit einem Finger auf den Knochen. Ich kenne einen Osteologen, der mir noch etwas schuldet. Der Knochen verrät uns, wie alt sie war, aber auch, wann sie starb.«

»Wie das?«

»Durch Erforschung der Knochenalterung, vielleicht aber auch mit Hilfe der Radiokarbonmethode.«

»Aber damit geht es doch wohl nur auf einige Hundert Jahre genau?«, wandte Linda ein.

»Der Kalte Krieg«, meinte Andor.

»Der Kalte Krieg?«

»Bei den Atomwaffentests der Fünfziger- und Sechzigerjahre stieg die C_{14}-Konzentration in der Atmosphäre. Da nach Beendigung der Kernwaffentests kontinuierlich gemessen wurde, kann man recht genau bestimmen, ab wann ein Lebewesen dieses Isotop nicht mehr aufgenommen hat. Das heißt, wann es gestorben ist«, sagte er.

»Und wenn sie vor den Atomwaffentests gestorben ist?«

»Dann ist auch das ein nützlicher Hinweis, wenn auch kein genauer.«

»Ich hätte nie geglaubt, dass die Atomwaffen der Menschheit auch etwas Vernünftiges beschert haben«, meinte Linda. »Wenn die Knochen also erhöhte Mengen von C14 aufweisen, dann ist sie nach 1950 gestorben, und wir können erfahren, wann genau das war?«

»Sind die Mengen sehr gering, dann ist sie vor den Fünfzigerjahren zu Tode gekommen«, meinte Ulf Holtz.

»Ein anderer positiver Effekt ist der, dass sich das Alter von gelagertem Whisky bestimmen lässt«, meinte der Professor grinsend.

»Und wofür soll das gut sein?«, fragte Andor.

»Dieser alte Whisky wird auf Auktionen für utopische Summen gehandelt, und es gibt Fälscher, die sich auf die Herstellung von altem Whisky spezialisiert haben«, meinte der Professor und deutete die Anführungsstriche mit zwei Fingern an. »Aber mit einem einfachen Verfahren, das auf der Radiokarbonmethode basiert, lässt sich feststellen, wann das verwendete Getreide gewachsen und wie alt der Whisky ist.«

»Kreativ«, meinte Linda.

»Darf ich weitermachen? In dem Knochen steckt die DNA«, sagte Ulf Holtz und klopfte erneut auf den Wadenknochen. »Mit ihrer Hilfe können wir eine ganze Menge erfahren, ehe wir uns mit der Radiokarbonmethode herumschlagen.«

»Wie zum Beispiel?«

»Ihr wisst sicher, dass man mit Hilfe der Erbmasse feststellen kann, ob es sich wirklich um eine Frau handelt. Vielleicht finden wir sie ja doch in einem Polizeiregister. Dafür verwendet man sogenannte nicht kodierende DNA. Und es gibt noch mehr.«

Er zögerte.

»Eigentlich kann man ja keine Eigenschaften aus der DNA herauslesen, aber das stimmt nicht ganz.«

Professor Sebastian beugte sich noch näher heran.

»Sondern?«

»Kommen Sie«, meinte Holtz, »ich erzähle es Ihnen beim Essen.«

Sie gingen an Bord, und Andor und Linda begannen mit dem Kochen. Der Professor nahm das gute Porzellan aus einer mit Styropor ausgekleideten Kiste und suchte die Kristallgläser mit Ankergravur heraus. Neben dem Tisch stand eine Kiste Bier, und da sich Ulf Holtz allgemein überflüssig vorkam, nahm er eine Flasche und setzte sich damit in eine schattige Ecke. Nach einer Weile gesellte sich der Professor zu ihm.

»Nette junge Leute. Sie passen wirklich gut zusammen«, meinte er und nickte in Lindas und Andors Richtung.

Ulf Holtz setzte zu einer Erwiderung an, überlegte es sich dann aber anders. Da war etwas, vielleicht die Art, wie sich Linda bewegte. Sie strahlte. Als hätte sie gespürt, dass er sie anschaute, drehte sie sich plötzlich mit fragendem Blick zu ihm um.

Holtz lächelte und schüttelte den Kopf, um zu zeigen, dass er sie nicht stören wollte. Nicht jetzt, und schon gar nicht mit seinen Überlegungen.

Nachdem sie gegessen hatten, beschloss Holtz, das Gespräch vom Spätnachmittag wieder aufzugreifen. Er holte sich noch ein Bier, stellte fest, dass es warm war und öffnete die Flasche trotzdem. Er trank einen großen Schluck und verzog das Gesicht.

»Ihr erinnert euch vielleicht an die Diskussionen, als die DNA-Analyse in der Kriminologie Einzug erhalten hat«, sagte er. Verständnislos sahen ihn die anderen an. Mit wichtiger Miene lehnte sich Holtz zurück und hob zu einer langen Erklärung an.

»Ein vom GFFC erstelltes DNA-Profil liefert keinerlei Informationen über Persönlichkeit und Charakterzüge. Es handelt sich lediglich um eine jedem Menschen eigene Zahlenserie, also um einen genetischen Fingerabdruck, der sich mit anderen Zahlenreihen vergleichen lässt. Er gibt Aufschluss über Geschlecht und in gewissem Umfang auch Verwandtschaftsgrad. Aber das ist alles. Viele Ermittler träumen jedoch davon, anhand der DNA herauszufinden, wie eine Person aussah und wo sie herkam.«

»Also welchen Ursprung eine Person hat?«

»Ja.«

»Hautfarbe?«, fragte der Professor.

Die Stimmung in der Runde veränderte sich. Alle begriffen, welche unglaublichen, gefährlichen Möglichkeiten diese Option eröffnete.

»Unglaublich. Die Rassenbiologen hätten gejubelt, wenn sie den genetischen Code auf diese Weise hätten ablesen können. So einfach kann das doch wohl nicht sein?«, meinte Linda Holtz.

»Wenn an einem Tatort sichergestellte biologische Spuren dazu verwendet werden könnten, ein Bild des Täters in Bezug auf Haarfarbe, Augenfarbe und Hautfarbe zu erstellen, dann würde das die polizeiliche Arbeit natürlich unerhört erleichtern.«

»Aber geht das denn?«, wollte Linda noch einmal wissen.

»Ja und nein. Das wäre politisch brisant, und mit der Technik, die die Polizei verwendet, ist das nicht möglich. Aber gehen sollte es«, meinte Holtz. »Und ich habe vor, es zu versuchen.«

Odd Thorvaldsson hatte wässrige blaugraue, rot unterlaufene Augen und wirkte, als hätte er mehrere Nächte nicht geschlafen. Und seinem Körpergeruch nach zu urteilen, hatte er sich auch ebenso lange nicht gewaschen. Holtz und er waren die Einzigen im Labor. Thorvaldsson ging langsam zwischen den Arbeitstischen hin und her, auf denen sowohl moderne Analysegeräte als auch altgediente Laborausrüstung standen. Ein Brenner mit blauweißer Flamme erhitzte ein Reagenzglas in einer Messinghalterung. Die Flüssigkeit in dem Glas brodelte.

»Lassen Sie sich von der Einrichtung nicht täuschen. Das Meiste ist nur Dekoration.«

Ulf Holtz versuchte zu lächeln, spürte aber, wie sein Gesicht zu einer Grimasse erstarrte. Thorvaldsson legte die Hand auf einen Metallkasten.

»Ein Pyrosequenzierungsgerät zur Analyse von DNA-Fragmenten«, sagte er, klappte ein Notebook auf, das an das Gerät angeschlossen war, und ließ seine Finger über die Tastatur huschen.

Holtz beugte sich zum Bildschirm vor. Der Gestank von Schweiß und alten Kleidern wurde geradezu übermächtig. Er atmete durch den Mund.

»Genetische Phantombilder«, fuhr Thorvaldsson fort und legte den Kopf schief.

»Hm«, meinte Holtz und wich vorsichtig einen halben Meter zurück. Dann nickte er, um den anderen zu ermuntern fortzufahren.

Ulf Holtz hatte am Morgen in der Universität angerufen. Das Gespräch mit dem Evolutionsbiologen war kurz gewesen. Holtz hatte ihm jedes Wort aus der Nase ziehen müssen und schließlich ein Treffen vorgeschlagen, weil er hoffte, auf diese Weise geeignetere, begreiflichere und verwertbarere Informationen zu erhalten.

Das Labor lag im alten Teil der Universität, der in der Vergangenheit zu verharren schien. Alle anderen Forschungsabteilungen waren in moderne und geeignetere Räumlichkeiten umgezogen, nur die Fakultät für Evolutionsbiologie war geblieben.

Erst hatte er geglaubt, sich verfahren zu haben, als er vor dem hohen Backsteingebäude geparkt hatte, das mit dichten Weinranken bewachsen vergessen hinter der neuen Universität lag. Aber die Adresse stimmte, und der Wissenschaftler, mit dem er telefoniert hatte, hatte ihn am Eingang empfangen. Jeder Schritt hatte auf dem Marmorboden widergehallt, als Holtz dem Mann gefolgt war. Thorvaldssons Schritte waren fast lautlos gewesen. Seine Pantoffeln gaben nur ein leises Quietschen von sich, wenn sich der Absatz vom Boden löste.

Thorvaldsson deutete auf die Spitzen des Diagramms auf dem Bildschirm.

»Es ist vergleichsweise viel DNA guter Qualität nötig, und das Material darf nicht von verschiedenen Individuen stammen«, erläuterte er.

»Aber Aufschlüsse über Eigenschaften sind möglich?«

»Ja, natürlich«, erwiderte Thorvaldsson. »Ethnizität, mendelsche und quantitative Eigenschaften«, meinte er und hob drei Finger in die Höhe.

Holtz Blick blieb an seinen rissigen gelben Fingernägeln hängen.

»Ich weiß, was Ethnizität bedeutet, aber ich muss zugeben, dass ich nur eine vage Vorstellung...«

»Mendelsche Eigenschaften vererben sich gemäß einfacher genetischer Regeln.«

»Wie zum Beispiel?«, hakte Holtz nach.

»Augenfarbe, Haarfarbe, Sommersprossen.«

»Und quantitative Eigenschaften?«

»Gewicht, Körpergröße und Ähnliches. Aber das ist bislang alles noch sehr unsicher.«

»Bislang?«

»Komplex, viele Gene beteiligt. Aber das ist nur eine Frage der Zeit.«

»Und die Ethnizität. Der Ursprung einer Person lässt sich also feststellen?«

»Das hängt davon ab, was Sie damit meinen, aber die DNA gibt recht genau Auskunft darüber, von welchem Kontinent eine Person ursprünglich stammt. Unter sehr guten Bedingungen können wir das auch noch enger eingrenzen.«

Holtz hatte sich diese Details bereits bei anderen Gelegenheiten erklären lassen, und sie waren ihm halbwegs bekannt, aber er hatte sie nicht so recht ernst genommen. Er hatte sie für Theorien gehalten, mit denen in der Praxis nicht viel anzufangen war. Doch nun sah er ein, dass ein kreativer Kriminaltechniker die forensische Wissenschaft mit diesem Wissen einen großen Schritt voranbringen konnte. Er hatte erwogen, Ellen Brandt von seinem Vorhaben zu erzählen, es dann aber doch unterlassen. Wahrscheinlich weil er wusste, dass sie seinen Plan nicht gutheißen würde. Vor seiner Fahrt zur Universität hatte er sicherheitshalber noch die Juristen des Dezernats konsultiert, die ihm grünes Licht gegeben hatten. Die Analyse verschlüsselter Bereiche der Erbmasse, die Informationen zu menschlichen Eigenschaften enthielten, hatte den Gesetzgeber bislang noch nicht beschäftigt.

Was Ulf Holtz vorhatte war also weder legal noch illegal.

Er atmete tief ein, zögerte und spürte, wie sich ein Gefühl

der Kälte in seiner Brust ausbreitete. Konnte er es wagen? Schließlich handelt es sich um keine richtige Ermittlung, sondern um einen besseren Zeitvertreib, eine Art, wieder ins Arbeitsleben zurückzukehren, versuchte er sich einzureden.

»Wenn ich Ihnen die DNA liefere, wäre es Ihnen dann möglich, ein genetisches Phantombild zu erstellen?«, fragte er und merkte selbst, wie seine Stimme zitterte.

Odd Thorvaldsson schien aufzuhorchen. Er betrachtete Holtz prüfend, dann sagte er:

»Von einem Tatort?«

Holtz nickte.

»Klar«, erwiderte Thorvaldsson.

Der Oberkellner nickte Pia Levin und Beata Heneland zu, als sie den Frühstücksraum des Hotels betraten. Er kannte sie. Pia zwinkerte ihm zu und ging dann zielstrebig zum Büfett.

»Muss man dafür nicht zahlen?«, fragte Beata und folgte ihrem Beispiel.

»Doch. Irgendwann tue ich das auch, aber erstmal muss er seine Schulden zurückzahlen.«

Das Hotel lag zwei Blöcke von Pias Wohnung entfernt, und sie hatte es in ihr privates Frühstückszimmer verwandelt. Ein paar Mal im Monat ging sie dorthin, um Schulden einzutreiben. Seit Ulf Holtz sie darauf hingewiesen hatte, dass man auf diese Weise seinen Job loswerden konnte, waren ihre Besuche seltener geworden. Ulf hatte tunlichst auf die Frage verzichtet, welchen Dienst sie dem blasierten Mann in schwarzer Weste und weißem Hemd erwiesen hatte, der die Tür zum Frühstücksraum bewachte.

Pia schnappte sich einen vorgewärmten Teller, eine kleine silberne Gabel und einen Löffel. Routiniert bediente sie sich am Büfett, zwei Scheiben dunkles Brot, Serrano-Schinken, ein paar Scheiben buttrige Avocado, zwei Cocktailtomatenhälften mit frischem Thymian und drei Löffel goldgelbes Rührei. Dann nahm sie sich ein kleines Glas Himbeersmoothie, zögerte kurz und nahm noch eines. Anschließend wählte sie ganz hinten im Lokal einen Tisch, stellte alles ab und holte sich eine Tasse Kaffee Americano.

Beata nahm zwei Brötchen, ein paar Scheiben Käse und eine Tasse Tee und setzte sich Pia Levin gegenüber. Amüsiert betrachtete diese Beatas Teller.

»Du weißt, dass das hier eigentlich ein Vermögen kostet, oder?«, sagte Pia.

»Du hast doch gesagt, dass es gratis ist.«

»Wenn man zahlt, kostet es ein Vermögen, und dann sind Käsebrötchen vielleicht nicht unbedingt die beste Wahl.«

»Aber es kostet nichts. Dann spielt es keine Rolle, was man nimmt. Im Übrigen ist nichts im Leben gratis.«

»No such thing as a free lunch, meinst du?«

»Genau«, erwiderte Beata und biss so herzhaft in ihr Brötchen, dass die Krümel nur so spritzten.

Sie aßen schweigend. Der Oberkellner schenkte ihnen nach, dann lehnte sich Beata zurück und betrachtete Pia mit einem schiefen Lächeln. Die Krähenfüße um ihre Augen standen ihr gut.

»Was ist los?«, fragte Pia und stellte ihre Tasse ab.

»Wie lange kennen wir uns jetzt schon?«

Pia addierte die Monate im Kopf. Sie hatten sich im Frühjahr kennengelernt, und seither wohnte Beata praktisch in Pias winziger Wohnung.

»Fast ein halbes Jahr«, antwortete Pia.

»Es kommt mir vor wie ein halbes Leben«, meine Beata.

»Ist das gut oder schlecht?«, fragte Pia. Der Raum begann zu schwanken. Der Rand ihres Gesichtsfelds verschwamm, und sie spürte einen metallischen Geschmack auf der Zunge.

»Gut, natürlich. Es ist das beste Leben, das ich je gehabt habe.«

Pia atmete rasch ein, als ihr auffiel, dass sie bereits eine Weile den Atem anhielt. Dann begann sie zu weinen.

»Mädchen, was ist denn los?«

Beata erhob sich so hastig, dass ihr Stuhl umfiel. Die

Männer, die allein und in auf rosa Papier gedruckte Zeitungen versunken dasaßen, schielten in ihre Richtung. Der Oberkellner warf einen entsetzten Blick über die Schulter und war schon auf dem Weg zu ihnen, als er registrierte, dass Beata den Tisch umrundet und sich neben Pia gekniet hatte.

Pia vergrub das Gesicht in den Händen und schluchzte heftig. Sie versuchte sich zu sammeln, was nur dazu führte, dass sie keine Luft mehr bekam und ihr Schluchzen zunahm. Salzige Tränen liefen ihr in den Mund. Beata hielt sie schweigend im Arm.

»Ich weiß nicht, was mit mir los ist«, sagte Pia nach einer Weile und setzte sich auf.

Beata streichelte ihre Wange.

»Ist etwas passiert?«, fragte sie.

»Ich habe Angst«, antwortete Pia.

»Wovor?«, wollte Beata wissen und nahm eine Serviette vom Tisch.

Pia trocknete sich die Augen. Der Druck auf ihrer Brust ließ nach.

»Ich dachte, du würdest sagen, dass du ... ach, ich weiß nicht.«

»Dass ich dich verlassen würde?«

Pia starrte auf den Tisch und nickte.

»Ich bin immer für dich da«, sagte Beata. »So leicht wirst du mich nicht los, du Heulsuse.«

Pia kaute auf ihrer Unterlippe und räusperte sich. Sie atmete tief durch die Nase ein und setzte eine energische Miene auf. Dann leerte sie ihre Kaffeetasse und sah Beata durchdringend an.

»Verlass mich nie. Versprichst du mir das?«

Beata wiegte ernst den Kopf hin und her. Sie schien zu zögern.

»Sag, dass du es versprichst«, sagte Pia.

»Ich verspreche es.«

Ulla Fredén hatte die Nacht durchgearbeitet. Jetzt stand eine Tasse dampfend heißer schwarzer Kaffee vor ihr, und sie betrachtete den Schädel auf dem Stativ am Fenster. Sie musste daran denken, wie früher vor Straßenräubern gewarnt wurde. Abgetrennte Köpfe hatten schon immer eine abschreckende Wirkung besessen.

In der Nacht hatte sie den Schädel mit roten Plastikstiften versehen, die den Abstand zwischen den Knochen und der seit langem aufgelösten Haut markierten und über die Dicke der Weichteile Aufschluss gaben. Die Länge jedes Plastikstifts orientierte sich genauestens an den Tabellen, die Ulla Fredén in *Forensic Art and Illustration* nachgeschlagen hatte. Vor ihr auf dem Tisch lag eine ungeöffnete Packung Plastilin, das sie für die Nachbildung der Muskeln und Fettschichten des Gesichts verwenden wollte.

Die Sonne war schon lange aufgegangen. Es würde auch heute wieder ein warmer, trockener Tag werden. Die Felder warteten mit verschiedenen Gelbschattierungen auf. Die Bauern hatten die von der Trockenheit zerstörten Ernten verloren und würden alles unterpflügen oder als Silage in weißen Rundballen lagern, die ihr dann die Aussicht verdarben. Einzig eine große, ausladende Eiche durchbrach die gerade Linie des Horizonts. Es hatte Pläne für eine Windkraftanlage gegeben, wodurch die freie Ebene mit zwanzig Windrädern bestückt worden wäre, aber die Proteste waren zu vehement gewesen, und zu Ulla Fredéns großer Erleichterung hatte man das Vorhaben auf Eis gelegt. Sie brauchte diese Felder und weiten Flächen. Sie konnte stundenlang dasitzen und sie betrachten. Sie verdrängten den sonst so allgegenwärtigen Tod. Mit den Feldern vor sich kannte sie dem Tod mit größerer Zuversicht begegnen. Sie kannte das Gedicht auswendig und begann es leise aufzusagen. So leise, dass es fast nur ein Gedanke war.

> Es war ein alter Bauersmann
> der sang auf seinem Acker.
> Er trug einen Korb mit Saat in der Hand
> und säte zwischen den Worten
> für den Beginn des Lebens und das Ende des Lebens
> seine neue Saat.
> Von Sonnenaufgang bis Sonnenaufgang ging er auf und ab.
> Am Morgen des letzten Tages
> stand ich da wie ein Hasenkind, als er kam.
> Wie bange mir doch ward von seinem schönen Gesang!
> Er packte mich und setzte mich in seinen Korb
> und als ich eingeschlafen war, setzte er seinen Weg fort.
> Den Tod, ich dachte ihn mir so.

Es klingelte. Ulla Fredén stellte die Tasse mit verärgertem Kopfschütteln ab und ging hinunter um zu öffnen.

Ulf Holtz stand vor der Tür und strahlte mit der Sonne um die Wette.

»Sie hat braune Augen mit grünen Sprenkeln«, sagte er und trat ein.

Die Augen der Toten betrachteten sie leicht schielend. Ulla Fredén justierte sie ein paar Millimeter und trat einen Schritt zurück, um das Ergebnis zu begutachten. Die Verwandlung war verblüffend. Obwohl es sich nur um einen leblosen, weißen und mit roten Plastikstiften versehenen Schädel handelte, schien er plötzlich zum Leben erwacht zu sein und so etwas wie Persönlichkeit auszustrahlen.

Ulf Holtz fröstelte es.

»Kein Wunder, dass man die Augen manchmal als Spiegel der Seele bezeichnet«, sagte er.

Ulla Fredéns Blick wirkte plötzlich abwesend. Sie streckte die Hand aus, um den Schädel zu berühren.

»Was weißt du noch über sie?«, fragte sie.

Holtz beugte sich vor und griff nach seiner Tasche mit den Auskünften von Odd Thorvaldsson, die in einer dünnen, roten Pappmappe mit dem Wappen des Seminars der Evolutionsbiologen lagen. Der Wissenschaftler hatte sich die ganze Nacht mit dem DNA-Material beschäftigt und Holtz am frühen Morgen telefonisch mitgeteilt, dass er fertig sei.

Um brauchbare DNA zu erhalten, war Holtz gezwungen gewesen, einen Tag im Forensischen Dezernat im sechsten Stock des Präsidiums zu verbringen. Seine Kollegen hatten ihn begrüßt und sich ihre Verwunderung nicht anmerken lassen. Daraufhin hatte er sich im hinteren Winkel des großen Labors verschanzt, in dem die vorbereitenden DNA-Analysen durchgeführt wurden. Der Arbeitsraum, kaum größer als ein begehbarer Schrank, wurde mittels Luftschleuse und Überdruck von der Umgebung getrennt. Der Raum wurde ständig mit Chlor und UV-Licht gereinigt, um jegliche DNA-Spuren zu beseitigen, die die Proben kontaminieren konnten. Holtz, bekleidet mit Schutzanzug und Gesichtsmaske, hatte das Gefühl gehabt, etwas Verbotenes zu tun, als er das Wadenbein mit UV-Strahlung und Alkohol präpariert und dann mit einem in Salzsäure und Ethanol getauchten Bohrer ein kleines Loch hineingebohrt hatte.

Die Probe hatte Odd Thorvaldsson überglücklich gemacht.

»Super«, hatte er gesagt und Holtz mitgeteilt, er werde sich melden.

Die rote Mappe, die Thorvaldsson Holtz schließlich überreicht hatte, enthielt alles Nötige, um eine realistische Kopie der Frau erstellen zu können, die vor weniger als fünfzig Jahren in der Nähe des Wikingerdorfs begraben worden war.

Einem Kasten, der Augäpfel unterschiedlicher Augenfarben enthielt, hatte Ulla Fredén ein passendes Paar entnommen, und nun betrachteten diese braunen Augen mit grünen Sprenkeln Holtz, der am Schreibtisch saß und die Informationen aus der Mappe durchging.

»Wie zuverlässig ist dieses Ergebnis eigentlich?«, fragte Ulla Fredén.

»Natürlich nicht hundertprozentig, aber laut Odd ist die Referenzbibliothek so umfangreich, dass sich ein plausibles Bild erschaffen lässt.«

»Unheimlich.«

Ulf Holtz murmelte etwas Unverständliches und schaute wieder in seine Notizen. Unheimlich? Das schon, aber auch einzigartig, dachte er.

Ulla Fredén schaute aus dem Fenster. Ein Schwarm Elstern ließ sich in einiger Entfernung auf dem Feld nieder. Die Vögel wirkten unruhig. Einige flogen auf, schlugen mit den Flügeln und landeten wieder. Plötzlich erhob sich der ganze Schwarm und ließ sich ein Stückchen weiter weg wieder nieder. Was mag sie wohl beunruhigen, überlegte Ulla Fredén und ließ ihre Blicke suchend über das Feld gleiten. Nichts regte sich. Doch, da! Links von den Vögeln bewegte sich etwas in den trockenen Ähren. Ulla beugte sich vor.

»Ulf«, flüsterte sie. »Schau mal. Da ist doch was?«

Ulf Holtz legte die Mappe aus der Hand, stand auf und stellte sich neben sie.

»Ich sehe nichts.«

»Da.«

Ulla Fredén hielt ihren Kopf dicht neben seinen und deutete. Sie duftete nach Blumen. Frisch geduscht. Er spürte ihre Wärme und konnte kein Interesse dafür aufbringen, was draußen geschah. Er drehte seinen Kopf ein wenig in ihre Richtung und betrachtete sie verstohlen. Ihre kleinen, wohlgeformten Ohrläppchen, ihr markantes Profil, der schmale Hals, an dem eine Ader durch ihren Herzschlag pulsierte. Milchweiße Haut. Im Ausschnitt ahnte er einen weißen Spitzen-BH.

»Siehst du das nicht?«, fragte sie und wandte sich ihm zu. Es gelang ihm nicht schnell genug, seinen Blick abzuwenden.

Holtz ahnte ihr Erstaunen und noch etwas anderes, schaute verwirrt auf die Felder hinaus und spürte, dass sie ihn musterte.

»Ach, vielleicht war da auch gar nichts«, sagte sie, und er fand, dass ihre Stimme amüsiert, leicht spöttisch klang.

Er schluckte und kehrte mit gesenktem Blick zum Tisch zurück.

»Nun«, sagte er, und seine Stimme zitterte leicht.

»Ich hätte schwören können, dass da etwas war. Vielleicht ein Fuchs«, meinte Ulla.

»Die Augenfarbe ist uns bekannt. Die Verstorbene ist eine Weiße, stammt aus unserer Region, hat Sommersprossen und ist, falls erwachsen, recht klein«, zählte Holtz auf.

Ulla Fredén betrachtete ihn amüsiert.

»Nicht schlecht. In ein paar Tagen ist sie fertig«, sagte sie.

Das Klickern von Perlen und ein herb-süßlicher Geruch veranlassten Ulf Holtz, von seinen Papieren aufzuschauen. Birgitta Severin, die Chefin der Alphagruppe, stand in der Tür und musterte ihn über den Rand ihrer Brille hinweg mit unergründlicher Miene.

»Es heißt, du fischst in trübem Wasser«, sagte sie.

Ulf Holtz spürte die Wut in sich aufsteigen, aber ehe er ein Wort über die Lippen bringen konnte, hob sie abwehrend die Hand.

»Keine Panik. Ich erzähle es nicht weiter.«

»Wovon redest du eigentlich?«, fragte er und erhob sich so rasch, dass sein Bürostuhl umfiel. Die Räder des Stuhls drehten sich in der Luft und kamen zum Stillstand.

Birgitta Severin schüttelte lächelnd den Kopf.

»Wut ist die häufigste Reaktion, wenn ein Geheimnis enthüllt wird«, erwiderte sie und fuhr fort, ehe Holtz protestieren konnte. »Es heißt, du würdest wirklich vor gar nichts zurückschrecken bei deiner Suche.«

Plötzlich begriff er, was sie meinte, und sein Zorn wandelte sich in Schuldbewusstsein.

»Wer hat dir das denn erzählt?«

Sie lachte. »Du weißt, dass ich meine Quellen nie preisgebe. Es stimmt doch, dass du von der Toten auf der Insel ein genetisches Phantombild anfertigen lassen willst?«

Sie stand direkt vor ihm, und ihr Parfüm verursachte ihm Übelkeit.

»Das ist nicht illegal«, verteidigte er sich.

»Aber auch nicht legal.«

Birgitta Severin ging um ihn herum, stellte seinen Stuhl auf und deutete darauf, bevor sie auf der Schreibtischkante Platz nahm. Unbewusst fasste sie an ihre Perlenkette.

»Ich möchte dir helfen. Ellen hat mir aufgetragen, unter den Vermissten mögliche Kandidatinnen herauszusuchen. Weißt du, wie viele Frauen in den letzten fünfzig Jahren vermisst gemeldet wurden?«

Ulf Holtz blieb stehen und starrte auf ihre Hand, die an den Perlen herumfingerte, als gehörten sie zu einem Rosenkranz. Selbst die klügsten Psychologen haben Ticks dachte er mit einer gewissen Überlegenheit, die entspannend wirkte.

»Jedes Jahr verschwinden mehrere Tausend Menschen. Zwanzig bis dreißig tauchen nie wieder auf. In fünfzig Jahren macht das über tausend. Die Hälfte von ihnen sind Frauen.«

»Ich verstehe. Diese Zahl muss sich aber noch eingrenzen lassen.«

»Klar. Wir können ein paar Hundert aussortieren, und wenn ich Einblick in die genetischen Daten deiner Jane hätte, dann würde das natürlich schneller gehen.«

Ulf Holtz setzte sich auf seinen Stuhl, drehte sich langsam damit und blickte zur Decke.

»Und du versprichst, nichts zu sagen?«

Birgitta Severin bekreuzigte sich und zwinkerte ihm zu.

»Okay«, sagte er, öffnete eine Schreibtischschublade, nahm eine dünne Mappe heraus und warf sie auf den Tisch.

»Ich gehe mir eine Tasse Tee holen. In einer Viertelstunde bin ich wieder zurück«, sagte er und verließ das Zimmer.

Auf dem Küchentisch lagen zwei Fotos. Ein Schwarzweißbild, das andere in verblichenen Farben mit einer weißen, leicht vergilbten Kante und einer abgerissenen Ecke.

Es hatte laut an der Haustür geklopft, und zu Holtz' Erstaunen hatte Ellen Brandt auf der Schwelle gestanden.

»Ich habe was für dich«, hatte sie gesagt, war in die Küche marschiert und hatte die Fotos auf den Tisch gelegt.

Ulf Holtz zog einen Stuhl heran und setzte sich, Ellen stand hinter ihm und beugte sich über seine Schulter.

»Wer sind die beiden?«, fragte er und nahm die Fotos in die Hand.

Auf dem Schwarzweißfoto war eine lächelnde junge Frau auf einem Melkschemel zu sehen, die eine Kuh mit der Hand melkte. Bei dem anderen Foto handelte es sich um ein klassisches Porträt, wie es von den Schulfotografen alljährlich von jedem Kind zusammen mit dem Klassenfoto angefertigt wurde.

»Ich wette ein Mittagessen, dass es eine von den beiden ist«, sagte Ellen. »Die Alphagruppe ist jeden Vermisstenfall seit Mitte der Fünfziger- bis in die Neunzigerjahre durchgegangen. Die Datierung des Anhängers und der Zustand des Skeletts haben diesen Zeitrahmen ergeben.«

»Und wer sind die beiden?«

»Gunilla Pirinen und Anita Swedberg. Laut Birgitta Severin sind sie die einzigen beiden Frauen, die passen. Eine von den beiden ist es.«

Ulf Holtz kratzte sich am Kinn, während er die Fotos betrachtete. Die beiden jungen Frauen sahen ganz durchschnittlich und alltäglich aus. Irgendwo gab es jemanden, der die Hoffnung noch nicht aufgegeben hatte, der vielleicht glaubte, dass die Antwort eines Tages auftauchen würde. Besaß er diese Antwort? Die Alphagruppe bestand aus Profis, und dieses Mal hatte sie ungewöhnlich viele Informationen gehabt. Holtz empfand eine gewisse Enttäuschung. Konnte das wirklich so einfach sein?

»Aha, und wer übernimmt jetzt?«, fragte er und warf die Fotos auf den Tisch, die ein Stück weiterschlitterten.

Ellen Brandt beugte sich über ihn und streckte die Hand nach den Fotos aus.

»Du bekommst Abzüge und einen Bericht von der Alphagruppe.«

»Was soll ich damit?«, fragte er und drehte sich zu ihr um.

»Du sollst weitermachen. Sieh zu, dass du sie identifizierst.«

»Ich bin krankgeschrieben! Ein Skelett auszugraben, ist eine Sache, aber die Identifizierung mittels Zahnstatus, Angehöriger und DNA-Material anzuleiern ...«

»Ich habe mit C. gesprochen. Bring die Arbeit zu Ende. Identifizier das Mädchen und schreib einen Bericht. Dann sind alle glücklich. Nicht zuletzt die Angehörigen«, meinte Brandt mit Nachdruck. Die Rolle der Chefin steht ihr, dachte Holtz.

»Und die interne Ermittlung?«

Ellen Brandts Augen funkelten. Sie presste die Fingerkuppen von Daumen und Zeigefinger aufeinander, hielt sie vor den Mund und blies das imaginäre brennende Streichholz aus.

»Ist das dein Ernst?«, fragte Holtz ungläubig.

Ellen Brandt nickte verschwörerisch und ging in die Diele.

»Ich habe noch einiges zu tun«, sagte sie dann.

Ulf Holtz wollte etliche Einwände vorbringen, verlor aber die Lust auf einen Streit, noch ehe er sie formuliert hatte. Er würde das, was er begonnen hatte, selbst zu Ende bringen. Des Rätsels Lösung war in greifbare Nähe gerückt, und dass ihm die interne Ermittlung erspart blieb, war kein schlechter Bonus.

»Eine Frage noch«, sagte er.
Ellen Brandt stand bereits in der Tür.
»Ja?«
»Und wenn es keine der beiden ist?«

Das Grab war leer. Sie hatten noch einige Dezimeter weiter in die Tiefe gegraben, nachdem sie alle Knochen geborgen hatten, ohne etwas zu finden. Linda wischte sich den Schweiß aus der Stirn und trocknete ihren Handrücken an ihrer Hose ab. Die müsste wirklich bald gewaschen werden, dachte sie und kletterte aus der Grube. Andor reinigte die Spaten und Spatel und reihte sie dort auf, wo die Knochen gelegen hatten. Der gesamte Erdhaufen war sorgfältig gesiebt, aber nichts von Wert gefunden worden.

»Was machen wir jetzt?«, fragte er über die Schulter gewandt. Linda saß auf einer umgedrehten Kiste und trank gierig aus einer Wasserflasche. Ihr Gesicht glänzte, ihre Wangen waren gerötet.

Sie setzte die Flasche ab. »Ich weiß nicht. Mein Vater kommt heute Abend. Wir fragen ihn, ob es noch etwas zu tun gibt«, sagte sie und leerte dann die Flasche ganz.

»Wie läuft die Ermittlung?«, fragte er.

»Gut, glaube ich. Eine Kollegin ist damit beschäftigt, ihr Gesicht zu rekonstruieren, und dann war da noch jemand, der sich die Knochen ansehen wollte… Wie nennt man diese Leute gleich wieder?«

»Osteologen?«

»Genau. Heute Abend kann er uns mehr erzählen.«

Andor machte ein enttäuschtes Gesicht.

»Bleibt er über Nacht?«

Linda verzog spöttisch den Mund.

»Wieso interessiert dich das?«

Obwohl Andor von dem Sommer im Freien sehr sonnengebräunt war, sah Linda, dass seine Wangen eine dunklere Färbung annahmen.

»Ich dachte nur...«

»Komm«, erwiderte Linda und streckte die Hand nach ihm aus.

Andor lachte, sprang aus der Grube und ging auf sie zu. Sie lächelte ihn an, und er beugte sich zu ihr herab. Linda war warm und verschwitzt, und ihr Haar hing ihr strähnig in die Augen. Ihre Kleider rochen nach Erde und Schmutz, und Andor hatte noch nie ein solches Begehren verspürt. Sie küsste ihn begierig, zerrte an seinem Hemd und riss es ihm vom Körper. Ihre Hände fuhren über seinen schmalen, sehnigen Körper. Sie sahen sich rasch um. Außer ihnen war niemand da. Die Grabungen waren beendet, und den Professor hatten sie den ganzen Tag lang nicht gesehen.

Andor zog Linda die Bluse aus, warf sie beiseite und tastete nach ihrem Hosenknopf. Sie bedeutete ihm innezuhalten, lehnte sich zurück, knöpfte ihre Hose selbst auf und zog Andor zu sich auf die trockene Erde.

Anschließend lagen sie atemlos und mit feuchter Haut nebeneinander. Ein Ast stach Andor in den Rücken, aber er wollte sich nicht bewegen. Linda lag auf einen Arm gestützt auf der Seite und sah ihn an.

»So was mache ich eigentlich sonst nicht«, sagte sie. »Nur damit du das weißt.«

Andor drückte sein Rückgrat durch, damit der Ast nicht mehr so drückte, und vertrieb eine Fliege, die vor seinem Gesicht herumsummte.

»Ich auch nicht.«

Linda lachte, setzte sich auf und suchte ihre Kleider zusammen.

»Ich werde langsam hungrig«, sagte sie. »Außerdem ist mir kalt.«

Auf dem Boot war es still und menschenleer, als sie sich unter Deck begaben. Es roch nach Diesel, Holz und von der Sonne erwärmtem Blech.

»Haben wir was zu essen?«, fragte Linda.

Andor ging über die knarrenden Holzdielen und öffnete den kleinen Kühlschrank. Das Licht des Kühlschranks fiel auf seinen schlanken Oberkörper. Linda trat auf ihn zu und legte ihm die Hand auf den Bauch.

»Das musste sein.«

Sie hörte Schritte auf dem Kies und zog lachend ihre Hand zurück.

»Wir bekommen Besuch. Ich gehe duschen.«

Andor schüttelte den Kopf und konzentrierte sich auf den Inhalt des Kühlschranks. Eine angebrochene Milchtüte, ein fast leeres Butterpaket und zwei Gläser Feigenmarmelade waren alles.

»Kann mir vielleicht jemand tragen helfen?«

Andor eilte an Deck. Der alte Mann hatte bereits drei Tüten mit Lebensmitteln auf das Boot gewuchtet.

»Ich dachte, es ist an der Zeit, die Vorräte aufzufüllen.«

»Allerdings. Sonst hätte es Feigenmarmelade und Milch zum Abendessen gegeben.«

Der Professor verzog das Gesicht und kletterte mit Mühe an Bord.

»Kannst du sie runtertragen? Ich glaube, ich habe mich verhoben«, sagte er und fasste sich ins Kreuz.

Andor trug die Tüten nach unten, und der Professor verschwand in seiner Kajüte.

Linda Holtz hatte ihre Kleider am Boden liegenlassen und

stand unter der Dusche. In den letzten Wochen hatte ihr Leben eine unerwartete Wendung genommen. Eigentlich hätte sie schon wieder unterwegs sein sollen, wie meistens. Immer wieder weg von allem, wie sie sich erst jetzt eingestand. Sie hatte sich eingeredet, dass sie an ferne, von Unruhen gebeutelte Orte reiste, weil sie dort gebraucht wurde und einen Beitrag leisten konnte. Aber jetzt erkannte sie, dass diese Erklärung recht hohl klang.

Sie dachte an ihren Vater, den bekannten Polizisten, auf den sie als Kind so stolz gewesen war, den sie aber jetzt schon seit Jahren vernachlässigt hatte. Was wusste sie schon über ihn und sein Leben? Fast nichts. Als er die viel jüngere Nahid kennengelernt hatte, hatte sie sich gefreut, war aber auch entsetzt gewesen. So jung! Konnte er keine Frau in seinem Alter finden? Aber diese Überlegungen hatte sie verdrängt und sich vorgenommen, ihrem Vater gegenüber nichts verlauten zu lassen. Sie und ihre Schwester Eva hatten eine Abmachung getroffen. Hauptsache ihr Vater war guter Dinge, dann ging es allen am besten. Doch dann war Nahid zu Tode gekommen. Er war am Boden zerstört gewesen und war es eigentlich immer noch. Die Ärzte hatten zweifelsfrei festgestellt, dass er an einer Erschöpfungsdepression litt. Das klang plausibel, überzeugte aber nicht voll und ganz. Meine Güte, kaum trauert man ein wenig, und gleich hat man eine Diagnose weg, hatte er gesagt, und eigentlich war sie seiner Meinung. Und dann war da noch die Suspendierung gekommen. Linda Holtz hatte nur eine vage Vorstellung davon, worum es ging, wusste aber, dass er gegen die Dienstordnung verstoßen hatte und seine Arbeit verlieren konnte. Eine Frau war in die Sache verwickelt gewesen, aber er weigerte sich, darüber zu reden, und Linda hatte nicht nachgebohrt.

Das Skelett war zum idealen Zeitpunkt aufgetaucht. Anfangs hatte sie geglaubt, der Professor scherzte, als er vorgeschlagen hatte, ihren Vater kommen zu lassen, um sich die Knochen und den seltsamen Schmuck anzusehen. Alles war so schnell gegangen. Plötzlich war Ulf Holtz da gewesen, und seine Augen hatten geleuchtet, als er die Aufgabe übernommen hatte, die Identität der Toten festzustellen. Linda hatte erwartet, ihn häufiger zu sehen, aber rückblickend stellte sie fest, dass er nicht so viel Zeit auf der Insel verbracht hatte, wie sie gehofft hatte. Er war einige Male herausgekommen, um sich über den Stand der Dinge zu informieren und um Bericht zu erstatten, wie er es nannte.

Linda seifte sich ein letztes Mal ein, obwohl ihre Haut bereits ganz rot war und schrumpelig wurde. Das warme Wasser tat ihr gut. Durch das Plätschern drangen Geräusche aus der Kombüse. Andor. Wie war dieser arrogante Grünschnabel nur in ihr Bett geraten? Sie schmunzelte, legte den Kopf in den Nacken, füllte den Mund mit Wasser und spuckte aus.

Abwarten, dachte sie und stieg aus der Dusche. Sie gab ihrem Kleiderhaufen einen Fußtritt.

»Andor!«, rief sie. »Kannst du mir was zum Anziehen leihen? Meine Sachen sind schmutzig, ich muss sie waschen. Hose und Pulli, hast du das?«

Er tauchte im Türrahmen auf.

»Du«, sagte er. »Darf ich dich was fragen?«

Linda Holtz steckte das Badetuch strammer unter den Achseln fest, das beinahe zu Boden gerutscht wäre.

»Klar«, sagte sie und merkte, dass sich eine leichte Unruhe in ihr ausbreitete. Sie schluckte und versuchte unverbindlich zu lächeln.

Andor holte tief Luft und bewegte den Mund, aber es kam kein Laut über seine Lippen.

»Es war nichts... Klamotten. Irgendwas habe ich sicher, warte«, sagte er und huschte mit gesenktem Blick an ihr vorbei.

Unbeholfen streckt Linda die Hand nach ihm aus, verfehlte ihn aber und zog sie wieder zurück. Es war am klügsten, noch nicht alles in Worte zu fassen.

»Na, wie gefallen dir die Sachen?«, fragte er und gab ihr eine hellblaue Latzhose aus verwaschenem Jeansstoff und einen dicken weißen Pullover mit einer Sphinx auf der Vorderseite.

Linda nahm die Kleider im Empfang und nickte dankend. Andor kehrte zum Herd zurück. Linda merkte, dass sie auch keine saubere Unterwäsche mehr hatte und zog die Latzhose einfach so an. Dann schlüpfte sie in den Pullover und schob die Hosenträger über die Schultern. Die Hose war etwas zu kurz, aber weich, sauber und angenehm. Linda justierte die Länge der Träger und betrachtete sich im Spiegel. Ihr gefiel, was sie sah.

Als ihr die Gerüche von draußen in die Nase stiegen, merkte sie, wie hungrig sie eigentlich war. Sie nahm ihre schmutzigen Kleider und stopfte sie in eine Plastiktüte, in der bereits andere Wäsche lag.

Die müssen wirklich mal gründlich durchgewaschen werden, dachte sie und eilte an Deck.

Ulla Fredén konnte nicht aufhören. Routiniert bearbeiteten ihre Finger die elastische Knetmasse. Der Morgen brach an. Die Sonne war untergegangen und wieder aufgetaucht. Die Felder leuchteten von neuem in verschiedenen Gelbtönen.

Das Gesicht, das sie nach und nach aus dünnen Plastilinschichten geformt hatte, wurde mit jeder kleinen Veränderung, die sie vornahm, lebendiger. Während der nächtlichen Stunden hatte sie etwas ganz Neues erlebt: Die Augen waren ihr mit dem Blick gefolgt und hatten sie um Hilfe gebeten. Sie hatten sie erschreckt, und sie hatte erwogen, sie wieder herauszunehmen, hatte es dann aber nicht über sich gebracht. Es war ihr ein Rätsel. Ulla Fredén verbrachte den größten Teil ihrer Tage in der Gerichtsmedizin mit toten Menschen, und es hatte ihr noch nie etwas ausgemacht. Sie fühlte sich im Sezierraum wohl und mochte die senfgelben Fliesen an den Wänden, die Seziertische aus Edelstahl, die Wand mit den ausziehbaren Kühlkästen und den großen Kühlraum für die Leichen. Das war ihr Bereich, ihr Leben. Ulla Fredén vermutete, dass ihre Arbeit psychisch vermutlich weniger anstrengend war als die vieler anderer Ärzte. Nie musste sie sich mit der Angst und Verzweiflung von Patienten und Angehörigen auseinandersetzen. Sie suchte nach Antworten, für die sich die Angehörigen bedankten. Meine Patienten sind austherapiert, pflegte sie zu sagen, wenn sie jemand fragte, wie sie das überhaupt aushielt. Ulla hatte früh gelernt, nichts an sich heranzulassen. Ihre Patienten hatten keine Geschichte, kein Leben. Einige wenige Male hatte ihr Schutzpanzer jedoch versagt. Das letzte Mal, als sie ein kleines Mädchen sezieren musste, lag gar nicht so lange zurück.

Seltsamerweise war es mit den Köpfen, die schon lange tot waren und unter ihren geschickten Fingern wieder zum Leben erweckt wurden, etwas anderes. Der Frauenkopf, der Ulla Fredén von seinem Stativ aus vor dem Hintergrund eines sonnenbeschienenen Kornfelds betrachtete, wirkte sehr real.

Ulla hatte sich beim Auftragen der weichen Partien an den Tabellen orientiert, aber Erfahrung und Talent waren noch wichtiger, und ihre Fähigkeit, sich ein Bild von dieser Frau zu machen, zahlte sich aus. Jetzt fehlten nur noch Haut und Haare, dann war Jane komplett; Ullas geübter Blick wusste, wie sie aussehen würde. Die junge Frau erwiderte über die Jahrzehnte hinweg ihren Blick. Sie sah ganz durchschnittlich aus: Wie eine Nachbarin, eine Kassiererin in einem Lebensmittelladen, irgendjemand im Bus. Nichts an dem Schädel oder in der DNA hatte auf etwas Außergewöhnliches hingedeutet. Ihre Kopfform war rund, die Nase klein, und die Ohren waren wohlgeformt. Die einzige kleine Abweichung bestand in dem leicht vorgeschobenen Unterkiefer. Ulla Fredén hatte mit der Gerichtsodontologin beratschlagt, die den Kiefer untersucht hatte. Zu Beginn hatte Ulla Fredén nämlich den Verdacht gehabt, die Abweichung könne auf einer Beschädigung des Kiefers beruhen, die beim Zusammensetzen zu einem Unterbiss geführt hatte. Die Odontologin hatte den Kopf geschüttelt. Der Unterkiefer war einwandfrei. Außerdem seien die Zähne in relativ gutem Zustand. Wenige kleine Löcher, aber keine Füllungen. Ein paar Zähne fehlten zwar, aber dafür könne es viele Gründe geben. Für eine eingehende Beurteilung sei mehr Zeit vonnöten, die ihr im Moment jedoch nicht zur Verfügung stehe.

Ulla Fredén nippte an ihrem erkalteten Tee und schaute die Frau über den Rand der Tasse hinweg an.

»Wer bist du?«, flüsterte sie.

Die Haut fühlte sich trocken und warm an, aber trotzdem nicht so wie ihre eigene. Kerstin lag auf der Seite und sah, wie er vor ihr auf und ab ging. Seine Füße kamen und verschwanden wieder. Er ging langsam. Auch ihr Herz schlug ungewohnt langsam. Deutliche Herzschläge, deutliche Pausen. Kerstin wartete, war sich nicht sicher, dass es wieder zu schlagen beginnen würde. Sie hatte keine Angst, sie überlegte nur, ob sie gestorben war. Ein weiterer Herzschlag. Sie spürte ihn bis in die Schläfe, die auf dem kalten Boden lag. Ihre Beine waren schwer, die Arme auch. Sie versuchte, einen Arm zu heben, aber dazu fehlte ihr die Kraft. Er wog mehr, als ihre Muskeln bewältigen konnten. Seltsam, dachte sie. Wie konnte mein Arm so schwer werden? Ihr Kopf war leichter, und sie konnte ihn ein wenig zur Seite drehen. Sie schaute drüben in die Ecke. Das Mädchen war noch da. Sie saß in eine Decke gewickelt da und aß gierig mit den Händen aus einer Schale. Wann habe ich zuletzt etwas gegessen?, überlegte Kerstin. Sie wusste nicht, wann das gewesen war und spürte auch nicht, ob sie hungrig war. Ihre Zunge, die ihr etwas zu groß vorkam, glitt über ihre klebrigen Zähne. Sie schmeckte nichts und versuchte, Speichel in ihrem trockenen Mund zu sammeln, aber da war keiner, und ihr wurde bewusst, wie durstig sie war. Das Bedürfnis nach Wasser war überwältigend, und das trockene Gefühl im Mund wurde immer stärker. Wasser.

Das Mädchen mit der Decke schaute in ihre Richtung, schien aber nichts wahrzunehmen. Kerstin suchte ihren Blick, aber er schien nie einen festen Punkt zu finden, sondern schweifte unstet hin und her, während sie aß.

»Aha, du wachst langsam auf«, sagte jemand mit einer hellen Stimme.

Kerstin fand, dass es dunkel wurde. Der Mann mit der hellen Stimme war vor ihr in die Hocke gegangen und raubte ihr das Licht. Eine Hand strich über ihre Wange, berührte ihren Hals. Sie schluckte, und ihr Mund kam ihr, wenn überhaupt möglich, noch trockener vor. Er schob einen Arm unter sie und drehte sie auf den Rücken.

Die Decke hatte dieselbe Farbe wie der Fußboden. Grauer, matter Beton. Aus dem Augenwinkel sah sie draußen den Himmel und einen Baum. Grüntöne vor einem stahlblauen Himmel.

Ein Druck auf dem Bauch, dann in ihrem Schritt. Ein paar Finger schoben sich unter ihren Hosenbund und strichen ihr über den Bauch. Sie versuchte, sich auf den Bauch zu drehen, aber er hielt sie fest.

»Lass sie in Ruhe!«

Die Hand wurde rasch zurückgezogen. Kerstin erkannte Stavros' Stimme.

Pia Levin drückte auf »on«, aber nichts geschah.

»Verdammt«, sagte sie laut.

Der Videorekorder hatte in einer Abstellkammer des Dezernats für Internetkriminalität gestanden. Er war zerkratzt und verstaubt, funktionierte aber einwandfrei. Jerzy, der Chef des Dezernats, hatte ihr das versichert, als er ihr den Rekorder gegeben hatte. Pia hatte ihn mitten auf den Schreibtisch gestellt, ein Verlängerungskabel geholt und ihn mit dem Fernsehanschluss ihres Computers verbunden.

Der Videorekorder gab keinen Mucks von sich.

Pia Levin hielt eine Videokassette in der Hand und wusste nicht recht, was sie tun sollte. Die Kassette hatte sie auf gut Glück aus dem Schrank genommen. Darin war außer den Kassetten nichts gewesen. Es waren gut hundert Stück, und alle sahen gleich aus. Die Kassette, die sie mitgenommen hatte, war Mitte der Neunzigerjahre aufgenommen worden, also vor fast zwei Jahrzehnten.

Natürlich war sie enttäuscht gewesen, als sie den Schrank endlich aufbekommen und festgestellt hatte, dass er nur Videokassetten enthielt, aber das spielte keine große Rolle. Pia hatte gar nicht erwartet, die Ursache für den Brand dort zu finden. Alles deutete auf Brandstiftung hin, und das galt auch für die meisten anderen Schulbrände, von denen die Region in den letzten Jahren heimgesucht worden war. Meist wurden die Schuldigen nicht gefasst, und wenn doch, dann handelte es sich meist um Kinder, die gezündelt hatten, ohne zu ahnen, welche Folgen das haben konnte. In solchen Fällen brachten die Gewissensbisse eines Missetäters die Polizei stets auf die richtige Spur, denn ein Brand in einer Schule war ein belastendes Geheimnis.

Die Frühjahrs- und Sommerbrände in den Vororten hatten andere Ursachen. Hermine Vogel hatte sie zutreffend als ausgeklügelt und rücksichtslos bezeichnet.

Etwas war geschehen.

Pia Levin seufzte. Was auch immer C. glauben mochte, diese Videokassetten würden ihnen nicht weiterhelfen. Pia war geläutert, aber doch stets neugierig, und diese Neugier ließ sie fortfahren. Sie würde sich einige Kassetten ansehen, und dann entscheiden, wie es weitergehen würde. Dann würde sie den Staatsanwalt bitten, das Verfahren einzustellen oder es ganz der Phönixkommission übergeben, die schließlich mit der Ermittlung bezüglich der Krawalle betraut war.

Sie zog ihr Handy aus der Tasche, wählte die Nummer des Dezernatleiters für Internetkriminalität. Er versprach, ihr zu helfen. Während sie wartete, ging sie rastlos im Zimmer auf und ab. Draußen ging das Leben weiter. Über dem grünen Kupferdach auf der anderen Seite des Innenhofs sah sie die Luft in der Hitze flimmern. Von ihrem Fenster aus konnte sie einen großen Teil der Stadt überblicken. Wahrzeichen und ferne Hochhäuser ragten in die Höhe. Die Stadt war recht klein, die Wege waren kurz. Die Innenstadt endete in Sichtweite, und auch die Silhouetten der Vororte ließen sich noch ausmachen. Vor fünfzig Jahren hatte die Stadt dort geendet. Als dann die Vororte entstanden waren, hatte man aus irgendeinem Grund einen mehrere Kilometer breiten Streifen Land unberührt gelassen. Gleichsam als Grenze zwischen Alt und Neu, ein Stück Niemandsland. Nur wenige Menschen überwanden diese Grenze. Pia fragte sich, wie es wohl den Leuten ergangen war, die sich nach Modernität gesehnt und die neuen Hochhäuser bezogen hatten. Darüber hatte sie sich eigentlich nie Gedanken gemacht, aber jetzt, nachdem es dort zu Ausschreitungen gekommen war, hatte sie begonnen, darüber nachzugrübeln, was wohl in den Köpfen dieser Vorortbewohner vorging. Sie konnte sich nur schwer in sie hineinversetzen. Pia war in einem Einfamilienhaus in einer prosperierenden Kleinstadt weit von Stockholm entfernt aufgewachsen. Es war in jeder Hinsicht ein ganz anderes Leben gewesen.

Jerzy Mrowka trat lächelnd ein.

»Wie läuft's?«, fragte er. Pia Levin drehte sich zu ihm um. Sie war froh, dass er sie aus ihren Gedanken riss.

»Er funktioniert nicht«, sagte sie und versuchte, streng zu klingen, aber das gelang ihr nicht sonderlich gut.

»Funktioniert nicht«, ahmte er sie nach. »Lass mich mal ran.«

Jerzy Mrowka drückte mit demselben Ergebnis wie Levin auf den »On«-Knopf. Dann kontrollierte er, ob der Videorekorder eingesteckt war, anschließend drückte er das Netzkabel fest in die Gerätebuchse. Er trat einen Schritt zurück und grinste.

»Jetzt, meine Liebe. Versuch es noch mal.«

Levin schnaubte verächtlich und drückte auf den Knopf. Ein rotes Lämpchen leuchtete auf und ein Surren ertönte aus der Maschine. Dann öffnete sich das Kassettenfach.

Der Triumph stand Jerzy im Gesicht geschrieben, als er den Mund öffnete.

»Die Wunder der Technik. Ein simpler Wackelkontakt.«

Levin bat Jerzy, noch einen Augenblick zu bleiben, falls sie wider Erwarten nochmals seiner Expertise bedurfte. Dann schob sie die Kassette in das Gerät und drückte auf »Play«.

Das Bild brauchte ein paar Sekunden, um sich zu stabilisieren. Obwohl es unscharf und dunkel war, ließ sich gut erkennen, was geschah. Oder auch nicht. Es handelte sich ganz offensichtlich um den Film einer Überwachungskamera. Ein Zimmer, eine Tür, ein Fenster, Bücherregale und ein paar Sessel.

Nichts geschah.

»Warum haben die das aufgehoben?«, fragte Levin, nachdem sie zehn Minuten lang auf den Bildschirm gestarrt hatten.

Jerzy schüttelte nur den Kopf. Pia Levin nahm die Kassette aus dem Gerät, holte eine andere und legte sie ein. Fünf Minuten später konnten sie feststellen, dass es sich um dieselbe Einstellung handelte und dass sich wieder nichts regte.

»Wo ist das aufgenommen worden? Weißt du das?«, fragte Mrowka.

Pia Levin betrachtete schweigend das Bild, auf dem nichts geschah.

»Warte«, sagte sie und ging ihre Kamera holen. Sie suchte eine Datei heraus und reichte Jerzy die Kamera.

»Dasselbe Fenster, oder? Das ist die Bibliothek im Obergeschoss.«

»Schwer zu sagen, aber vielleicht.«

»Warum haben sie die Überwachungsbänder der Schulbibliothek all die Jahre aufgehoben?«

»Das kann man sich wirklich fragen. Kann dir das denn niemand sagen?«

»Vielleicht, aber erst einmal will ich wissen, ob auf den Bändern etwas Wichtiges zu sehen ist. Sich Hunderte von Stunden Videos anzusehen ist allerdings nicht sonderlich verlockend.«

»Das brauchst du auch gar nicht.«

»Nicht?«

»Darum kann ich mich kümmern. Wir haben ein neues Programm, mit dem sich Filme analysieren lassen. Es sortiert alles aus, was uninteressant ist. Ich schicke ein paar Leute vorbei, die die Filme abholen.«

»Danke. Du bist ein Schatz.«

»Ich weiß«, erwiderte er, stand auf und ging zur Tür, drehte sich aber noch einmal um. »Dein letzter Besuch ist lange her.«

Das war eine Feststellung, keine Frage. Pia Levin machte eine abwehrende Handbewegung.

Die Holzkohlebriketts glühten, und die Luft flimmerte über dem Grill. Ulf Holtz hatte alles begutachtet und Andor aufmunternd zugenickt, der mit dem Fleisch, den Soßen und alle anderen Köstlichkeiten hin- und herlief. Er stellte die Beilagen auf einen Poller, und es sah aus, als würde das Tablett mit dem Essen jeden Augenblick ins Wasser kippen. Holtz machte sich auf die Suche nach Sitzgelegenheiten, damit alle Platz hatten. Hinter einem Schuppen fand er eine alte Holzkiste und einen Plastikstuhl mit einem Riss und trug beides zu dem wackligen Holztisch neben dem Grill.

Professor Sebastian erschien mit einer Flasche in der Hand.

»Ich habe da unten einen kleinen Vorrat«, sagte er lachend.

»Kann ich irgendwie helfen?«, fragte Holtz.

»Ja, hiermit. Das andere soll die Jugend erledigen.«

Ulf Holtz nickte und hoffte, dass Linda das mit der Jugend nicht gehört hatte. Sie setzten sich auf eine Holzbank, die an einem baufälligen Schuppen für Fischereigeräte befestigt war.

Holtz schloss die Augen. Das sonnengewärmte Holz duftete nach den Sommern seiner Kindheit. Der Professor kramte in seinen Taschen.

»Da ist es ja«, sagte er und hielt ein Multitool in der Hand. Mit einer geübten Bewegung klappte er eine Klinge heraus und schnitt elegant die Versiegelung vom Korken. Dann öffnete er den Korkenzieher, drehte ihn in den Korken und zog ihn mit erstaunlicher Leichtigkeit aus der Flasche.

Ulf Holtz sah ihn an. Der alte Mann war wirklich sympathisch, und er fühlte sich in seiner Gesellschaft wohl.

»Das ist schon was anderes als diese modernen Plastikkorken«, meinte der Professor, roch an dem Naturkorken und steckte ihn zusammen mit dem Klappmesser in die Hosentasche.

»Mir ist das gleich«, meinte Holtz und nahm das Glas entgegen, das der Professor aus einer Jackentasche gezaubert und zur Hälfte mit Rotwein gefüllt hatte.

Holtz nahm einen großen Schluck und hielt inne.

»Oh, der schmeckt aber gut«, sagte er.

Der Professor nahm kleine Schlucke von dem Wein und behielt ihn etwas länger im Mund, ehe er schluckte.

»Das ist ein Château de Moriono von 1968.«

Ulf Holtz hatte keine Ahnung, was das bedeutete, vermutlich etwas Gutes und damit auch Teures. Er versuchte es dem Professor nachzumachen und nippte an dem Wein, kam sich dann aber lächerlich vor und trank wieder so, wie er es gewohnt war.

Holtz genoss die Stille, und auch der Professor schien nicht das Bedürfnis zu haben, sich zu unterhalten. Ulf Holtz begann schon den Wein zu spüren, und sein Magen knurrte. Gerade als er aufstehen wollte um nachzuschauen, wo Linda und Andor abgeblieben waren, erschienen sie mit Tellern an Deck.

»Rumsitzen und faulenzen«, meinte Linda, stellte die Teller auf den wackligen Tisch und setzte sich neben die beiden Männer. Ihr Haar war feucht, und sie duftete nach Seife.

»Jetzt nicht mehr«, meinte Professor Sebastian und verschwand in der Kajüte. Kurz darauf kehrte er mit zwei Flaschen derselben Sorte zurück, die er Holtz angeboten hatte.

»Ich habe sie für einen besonderen Anlass aufgehoben.

Und das hier ist jetzt ein solcher Anlass, findet ihr nicht?«, sagte er und nickte Andor und Linda vielsagend zu.

Ulf Holtz hatte einen Kloß im Hals.

Holtz war eine Fleischfaser zwischen den Backenzähnen hängengeblieben und er versuchte sie mit der Zunge loszubekommen.

»Könntest du das bitte unterlassen? Du siehst ja vollkommen verrückt aus«, sagte Linda.

Holtz lehnte sich zurück. Der Wein hatte ihn bereits vor dem Essen schläfrig gemacht, und jetzt fühlte er sich fast einer Ohnmacht nahe.

Die Unterhaltung war verebbt. Andor räumte das Geschirr ab, und Linda schickte sich an, ihm zu helfen.

»Ich mach das schon«, sagte Andor, stapelte die Teller auf ein Tablett und verschwand damit unter Deck.

Der Professor verabschiedete sich, indem er auf sein fortgeschrittenes Alter verwies.

Vater und Tochter schwiegen eine Weile. Sie nippten an ihren Weingläsern. Linda streckte die Hand nach der Flasche aus, schenkte sich nach und hielt sie ihrem Vater mit fragender Miene hin. Holtz schüttelte den Kopf, Linda zuckte mit den Achseln und leerte den Rest der Flasche in ihr Glas.

»Wie geht es dir eigentlich?«, fragte sie.

»Was meinst du?«

»Du weißt schon.«

Er kratzte sich an der Nase und stellte sein leeres Glas ab.

»Lausig«, erwiderte Holtz mit mehr Nachdruck, als er beabsichtigt hatte.

»Erzähl.«

Ulf Holtz holte tief Luft und begann zu erzählen, wie es

gewesen war, als er von Nahids Tod erfahren hatte. Er hatte eine lange Wanderung durch die Dunkelheit angetreten, aber jetzt sah er wieder Licht.

»Ich habe viel gelernt. Über mich und über das Leben«, sagte er.

Linda erwiderte nichts. Sie hoffte, dass ihn ihr Schweigen zum Weiterreden ermunterte.

»Nach dem Tod deiner Mutter habe ich in einem Kokon gelebt, der mich vor allem Bösen beschützt hat. Dieser Schutz hatte zur Folge, dass mir eigentlich nur ein Mensch wichtig war. Ich selbst.«

»Aber Papa, du hast dich doch immer um uns gekümmert«, sagte Linda und fluchte innerlich, dass sie ihren Mund nicht halten konnte.

»Nein. Wenn ich auf mein Leben zurückblicke, dann war ich mir selbst immer am wichtigsten. Das begreife ich jetzt. Ich bin dankbar dafür, dass es euch so gut ergangen ist, aber es tut verdammt weh, dass dreißig Jahre verstreichen mussten, ehe mir die Augen geöffnet wurden.«

»Aber ...«

Er schnaubte.

»Linda. Ich weiß nicht mal, was du alles gemacht hast, seit du von zu Hause ausgezogen bist. Natürlich weiß ich, dass du durch die Welt gereist bist, um anderen zu helfen. Aber ich habe mich nie wirklich damit befasst und darum gekümmert, wo du genau warst und wie lange. Weißt du, wann mir das klar geworden ist?«

»Nein.«

»Als ich gemerkt habe, dass ich wütend war, weil Nahid mich verlassen hat. Wütend, weil sie sich an einen lebensgefährlichen Ort begeben hatte, wütend, weil sie gestorben war. Verstehst du, wie jämmerlich ich bin? Ich war wütend, weil sie etwas getan hatte, woran sie glaubte. Genau wie du«, sagte er und nahm das leere Weinglas in die Hand.

Er starrte es an und stellte es schwungvoll auf den Tisch zurück.

»Superstimmung hier«, meinte Andor, als er sich nach dem Spülen wieder zu ihnen gesellte. Er hatte noch eine Flasche Wein mitgebracht.

»Weiß nicht, was das für einer ist, aber er sieht teuer aus.«

Linda Holtz wollte etwas einwenden, aber Ulf kam ihr zuvor.

»Ein Schluck kann vermutlich nicht schaden«, meinte er mit fester Stimme. »Jetzt müsst ihr mir von der Ausgrabung erzählen.«

Linda sah ein, dass sie den Moment verpasst hatte.

»Wir müssen ein andermal darüber reden«, sagte sie leise und küsste ihn flüchtig auf die Wange.

Dann berichteten Linda und Andor begeistert von der Grabungs- und Dokumentationsarbeit. Es klang so, als hätten sie schon immer zusammengearbeitet, einer griff stets den Faden des anderen auf. Ulf Holtz hörte interessiert zu und plötzlich konnte er nicht länger an sich halten.

»Vermutlich weiß ich, wer sie ist.«

Am Tisch wurde es still.

»Du weißt, wer Jane ist?«, fragte Linda und war enttäuscht, ohne so recht zu begreifen, warum.

»Ich habe heute Ellen getroffen. Ein paar Analytiker sind die Vermisstenlisten durchgegangen. Es gibt zwei Kandidatinnen«, meinte Holtz und schob die Hand in die Innentasche seiner Jacke. Aus einem festen Umschlag mit Polizeiwappen nahm er zwei Fotos und legte sie auf den Tisch.

Zwei junge Frauen schauten sie aus einer anderen Zeit an.

»Die Analytiker haben alle Frauen über dreißig sowie alle, die dem genetischen Profil nicht entsprechen, aussortiert.«

Linda griff zu dem Schulfoto.

»Wie heißt sie?«

»Gunilla.«

»Was weißt du über sie?«

»Nicht viel. Sie ist Ende der Siebzigerjahre verschwunden, im Herbst. Spurlos. Die Akten lassen erahnen, dass man sich keine sonderlich große Mühe gemacht hat, sie zu finden.«

Linda schauderte, sie legte das Foto zurück und nahm das andere.

»Und sie?«

»Anita. Bauerntochter. Ist frühmorgens vom Hof geradelt, um eine Besorgung für ihren Vater zu erledigen. Seitdem wurde sie nicht mehr gesehen. Der Vater geriet unter Verdacht, aber nach einiger Zeit wurde er wieder laufen gelassen.«

»Erst seine Tochter verlieren und dann selbst verdächtigt werden. Das ist ja furchtbar!«, sagte Andor mit Nachdruck.

»Ja, aber es ist nicht ungewöhnlich, dass Eltern hinter dem Verschwinden ihrer Kinder stecken. Auch wenn es hart klingt, war der Gedanke damals vielleicht nicht ganz…«

Holtz wurde von einem gellenden Schrei unterbrochen, der in ein Jammern überging. Alle schauten auf den Pfad zum Hügel, wo der Schrei hergekommen zu sein schien. Ulf Holtz sprang auf und rannte die Anhöhe hinauf.

»Bleibt, wo ihr seid«, rief er den anderen beiden über die Schulter zu.

Bald wurde er langsamer, weil seine Oberschenkelmuskeln schmerzten, weil er zu viel Wein getrunken hatte und ihm schwindlig wurde. Er blieb keuchend stehen, beugte sich vor und stützte sich auf den Knien ab. Dann richtete er sich wieder auf, holte tief Luft und ging die letzten Schritte zum Gipfel. Er sah sich um. Das Wikingerdorf lag wie ausgestorben da, und auch der Grabungsort war menschenleer. Er lauschte angestrengt, hörte aber nur den Wind in den Bäumen und im verdorrten Gras rauschen. Er wusste nicht, woher das Geräusch gekommen war. In weiter Ferne funkelte das Wasser zwischen den anderen Inseln. Irgendwo kreischte ein Vogel. Grillen zirpten, und Holtz fuhr mit dem Fuß durch das hohe Gras. Einen Augenblick war es still, dann zirpten die Grillen wieder.

»Und, was war das?«

Er drehte sich um. Linda hatte ihn eingeholt. Sie war außer Atem.

»Hab' ich dir nicht gesagt, dass du warten sollst?«, fragte Holtz.

»Du, ich bin keine vierzehn mehr«, erwiderte sie wütend.

»Es klang so, als hätte jemand geschrien.«

»Das dachte ich auch, aber jetzt bin ich nicht mehr sicher. Sollen wir nachsehen?«, sagte Linda und ging mit raschen Schritten den Abhang hinunter, ohne seine Antwort abzuwarten.

Vielleicht war es nur ein Vogel gewesen. Nichts, was ihn zu kümmern brauchte. Holtz seufzte tief, folgte dann aber seiner Tochter.

Im Dorf war es still, niemand war zu sehen. Die Fensterläden waren geschlossen, und von der Feuerstelle auf dem Platz stieg noch Rauch auf. Die Schweine schliefen an die Hauswand gedrängt, und zwei Hühner pickten vor dem

Haus. Holtz ging auf die massive Holztür zu und klopfte. Dann hämmerte er dagegen, und als er ein drittes Mal hämmern wollte, wurde geöffnet. Er erkannte das Gesicht wieder. Gerard streckte seinen Kopf zur Tür heraus; er wirkte verärgert, aber seine Stimme war ruhig und freundlich.

»Sie? Ist was passiert?«

»Entschuldigen Sie, dass wir stören. Wir haben einen Schrei gehört und wollten nur...«

»Einen Schrei?« Er rieb sich die Augen und schnitt eine Grimasse. »Ich habe nichts gehört, aber ich habe auch geschlafen.«

Er deutete mit dem Daumen über die Schulter in den dunklen Raum.

»Wir gehen zeitig zu Bett.«

Ulf Holtz drehte sich zu seiner Tochter um und sah dann wieder Gerard an.

»Deine Frau und dein Junge, schlafen die auch?«

Das Lächeln des Mannes wirkte nicht ganz echt.

»Wie gesagt. Wir gehen früh zu Bett und stehen mit dem Hahnenschrei wieder auf. Buchstäblich.«

»Und Sie haben keine Rufe gehört?«

»Das war sicher nur ein Vogel. Ich habe mich auch schon gelegentlich geirrt. Wenn Sie mich jetzt entschuldigen wollen...«

»Ich bin mir aber ziemlich sicher, dass es ein Schrei war...«, sagte Ulf Holtz und sah Linda an. Sie wirkte unentschlossen.

»Wir sehen uns sicherheitshalber mal um«, sagte sie und wandte sich zum Gehen.

Ulf Holtz entschuldigte sich für die Störung. Gerald nickte nachsichtig und schloss die Tür des niedrigen Hauses wieder.

Ein Schwein wachte auf, kratzte seinen haarigen Rücken an der Hauswand und schlief wieder ein.

Ulf Holtz holte Linda ein.

»Warte auf mich. Was ist los?«

Sie blieb abrupt stehen.

»Und du willst Polizist sein!«

»Was soll das heißen?«, schnaubte er und spuckte aus.

Linda Holtz schob das Kinn vor und sah ihn durchdringend an.

»Machst du dich über mich lustig?«

»Meine Güte! Hör auf, in Rätseln zu sprechen. Was ist los?«

»Er hat gelogen, Papa. Wir müssen etwas unternehmen.«

»Ich weiß nicht, wovon du redest«, sagte Holtz, obwohl er sehr gut wusste, was sie meinte.

»Wir müssen eingreifen, Papa. Verstehst du das nicht? Schließlich bist du der Polizist.«

»Und wie stellst du dir das vor? Soll ich die Tür einschlagen? Das nennt sich Hausfriedensbruch, falls du das noch nicht gewusst haben solltest. Ich habe ohnehin schon genug Probleme.«

Linda stampfte so heftig auf, dass der Staub aufwirbelte.

»Vielleicht war es wirklich nur ein Vogel«, meinte Holtz.

Linda starrte ihn wütend an.

»Mach, was du willst, aber ich kann das nicht einfach so auf sich beruhen lassen«, entgegnete sie und machte sich auf den Weg zurück ins Wikingerdorf. Ulf Holtz blieb nichts anderes übrig, als sich ihr anzuschließen, und wenige Minuten später klopften sie erneut an die Tür des Holzhauses.

Gerard öffnete.

»Was ist denn jetzt schon wieder?«

Ulf Holtz räusperte sich.

»Darf ich kurz reinkommen? Ich würde mich gerne davon überzeugen, dass es allen gut geht. Ich bin Polizeibeamter...«

Gerard öffnete die Tür ganz weit und deutete in die Dunkelheit.

»Natürlich. Kommen Sie, aber machen Sie bitte keinen Lärm.«

Ulf und Linda traten ein. Im ersten Moment sahen sie nichts, aber dann gewöhnten sich ihre Augen langsam an die Dunkelheit, und sie konnten den Tisch und die Bank an der Wand in der Stube ausmachen. Alles schien in Ordnung zu sein. Gerard zeigte auf das zweite Zimmer und hielt den Zeigefinger vor den Mund.

So leise wie möglich ging Holtz zur Türöffnung, stieß dabei aber an einen Eisentopf, der auf dem Boden stand. Er fiel um und stieß an einen Stein.

»Entschuldigung!«

Linda fluchte halblaut. Sie hielten inne und warteten darauf, dass der Lärm Folgen haben würde, aber nichts geschah. Ulf trat an die Türöffnung und schaute hindurch. In dem zweiten Zimmer standen zwei Schlafstätten. Die eine war bis auf eine dicke Pelzdecke leer. Auf der anderen lagen zwei Menschen, ein großer und ein kleiner. Ulf konzentrierte sich und hörte von dort gleichmäßige Atemzüge.

Er wandte sich Gerard zu, dessen Gesichtszüge in der Dunkelheit kaum zu erkennen waren. Dann schob er Linda vor sich her zur Haustür. Gerard trat hinter ihnen vors Haus und schloss die Tür hinter sich.

»Zufrieden?«

»Ich bitte vielmals um Entschuldigung«, sagte Ulf Holtz.

»Kein Problem. Aber wenn Sie mich jetzt bitte entschuldigen. Ich würde gerne wieder zu Bett gehen.«

Langsam gingen Linda und Ulf Holtz zum Boot zurück. Auf der Anhöhe blieb Linda stehen und warf einen Blick auf das Dorf.

»Wärst du von diesem Lärm nicht aufgewacht?«, fragte sie.

Nur die Schattenrisse am Rand ließen darauf schließen, dass es sich nicht um ein Standbild handelte. Pia Levin verspürte das dringende Bedürfnis, die Videos anzuschauen, obwohl das Ewigkeiten dauerte und Jerzy ihr versprochen hatte, sie mit einem schnelleren Verfahren auszuwerten. Ihr Blick war in den letzten drei Stunden auf den Monitor geheftet gewesen, aber die einzige Veränderung, die sie hatte ausmachen können, waren die sich verändernden Positionen der Stühle gewesen.

Es war sonnenklar, dass diese Videos viele Jahre vor dem Brand aufgenommen worden waren, wenn man die Beschriftung berücksichtigte. Aber sicher konnte man sich nie sein, und Pia Levin ließ ungern etwas auf sich beruhen, wenn ihre Neugier erst einmal geweckt worden war. Mit zunehmender Verärgerung sah sie sich das erste Video komplett an. Dann nahm sie willkürlich einige Filme, betätigte immer wieder die Fast Forward-Taste und schaute sie nur abschnittweise an. Nichts konnte erklären, warum diese Bänder aufbewahrt worden waren.

Ihr Handy vibrierte in ihrer Jacke. Sie hoffte, dass es Beata war. Pia konnte eine Pause und eine Aufmunterung gebrauchen, und nichts erfreute sie so sehr wie ein Gespräch mit Beata, die die Gabe besaß, alles positiv zu sehen. Pia beneidete sie und war froh, dass ihr dieser sorglose und positive Mensch begegnet war.

Aber es war nicht Beata, sondern Jerzy.

Er hörte sich Pias Klagen an, lachte und bat sie, ihn in seinem Büro aufzusuchen. Langsam packte sie die Filme zusammen. Sie legte sie in der richtigen Reihenfolge in die Kartons und verschloss diese sorgfältig. Dann schaute sie sich in ihrem spartanisch eingerichteten Büro um. Ihr fiel nichts mehr ein, womit sie den Besuch bei Jerzy hinauszögern konnte.

Ihr Magen zog sich zusammen. Sie wollte eigentlich nur in die entgegengesetzte Richtung rennen, begab sich dann aber doch schweren Herzens in das Dezernat, das hinter Milchglasscheiben die Internetermittler beherbergte. Pia betätigte die Klingel, lächelte in die Kamera und wartete auf das Summen des Türöffners. Nichts geschah. Sie klingelte erneut, lächelte und wartete.

Pia hoffte bereits, den Besuch aufschieben zu können. Dann aber wurde die Tür geöffnet, und Jerzy erschien.

»Das Schloss scheint defekt zu sein. Komm rein«, sagte er.

Jerzy Mrowka war schon seit vielen Jahren Chef der Abteilung. Vor langer Zeit hatte er sich zum unablässigen Kampf gegen die Kinderpornografie entschlossen. Es gab keinen effektiveren und engagierteren Pädophilenjäger als ihn.

An der Rückwand eines Bücherregals in seinem Büro hingen die Fotos von acht Männern und zwei Frauen, die Pia zufällig erblickt hatte, als sie an seiner halboffenen Bürotür vorbeigegangen war. Es war nur ein kurzer Blick gewesen, aber sie erinnerte sich, dass es zehn Fotos gewesen waren in fünf Zweierreihen. Sie hatte ihn nie darüber ausgefragt, obwohl ihr klar war, dass Jerzy wusste, dass sie sie gesehen hatte.

»Wir gehen zu mir«, sagte Jerzy und ging mit großen Schritten voraus.

Im Dezernat herrschte ungewöhnliche Ruhe. An zwei Computern saßen Kinderpornografieermittler und klickten rasch Fotos durch. Ab und an hielten sie inne, betrachten ein Bild eingehender mit starren Gesichtern und machten dann weiter.

Pia schluckte und konzentrierte sich auf Jerzys Rücken. Vor seinem Büro holte sie ihn ein. Er schob ihre Kassette in einen Videorekorder und deutete auf den Monitor daneben.

»Dieses Programm gibt es schon recht lange, aber erst jetzt ist es uns gelungen, es richtig anzuwenden«, sagte Jerzy Mrowka stolz.

»Und wie funktioniert es?«, fragte Pia.

»Wir geben bestimmte Tags der Originalvideos ein. Anschließend sucht das Programm nach Abweichungen. Was uninteressant ist, wird aussortiert.« In diesem Augenblick erstarrte das Bild.

»Und?«

»Schau genau hin.«

Am linken Rand stand das Fenster offen. Die Gardine wehte wie ein gespanntes Segel in den Raum.

»Das Programm hat eine Abweichung gefunden, die Gardine«, sagte Jerzy.

Pia Levin beugte sich vor. Das Bild war etwas unscharf, aber die Bäume vor dem Fenster waren ohne Schwierigkeiten auszumachen, jetzt, wo die Gardine nicht mehr davor hing. Sonst hatte die Gardine offenbar die Aussicht verdeckt.

»Ich vermute, dass dich die Gardinenbewegungen nicht sonderlich interessieren«, sagte Jerzy und klickte auf ein Symbol. »Jetzt ignoriert das Suchprogramm alle diese Bewegungen.«

Der Film lief weiter, allerdings nur wenige Sekunden.

»Was ist das?«

Jerzy vergrößerte das Bild, und es wurde schärfer.

»Das Bildprogramm bearbeitet die Unschärfen. So gesehen ist das Bild nur eine Illusion, aber eine sehr überzeugende«, meinte er.

Auf dem Bild war eindeutig eine Gestalt zu erkennen. Wie diese Person aussah und ob es sich um einen Mann oder um eine Frau handelte, ließ sich nicht erkennen.

»Das speichern wir jetzt als Tag«, sagte Jerzy und zeigte Pia, wie er dabei vorging.

»Wie viel Zeit gewinnt man, indem man Filme auf diese Weise auswertet?«

»Hat man erst einmal die Grundeinstellungen vorgenommen, geht es wahnsinnig schnell. Wie viele Filmstunden sind es denn?«

»Du hast es ja selbst gesehen. Es handelt sich um Hunderte von 180-Minuten-Bändern«, antwortete sie.

»Was Zeit kostet, ist die Digitalisierung der Videos und die Markierung der Abweichungen. Danach lässt sich die eigentliche Untersuchung innerhalb weniger Stunden bewerkstelligen.«

»Könnt ihr das für mich erledigen?«

»Ich muss das von der operativen Einsatzleitung genehmigen lassen. Aber da es im Rahmen der Phönixermittlung geschieht, dürfte das kein Problem sein«, antwortete Jerzy.

Pia Levin umarmte ihn und verließ dann schnellstmöglich das Dezernat für Internetkriminalität, um rasch in die Sonne und in die Wärme zu gelangen. Als sie im Auto saß, rief sie Beata an, aber sie war nicht erreichbar. Aus einer Eingebung heraus fuhr Pia auf die Autobahn und hatte die Stadt schon bald hinter sich gelassen.

Es stank immer noch nach Rauch. Das zerrissene Absperrband war teilweise vom Wind weggetrieben worden und hatte sich in einem Fahrradständer verfangen. Pia löste es von einem Fahrradrahmen, der ohne Räder auf der Erde lag. Gedankenverloren rollte sie das Band auf und betrachtete das, was von der Schule übrig war. Über fünfzig Jahre hatte sie dort gestanden und für Tausende von Kindern den Start ins Leben, für viele aber auch die Hölle bedeutet. Das wusste sie. Vielleicht war die Erklärung auch ganz einfach. Irgendjemand hatte sich ohne Hilfe und ohne Schutz durch die Schulzeit gequält. Dann hatte es diesem Jemand plötzlich gereicht, und er hatte beschlossen, sich zu rächen.

Das Feuer war in der Schulbibliothek ausgebrochen. Eingehende Untersuchungen hatten Spuren von Wachs, Öl und Papier ergeben. Hermine Vogel war der Überzeugung, dass es sich um einen verzögerten Brandherd mittels einer Kerze in einer mit Öl getränkten Toilettenpapierrolle handelte. Dieser Trick ermöglichte es dem Täter, sich in Sicherheit zu bringen und ein Alibi zu beschaffen. Die Alphagruppe hatte ein Täterprofil erstellt und dabei den Umstand berücksichtigt, dass der Brand ausgerechnet in der Bibliothek begonnen hatte. Deswegen hatte C. Levin auch damit beauftragt, die Videos der Überwachungskamera auszuwerten. Obwohl das wie ein Schuss ins Blaue wirkte, gab es doch einen gemeinsamen Nenner, dieser Meinung war auch Levin.

Fünfzig Jahre, dachte sie. Wie viele Kinder haben in dieser Zeit wohl die Schule besucht? Wie viele von ihnen fühlten sich der Bibliothek besonders verbunden? Schon allein der Gedanke an die gigantische Arbeit, die erforderlich sein würde, um lediglich die Schülerlisten zu beschaffen und alle denkbaren Kandidaten aufzuspüren, lähmte. Die Analytiker würden Monate brauchen und trotzdem nichts Brauchbares finden. Vielleicht musste sie mit C. sprechen und sie davon überzeugen, dass weitere Untersuchungen sinnlos waren und der Fall als Vandalismus zu den Akten gelegt werden sollte. Die Ermittler hatten auch so schon genug zu tun, denn ein brennendes Auto oder Haus war schon an der Tagesordnung. Eine Schule mehr oder weniger in diesem verdammten Vorort interessierte außer einigen Nachbarn ohnehin niemanden.

»Wen kümmert das schon«, murmelte Pia Levin und warf das Absperrband auf die Erde. Ein Windstoß trug es weg.

»Eine Polizistin sollte sich aber besser benehmen!«

Beschämt drehte Pia sich um. Margareta kam mit energischen Schritten auf sie zu.

»Hallo«, sagte Pia.

Margaretas Augen funkelten. Sie trug ein Kleid mit Blumenmuster und einen Sonnenhut, und ihre Haut war goldbraun. Sie wirkte in dieser Umgebung vollkommen deplatziert.

»Ich komme hier nur zufällig vorbei, und als ich gesehen habe, dass Sie das sind, da dachte ich...«

»Natürlich. Sie wollten sich die Schule ansehen. Kein Problem. Haben Sie jetzt Zeit?«

Margareta nickte eifrig. Pia fand, dass sie wie ein kleines Mädchen wirkte, das etwas Verbotenes tun darf. Pia holte zwei hellblaue Overalls, ein zweites Paar Stiefel und dicke Gummihandschuhe aus dem Kofferraum.

»Nur, damit Sie sich nicht dreckig machen.«

Margareta streifte die Schutzkleidung über und folgte Pia zur Ruine. Der schwarze Brei aus Löschwasser und Asche war von den Ermittlern abgepumpt worden, und die vollkommene Verwüstung war dadurch noch offenbarer geworden. Pia hörte, wie Margareta entsetzt nach Luft rang, als sie die Trümmerstätte betraten. Sie betrachtete die ältere Frau verstohlen von der Seite. Margareta wirkte sehr ernst. Ab und zu hielt sie inne und ging dann wieder weiter.

»Hier stand ein verschlossener Schrank«, sagte Pia und deutete auf den Fußboden. »Wissen Sie etwas davon?«

»Im Sekretariat stand ein Schrank. Meinen Sie vielleicht den?«

»Lag hier das Sekretariat?«

Margareta schaute sich um.

»Es ist schwierig, sich ohne Wände zu orientieren. Alles wirkt so viel kleiner, aber es könnte hier gewesen sein.«

»Was wissen Sie über diesen Schrank?«

»Nichts. Der hat dem Rektor gehört«, antwortete Margareta.

Ein Eisengeländer war an der Treppe angebracht worden, und Stahlstützen stabilisierten das, was vom Dach noch übrig war. Margareta erstarrte mit einer Hand am Geländer und schaute die rußgeschwärzte Treppe hinauf.

»Was ist?«, fragte Levin.

Margareta zuckte zusammen und lächelte.

»Nichts«, sagte sie und begab sich rasch ins erste Stockwerk.

»Vorsichtig«, rief Pia und folgte ihr.

Als sie oben anlangte, stand Margareta am Fenster. Sie strich mit der Hand über die Wand neben dem Fensterrahmen. Eine Windbö fuhr raschelnd in ihren weiten Overall. Sonst war alles still. Pia wollte etwas sagen, legte aber stattdessen Margareta eine Hand auf die Schulter. Die ältere Frau drehte sich um.

»Hören Sie das?«, sagte sie. »Können Sie die Bäume hören?«

Pia Levin sah sie verständnislos an.

»Ich weiß nicht...«

»Vor langer Zeit, lange bevor diese Häuser gebaut wurden, war hier Wald, der sich kilometerweit in alle Richtungen und bis ans Wasser hinter der Schnellstraße erstreckte. Davon ist nur noch dieses Wäldchen übrig. Manchmal kommt es mir vor, als würde dieser Wald durch die verbliebenen Bäume zu mir sprechen. Hören Sie nur.«

Pia Levin konzentrierte sich.

»Ich kann nur die Autobahn hören«, sagte sie.

Margareta lachte.

»Ja, vielleicht.«

Pia hielt es für angezeigt, das Thema zu wechseln.

»Erzählen Sie mir von der Schule.«

Margareta nickte nachdenklich.

»Es war eine gute Schule«, erwiderte sie und ging vorsichtig durch die Trümmer. »Natürlich nicht immer, aber in den letzten Jahren hat man sich große Mühe gegeben, gute Lehrer zu finden. Und trotzdem war sie zum Scheitern verurteilt.«

Sie blieb in einer Ecke stehen.

»Wie meinen Sie das?«

Margareta schwieg und schaute in die dunkle Ecke.

»Margareta?«

»Entschuldigen Sie, ich war mit den Gedanken woanders«, erwiderte sie traurig. »Niemand will diese Schule noch besuchen. Die Eltern schicken ihre Kinder auf Schulen in der Innenstadt, die einen guten Ruf haben. Ich kann sie verstehen.«

»Und was bedeutet das?«

»Ohne Schüler keine Schule. Trotz aller Bemühungen sind

die Schülerzahlen immer weiter gesunken, und die Schüler, die geblieben sind, standen mit immer schlechteren Chancen für ihre Zukunft da.«

Pia wusste nichts über das gegenwärtige Schulsystem, denn sie hatte keinerlei Veranlassung gehabt, sich damit auseinanderzusetzen. Für sie war es selbstverständlich, dass Erwachsene für ihre Kinder nur das Beste wollten und deswegen gute Schulen wählten. Wohin das führen konnte, darüber hatte sie nie nachgedacht.

»Früher war das anders. Da ging man in die Schule, die einem zugeteilt wurde«, meinte Margareta und nickte, den Blick nach oben, wo eine diffuse Macht zu vermuten war.

»Sie glauben also nicht, dass diese Schule wieder aufgebaut wird?«

»Nein. Und das ist irgendwie Ironie des Schicksals«, entgegnete Margareta.

»Warum?«

»Diese Schule entstand nach denselben Ideen wie alles andere in diesem Vorort. Hier sollte es alles geben. Eine Schule, Ärzte, ein Kulturzentrum und Geschäfte.«

»Ja, darüber habe ich mal was gelesen«, meinte Pia.

Margareta lachte.

»So lange ist das auch wieder nicht her.«

»So meinte ich das nicht.«

»Die meisten dieser Einrichtungen sind bereits verschwunden oder dem Untergang geweiht. Wie die Pizzeria. Die Schule war das Letzte, was von den großartigen Ideen noch übrig war.«

»Vielleicht hat das alles einen tieferen Sinn«, meinte Pia und hörte selbst, wie dumm das klang. »Was haben Sie jetzt vor? Werden Sie woanders als Lehrerin arbeiten?«

»Lehrerin? Lehrerin bin ich nie gewesen.«
»Aber ... Sie sagten doch, dass Sie hier gearbeitet haben.«
»Ja, in der Bibliothek.«

Kerstin kümmerte es nicht weiter, dass das Wasser lauwarm war und dass ihr davon übel wurde. Auch dass ihr die Hälfte über das Kinn lief und auf den Fußboden tropfte, war ihr gleichgültig. Sie atmete stoßweise, als bekäme sie zwischen den Schlucken zu wenig Luft. In der Spüle lagen ein paar leere Dosen Ravioli, und auf dem Tisch stand eine stinkende Milchtüte. Mit zwei Fingern fischte Kerstin eine klebrige Teigtasche aus der Dose und steckte sie in den Mund. Sie verzog das Gesicht und schluckte. Die süßliche Teigware machte sie plötzlich wahnsinnig hungrig. Wie besessen leerte sie die Dose, stopfte alles auf einmal in den Mund und schluckte, ohne etwas zu schmecken. Die Kopfschmerzen, die in ihrem Hinterkopf gelauert hatten, bewegten sich wie eine dicke Schlange durch ihren Schädel und bedrängten sie immer mehr. Kerstin schloss die Augen, wischte sich ihre klebrigen Hände an der Hose ab und setzte sich auf den Boden. Ich muss mich einen Augenblick ausruhen, dachte sie und ließ ihr Gesicht auf den klebrigen Boden sinken.

Sie wusste nicht, wie lange sie so dagelegen hatte, als sie davon aufwachte, dass jemand an ihren Kleidern zog.

»Kerstin, Kerstin. Warum liegst du hier?«

Die lallende Stimme drang nur leise zu ihr durch.

»Kerstin, steh auf.«

Sie öffnete die Augen, schloss sie aber sofort wieder, als das gleißende Licht die Schlange in ihrem Kopf weckte, die sofort ihren fetten muskulösen Körper bewegte.

»Mama«, flüsterte Kerstin. »Mama, hilf mir.«

Als sie das nächste Mal wach wurde, lag sie in einem Bett. Vage Erinnerungsfragmente tauchten in ihrem Bewusstsein auf, und sie versuchte sie zu ordnen. Ihre Mutter hatte ihr auf die Beine geholfen, und gemeinsam waren sie aufeinander gestützt in das große Schlafzimmer gegangen. Ihre Mutter hatte nach Alkohol gerochen und unzusammenhängend geredet.

Kerstin drehte den Kopf zur Seite und sah undeutlich das Gesicht ihrer Mutter nur wenige Zentimeter von ihrem eigenen entfernt. Ihre Mutter hustete. Kerstin schreckte vor dem Mundgeruch zurück und drehte abrupt ihr Gesicht zur Seite. Die Schlange in ihrem Kopf regte sich einen Augenblick, lag dann aber wieder still. Kerstin legte sich auf den Rücken und starrte an die Decke. Unbewusst tastete sie nach der Armbeuge.

Bilder von dem Haus flimmerten vorbei. Der Betonfußboden, das Mädchen in der Ecke, der Mann mit der vernarbten, entzündeten Haut und Stavros. Bruchstücke fehlten. Sie schloss die Augen, konzentrierte sich und versuchte sich deutlicher zu erinnern.

Das Haus mit dem kalten Fußboden, die Bäume vor dem Fenster und der Verkehrslärm in der Ferne.

Stavros streichelt ihr zärtlich die Wange. Das Mädchen in der Ecke starrt sie an.

Kerstin musste mehr über das Mädchen herausfinden. Wer war sie, und was machte sie dort? Langsam, um die Schlange nicht zu wecken, schob sie ihre Beine über die Bettkante. Der Fußboden war warm und klebrig. Sie ging schwankend in die Diele und schloss vorsichtig die Tür zum Schlafzimmer. Ihre Mutter lag noch im Bett und brabbelte stöhnend und wirr vor sich hin. Als Kerstin die Wohnung verließ, schlief sie jedoch wieder tief.

Das Mädchen lag mit angezogenen Beinen da und kehrte der Treppe den Rücken zu. Die Decke war zur Seite gerutscht. Kerstin hielt die Luft an. Sie näherte sich ihr ganz vorsichtig Schritt für Schritt. Jeder Muskel ihres Körpers war angespannt, aber sie fühlte sich weder unruhig noch verängstigt, was sie selbst erstaunte. Das Mädchen atmete langsam und stoßweise. Plötzlich hustete es. Kerstin blieb wie angewurzelt stehen. Ein lauer Wind wehte durch das Fenster herein und verdrängte einen Augenblick lang die kühle Betonluft. Sie lauschte angestrengt. Kerstin spürte, dass etwas mit ihr geschehen war. Sie hatte sich an diesen Ort gewöhnt und kannte seine Geräusche. Niemand würde sie mehr überrumpeln können.

Weder das Mädchen noch Stavros.

Hielt er sich dort irgendwo im Dunkeln auf und beobachtete sie? Sie bezweifelte es. Es waren nur drei Tage vergangen, seit er ihr die Spritze gegeben hatte, aber es kam ihr wie eine Ewigkeit vor. Er hatte ihr über die Wange gestrichen, als sie aus dem Dämmerzustand erwacht war, und hatte sie auf den Mund geküsst. Sie fuhr sich mit der Zunge über die Lippen und erinnerte sich an seine Augen, die sie angeschaut hatten. Ein warmes Lächeln. Und dann plötzlich der feste, unbegreifliche Schlag auf die Wange. Sie verstand das nicht.

Kerstin hatte gefragt, wer das Mädchen in der dunklen Ecke war. Der Schlag hatte sie nicht so sehr schockiert wie die Stimme. Er hatte geschrien, sie solle nicht so viel fragen und sich nicht in fremde Angelegenheiten mischen. Ihr verdammten Nutten seid einfach zu neugierig. Er hatte sie erneut geschlagen und sie getreten, als sie versucht hatte, sich zu schützen. Ihre Seite tat ihr immer noch weh und erinnerte sie daran. Kerstin strich mit der Hand über die Stelle, die am meisten schmerzte. Dann erinnerte sie sich an die Wärme, als er die Nadel durch die weiße Haut ihrer Armbeuge gestoßen hatte. Sie hatte nicht protestiert, nur zugeschaut, wie die Nadel die Haut erst gespannt hatte, ehe sie eingedrungen war, um eine Ruhe zu verbreiten, wie sie sie nie zuvor erlebt hatte. Ihr Herz hatte langsamer geschlagen, und alles, worüber sie sich Sorgen gemacht hatte, war bedeutungslos geworden. Sie sehnte sich nach diesem Gefühl.

Das Mädchen in der Ecke regte sich.

»Ich weiß, dass du da bist«, sagte sie mit unerwartet klarer und fester Stimme, allerdings zur Wand gewandt. »Wie heißt du?«

»Kerstin. Und du?«

Das Mädchen drehte sich um. Ein Streifen Licht fiel auf sein Gesicht. Kerstin stutzte. Das Gesicht wirkte alt und jung zugleich. Es war bleich, schmutzig, und die Haut war schuppig. Das Haar war kurz und blond. Und dann die Augen. Kerstin konnte sich diesem intensiven, brennenden Blick nicht entziehen.

Das Mädchen setzte sich auf. Das Gesicht verschwand im Dunkeln, und der Sonnenstrahl fiel auf ihre Hände und Arme. Die Hände waren klein und die Arme mit roten und violetten Flecken übersät.

Kerstin ließ sich neben ihr nieder und wappnete sich. Dem Mädchen liefen stumm die Tränen über die Wangen. Sie schluchzte nicht, da waren nur Tränen.

»Wie heißt du?«, flüsterte Kerstin und tastete nach der Hand des Mädchens.

Die Lippen des Mädchens bewegten sich, aber die Stimme versagte.

»Es ist so lange her«, flüsterte sie dann und streckte ihre

Finger aus, so dass sie Kerstins berührten. »Es ist so lange her, dass jemand nach meinem Namen gefragt hat.«

»Aber irgendeinen Namen musst du doch haben?«

Das Mädchen nickte und schloss die Augen. Die Tränen versiegten. Kerstin drückte ihre Hand. Das Mädchen sank in sich zusammen und legte den Kopf auf Kerstins Schoß.

Kerstin erschauerte, und ein Gefühl des Unbehagens breitete sich in ihr aus. Unter ihrer Haut kribbelte es, ihre Lippen waren trocken. Sie sehnte sich nach Ruhe, und die Erinnerung an die Nadel kehrte zurück. Kerstin hatte auch beim zweiten Mal nicht protestiert. Stavros hatte das Band um ihren Oberarm zusammengezogen und sich die Spritze zwischen die Zähne geklemmt. Die helle Flamme des Feuerzeugs hatte den Inhalt des Löffels erhitzt. Mit geübten Handgriffen hatte Stavros die Nadelspitze in die Flüssigkeit getaucht, dann die Spritze aufgezogen, dagegen geschnippt und sie gegen das Licht gehalten.

Sie hatte ihm vertraut und sich auf seine Erfahrung verlassen. Erst anschließend war die Angst gekommen, als die Seele zufriedengestellt worden war und der Körper nach mehr verlangte. Kerstin wusste nicht, wie sie nach Hause gekommen war, denn sie erinnerte sich nur bruchstückhaft. Das Zittern. Seine Hände auf ihrer Haut. Die Unterhose, die sie nicht gefunden hatte, der Rock, der sich verfangen hatte, als sie ihn nach oben gezogen hatte. Der Küchenfußboden zu Hause und der Mundgeruch ihrer Mutter.

Das Mädchen regte sich. Kerstins Beine kribbelten, aber sie wollte sie nicht bitten, ihren Kopf wegzunehmen.

»Bist du ein Engel?«

Kerstins Herz setzte einen Schlag aus. Ein Engel? Wohl kaum.

»Ich glaube, du bist ein Engel.«

Kerstin antwortete nicht.

»Ich habe niemanden, überhaupt niemanden. Und jetzt bist du gekommen. Du musst der Engel sein, der mich von hier wegbringt. Oder?«

Ihre Stimme klang jetzt selbstsicherer, fast fordernd. Mühsam richtete sie sich auf und sah Kerstin an.

»Versprich mir, dass du mich rettest.«

Kerstins magere Glieder zuckten, als hätte sie einen elektrischen Schlag gespürt. Ihr wurde warm und sofort wieder kalt. Wie würde sie das Mädchen retten können? Und wovor?

»Wo wohnst du?«, fragte Kerstin.

»Hier«, sagte das Mädchen.

»Ich meine, wo wohnst du richtig?«

»Hier.«

»Und deine Eltern?«

Das Mädchen erhob sich und suchte Halt an der Wand. Der Gestank von Urin und Schmutz schlug Kerstin entgegen. Das Mädchen tastete sich unsicher bis zum Fenster vor. Das Tageslicht fiel auf das Gesicht des Mädchens mit den hohen Wangenknochen und einer fast durchsichtigen Haut.

Kerstin wusste nicht, was sie tun sollte. Ihre Glieder zuckten erneut. Plötzlich wurde ihr Körper von einer undefinierbaren Kraft durchströmt. Es dauerte eine Weile, bis sie das Verlangen spürte, das nach Befriedigung schrie. Sie erhob sich und ging auf das Mädchen zu, das in dem Streifen Sonnenlicht eingeschlafen zu sein schien.

»Ich weiß nicht, wie ich dir helfen soll«, sagte sie und legte dem Mädchen die Hand auf den Arm.

Das Mädchen stutzte, sah sie blinzelnd an und lächelte mit ebenmäßigen weißen Zähnen.

Ulla Fredén tauchte den Pinsel erst in braune und dann in weiße Farbe, um die richtige Nuance zu erhalten. Geschickt malte sie weiße, kaum sichtbare Flecken unter die Augen und auf die Wangen. Die Gerichtsmedizinerin wusste natürlich nicht, wie sommersprossig Jane gewesen war oder ob sie überhaupt Sommersprossen gehabt hatte. Dass ihre DNA eine derartige Veranlagung aufwies, sprach nur für eine gewisse Wahrscheinlichkeit. Die lag laut Ulf bei siebzig bis achtzig Prozent.

Das Mädchen schaute ein wenig zur Seite, und ihre Haut, die aus dünnem, geschmeidigem Latex bestand, besaß eine helle Tönung und glänzte leicht. Auch die Haare und Brauen waren hell. Jane sah einfach aus wie die meisten jungen Frauen in Nordeuropa. Den leichten Unterbiss hatte Ulla einige Male justiert, bis sie damit zufrieden war. Sie war sich immer noch unsicher, was die Haare betraf. Sie stellte sich eine neutrale Frisur vor, halblang mit Seitenscheitel, aber einstweilen musste ein nachlässiger Knoten genügen.

Ulla strich dem Mädchen übers Haar und schob ihren Stuhl zurück, um ihr Werk zu betrachten. Was hast du wohl erlebt, dachte sie, erhob sich und ging im Zimmer auf und ab, um ihren Blutkreislauf in Gang zu bringen.

Das Tageslicht fiel ins Zimmer, und die Schatten der am Himmel dahineilenden Wolken huschten über die Wand. Am Horizont war der Himmel dunkelgrau, fast schwarz. Die Meteorologen versprachen jetzt schon seit Wochen Regen, der nie kam, und niemand schenkte den Prognosen inzwischen noch Glauben. Ulla Fredén rieb sich die Schläfen und öffnete ein paarmal weit den Mund, damit der Druck hinter der Stirn nachließ. Dieses Mal wird es wirklich regnen, dachte sie. Besser, das Brennholz jetzt schon reinzuholen.

Eine halbe Stunde später lagen drei Stapel Birkenholzscheite neben dem offenen Kamin aus weißlackiertem Blech. Ein paar Scheite hatte sie auf zusammengeknülltes Zeitungspapier in den Kamin gelegt. Das erste Donnern hörte sie, als sie das Zündhölzchen anriss. Wenige Minuten später prasselte das Feuer. Der Geruch des Birkenholzes wirkte irgendwie beruhigend. Der erste Regenschauer kam ganz plötzlich und hämmerte ans Fenster. Sturzbäche liefen an den Scheiben hinunter. Ulla Fredén überlegte, ob sie Janes Kopf in den Schrank stellen sollte, schob ihn dann aber an die Wand. Sie legte Brennholz nach, stellte einen Stuhl ans Fenster, zog die Beine an und schlang sich eine Decke um die Schultern.

Die Farben am Himmel gingen von Anthrazit in Schwarz über, und als der erste Blitz das kompakte Dunkel durchbrach, saß Ulla Fredén tief in den Tod versunken da.

Alle Toten, die sie seziert hatte, erwachten zum Leben, und jedes Gesicht, das sie vor dem Ansetzen des Skalpells mit ihrem kühlen, professionellen Blick betrachtet hatte, öffnete die Augen und sah sie an. Es war ein Akt der Katharsis, und sie hatte gelernt, damit zu leben. Sie wusste, dass sie die Katharsis brauchte, und sie wusste auch, wie sie sich ebendiese verschaffte. Aber es war ein Katalysator nötig, und nichts funktionierte besser als ein Gewitter.

Junge Gesichter. Alte Gesichter. Vergewaltigte und ermordete Frauen. Kinder, die zu Tode misshandelt worden waren. Männer, die ein gewalttätiges Leben geführt hatten und eines gewaltsamen Todes gestorben waren. Alle erschienen ihr, ohne etwas von ihr zu fordern. Sie zeigten sich und verschwanden wieder.

Die Blitze, die sie trotz geschlossener Lider wahrnahm, näherten sich. Sie zählte die Sekunden zwischen Donner und Blitz, und diese Zeit schrumpfte rasch.

Janes Kopf schaute von seinem Gestell aus ins Zimmer, über die Felder und auf das Gewitter. Das Gesicht lag im Schatten, wurde jedoch in immer kürzeren Abständen von einem kalten, weißen Blitz erhellt.

Plötzlich schepperten die Scheiben. Entsetzt öffnete Ulla die Augen und sah, wie der Blitz in die große Eiche auf dem Feld nur wenige Hundert Meter vom Haus entfernt einschlug. Der Baum wurde gespalten, und die Hälften kippten langsam, fast wie in Zeitlupe, auseinander.

»Um Gottes willen«, rief Ulla Fredén und schlug sich die Hände vors Gesicht. Dann trat sie ans Fenster und legte die Stirn an die kalte Scheibe.

Der Baum qualmte, brannte aber nicht, und wie durch einen Zauber brach plötzlich die Sonne hervor. Ein Lichtstreifen drang durch die Wolken, die ebenso schnell verschwanden, wie sie aufgezogen waren. Der Sommer kehrte mit aller Kraft zurück, und wäre der Baum nicht gewesen, hätte man glauben können, das Gewitter hätte nie stattgefunden.

Ulla lief die Treppe hinunter, zur Haustür hinaus und über das Feld auf den Baum zu. Der Regen hatte hier und da die trockenen Halme zu Boden gedrückt, und ein unsymmetrisches Muster war entstanden. Die Luft war frisch und roch nach Regen. Ulla atmete rasch und spürte das feuchte Gras an den Waden. Der Druck hinter der Stirn ließ nach, und ein Gefühl der Ruhe breitete sich in ihr aus, als sie sich der alten Eiche näherte.

Jetzt, wo sie auf der Erde lag, wirkte sie noch viel mächtiger. Große Stücke weißes Kernholz hoben sich von der dunklen Rinde ab.

Ulf Holtz hielt an, weil der Weg nicht mehr weiterging. Vor ihm gab es nur dichten Tannenwald. Das letzte Stück, das er zurückgelegt hatte, ließ sich kaum als Weg bezeichnen. Hier kamen höchstens noch Forstmaschinen durch. Er runzelte die Stirn und nahm die Landkarte vom Beifahrersitz. Er studierte sie eine Weile und warf sie dann verärgert beiseite. Sie fiel vor den Beifahrersitz. Ulf Holtz hatte schon geahnt, dass die Karte ihm nicht weiterhelfen würde. Er besaß viele Talente, und Kartenlesen gehörte eindeutig nicht dazu. Er war nicht in der Lage, alle Ringe, Punkte, Farben und seltsamen Symbole auf die Wirklichkeit zu übertragen. Er beneidete Pia Levin, die nach einem raschen Blick auf eine Landkarte sagen konnte, wo sie sich befanden und welche Richtung sie einschlagen mussten.

Holtz war von der Landstraße abgebogen, und ihm war erst nach mehreren Kilometern aufgefallen, dass der Weg immer schmaler wurde. Und holpriger. Trotzdem war er weitergefahren. Er hatte vergeblich gehofft, dass der Weg aller Logik zum Trotz plötzlich wieder breiter werden und zu dem Haus führen würde, das er suchte.

Als er den Motor abgestellt hatte, kam er zu dem Schluss, dass nicht einmal genug Platz zum Wenden war. Ihm fehlte Pia Levin mehr denn je. Jahrelang war sie an seiner Seite gewesen, doch nun ging sie ihre eigenen Wege. Man hatte ihr immer mehr Verantwortung für forensische Ermittlungen übertragen und sein Urteil zunehmend in Frage gestellt. Es war nur eine Frage der Zeit, bis er seinen Chefposten loswurde. Er war sich sicher, dass Pia nachrücken würde. Ihn streifte der Gedanke, dass er seinen Job vielleicht ohnehin schon los war. Möglicherweise war er noch der Chef auf dem Papier, aber nicht mehr in der Realität. Die Krankschreibung und die interne Ermittlung bedeuteten vermutlich das Ende seiner Karriere, ganz gleichgültig wie diese Angelegenheit ausging. Auf Ellens Versprechen, dass die interne Ermittlung in einem schwarzen Loch verschwinden würde, oder wie auch immer sie das ausgedrückt hatte, gab er bei genauerem Nachdenken nicht viel. Außerdem standen Polizisten mit einem Burnout-Syndrom nicht gerade hoch im Kurs.

Holtz hatte vor einer Weile im Scherz zu Pia gemeint, dass es mit seiner Karriere nicht mehr weit her sei, aber diese hatte nur gelacht und gefunden, er sei unersetzlich. Sie hatten jedoch beide gewusst, dass er mit seiner munteren Art nur die Angst davor überspielte, plötzlich außen vor zu sein.

Jetzt hatte er sich im Wald verfahren und brauchte sie. Er tastete nach seinem Handy in der Jackentasche. Kein Empfang. Es dauerte einige Sekunden, bis ihm klar wurde, was das bedeutete. Es schauderte ihn, und er drehte den Zündschlüssel.

Vielleicht sprang der Motor nicht an, und er würde eine Ewigkeit hier sitzen und ...

Ohne Protest sprang der Motor an.

Ulf Holtz atmete auf und belächelte seine Paranoia. Dann schaltete er in den Rückwärtsgang, schlug ein und gab vorsichtig Gas. Das Auto machte einen Satz, als das Hinterrad auf Widerstand stieß. Er gab noch mehr Gas und der Wagen setzte schneller als erwartet zurück. Ehe er sich versah, kam er in bedenklicher Schieflage zum Stehen.

»Ja, was denn«, sagte er laut und stieg aus, um nachzusehen, was geschehen war.

Beide Hinterräder hingen über einem zugewucherten Graben, und das Fahrgestell hatte auf der Kante aufgesetzt. Der Graben war zwar nicht tief, aber tief genug, dass die Räder keinerlei Bodenhaftung hatten.

Holtz trat gegen seinen Wagen, was einen Kratzer im Lack hinterließ. Ohne Abschleppdienst ging hier gar nichts mehr, denn das Auto hatte Hinterradantrieb. Er unternahm noch den Versuch, den Graben mit Steinen aufzufüllen, gab jedoch nach einer halben Stunde auf.

Es blieb Holtz nur noch eins: zurückzugehen, bis er an einen Ort gelangte, an dem sein Handy Empfang hatte oder er auf einen Menschen traf.

Er nahm die Landkarte aus dem Auto und legte sie in seine Tasche zu den Informationen über den Hof. Es hätte ein kurzer Besuch werden sollen. Die Analytiker hatten ihm Hintergrundmaterial und eine Adresse gegeben. Er hatte dem Vater des verschwundenen Mädchens einfach nur ein paar Fragen stellen wollen. Eine Routineangelegenheit.

Er schloss das Auto ab und ging den Pfad zurück, auf dem er gekommen war. Nach einer Weile hatte sich sein Puls beschleunigt, und seine schlechte Laune verflog allmählich. Er ging schneller, knöpfte die Jacke auf, weil ihm warm wurde, und stellte erstaunt fest, dass er ein Lied summte.

»Nenn es Gefild der Engel oder himmlischen Grund, die Erde, die wir erbten und den grünen Hain.«

Den Rest hatte er vergessen. Wenig später sang er den Text aus vollem Hals. Nachdem er fast eine Stunde lang gegangen war, gelangte er zu einer Abzweigung, die ihm vorher nicht aufgefallen war. Er schaute in den Himmel. Es war Nachmittag, und die Sonne stand schon recht tief.

Holtz nahm die Karte aus der Tasche und breitete sie am

Boden aus. So schwer kann das doch nicht sein, dachte er und suchte den Weg, auf dem er stand. Schließlich wurde er fündig, und da war auch der kleinere Weg, der nach Westen abzweigte und an drei schwarzen Rechtecken endete. So einfach, dachte er, legte die Landkarte in seine Tasche zurück und schlug die Richtung zu den Häusern ein, von denen er jetzt wusste, wo er sie zu suchen hatte. Wenn die Analytiker Recht hatten, dann würde er seinen Auftrag vielleicht doch noch abschließen und sich noch dazu mit seinem Wagen helfen lassen können.

Beim ersten Hundegebell blieb er wie angewurzelt stehen. Dann bellten mehrere Hunde, mindestens drei. Das Gebell hallte zwischen den Bäumen wider. Es konnte nicht mehr weit sein.

Ulf Holtz sah sich nach einer Fluchtmöglichkeit um. Die Hunde bellten wie wahnsinnig, und es klang, als kämen sie näher. Er sah vor seinem inneren Auge, wie die wilden Bestien von seinem Geruch angelockt durch den Wald auf ihn zurasten. Der Geruch seiner Angst machte die Hunde wahnsinnig und unaufhaltbar. Holtz atmete schneller, wollte fliehen, aber zwang sich stehenzubleiben. Schau ihnen nie in die Augen und bleib stehen, das verwirrt sie, und sie greifen nicht an. Das war der Rat, den jeder Polizist in der Ausbildung erhielt. Oder vorzugsweise: Schießt, aber zielt auf den Kopf. Ein verletzter Hund war womöglich noch gefährlicher. Die erste Kugel musste also tödlich sein. Schwierig genug, selbst wenn man eine Waffe trug, was bei Holtz nicht der Fall war. Er schluckte und schluckte, aber sein Mund blieb trocken. Vor seinen Augen flimmerte es, und er spürte Stiche in der Brust. Die Hunde bellten und kamen zwischen den Bäumen rasch auf ihn zu. Er hörte sie keuchen. Sie wollten den Eindringling zur Strecke bringen. Holtz war davon überzeugt, dass sein Herz stehenbleiben würde.

Da! Drei flache, eckige Köpfe mit spitzen, angelegten Ohren, kompakte Körper für den Kampf gezüchtet, Muskeln, die darauf getrimmt waren, nie aufzugeben. Die Kampfhunde und er entdeckten einander gleichzeitig. Er richtete seinen Blick auf einen Tannenwipfel und atmete stoßweise mit zusammengebissenen Zähnen.

Der Mann trug ein dickes, kariertes Holzfällerhemd. Er war durchtrainiert und hatte lange graue Haare. Die Hundeleinen waren zum Zerreißen gespannt, aber er schien kein Problem damit zu haben, sie zu halten. Etwas an seinem Aussehen veranlasste Holtz, ihm seinen Ausweis zu zeigen. Mit ausgestrecktem Arm hielt er ihn hoch.

»Polizei«, sagte er mit so viel Autorität, wie er aufbieten konnte.

Der Mann mit den Hunden schnaubte verächtlich.

»Der hilft ja wohl kaum gegen die hier«, sagte er und zerrte fest an den Leinen, woraufhin die Hunde auf die Hinterbeine gingen. »Was wollen Sie? Das hier ist ein Privatgrundstück.«

»Ich suche das Haus der Familie Swedberg. Kennen Sie die Leute?«

Der Mann zerrte wieder an den Leinen. Die Hunde jaulten.

»Was will die Polizei von den Swedbergs?«

»Es geht um ein vermisstes Mädchen.«

Es wurde vollkommen still. Holtz hatte den Eindruck, dass selbst die Vögel und Insekten verstummten. Der Mann kniff die Augen zusammen, als er sich Holtz näherte.

»Soll das ein Witz sein?«

»Nein. Wie gesagt, ich bin Polizist…«

»Geht es um Anita?«

Ulf Holtz gab sich alle Mühe, die Hunde nicht direkt anzusehen.

»Ja, es geht um Anita.«

In der dunklen Diele hingen dicke Pullover und Jagdmäntel. Es roch nach Schmutz und den Hunden, die zu Holtz' großer Erleichterung draußen auf dem Hof angebunden worden waren.

»Kommen Sie rein. Sie können die Schuhe anlassen.«

Holtz schaute auf seine lehmigen Schuhe, durchquerte einen größeren Raum, der ebenso unordentlich war wie die Diele, und betrat die Küche. Hier herrschte totales Chaos. Neben der Spüle stapelte sich Geschirr mit Essensresten, und auf dem Fußboden standen drei Edelstahlschalen mit eingetrocknetem Hundefutter. Der Mann griff nach einer Kaffeekanne vom alten Typ, gab Kaffeepulver hinein und füllte sie mit Wasser aus einem Kanister auf. Dann stellte er die Kanne auf den mit Holz befeuerten Herd. Er öffnete eine Klappe und stocherte mit einem Schüreisen in der Glut.

»Setzen Sie sich doch«, sagte er und nahm ein paar Jagdzeitschriften von einem Küchenstuhl.

Holtz holte eine Mappe aus seiner Tasche und legte sie auf den Tisch. Der Mann nahm ihm gegenüber Platz. Er atmete durch die Nase.

»Ich vermute, Sie sind Gösta Swedberg, Anitas Vater?«, sagte Holtz.

Der Mann nickte.

»Anita ist vor vielen Jahren verschwunden. Ich wurde beschuldigt«, fauchte er. »Ich wäre vor Sorge fast gestorben, und ihr habt mich eingesperrt.«

Seine Stimme zitterte vor unterdrückter Wut. Der Zorn und die Trauer in seiner Stimme überraschten Holtz. Aber was hatte er erwartet? Dass es ihm nichts ausmachen würde, Fragen über eine Tochter zu beantworten, die vor mehreren Jahrzehnten verschwunden war? Dass der Vater, der in Untersuchungshaft gesessen hatte, die Polizei mit offenen Armen empfangen würde? Holtz kam sich wie ein Idiot vor und wünschte sich von Neuem, Pia dabeizuhaben. Eigentlich hatte er hier überhaupt nichts verloren. Schließlich war er krankgeschrieben. Und wenn der Vater nun doch hinter dem Verschwinden des Mädchens steckte?

»Haben Sie sie gefunden?«, fragte der Mann mit brüchiger Stimme, und seine verbissenen Züge entspannten sich.

»Ich weiß es nicht. Es tut mir wirklich leid, dass ich so unangekündigt hier auftauche.«

Die Kanne pfiff, und der Kaffeeduft überlagerte einen Moment lang den Geruch von Verfall. Holtz wagte es nicht, um Tee zu bitten. Gösta erhob sich, nahm die Kanne vom Herd und stellte sie einen Augenblick beiseite, bis sich das Kaffeepulver gesetzt hatte.

»Ich habe die Ermittlungsakten über das Verschwinden Ihrer Tochter gelesen und würde Ihnen gern ein paar ergänzende Fragen stellen. Ich bräuchte auch einen Gegenstand, der ihr gehört hat. Etwas, das eventuell Spuren ihrer DNA enthält.«

Gösta begutachtete zwei Tassen und stellte sie dann auf den Tisch.

»Ich kann Ihnen nichts anbieten. Nur Würfelzucker«, sagte er.

»DNA, das ist also...«, begann Holtz.

»Ich bin zwar alt und einsam, aber ich lebe nicht hinter

dem Mond. Ich lese Zeitung und höre Radio. Ich weiß, was DNA ist.«

»Gut«, erwiderte Holtz und nippte an dem heißen Kaffee.

»Haben Sie sie gefunden?«, wiederholte Gösta.

Holtz erwog, ihn mit einer gängigen Antwort abzuspeisen, dass er einstweilen noch nichts sagen könne und so weiter, hielt das aber für keine gute Idee.

»Wir haben eine Leiche gefunden. Genauer gesagt ein Skelett. Wir sind uns relativ sicher, dass es sich um eine junge Frau handelt und dass sie um 1950 begraben wurde.«

»Jemand hat sie begraben?«

Ulf Holtz biss sich auf die Zunge. Hatte er sich wirklich so ausgedrückt? Verdammt.

»Die Tote war vergraben. Aber wie gesagt, es handelt sich nicht zwangsläufig um Anita.«

Gösta beugte sich über den Tisch.

»Sie war unser einziges Kind. Meine Frau ist vor Trauer gestorben. Sie hat mir nie Vorwürfe gemacht, aber zwischen uns war es nie wieder wie früher, nachdem ich wieder rausgekommen bin. Kein Wort der Entschuldigung, kein Wort des Beileids gab es. Was seid ihr Polizisten eigentlich für Menschen?«

Holtz räusperte sich.

»Sollte sie es sein, dann muss ich es erfahren. Bevor ich sterbe«, fuhr Gösta fort, noch ehe Holtz weitere sinnlose Phrasen äußern konnte. Er nahm die mit Verzweiflung gepaarte Hoffnung des alten Mannes wahr. Holtz klappte die Mappe auf und nahm die Fotos von Anita sowie die Vermisstenanzeige von damals heraus. Das Mädchen war zum Zeitpunkt ihres Verschwindens sechzehn Jahre alt gewesen. Frühmorgens nach dem Melken war sie losgeradelt, um etwas zu erledigen. Sie war nie zurückgekehrt. Das Fahrrad hatte man im Gebüsch gefunden, aber Anita blieb verschwunden.

Man hatte überall nach ihr gesucht. Freiwillige und Soldaten hatten den Wald durchkämmt, aber bereits nach einigen Wochen war die Suche eingestellt worden. Es hatte keine Spuren gegeben, und im Dorf war zunehmend der Verdacht aufgekeimt, dass sie freiwillig verschwunden war. Es war von einer strengen Erziehung und sogar von möglicher Züchtigung die Rede gewesen. Die Nachbarn hatten den Blick gesenkt, Freunde hatten sich abgewandt.

»Wissen Sie, ob Anita jemals auf der Insel war, auf der die Grabungen stattfinden?«

Gösta befühlte das Foto seiner Tochter. Er schüttelte den Kopf, ohne den Blick davon abzuwenden.

Ulf Holtz stellte noch ein paar weitere Fragen, notierte sich die wenigen Antworten und wiederholte dann seinen Wunsch nach einem Gegenstand, der sich für eine DNA-Analyse eignete. Mühsam erhob sich Gösta vom Tisch und verschwand. Holtz sah sich in der chaotischen Küche um. Der alte Mann tat ihm leid.

Als Gösta zurückkehrte, hielt er ein kleines Kästchen in der Hand.

»Wie wär's damit?«, fragte er und reichte es Holtz.

Es enthielt drei winzige weiße Zähne.

Holtz zog fragend die Brauen hoch.

»Die Zahnfee«, meinte Gösta. »Die Zahnfee nahm die Milchzähne an sich und ließ eine Münze zurück. Anita hat nie daran geglaubt, aber über das Geld hat sie sich gefreut.«

Vorsichtig klappte Ulf Holtz das Kästchen zu und steckte es in seine Jackentasche.

»Das könnte gehen«, meinte er und erhob sich.

Gösta begleitete ihn auf den Hof. Die Hunde standen auf, blieben aber ruhig.

»Übrigens, können Sie mir vielleicht helfen? Ich bin im Wald mit dem Auto steckengeblieben«, sagte Holtz.

Der Platz war ebenso menschenleer wie bei Pia Levins letztem Besuch, aber seltsamerweise stand Beatas Jeep wieder an derselben Stelle.

Pia hatte eigentlich nach der Begegnung mit Margareta ins Präsidium zurückfahren wollen, aber es war recht spät geworden. Sie musste darüber nachdenken, wie sie nun vorgehen wollte, und das war einfacher, wenn sie etwas gegessen hatte. Ihr Hunger hatte sie an die Pizzeria erinnert, die sie einige Tage zuvor besucht hatten.

Sie ging zum Jeep. Er konnte schließlich auch jemand anderem gehören, obwohl sie im Grunde genommen wusste, dass es Beatas war. Sie hatte sich Beatas Erklärungen angehört, warum sie für ihr Geschäft ein derart hohes und breites Fahrzeug in Tarnfarben benötigte, das unverschämt viel Benzin schluckte. Beata hatte eine Firma, die sich auf exotische Tiere spezialisiert hatte. Sie vermietete Alligatoren, Fische und Kröten an Aquarien und kleinere Tierparks.

Pia schaute in den Wagen und stellte fest, dass Beatas Khakiweste auf dem Fahrersitz lag. Sie glaubte nicht an Zufälle, und deswegen suchte sie verzweifelt nach einer plausiblen Erklärung dafür, warum Beatas Wagen in diesem Betonvorort vor einer Pizzeria stand, die sie wahrscheinlich nie besucht hatte, ehe sie sich dort mit Pia verabredet hatte.

Auf einer Bank auf dem Platz saßen zwei ältere Männer und betrachteten sie desinteressiert. Die Plastik war womöglich noch beschmierter als einige Tage zuvor. Rostiges Metall ragte aus Rissen in den Fassaden, die den Platz umgaben, und Satellitenschüsseln waren an jede Balkonbrüstung montiert.

Auf einem Balkon stand ein Mann mit nacktem Oberkörper und rauchte. Pia merkte, dass er sie ansah, obwohl er das hinter seiner schwarzen Sonnenbrille zu verbergen suchte. Plötzlich tauchten zwei Pfoten und ein großer Hundekopf über dem Balkongeländer auf. Der Hund fletschte die Zähne und begann wie wild zu bellen. Der Mann schlug dem Hund auf den Kopf und schrie etwas. Der Hund jaulte und verschwand. Der Mann warf die Zigarettenkippe auf den Platz hinunter und kehrte in seine Wohnung zurück. Pia sah, wie der Zigarettenstummel auf einem Haufen anderer Kippen landete.

Was sollte sie sagen, falls Beata in der Pizzeria saß? Pia wusste, dass es lächerlich war, musste aber trotzdem an Chantal mit der singenden Stimme und dem bunten Kopftuch denken. Die große, schöne Chantal mit dem blendend weißen Lächeln. Ihr Magen verkrampfte sich. Beata und Chantal hatten sich gefunden, und Pia hatte daneben gestanden und war sich unsichtbar vorgekommen.

Jetzt war sie sich fast sicher, dass Beata mit Chantal in der Pizzeria saß. Sie testete verschiedene Tonlagen im Kopf. »Hallo! Das ist ja eine Überraschung, dass ihr hier seid!«

Pia schob die Tür auf und schaute in das Lokal. Es roch nach Holzofen. Beata stand vor dem großen Aquarium, den Mann mit dem Fez neben sich. Sie betrachteten etwas in dem Glasbehälter. Von Chantal keine Spur.

Pia atmete auf. Wie hatte sie das Aquarium vergessen können! Der Pizzeriabesitzer hatte natürlich um Rat gebeten. Oder Beata hatte eine Zusammenarbeit vorgeschlagen. So musste es sein.

»Hallo!«

Pia sah Chantal aus dem hinteren Teil des Restaurants kommen. Beata drehte sich um und blickte Pia in die Augen.

»Ach, hallo, du bist's. Ich habe versucht, dich anzurufen«, sagte sie. Pia war sicher, dass da etwas in Beatas Stimme mitschwang, das neu für sie war. Ein Ton, den sie aus den Verhörzimmern kannte. Selbstsicherheit mit einem Beiklang.

»Merkwürdig. Ich hatte den ganzen Tag mein Handy dabei«, erwiderte Levin.

Beata umarmte sie. Jeder Muskel in Pias Körper wollte nachgeben und sich in Beatas Arme schmiegen, aber sie verhielt sich zurückhaltend. Beata merkte nichts, oder sie tat zumindest so.

Drei so unterschiedliche Frauen. Pia, Beata und Chantal in einer Pizzeria in einem Vorort, den Gott vergessen hatte. Pia suchte in ihrem Inneren nach dem passenden Gefühl. Wut, Eifersucht, Verwirrung. Aber sie fand nur Gleichgültigkeit.

»Dass ich euch hier treffe«, meinte sie.

Beata erklärte, sie hätte Mustafa versprochen, ihm mit seinem Aquarium zu helfen, und bei der Gelegenheit habe sie auch Chantal benachrichtigt.

»Ah ja? Hast du sie angerufen?«

Beata wich Pias Blick aus.

»Ja... wir haben das letzte Mal Telefonnummern ausgetauscht. Du kennst mich doch«, fuhr Beata fort.

Chantal schien die Spannung zu spüren, die in der Luft lag und schwieg.

»Wollen Sie alle etwas essen?«, fragte der Mann mit dem Fez, der, wie sie inzwischen wussten, Mustafa hieß. »Die Glut ist perfekt, ich habe den ganzen Morgen eingeheizt«, fuhr er fast flehend fort.

Pia bemühte sich um Distanziertheit, obwohl sie sich eigentlich nur wütend und betrogen fühlen wollte. Aber irgendetwas an diesem Restaurant amüsierte sie. Mustafa, der seinen blutroten Fez leicht schief auf dem Kopf trug, so dass ihm die schwarze Troddel vor dem Gesicht hing. Die vielen seltsamen Bilder und die farbig gestrichenen Wände. Sie betrachtete Chantals Kopftuch und Beatas Tarnkleidung und konnte ihr Lachen nicht länger unterdrücken. Beata und Chantal starrten sie erstaunt an und stimmten schließlich in ihr Gelächter ein.

Als sich die Heiterkeit gelegt hatte und die Pizzen vor ihnen auf den Tellern lagen, war alles wie immer. Pia begriff nicht, was plötzlich in sie gefahren war. Mit Chantal war es wirklich nett. Sie erzählte Geschichten und tat ihre Lebensweisheiten kund. Pia und Beata hörten ihr interessiert zu, als sie von ihrem Vorort berichtete.

Alleinstehend aus einem fremden Land und mit sechs Kindern, davon vier Jungen, hatte sie nur die Möglichkeit gehabt, aufzugeben oder zu kämpfen. Zu resignieren war für eine Frau, deren Familie vor zweihundert Jahren auf die Plantagen der Europäer in der Karibik verschleppt worden war, nie eine Alternative gewesen.

»Nur die Stärksten überlebten die Sklavenschiffe und die Plantagen«, sagte sie und lächelte nachdenklich.

Chantal sprach voller Herzlichkeit von ihrem Stadtviertel. Wer die Kraft hatte oder es wagte, unter die Oberfläche zu schauen, entdeckte dort Solidarität, glühende Kraft und den unerschütterlichen Willen, für ein besseres Leben zu kämpfen.

»Tut mir leid, aber das nehme ich dir nicht ab«, sagte Pia nach einer Weile. »Die eigenen Schulen und die Autos der Nachbarn anzuzünden und dann noch diejenigen anzugreifen, die versuchen, die Brände zu löschen und Leben zu retten, das ist doch idiotisch, wenn man ein besseres Leben anstrebt.«

Beata sah sie entsetzt an.

»Also Pia!«

Chantal lächelte nachsichtig.

»Ich verstehe, dass das schwer zu verstehen ist. Aber der Schein trügt manchmal.«

»Und wie ist es wirklich?«

»Kommt mit, dann zeige ich euch was«, erwiderte Chantal.

Er strich die dunkle Locke beiseite, die ihm ständig in die Stirn rutschte. Kerstin konnte ihren Blick nicht von seinen Augenfältchen losreißen. Sie gaben ihr Sicherheit. Wenn Stavros lächelte, wurden sie noch deutlicher.

»Du weißt, dass das nichts zu bedeuten hat?«, sagte er.

»Es hat mich halt wütend gemacht, dass ihr zusammen wart, ohne mir was zu sagen. Macht das einfach nicht nochmal, dann ist alles gut.«

Unter ihrem Auge pochte es. Sie befühlte die schmerzende Wange vorsichtig mit den Fingerspitzen. Das tat weh. Stavros griff ihre Hand und zog sie behutsam aber bestimmt von ihrem Gesicht weg.

»Das geht vorbei«, sagte er und streckte die Hand nach dem geblümten Stoffbeutel aus, den er immer bei sich trug.

Kerstin spürte, wie es in ihren Gliedern zuckte. Die Sehnsucht erwachte erneut, und sie empfand eine solche Vorfreude, dass alles andere bedeutungslos wurde.

Das Mädchen hatte ihn zuerst entdeckt. Sie hatte Kerstins Hand losgelassen und war wie ein gehetztes Tier in die Ecke zurückgewichen. Kerstin hatte nicht mehr reagieren können, da stand er schon über sie gebeugt. Ihr war klar, dass sie etwas Unerlaubtes getan hatte. Sie konnte sich an kein Verbot erinnern, das Haus ohne ihn zu betreten, aber vermutlich hatte sie es einfach vergessen. Klar, dass er wütend wurde. Ich muss mir seine Anweisungen merken, dachte Kerstin und krempelte den Ärmel ihrer schmutzigen Bluse hoch.

»Ich will, dass du zuerst noch etwas für mich tust«, sagte er.

Widerwillig ließ Kerstin die Spritze aus den Augen und sah ihn an.

»Was?«, flüsterte sie.

Er hielt ihr die Spritze vor die Augen und bewegte sie hin und her. Er lächelte immer noch, aber seine Augen waren jetzt schmaler. Ich brauche das jetzt, dachte sie. Ich tue alles, wenn ich das jetzt bekomme.

Stavros legte die Spritze auf den Stoffbeutel, und sie konnte sie nicht mehr sehen.

»Ich will, dass du etwas für mich tust«, wiederholte er.

Sie war ratlos.

»Aber ich kann genauso gut die Hure fragen«, sagte er und machte Anstalten, sich zu erheben.

Nein, er durfte nicht gehen. Nicht, ehe sie es bekommen hatte.

»Was soll ich tun?«

»So ist's recht«, sagte er und strich ihr über die Wange. »Da wär noch was, aber danach bekommst du das hier.«

»Bitte, gib's mir jetzt.«

»Nur das noch zuerst«, sagte er und rief jemanden, der am Fuß der Treppe wartete.

Die Tür war aus massivem Metall und ging nach außen auf. Die Klinke bestand aus einer dicken Eisenstange, die quietschte, als Chantal an ihr zog.

»Ich zeige es euch«, sagte sie und betrat vor Beata und Pia den Raum.

Sie kamen sich vor wie in einem Labyrinth und waren durch die unterirdischen Gänge gegangen, die die Hochhäuser verbanden und an unzähligen grauen Türen vorbeigekommen, auf denen »Waschküche«, »Keller«, »Kinderwagen« und »Fahrräder« stand. Etliche Türen waren bereits aufgebrochen worden, und andere waren um das Schloss herum verstärkt.

Chantal redete ohne Unterlass und drehte sich ab und zu um, um sich zu vergewissern, dass Pia und Beata ihr folgten.

Der Luftschutzraum hatte jahrzehntelang leer gestanden, ehe es den Bewohnern gelungen war, ihn mit Beschlag zu belegen. Er war während des Kalten Krieges zum Schutz vor Atomwaffen gebaut worden. Ähnliche Schutzräume fanden sich unter allen Häusern und sollten den Bewohnern im Kriegsfall als Zuflucht dienen. Aber bislang war er ausgeblieben, und die Schutzräume hatten leer gestanden. Bis jetzt.

In dem Schutzraum herrschte Trubel. Kinder und Jugendliche saßen an Tischen unterschiedlicher Größe. Kein Stuhl passte zum anderen. Musik aus der Karibik lag wie ein Geräuschteppich über allem.

Das Erste, woran Pia dachte, waren Koranschulen. Jungen, an Tischen, die die Heilige Schrift lasen. Bilder von Terroristen, die sich mit Sprengstoffgürteln in die Luft sprengten, zogen an ihrem inneren Auge vorbei, Autos, die explodierten, und wild um sich schießende junge Männer, die so viele Menschen wie möglich mit sich in den Tod rissen.

»Und was soll das?«, fragte sie lauter und schriller als beabsichtigt. Einige Gäste drehten sich zu ihnen um.

»Was wollen die Bullenschweine hier?«, grölte ein junger Mann, der aus einem angrenzenden Raum hereinkam.

»Nicht in diesem Ton«, fauchte Chantal ihren Sohn Fabian an, der schon zum Widerspruch ansetzte, dann aber beschämt zu Boden schaute, etwas Unverständliches knurrte und wieder im Nachbarraum verschwand.

Pia wusste nicht, was sie denken sollte. Ihre Angst verwandelte sich in Neugier. Beata hatte sich an einen Tisch gesetzt und unterhielt sich mit einem Kind.

»Das hier ist die Zukunft«, sagte Chantal und deutete in den Raum.

Pia setzte sich zu drei etwa zehnjährigen Kindern und einem Teenager, der an Chantal erinnerte und Jeans und ein Hoodie mit der Aufschrift UCLA trug. Die Kinder musterten Pia schweigend, als sie eines der Bücher vom Tisch nahm, in denen sie lasen. Es war ein Mathelehrbuch. Sie sah sich um, und plötzlich begriff sie, was sie vor sich hatte.

»Eine Schule«, sagte sie.

»Tja, nicht ganz. Die Älteren helfen den Jüngeren bei den Hausaufgaben. Sie lernen nicht so viel in der Schule, weil es da so chaotisch ist. Das holen wir dann hier nach«, sagte Chantal.

Noch nie war sich Pia so dumm vorgekommen. Sie wurde rot.

»Komm mal her«, sagte Beata, die wieder aufgestanden war. Sie hielt ein Biologiebuch in der Hand. Der Rücken war sorgfältig geklebt. Es schien im Laufe der Jahre einiges abbekommen zu haben.

»Das ist über zwanzig Jahre alt«, sagte Beata entrüstet.

Pia blätterte zerstreut in dem Buch und gab es Beata wieder zurück.

»Ein Glück, dass es sich nicht um Erdkunde handelt. Ich vermute, dass sich die Menschen und Tiere in den letzten zwanzig Jahren nicht sonderlich verändert haben. Jedenfalls nicht in dem Maße wie die Länder der Welt«, meinte sie, als sie merkte, dass Beata sie verständnislos ansah.

Höflich begrüßten die Kinder die fremden Frauen und lasen dann weiter oder schrieben unter Aufsicht der Älteren in ihre Hefte.

»Erzähl«, meinte Pia und breitete die Arme aus.

Chantal bat sie, Platz zu nehmen. Es war sehr einfach und die älteste aller Wahrheiten. Wissen war Macht. Und da das vortreffliche Bildungssystem nicht in der Lage war, den Kindern die Zukunft zu geben, die sie verdienten oder verlangen konnten, hatten Chantal und einige andere die Sache selbst in die Hand genommen. Chantal betonte das Wort vortrefflich.

»Verstehst du«, sagte sie zu Pia. »Ein paar spielen nachts verrückt und stecken Autos in Brand, aber ihr mit euren schönen Ausbildungen und eurer liberalen Einstellung seht das andere alles überhaupt nicht. Für euch sind alle gleich. Alle, die hier wohnen, sind verloren.«

Pia wollte etwas sagen, brachte aber kein Wort über die Lippen. Beata kam ihr auch nicht zu Hilfe.

»Ihr hört euch gerne reden über Individualismus und Verantwortung. Aber hier sind das leere Worte«, fuhr Chantal fort. »Hier werden alle bestraft, wenn einer ein Verbrechen begeht. Man schert alle ... wie heißt das gleich wieder?«

»Über einen Kamm«, ergänzte Beata. Pia hätte schwören können, dass sie Chantal zuzwinkerte.

»Aber ihr seid doch genauso. Ihr schert alle Polizisten über einen Kamm, von den Feuerwehrleuten ganz zu schweigen«, erwiderte Pia bockig.

»Tun wir das?«, sagte Chantal, und in diesem Augenblick begriff Pia, dass sie sich in eine Sackgasse manövriert hatte.

»Entschuldige. Ich habe nicht daran gedacht, dass ich ja jetzt auch hier bin«, sagte Pia.

Beata lachte.

»Genau, Frau Wachtmeister. Du bist hier«, sagte sie.

Fabian gesellte sich zu ihnen und nahm neben seiner Mutter Platz. Chantal versuchte, ihm über den Kopf zu streichen, aber er zuckte zurück und lehnte sich an die Wand.

»Kennst du die Leute, die die Autos anzünden?«, fragte Pia Levin.

Fabian starrte sie an.

»Weißt du, wer die sind?«, fuhr Pia fort, als er nicht antwortete.

Er stand abrupt auf und baute sich dicht vor Pia auf.

»Glaubst du, ich verrate da wen? Bloß weil du eine Freundin von meiner Mutter bist, verrate ich noch lange keinen. Schlampe!«

Er trat gegen ihren Stuhl und ging.

Pia versuchte sich nichts anmerken zu lassen und sah Chantal fragend an.

»Er ist im Grunde ein lieber Junge, aber er ist jetzt in diesem Alter, ihr wisst schon. Die Versuchung ist groß, aber ich habe mir geschworen, dass er den Banden nicht in die Hände fällt.«

»Und wie gut gelingt dir das?«

»Hast du Kinder?«, fragte Chantal.

Pia stutzte.

»Nein, wieso?«

»Ich glaube an Liebe und Wissen, nicht an Drohungen und Strafe«, erwiderte Chantal und erhob sich. Pia hatte den

Eindruck, dass ihre bronzefarbene Haut einen Tick bleicher geworden war.

»Danke, dass wir uns das hier ansehen durften«, sagte Beata und umarmte Chantal.

Die Maschine landete pünktlich auf dem Imam Chomeini International Airport. Morteza Ghadjar war erleichtert und angespannt zugleich. Er hörte sich die Anweisungen der Stewardess an und lehnte sich ans Fenster. Der Himmel war leuchtend blau, und die Sonne glühte weiß. Die Maschine glitt an Gebäuden aus sandfarbenem Stein vorbei. Ein Bus ohne Türen hielt vor der Maschine neben einem Tanklaster und den Gepäckkarren. Morteza blieb sitzen, während sich die Maschine zunehmend leerte. Dann nahm er seine leichte Tasche und ging zum Ausgang.

»Vielen Dank und auf Wiedersehen«, sagte die Stewardess auf Englisch und lächelte ihn an, als er die Maschine verließ.

»Danke, das ist eher unwahrscheinlich«, antwortete Morteza auf Persisch, aber die Stewardess hatte sich bereits von ihm abgewandt.

Er hielt an der Treppe inne und sah sich um. Dreißig lange Jahre, dachte er und ging dann mit schweren Schritten die Treppe hinunter.

Der Bus war übervoll. Obwohl er darauf vorbereitet gewesen war, schlug ihm die Hitze wie eine Feuersbrunst entgegen. Die heiße Luft vermischte sich mit den Kerosindämpfen des Tanklasters und dem Schweißgeruch der dicht gedrängten Menschen. Morteza stieg als Letzter in den Bus. Langsam rollte er über den heißen, weichen Asphalt. Die anderen Passagiere warteten geduldig mit ausdruckslosen Gesichtern. Die Mehrzahl waren Männer in Anzügen und zu warmen Mänteln, einige wenige Frauen saßen ganz hinten im Bus in einem gesonderten Abteil. Morteza hatte das Gefühl, beobachtet zu werden. Der Mann trug eine Lederjacke. Er schaute weg, aber nicht schnell genug. Morteza Ghadjar kannte diesen Blick nur zu gut, und sein Mut verließ ihn. Er schielte suchend in den hinteren Teil des Busses, konnte sie aber nirgends entdecken. War die Planung vergebens gewesen? Er spürte einen Kloß im Hals, und seine Augen brannten. Er sah Nahid vor sich. Das schwarze Haar, die ungewöhnlich blauen Augen, das schöne Gesicht. Er konnte jetzt nicht aufgeben. Morteza Ghadjar ballte die Hand in der Jackentasche zur Faust, und die Fingernägel gruben sich in den Handballen.

Eine der stehenden Frauen schwankte in einer Kurve. Sie streckte die Hand aus, verfehlte die Stange und stürzte. Keiner der Männer machte Anstalten, sie aufzufangen. Hinter dieser Frau entdeckte Morteza die Frau, die er gesucht hatte. Vielleicht würde es doch klappen. Er stieg rasch aus und musste sich beherrschen, um nicht loszurennen. Die Schlange vor der Passkontrolle war lang. Morteza trommelte mit den Fingern auf seinen Pass. Er wollte ihn zu gerne noch einmal aufklappen um das Foto anzuschauen, aber er wagte es nicht. Er wollte keine Aufmerksamkeit auf sich ziehen. Der Mann in der Lederjacke stand drei Schritte hinter ihm und las Zeitung.

»Tourist oder geschäftlich?«, sagte der Mann hinter der Glasscheibe und sah Morteza starr an. Er war jung und hätte Mortezas Sohn sein können. Ein Sohn hätte ihn aber nicht in diesem Ton angesprochen. Er schluckte.

»Geschäftlich«, antwortete er.

Der Grenzer schaute sich das Foto an und dann wieder Mortezas Gesicht. Langsame Bewegungen. Hochnäsiger Blick.

»Einen Augenblick«, sagte er, klappte den Pass zu und griff übertrieben langsam zum Telefonhörer.

»Gibt es ein Problem?«

Der Mann antwortete nicht. Morteza Ghadjar merkte, dass die Leute in der Schlange hinter ihm einen Schritt zurückwichen. Zwei junge Männer in hellblauer Camouflage-Uniform lösten sich aus der Menge auf der anderen Seite und kamen auf ihn zu. Morteza drehte sich um, als hätte für ihn eine Fluchtmöglichkeit bestanden.

»Willkommen zu Hause, Herr Ghadjar«, sagte der Mann in der Lederjacke und schob sich die zusammengerollte Zeitung unter den Arm.

Das Radio lief und Andor räumte summend die Küche auf. Dieser Sommer war sein bester überhaupt gewesen. Der Skelettfund hatte alles auf den Kopf gestellt. Er verspürte ein Kribbeln, wenn er an Linda dachte. Dass sie älter war, spielte keine Rolle. Selbst wenn er nur ein Zeitvertreib war, wie er manchmal im Stillen vermutete, war das ohne Belang. Aber Linda hatte ihm die Augen geöffnet, und dafür war er ihr dankbar. Ihr Vater, der Polizist, hatte nicht viel von der Ermittlung preisgegeben, aber das Wenige war aufregend genug gewesen. Bald würden sie erfahren, ob Jane eines der beiden vermissten Mädchen war.

Andor mochte den Kriminaltechniker, musste aber zugeben, dass es ihm schwergefallen war, sich mit ihm zu unterhalten. Andor hatte gewissermaßen gegen die Wand geredet, wenn der Polizist sich einigelte. Linda hatte angedeutet, ihr Vater habe so Einiges durchgemacht, sei aber im Begriff, sich zu erholen. Näheres hatte er darüber nicht erfahren. Andor putzte die Arbeitsplatte und stellte das gespülte Geschirr in den Schrank. Anschließend wischte er den Tisch im Salon ab und hob dabei das Gestell mit den Kugeln hoch. Als er es wieder hinstellte, schwang eine Kugel aus und setzte die Pendelbewegung in Gang. Er betrachtete die Kugeln, bis sie zum Stillstand kamen.

Linda hatte er seit dem Frühstück nicht mehr gesehen, und sie fehlte ihm bereits. Das war kein gutes Zeichen, das wusste er. In wenigen Tagen würden sie die Grabungen für diesen Sommer abschließen. Linda hatte nichts darüber gesagt, wie es dann mit ihnen weitergehen würde.

Unruhig ging er im Boot herum und räumte auf. Zwischen den Kojen lag Lindas Wäschebeutel. Andor vermutete, dass sie nicht gewaschen hatte, seit sie an Bord gekommen war, da sie sich saubere Kleider von ihm hatte leihen müssen. Er öffnete den Beutel. Es roch muffig nach schmutziger Wäsche. Dann nahm er ein Kleidungsstück nach dem anderen heraus. Vermutlich hat sie nichts dagegen, wenn ich alles wasche, dachte er und sortierte die Wäsche.

Als er fertig war, drehte er den Beutel auf links. Ein kleiner, schmutziger Plastikgegenstand fiel heraus, den Andor nicht zuordnen konnte. Er konnte keinen Papierkorb finden, ging in die Kombüse und warf ihn in den Müll. Er knotete den Müllbeutel zu und beförderte ihn durch die offene Dachluke an Deck.

»Aufgepasst«, hörte er Lindas Stimme von draußen.

Er streckte seinen Kopf nach draußen. Linda stand an Deck, die Tüte lag vor ihren Füßen.

»Hallo! Wo warst du?«, fragte Andor. Er klang etwas fordernder, als ihm lieb war.

Linda kniete sich hin, schob den Müllbeutel beiseite, nahm sein Gesicht in beide Hände und küsste ihn auf den Mund.

»Du weißt, dass man eine Frau nie fragen soll, wo sie gewesen ist, nicht wahr?«

Er wusste nicht recht, ob sie scherzte oder ob es ihr ernst war.

»Ist es okay, wenn ich deine Kleider wasche?«, fragte er, um sich wieder auf sicheres Terrain zu begeben.

Linda blinzelte in die Sonne.

»Wie soll ich einen Mann verlassen, der mich fragt, ob er meine Kleider waschen darf?«, sagte sie.

»Willst du das denn?«

»Was?«

»Mich verlassen?«

Linda neigte ihren Kopf zur Seite.

»Was willst du denn?«, erwiderte sie, schnappte sich die Mülltüte und ging an Land, ohne die Antwort abzuwarten.

Andor folgte ihr mit dem Blick. Sie hob die schwere Klappe des Müllcontainers an und warf die Tüte in hohem Bogen in den halbvollen Container.

Die operative Einsatzleitung saß vollzählig um den ovalen Tisch versammelt. Der Raum wurde nur zur Besprechung von aktuellen Fällen verwendet. An den Wänden hingen Whiteboards. Jede Ermittlung oder Operation, wie sie C. beharrlich nannte, verfügte über eines. An den Tafeln hingen Fotos, Landkarten und Protokolle. Rote, grüne und gelbe Magneten markierten den Status jeder Operation. Einmal in der Woche trat die operative Einsatzleitung zusammen und beriet, ob man die Ermittlungen weiterführen oder ihnen den Gnadenstoß versetzen sollte. Grün bedeutete, dass es voranging und dass keine weiteren Ressourcen benötigt wurden, Gelb, dass eine Lösung denkbar war, wenn mehr Personal bereitgestellt wurde, Rot kennzeichnete hoffnungslose Ermittlungen, die Gefahr liefen, abgebrochen zu werden. Ein Raubüberfall auf einen Geldtransporter war mit einem grünen Magneten markiert, die zerstückelte Leiche wies einen roten auf, da man immer noch nicht wusste, wer der Tote war oder wer ihn zerstückelt hatte.

Die Operation Phönix hatte einen gelben Magneten.

»Können wir uns nicht auf die Aufklärung richtiger Straftaten konzentrieren und auf diesen Unsinn verzichten?«, meinte der Chef der Ermittler.

C. nahm den gelben Magneten weg und wog ihn in der Hand. Von der Leiste unten an der Tafel nahm sie einen roten und einen grünen Magneten.

»Das Ministerium wird nicht zulassen, dass wir Phönix einstellen, aber etwas Kreativität kann nicht schaden. Vorschläge?«, sagte sie mit dem Rücken zu den versammelten Chefs.

Am Tisch wurde es still. Jemand räusperte sich. Der Fahndungschef notierte fieberhaft etwas auf einem Block.

»Das ist also alles, was den klügsten Polizisten des Landes einfällt?«, fragte C. »Überhaupt nichts?«

Alle rutschten verlegen hin und her, Stuhlbeine schrammten über den Boden, und jemand trommelte mit den Fingern auf die Tischplatte.

»Ellen. Was sagst du?«

Ellen Brandt sah ihre Kollegen an. Sie hoffte auf Unterstützung, aber niemand kam ihr zur Hilfe. Sie nahm Anlauf und hoffte, dass sie auch wirklich das Richtige sagte.

»Wir können eine Ermittlung anlässlich der Körperverletzung eines Kollegen natürlich nicht einstellen, aber die Mordkommission müsste sich darum kümmern, obwohl er... noch lebt. Die Brandstiftung, um die sich Pia kümmert, können wir pro forma noch ein paar Wochen auf Sparflamme weiterlaufen lassen. Die Streifenwagen müssen eben ein paar Runden extra drehen. Wir teilen dem Wachhabenden mit, dass sie nur zu zweit auf Streife gehen dürfen und dann auch zu Fuß im Viertel patrouillieren müssen, dann wird das als erhöhte Präsenz aufgefasst.«

»Wie viel Personal sparen wir damit ein?«, wollte C. wissen.

»Über die Hälfte«, sagte der Ermittlungsleiter. »Alle wissen, dass wir Wichtigeres zu tun haben, als in den Vororten den Babysitter zu spielen. Ich stimme Ellen zu.«

C. dachte angestrengt nach, drehte sich dann zur Tafel und knallte einen gelben Magneten darauf.

Der Konferenzraum leerte sich rasch, aber Ellen blieb in C.s Nähe stehen, die gerade etwas mit dem Stabschef besprach.

»Hast du ein paar Minuten?«, fragte sie, als die Unterhaltung beendet schien.

C. schaute demonstrativ auf ihre Armbanduhr und befleißigte sich einer gestressten Miene.

»Wenn es schnell geht.«

»Also, diese Sache mit Holtz.«

»Meine Güte! Was hat er denn jetzt schon wieder angestellt?«

»Nichts. Aber er ist ja mit diesem Skelettfund befasst, und ich weiß nicht recht, wie wir weiter vorgehen sollen.«

C. strengte ihren Grips an.

»Wie kommt er denn voran?«

»Er sagt, dass er Fortschritte macht, aber mehr Ressourcen benötigt.«

»Ressourcen?«

»Analyse, Techniker, Ermittlungshilfe.«

C. legte den Kopf in den Nacken und betrachtete Brandt durch den unteren Teil ihrer Brille.

»Eine Woche. Gib ihm eine Woche alles, was er braucht«, sagte sie und ging.

Die gespaltene Eiche sah aus wie ein gestrandetes Schiff. Ulf Holtz schüttelte den Kopf.

»Unglaublich! Das gibt's doch nur in Büchern«, meinte er.

»Wunderschön, nicht wahr?«

Ulla Fredén und Ulf Holtz gingen über das Feld zurück.

»Wie läuft die Ermittlung?«, fragte sie.

»Darüber wollte ich mit dir sprechen«, erwiderte er, pflückte eine Ähre und schob sie sich zwischen die Zähne.

»Du weißt, dass die gespritzt sind?«

Holtz nahm den Halm aus dem Mund, betrachtete ihn skeptisch und spuckte aus.

»Die Alphagruppe hat uns zwei Namen gegeben«, sagte er. »Zwei junge Mädchen oder junge Frauen besser gesagt, die vor etwa vierzig Jahren verschwunden sind. Ich habe den Vater der einen getroffen. Ein verzweifelter Mann, der plötzlich wieder einen Hoffnungsschimmer sah.«

»Dann braucht ihr mich also gar nicht?«

»Mal sehen. Ich habe ein paar Milchzähne für die DNA-Analyse. Falls das nicht gelingt, müssen wir uns mit DNA-Material des Vaters behelfen, um eine eventuelle Verwandtschaft zu ermitteln. Ich habe Fotos der Mädchen dabei, die ich gerne mit dem Gesicht vergleichen würde.«

Ulf Holtz empfand ein Gefühl der Freiheit, als er Ulla Fredéns Diele betrat. Die Geräumigkeit und das viele Weiß vermittelten Unbeschwertheit. Der Druck auf die Brust hatte nachgelassen und ihm war während der letzten Tage leichter ums Herz gewesen. Er würde den Arzt anrufen und ihm mitteilen, dass er keine weiteren Termine benötigte. Wenn er dann auch noch diese unselige interne Ermittlung vom Hals hatte, dann war er bald wieder fit for fight.

Ulla nahm Jane aus dem Schrank und stellte sie ins Tageslicht, das durch das große Fenster fiel.

»Erstklassig«, sagte Holtz und befühlte sie. »Wenn sie nicht körperlos wäre, hätte ich schwören können, dass sie lebt.«

»Hast du die Fotos?«

Er zog ein paar vergrößerte Aufnahmen des einen Mädchens aus der Jackentasche und reichte sie Ulla. Sie betrachtete abwechselnd zuerst die Fotos und dann Jane.

»Das könnte sie sein«, sagte sie und streckte die Hand aus, um sich die Fotos des anderen Mädchens geben zu lassen.

»Die hier allerdings auch«, sagte Ulla, nachdem sie einen Augenblick lang das Foto betrachtet hatte. »Die Gesichtszüge stimmen recht gut überein. Vielleicht war das hier dann vollkommen überflüssig«, meinte sie, aber Holtz hörte, dass sie das nicht meinte.

»Lass den Kopf nicht hängen. Vergiss nicht, dass die Alphagruppe dieselben Informationen hatte wie du, es ist also nicht weiter verwunderlich, dass Ähnlichkeiten vorliegen.«

Ulf Holtz setzte sich auf einen der beiden weißen Stühle und schaute auf die Felder.

»Um diese Aussicht bist du wirklich zu beneiden«, meinte er. »Wie läuft die Arbeit?«

»Das übliche Auf und Ab. Du weißt ja, wie es mit verfügbaren Mitteln und Prioritäten aussieht. Die Fälle werden immer schneller ad acta gelegt, kaum habe ich eine Untersuchung beendet, da landet sie schon im Papierkorb.«

»Ist es wirklich so schlimm?«

»Ja, es ist eine Schande. Beispielsweise dieser Torso, der noch vor einigen Wochen höchste Priorität hatte. Das Verfahren ist bereits eingestellt. Jedenfalls liegt es auf Eis.«

Ulf Holtz verstand sehr gut, was sie meinte. Verfügbare Mittel. Er hasste dieses Wort. Alle redeten nur über verfügbare Mittel, als ließe sich alles lösen, wenn man nur mehr Geld bekam.

»Wie kommt es, dass du für diesen Fall grünes Licht bekommen hast?«, fragte sie und deutete auf Jane.

»Ich weiß nicht, aber ich bin mir ziemlich sicher, dass Ellen dahintersteckt. Es sieht so aus, als hätte sie bei C. was gut. Falls wir Erfolg haben sollten, werden die Presseleute loslegen. Meine Beamten geben nie auf. Alle Verbrechen lassen sich aufklären, du weißt schon.«

»Ihr Polizisten seid einfach unmöglich«, sagte Ulla Fredén entrüstet.

»Wieso?«

»Alles Theater. Euch geht es doch nur um die Ehre.«

»Mit meiner Karriere ist es sowieso bald vorbei«, meinte Holtz und griff nach seiner Tasche. »Ich will nur schnell noch ein paar Fotos von Jane machen«, meinte er.

»Darf ich sie behalten?«, fragte Ulla Fredén.

»Mal sehen.«

Holtz fotografierte Jane von allen Seiten und verließ dann das weiße Haus, um dem Präsidium einen seiner mittlerweile seltenen Besuche abzustatten. In der Forensik stellte er fest, dass seine Fotografien von Jane gestochen scharf waren. Mit Hilfe des Computers verwandelte er die Aufnahmen in ein dreidimensionales Bild des Kopfes. Holtz veränderte ihre Haarfarbe um einige Nuancen und verpasste ihr eine andere Frisur. Anschließend ließ er den Kopf rotieren.

Dann vergrößerte er die Fotos der beiden verschwundenen Mädchen auf dieselbe Größe. Das Programm verglich nun die Fotos mit denen von Jane.

Holtz seufzte. Beide Bilder ergaben eine Übereinstimmung. Viel mehr konnte er nicht tun, aber ehe er das Programm beendete, gab er noch ein paar Befehle ein. Jane alterte rasch, aus einem Teenager wurde eine Achtzigjährige.

Er druckte ihr Porträt in verschiedenen Lebensstadien aus und schaltete dann den Computer aus.

Plötzlich fehlte ihm seine Tochter, und er griff zu seinem Handy. Vielleicht wollte Linda bei ihm zu Abend essen?

Er scrollte durch seine Kontaktliste, und sein Blick blieb an Morteza Ghadjars Namen hängen. Holtz hatte es seit Nahids Verschwinden immer wieder aufgeschoben, sich bei ihrem Vater zu melden. Er wusste, dass das feige und egoistisch war, aber er brachte diesen Anruf einfach nicht über sich. Was sagte man einem Mann, der seine Tochter verloren hatte? Holtz war am Boden zerstört, wie musste es da erst Morteza gehen.

Holtz wusste sehr gut, dass sich seine Trauer nicht mit der von Morteza vergleichen ließ. In letzter Zeit hatte er aber immer öfter das Bedürfnis verspürt, ihn aufzusuchen. Nachdem er Gösta Swedberg auf seinem verfallenen Bauernhof angetroffen hatte, erschien es ihm noch wichtiger, Nahids Vater in seiner Trauer nicht allein zu lassen. Holtz hatte Swedberg versprochen zurückzukehren, sobald er Bescheid erhalten habe. Im Rückspiegel hatte er den alten Mann, der ihm nachblickte, neben seinem Traktor stehen sehen. Holtz vermutete, ihn mit einer leichten Hoffnung zurückgelassen zu haben, endlich etwas über das Schicksal seiner Tochter zu erfahren. Vielleicht würde sich nun bestätigen, dass sie tot war. Immer noch besser als die Ungewissheit, dachte Holtz.

Er betrachtete erneut Mortezas Namen. Konnte er dem alten Mann irgendwie helfen? Oder hoffte er nur, dass ein Gespräch mit Nahids Vater ihm selbst etwas Trost spenden würde? Holtz wählte die Nummer und hielt den Hörer ans Ohr.

»Kein Anschluss unter dieser Nummer.«

Er drückte auf Wiederwahl. Dieselbe Mitteilung.

Seltsam, dachte Holtz. In diesem Augenblick piepste sein Handy. Ellen Brandt teilte ihm per SMS mit, dass er sich sofort bei ihr einfinden solle.

Als er ihr Büro betrat, bat sie ihn, Platz zu nehmen. Auf dem Tisch lagen die Ausdrucke zweier DNA-Profile. Es konnte kein Zweifel bestehen. Die DNA, die die Forensiker aus Anita Swedbergs Milchzähnen gewonnen hatten, war ein Treffer.

Holtz las den gesamten Bericht.

»Und? Was machen wir jetzt?«, sagte er schließlich.

»Da du schon zu Hause bei Swedberg gewesen bist, musst du ihm von dem Ergebnis berichten«, sagte Ellen. »Und ehe du protestierst: C. hat bereits grünes Licht gegeben.«

»Grünes Licht? Das klang eher wie ein Befehl.«

»Wie auch immer. Sie lässt dir auch noch ausrichten, dass du dir im Hinblick auf die interne Ermittlung keine Sorgen mehr machen musst. Der Fall ist mit der Feststellung, dass du dir formal nichts hast zuschulden kommen lassen, zu den Akten gelegt worden.«

Holtz schnaubte verächtlich.

»Formal nicht, nein. Wenn ich C. recht kenne, dann wird sie mich nie vergessen lassen, dass ich einen Fehler gemacht habe, formal hin oder her. Also, bis dann«, sagte er und verließ eilig Ellens Büro.

Sein eigenes Büro hatte ihm wirklich gefehlt. Der Borgholm-Sessel stand an seinem üblichen Ort, und er ließ sich erleichtert hineinsinken. Erst jetzt merkte er, wie sehr ihn diese interne Ermittlung belastet hatte, obwohl er sich das Gegenteil eingeredet hatte, um sich selbst zu täuschen. Plötzlich konnte er wieder freier atmen.

Er zog sein Telefon aus der Hosentasche. Linda war sofort am Apparat.

»Hallo, ich bin's. Ich wollte nur fragen, ob du heute zum Abendessen kommst. Ich muss dir was erzählen.«

Linda dankte für die Einladung und fragte, ob sie Andor mitbringen dürfe.

»Ja, natürlich«, antwortete Holtz und hoffte, dass sie ihm seine Enttäuschung nicht anmerkte.

Als er das Gespräch beendet hatte, versuchte er es erneut bei Morteza, erhielt aber wieder dieselbe Mitteilung. Seltsam, dachte er, nahm seinen Mut zusammen und wählte Gösta Swedbergs Nummer, die er in den DNA-Unterlagen fand, die er von Ellen erhalten hatte.

Swedberg meldete sich mit hellwacher Stimme.

»Guten Tag, hier ist Ulf Holtz von der Polizei. Ich war vor kurzem bei Ihnen.«

Ulf Holtz redete lange mit ihm und erläuterte mehrmals die Bedeutung des Untersuchungsergebnisses. Zu guter Letzt beendete er das Gespräch unter einem Vorwand und legte auf.

Es muss besser sein, Gewissheit zu haben, dachte er und eilte aus dem Präsidium. Er musste für das Abendessen einkaufen und aufräumen, ehe die Gäste kamen.

Andor schlenderte durch Holtz' Haus und blieb vor dem Bonsai stehen. Der japanische Ahorn hatte rasch auf die Pflege angesprochen, die ihm zuteil geworden war. Kleine Triebe und die Andeutung von Blättern waren bereits an dem kräftigen Stamm auszumachen.

»Wie hübsch«, sagte Andor und nahm den viereckigen, glasierten Tontopf in die Hand.

»Fass ihn bitte nicht an«, sagte Holtz, und Andor stellte ihn erschrocken zurück. Linda, die hinter ihrem Vater stand, verdrehte die Augen und grinste.

»Komm, wir setzen uns«, sagte sie rasch.

Holtz murmelte etwas Unverständliches und nahm dann Platz. Eigentlich hatte er ja kochen und den Tisch decken wollen, aber dann hatte es sich so ergeben, dass Andor gekocht und Linda den Tisch gedeckt hatte. Holtz hatte Hackfleisch, Zwiebeln und eine Schachtel Farfalle gekauft. Andor hatte wortlos den Inhalt des Kühlschranks und des Küchenschranks begutachtet und dann losgelegt. Erstaunlicherweise war es ihm gelungen, Gewürze und einige Dosen Tomaten zusammenzusuchen, von denen Holtz nicht einmal mehr wusste, dass er sie vorrätig hatte. Andor schraubte den Verschluss eines Gewürzgläschens ohne Etikett ab, roch daran und schritt dann mit zufriedener Miene ans Werk.

Holtz aß mit gesundem Appetit. Er begriff nicht so recht, wie es Andor gelungen war, aus den Zutaten seiner Küche ein derart köstliches Gericht zu zaubern. Sogar die Nudeln schmeckten besser als je zuvor.

»Du wolltest doch was erzählen«, erinnerte Linda, als sie fertig gegessen hatten.

Ulf Holtz wischte sich sorgfältig den Mund mit der Serviette, trank einen großen Schluck Wasser und erzählte dann von seinem Besuch bei Gösta Swedberg und davon, dass ihm der alte Mann die Zähne seiner Tochter Anita gegeben hatte. Die Episode mit dem Auto im Graben und die Tatsache, dass er eine Heidenangst vor den Hunden gehabt hatte, unterschlug er.

»Ich war heute bei Ellen. Die Forensiker haben mit Anita einen Treffer gelandet«, sagte er.

Andor und Linda sahen erst einander und dann Ulf an.
»Wir haben also Anitas Knochen ausgegraben?«
»Nein, das nicht.«

Zwei Hunde lagen in der Auffahrt. Ihre Eingeweide waren auf den grauen Kies gequollen. Ulf Holtz hielt in einigem Abstand und kontrollierte automatisch, dass alle Türen verschlossen waren. Die beiden Hunde lagen ein paar Meter voneinander entfernt mit offenen Mäulern und toten Augen. Die sind einer gehörigen Ladung Schrot zum Opfer gefallen, dachte Holtz und suchte fieberhaft nach einer logischen Erklärung. Er sah sich nach einer Waffe um, aber stellte fest, dass er mit einem Straßenatlas, einer Dokumentenmappe und einer halbvollen Wasserflasche nicht weit kommen würde.

Sein schlechtes Gewissen hatte ihn hierher geführt. Die DNA-Analyse der Milchzähne hatte keine Übereinstimmung mit der DNA des Skeletts ergeben, aber eine Verbindung zu einem anderen unaufgeklärten Fall. Vor einem Treffen mit Gösta Swedberg hatte er sich eingehender informieren wollen und sich vom Leiter der Biologie-Abteilung erklären lassen, dass die DNA mit allen Registern abgeglichen worden war. In einem Spezialdokument der Liste ungeklärter Verbrechen war man schließlich fündig geworden: Eine junge, drogensüchtige Prostituierte war mit einer Spritze im Arm auf einer öffentlichen Toilette gefunden worden.

Die braune Pappschachtel, die per Boten aus dem Riksarkivet bei ihm eingetroffen war, hatte nur zwei Bögen Papier enthalten, eines davon ein Durchschlag, einige Fotos und eine Kanüle in einem Plastikbehälter. Das war alles. Der Bericht war auf der Schreibmaschine mit doppeltem Zeilenabstand getippt. Niemand war diesem Todesfall nachgegangen.

Mitte der Siebzigerjahre hatte es unzählige tote Junkies gegeben, deren Identität häufig nicht ermittelt werden konnte.

Holtz hatte das vergilbte Papier gedreht und gewendet, aber es hatte ihn nicht weitergebracht. Der Ermittler, der alle weiterführenden Nachforschungen eingestellt hatte, lebte nicht mehr, es gab also niemanden, den man mit Vorwürfen über diese nachlässige Handhabung hätte überhäufen können. Etwas freute Holtz jedoch. Am unteren Rand des Bogens saß ein Aufkleber. Der Fall war Teil eines Forschungsprojekts gewesen, und daher war das geronnene Blut der Kanüle auf DNA analysiert worden. Holtz erinnerte sich noch an das umstrittene Projekt. Einem Kriminologieprofessor, den die meisten im Präsidium für einen geschwätzigen Lügner hielten, wurden immer wieder Gelder für Projekte genehmigt, von denen die Polizeiführung glaubte, dass sie zur angesagten politischen Debatte passten. Eines der ehrgeizigeren Projekte war gewesen, alle abgeschlossenen Fälle durchzugehen, um, wenn möglich, DNA zu sichern und so die Vorteile der neuen Technik zu demonstrieren und darauf hinzuweisen, dass die Gerechtigkeit den Täter auch noch nach vielen Jahren einholen konnte. Eine Handvoll Kriminologiestudenten hatte sich der Aufgabe angenommen und war fast tausend Kartons durchgegangen, ehe das Projekt aufgegeben worden war, weil sich herausgestellt hatte, dass die Ermittler so gut wie nie Spuren von Tat- oder Unfallorten aufbewahrt hatten. In einigen Ausnahmefällen war man auf zerrissene Slips, kaputte Brillen, Handschuhe oder Kanülen gestoßen und hatte DNA-Material sichern können, das in einer Spezialdatei für Forschungszwecke gespeichert worden war.

Der Professor hatte, wie es seine Gewohnheit gewesen war, das Projekt für tot erklärt, indem er den gesamten Polizeiapparat als inkompetent bezeichnet hatte. Dann hatte er die Finger von der Sache gelassen, wie er es ausgedrückt hatte.

Holtz hupte einmal und dann ein zweites Mal. Der Lärm unterbrach die Stille, aber nichts geschah. Weder Hunde noch Gösta Swedberg erschienen. Holtz erwog, Verstärkung anzufordern, aber sein schlechtes Gewissen hinderte ihn daran. Er öffnete die Fahrertür und setzte langsam einen Fuß auf den knirschenden Kies. Die Tannenwipfel bewegten sich im Wind, und Unrat wirbelte über den Hofplatz. Er blieb stehen und musterte die Hunde. Sie waren mit fetten schwarzen Fliegen bedeckt, deren lautes Surren selbst den Wind übertönte.

Holtz erschauerte. Die Kälte nahm zu, je näher er dem Haus kam. Sie kroch ihm unter die Haut und breitete sich rasch aus. Der Traktor stand neben dem Haus. Überall lagen rostender Schrott und kaputte Maschinen herum. Holtz ging die Treppe hoch und legte die Hand auf die Türklinke.

Das Knurren war dumpf und kehlig.

Nicht schon wieder, dachte Holtz und verfluchte seine Dummheit. In diesem Moment glitt die Tür auf. Mit dem Gefühl der vollkommenen Leere erwartete er den Angriff des Hundes. Er wusste, dass ein Fluchtversuch sinnlos war. Oft genug hatte er Polizeihundübungen beigewohnt und wusste daher, dass man sich gegen einen rasenden, bissigen Hund nicht verteidigen konnte. Holtz starrte ins Dunkel. Der Geruch von Schmutz und nassem Hund stand wie eine kompakte Wand vor ihm.

Aber nichts geschah. Keine verrückte Bestie sprang ihm mit fletschenden Zähnen an die Kehle. Das Knurren ging in Jaulen über. Erst jetzt merkte Holtz, wie schnell sein Herz raste und dass er die Zähne ganz fest zusammenbiss. Er öffnete den Mund, bewegte den Unterkiefer und versuchte, die Kontrolle über sein pochendes Herz zurückzugewinnen. Er hatte einen metallischen Geschmack auf der Zunge. Seine Augen gewöhnten sich langsam an die Dunkelheit. In der Diele lag der Hund, der ihn ansah und nicht mehr bedrohlich wirkte. Er lauschte angestrengt ins Haus, konnte aber nur das leise Ticken einer Uhr und das Jaulen des Hundes hören, der mit zerfetzten Hinterbeinen vor ihm lag.

Er näherte sich dem Tier, das ihm mit dem Blick folgte.

»Nur ruhig«, sagte er unbeholfen zu dem Hund, wagte es jedoch nicht, ihm zu nahe zu kommen, und machte einen weiten Bogen um ihn. Plötzlich schlug die Uhr, worauf sich sein Puls beschleunigte und dann wieder beruhigte. Noch sowas, und ich kriege einen Herzkasper, dachte Holtz und betrat das Wohnzimmer.

Der vierte Hund hatte keine Chance gehabt. Sein Kopf war vollkommen zerfetzt.

Genau wie der von Gösta Swedberg.

Der alte Mann saß im Sessel neben dem Fenster. Die Gardinen waren zugezogen, aber die Sonne drang durch die Spalten, und es war hell genug, damit Holtz erkennen konnte, was sich ereignet hatte. Er sah so etwas nicht zum ersten Mal.

Der Kopf war von der Schrotladung, die den Gaumen getroffen hatte, nach hinten gerissen worden. Der Hinterkopf war zerfetzt und bedeckte jetzt die gesamte Wand hinter ihm.

Holtz trat ans Fenster und zog die Gardine auf.

Auf einem Tisch stand ein schwarzes Bakelit-Telefon mit Wählscheibe. Holtz sah vor sich, wie Anitas Vater den Hörer abgenommen und sich über den Verbleib seiner Tochter hatte aufklären lassen. Ulf hatte ihm erzählt, dass sie vor vierzig Jahren vermutlich an einer Überdosis gestorben war und sich im Namen der Polizei für die nachlässige Handhabung entschuldigt. Dann hatte er hinzugefügt, dass es ja nun zumindest eine Antwort gebe.

Er spürte die Präsenz des Mannes, sah vor seinem inneren Auge, wie es ihm mit dem Hörer in der Hand und leerem Blick das Herz in der Brust zerrissen hatte und er dann seinen Entschluss gefasst hatte. Holtz wurde regelrecht übel, als er daran dachte, wie falsch er die Situation eingeschätzt hatte.

Gösta Swedberg hatte offenbar aufgeräumt, seinen besten Anzug angezogen, seine Hunde getötet, seine Schrotflinte zwischen die Knie geklemmt und sich in den Mund geschossen. Auf dem Tisch lag ein dickes gelbliches Blatt Papier mit kleinen, fast unsichtbaren Flecken. Vermutlich getrocknetes Blut. Neben dem Briefbogen lag ein Füllfederhalter mit goldenem Verschluss.

Holtz nahm das Papier in die Hand. Auch die Rückseite war leer.

Gösta Swedberg hat vermutlich nicht gewusst, was er schreiben sollte. Oder an wen, dachte Holtz.

Linda stopfte ihre Kleider in den Rucksack und zog die Schnur zu. Sie sah sich im Boot um. Welch ein Sommer, dachte sie.

Die Kajüte kam ihr größer vor als beim ersten Betreten. Inzwischen kannte sie jede Ecke und jeden Winkel und mied instinktiv alle hohen Schwellen und Tischkanten. Sie erschauerte und verschränkte die Arme vor der Brust. Der Sommer war zu Ende. In den frühen Morgenstunden hatte es zu nieseln begonnen, und nun ging richtiger Regen beharrlich auf die Insel nieder. Die trockene Erde saugte das Wasser begierig auf, und bald waren die Gruben wassergefüllt und die Gräben führten Wasser bis zum Rand. Die Temperatur sank im Laufe des Tages um einige Grade, und im Boot wurde es feucht und ungemütlich.

Es war Zeit, aufzubrechen. Der Professor hatte sich einige Tage zuvor von der kleinen Archäologenschar verabschiedet, die bis zuletzt durchgehalten hatte. Die Grabungen würden nun bis zum nächsten Sommer ruhen. Alle hatten begeistert versprochen, dann zurückzukehren.

»Mal sehen«, hatte der Professor lachend erwidert. »Jedenfalls bin ich euch allen sehr, sehr dankbar. Ihr habt eine fantastische, eine historische Arbeit geleistet.«

Alle hatten geklatscht und einander umarmt, und dann war einer nach dem anderen verschwunden.

Anschließend hatte Professor Sebastian Andor und Linda beiseitegenommen und ihnen erklärt, er halte nicht viel von Abschieden und würde daher in die Stadt fahren, während sich der Grabungsplatz leerte. Sie dürften gerne noch ein paar Tage bleiben und auf dem Boot wohnen. Andor hatte wie der sprichwörtliche Esel zwischen den beiden Heuhaufen gestanden und abwechselnd Linda und den Professor angesehen. Sie hatte ihm nicht geholfen.

Linda hatte auf dem Achterdeck gestanden und die anderen in einem RIB-Boot davonfahren sehen. Zuerst hatte sie sich erleichtert und dann einsam gefühlt.

Jetzt fror sie.

Andor hatte das ganze Boot perfekt aufgeräumt. Linda fuhr mit den Fingern über die vielen Souvenirs und Nippesgegenstände, die überall herumstanden. Sie hob die äußerste Kugel des Newtonpendels an und ließ sie los. Das Geräusch der aufeinandertreffenden Kugeln erinnerte sie an die heißen Tage, an denen Andor und sie mehr als Freunde geworden waren. Er fehlte ihr schon jetzt.

Vielleicht waren ja noch ein paar von den Ferienwikingern da. Sie hatte etliche in Alltagskleidung und mit Taschen zum Hafen gehen sehen, konnte sich jedoch nicht entsinnen, dass der Große, Gerard, bei ihnen gewesen war.

Es irritierte sie, dass sie der Frage, was es mit dem Schrei auf sich gehabt hatte, nicht nachgegangen war. An jenem Abend war sie sicher gewesen, dass etwas nicht gestimmt hatte, aber dann war der Vorfall allmählich in Vergessenheit geraten. Aber seltsam war es doch gewesen. Linda beschloss, einen Spaziergang ins Dorf zu unternehmen, und zog den Regenmantel an, den sie vom Professor geliehen hatte. Er war zu groß, aber besser als gar keiner. Der Regen prasselte auf die Kajüte, und als sie die Luke zurückschob, schwappte ihr Wasser in den Kragen.

»Verdammt«, sagte sie und setzte sich die Kapuze auf. Vorsichtig ging sie über das glatte Deck, sprang auf den Kai und folgte dem aufgeweichten Pfad hangaufwärts. Wasser lief den Berg herunter und drückte das lange Gras flach. Sie zog den Kopf ein und eilte auf die Anhöhe.

Das Wikingerdorf war bei dem starken Regen kaum zu erkennen. Linda hatte den Geruch von Rauch in der Nase und schlitterte den Häusern entgegen. Plötzlich rutschte sie im Morast aus und ehe sie sich versah, rollte sie bergab. Der Regenmantel ging auf, sie hatte nasse Erde in Augen und Mund. Linda spuckte aus, rieb sich die Erde aus den Augen und setzte sich auf. Sie keuchte und sie fror, als sich das kalte Wasser wie eine Schicht auf ihre Haut legte. Die Kleider klebten an ihren Gliedern. Mühsam rappelte sie sich auf. Regen und Wolken hatten alles in einen ungastlichen, dunklen Nebel gehüllt. Langsam machte sie sich auf den Weg zum Hügelkamm. Sie musste zurück auf das warme Boot und sich trockene Kleider anziehen. Linda verfluchte ihren Entschluss, raus in den Regen zu gehen. Nur um nachzusehen, ob noch jemand im Wikingerdorf war. Was hatte sie sich eigentlich gedacht?

Das Geräusch überraschte sie. Ein gedehnter, metallischer Ton. Hatte sie sich das nur eingebildet? Nein, da war er wieder. Linda hielt inne und lauschte. Der Ton verschwand, um als gedehntes Jammern zurückzukehren. Dann bog sie zum Grabungsort ab. Das Geräusch wurde immer lauter, je mehr sie sich den Ausgrabungen näherte.

Breitbeinig stand der Wikinger vor der Grube. Die Lure hielt er am Mund. Durch den Regen sah Linda, wie er immer wieder hineinblies. Der Mann war groß, sicher zwei Meter, und trug mehrere Kleiderschichten aus dickem Stoff übereinander. Um seine Schultern hing ein Umhang. Der Wind zerrte an seinen Kleidern, aber weder der Regen noch der kalte Wind schienen ihm etwas auszumachen. Am Horizont schien der silberne Mond auf das Wasser, und der Mann warf einen langen Schatten.

Linda näherte sich langsam. Sie hielt den Blick auf den Mann gerichtet und bemerkte die Grube nicht. Sie war nicht tief, aber ihr Fuß trat schief ins Leere. Es dauerte mehrere Sekunden, bis ihr Gehirn registrierte, was passiert war, und es richtig schmerzte. Sie meinte, es knirschen zu hören, aber da sie in diesem Moment bereits laut aufschrie, war sie nicht sicher, ob sie sich das nur eingebildet hatte.

Linda wusste nicht, was schlimmer war, der Schmerz im Fuß oder der Anblick von Gerard, der mit flatterndem Umhang wie ein böser Geist aus einer anderen Zeit auf sie zukam.

Die Bilder rasten wie ein bunter Fluss vorbei. Ab und zu erstarrten sie für einige Sekunden und hasteten dann weiter. Die Sequenzen, die das Computerprogramm als abweichend aussortierte, kamen in eine separate Datei. Zwei Tage lang waren die Überwachungsvideos von zehn Jahren eingespeist und auf drei Stunden eingedampft worden.

»Wie soll ich dir nur danken?«, sagte Pia Levin und nahm das kleine blaue Metallkästchen entgegen, in dem alles gespeichert war.

»Keine Ursache«, erwiderte Jerzy Mrowka, salutierte nachlässig und ließ sie allein in ihrem Labor zurück.

Pia klappte ihr Notebook auf und schloss die Festplatte an, die sie erhalten hatte. Während der Computer hochfuhr, schlenderte sie Richtung Pausenecke am anderen Ende des Dezernats, um sich ein Getränk und etwas zu essen am Automaten zu holen.

Die Chefin der Alphagruppe, Birgitta Severin, und ein Techniker, an dessen Namen sie sich nicht erinnerte, saßen auf einem der durchgesessenen Sofas und unterhielten sich. Pia meinte, den Namen Holtz aufzuschnappen, dann verstummten die beiden und lächelten sie an.

»Hallo«, sagte Severin und nickte auf eine Art, die Pia Levin immer schon genervt hatte. Levin hatte das aus einer Fernsehsendung, dass sich Models gerne dieser Kopfbewegung bedienten, wenn sie vor laufender Kamera ihre Pose änderten. Die dreireihige Perlenkette, die Severin stets trug, klickerte leise.

»Ich hole mir nur schnell was Süßes«, sagte Pia, als sei eine Erklärung nötig.

»Hast du Ulf in letzter Zeit getroffen?«, fragte Severin.

»Nein, das ist schon eine Weile her. Wieso?«

»Ich bin nur neugierig, wie es ihm so geht.«

Pia Levin wurde wachsam. Mit erzwungen gleichmütiger Miene warf sie eine Münze in den Automaten.

»Das war bestimmt kein schöner Anblick mit den Hunden und allem.«

Pia Levin warf noch einige Münzen nach, drückte eine beliebige Taste und nahm die Schokoladentafel aus der Klappe. Dann zog sie noch eine Flasche Mineralwasser mit Melonenaroma.

»Nein, war sicher nicht leicht«, meinte sie und eilte zurück.

Was war passiert? Welche Hunde? Warum wusste sie nicht mehr, was Ulf Holtz so trieb? Wann hatten sie aufgehört, miteinander zu reden? Auf halbem Weg zum Labor überlegte sie es sich anders und steuerte Ulfs Büro an. Die Tür stand nicht offen, und Pia drückte die Klinke. Es war nicht abgeschlossen, die Tür ging auf. Im Zimmer war es dunkel.

Pia schüttelte den Kopf und wollte die Tür wieder schließen.

»Komm ruhig rein, wenn du magst.«

Sie begriff nicht sofort, dass die Stimme aus dem Zimmer gekommen war.

»Ulf? Bist du das?«, fragte sie.

»Ja. Zumindest das, was von mir noch übrig ist.«

Pia Levin trat ein und schloss die Tür hinter sich. Sie machte Licht und konnte kaum fassen, was sie sah. Am Schreibtisch saß Ulf Holtz. Er war bleich, unrasiert und hatte dunkle Ringe unter den Augen.

»Wie geht's dir denn? Warum sitzt du hier im Dunkeln?«

»Weiß nicht«, sagte Holtz so leise, dass Pia ganz nah an ihn herantreten musste.

»Soll ich jemanden holen?«

Holtz schüttelte nur den Kopf. Seine Augen füllten sich mit Tränen, aber noch ehe sie ihm über die Wangen liefen, wischte er sie mit seinem Hemdsärmel weg.

»Bitte, Ulf, sag mir, was los ist.«

Ulf Holtz holte tief Luft und berichtete ausführlich, wie er Gösta Swedberg und die toten Hunde gefunden hatte. Vor allem aber sprach er von seiner eigenen Schuld. Unverzeihlicherweise hatte er einem gebrochenen alten Mann erzählt, seine vermisste Tochter habe sich prostituiert und sei vor Jahrzehnten an einer Überdosis gestorben. Keinen einzigen Gedanken hatte er daran verschwendet, wie wohl Swedberg diese Mitteilung aufnehmen würde. Er, Ulf Holtz, der sich seiner Menschenkenntnis rühmte, hatte sich nicht die Mühe gemacht, sich in die Lage des verzweifelten Vaters zu versetzen.

»Eines ist sicher«, sagte er.

Pia Levin streckte ihre Hand über den Tisch und ergriff die seine. Holtz schreckte auf, ließ sie aber gewähren.

»Es geht mir nicht gut. In meinem Innern ist etwas zerbrochen, und ich brauche Hilfe, um es zu reparieren.«

Dieses Mal wischte er die Tränen nicht weg.

Pia Levin schwieg lange. Irgendwie freute es sie, dass Ulf endlich in der Lage war, Gefühle zu zeigen und seine Schwäche einzugestehen. Zum ersten Mal hatte sie den Eindruck, dass sie sich auf demselben Niveau befanden. Sie drückte nochmals seine Hand, und er erwiderte den Händedruck.

Ulf seufzte laut und holte ein paarmal tief Luft.

»Und wie geht es dir?«

»Mir?«, fragte Pia überrascht. Dann erzählte sie von der Brandursachenermittlung, von den rätselhaften Videokassetten und von der Operation Phönix, die fast zum Stillstand gekommen war.

»Eines muss ich noch erledigen, dann wird der Fall vermutlich zu den Akten gelegt.«

»Und zwar was?«

»Ich muss mir noch die auffälligen Sequenzen der Überwachungsvideos ansehen, nur um sicherzugehen, dass ich wirklich alles getan habe. Dann entscheidet die operative Einsatzleitung, ob die Ermittlung fortgeführt wird. Ich war gerade dabei, mir die Dateien anzusehen, als ich erfuhr, dass du etwas Schreckliches erlebt hast. Komm doch einfach mit, das bringt dich auf andere Gedanken.«

»Tja, warum nicht«, meinte Holtz und erhob sich.

Schulter an Schulter bezogen sie vor Levins Laptop Position, der auf einem Stehtisch im Labor stand. Pia klickte auf eine Ikone und eine Slide-Show begann. Menschen bewegten sich vor der Kamera. Manchmal war das Fenster geöffnet, dann war es wieder geschlossen. Möbel wurden verschoben. Auf manchen Bildern war es dunkel, auf anderen wieder hell, der Kamerawinkel war jedoch immer derselbe.

»Wer ist diese Person, die immer wieder auftaucht?«, fragte Holtz. Er hatte wieder mehr Farbe im Gesicht, und seine Stimme hatte wieder ihre übliche Festigkeit angenommen. Sie waren ein eingespieltes Team, und einer erzählte dem anderen immer, was er auf dem Bildschirm sah, wenn sie gemeinsam Überwachungsbänder durchgingen. Diese Methode hatte sich wiederholte Male als erfolgreich erwiesen.

Pia war hin und her gerissen. Falls Ulf Holtz an seinen

Arbeitsplatz zurückkehrte, würde er wahrscheinlich nicht mehr ihr Chef sein. Das störte und freute sie.

»Das ist Margareta. Sie hat lange Jahre in der Schulbibliothek gearbeitet. Ich bin ihr einige Male begegnet. Nett. Zurückhaltend und doch auch seltsam neugierig. Irgendwie anders.«

»Anders?«

»Sie unterscheidet sich von der Mehrheit der Anwohner. Sie scheint ausgeharrt zu haben, als alle anderen weggezogen sind.«

Ulf Holtz beugte sich zum Bildschirm vor.

»Kannst du hier stoppen?«

Pia klickte auf eine Ikone.

»Lässt sich das anpassen?«

Pia klickte erneut, und das verschwommene Bild Margaretas wurde langsam schärfer.

»Was ist?«, fragte Pia Levin.

Ulf Holtz legte den Kopf schief.

»Ich weiß nicht recht...«

Pia zuckte mit den Schultern und ließ die Bilder weiterlaufen.

»Wie erklärt sie, dass all diese Videos aufgehoben wurden?«

»Ich habe sie nicht gefragt. Aber ich bin heute Nachmittag mit ihr zum Pizzaessen verabredet und kann mich dann bei ihr erkundigen.«

Sobald Kerstin erwachte, merkte sie, dass etwas anders war also sonst. Wie immer war es hell, da es im Wohnzimmer, in dem ihr Bett stand, keine Vorhänge gab. Kerstin hatte ein paar Stühle ans Bett geschoben und eine Decke darüber gelegt, um für etwas Abgeschiedenheit und Dunkelheit zu sorgen. Sie hatte gedacht, dass ihre Mutter protestieren würde, aber sie betrat das Wohnzimmer nie.

Kerstin hob langsam ihren Kopf und konzentrierte sich. Es roch ungewohnt. Kaffee und Schmierseife. Sie setzte sich auf und schwang ihre Beine über die Bettkante. Mit behutsamen Schritten ging sie in die Diele und schaute ins Badezimmer. Es war leer. Die Tür zur Kleiderkammer war nur angelehnt, aber auch dort war niemand.

Ihre Mutter saß in der Küche, den Rücken ihr zugewandt. Der Rauch einer Zigarette stieg wie ein Gespenst über ihrem Kopf auf. In der Spüle stand kein schmutziges Geschirr, alles glänzte. Ein Tablett mit geflochtenem Rand lehnte an den mit Blumenbildern beklebten weißen Fliesen. Ein Salz- und ein Pfefferstreuer aus Teak und eine rotemaillierte Kaffeekanne mit schwarzem Bakelitknopf standen bei den Porzellanpferden neben dem Herd.

»Mama?«, sagte Kerstin.

Ihre Mutter drehte sich um. Im Licht, das durch das Fenster fiel, wirkte ihre blonde Frisur wie Engelshaar. Der Zigarettenqualm umrahmte ihren Kopf wie eine Glorie.

»Bist du wach?«

»Ist was passiert?«, fragte Kerstin.

»Wieso?«

»Ich weiß nicht. Es ist nur so...«

Ihre Mutter lachte.

»Ist es so erstaunlich, dass ich aufgeräumt habe?«

Kerstin blieb mitten in der Küche stehen und ihr fiel keine Antwort ein. Sie hatte das Gefühl, ihre Mutter seit dem Umzug so gut wie gar nicht gesehen zu haben. Sie waren sich aus dem Weg gegangen. Kerstin wusste, obwohl sie einige Zeit gebraucht hatte, um sich das einzugestehen, dass einiges im Argen war. Die Wohnung war verkommen, und ihre Mutter hatte kaum noch ihr Schlafzimmer verlassen. Und dann die vielen leeren Flaschen.

»Ich will ein neues Leben anfangen. Und zwar heute«, sagte ihre Mutter und inhalierte tief. »Ich weiß, dass ich keine besonders gute Mutter war, seit wir hierhergezogen sind, aber jetzt wird alles anders.«

Sie drückte die Zigarette in einem Aschenbecher aus, den sie aus dem Restaurant mitgenommen hatte. Er war mit dem Bild eines Wikingerschiffs mit einem gebauschten rotweißen Segel dekoriert.

»Ich glaube, dass du eine Beschäftigung brauchst, du musst Freunde treffen. Unten am See gibt es einen kleinen Bootsclub. Ich dachte, dass du vielleicht...«, sagte sie, aber verstummte, als sie merkte, dass Kerstin ihr gar nicht zuhörte.

Sie zündete sich eine neue Zigarette an. Kerstin trat, unsicher, was sie tun oder sagen sollte, an den Tisch.

»Aber was ist denn mit dir passiert?«, fragte ihre Mutter, als sähe sie Kerstins bleiches, zerschlagenes Gesicht zum ersten Mal. Hatte sie vergessen, dass sie Kerstin vor einigen Wochen auf dem Fußboden gefunden hatte? Es war, als wäre sie lange verreist gewesen und würde ihre Tochter jetzt zum ersten Mal wiedersehen. Und so ist es ja auch, dachte Kerstin und wandte ihr Gesicht ab.

»Nichts Besonderes. Ich bin hingefallen.«

»Komm, meine Kleine«, sagte ihr Mutter und streckte Kerstin ihre Hand entgegen.

»Mama«, rief Kerstin und warf sich ihrer Mutter in die Arme. Sie schluchzte und drückte ihr Gesicht an ihre Brust.

Dann saßen sie eng aneinandergeschmiegt und redeten,

während die Stunden vergingen. Schluchzend erzählte Kerstin von ihrer Einsamkeit, von dem Haus der Vergessenen, von Stavros. Endlich würde alles gut werden.

Etwas an der letzten Silbe ließ Pia Levin aufhorchen. Margareta schob sich noch einen Pizzabissen in den Mund und betrachtete dann den großen, mit einer Alpenlandschaft verzierten Teller.

»Sie wissen also nicht, warum die Schule die Überwachungsvideos von zehn Jahren aufbewahrt hat?«

»Wie sich doch alles verändert hat«, sagte Margareta und schob ihren Teller beiseite.

»Wovon sprechen Sie?«

»Was ist aus all den Visionen geworden?«, sagte Margareta und schaute auf den Platz. »Vielleicht hätte ich wie alle anderen auch wegziehen sollen.«

»Margareta. Was wissen Sie über diese Videobänder?«

»Es ist schwer zu sagen, wann der Abstieg begann. Vielleicht zur gleichen Zeit wie die Diebstähle.«

»Welche Diebstähle?«

»Für mich waren Bücher immer irgendwie... heilig. Unantastbar.«

Pia biss sich auf die Zunge, als ihr klar wurde, dass Margareta gerade etwas Wichtiges erzählte.

»Ich war so stolz auf die Bibliothek. Mein Leben kreiste um die Arbeit. Die Bücher, die Regale. Das war mein Leben, dort fühlte ich mich geborgen. Es war eine Art Heiligtum. Damals haben wir nie abgeschlossen. Aber dann begannen Bücher zu verschwinden. Bücher, die nicht ausgeliehen worden waren, verschwanden einfach«, sagte sie.

Pia trank einen Schluck Wasser, stellte ihr Glas wieder ab

und wartete. Nur das Summen der Aquarienpumpe war zu hören.

»Es war meine Idee, nur damit Sie das wissen. Außer mir ist niemand schuld«, sagte Margareta ruhig.

Margareta hatten die Diebstähle sehr zu schaffen gemacht, und sie hatte den Rektor der Schule überredet, eine Überwachungskamera zu installieren.

»Niemand wusste damals, dass man dafür eine Genehmigung braucht«, fuhr sie entschuldigend fort.

»Haben Sie den Dieb erwischt?«, wollte Pia wissen und versuchte sich zu erinnern, ob auf den Videos Diebstähle zu sehen gewesen waren.

Margareta schüttelte den Kopf.

»Es handelte sich um ein paar Kinder, nichts Geplantes, eine Art Vandalismus, oder wie man das nennen soll. Aber ich glaube, das war der Anfang vom Ende.«

»Warum haben Sie die Videos aufbewahrt?«

»Ich weiß nicht. Sie blieben einfach in dem Schrank stehen, und die Zeit verging, die Jahre verstrichen.«

»Margareta. Als ich mich bei Ihnen nach dem Schrank erkundigte, haben Sie behauptet, von nichts zu wissen.«

»Wissen Sie, dass Sie manchmal einen ziemlich belehrenden Ton anschlagen?«, erwiderte Margareta, ohne gereizt zu klingen.

»Entschuldigen Sie, aber mir fällt es einfach auf, dass Sie das zuerst abgestritten haben.«

»Wir haben die Videoaufzeichnungen eingestellt, als wir erfuhren, dass man die Schüler nicht ohne Genehmigung überwachen darf. Und als Sie mich gefragt haben. Also... das ist schließlich eine Straftat... Aber ich bin jetzt bereit, meine Strafe auf mich zu nehmen.«

»Hören Sie, ein paar alte Videos kümmern wirklich niemanden.«

Pia Levin war Margareta und die gesamte Ermittlung allmählich überdrüssig. Sie war in eine Sackgasse geraten. Die Brandstiftung würde unaufgeklärt bleiben. Sie würde weiterziehen und nie mehr ihren Fuß an diesen verdammten Ort setzen.

Ein großer gelber Fisch zog majestätisch in dem Aquarium seine Bahnen. Ein gestreifter Skalar leistete ihm ein paar Flossenschläge lang Gesellschaft, bog dann aber ab und verschwand hinter einem Wrack. Der gelbe Fisch blieb in seiner Ecke. Andere Fische schwammen an ihn heran, aber das schien ihn nicht zu stören. Wie Beata, dachte Pia Levin. Sie ist ein majestätischer Fisch, dessen Nähe alle suchen.

Pia schluckte. Sie hatte den salzigen Geschmack der Pizza im Mund. Ihr war übel, und sie schluckte erneut.

»Wo haben Sie denn Ihre nette Freundin?«, fragte Margareta.

»Wenn ich das wüsste.«

»Pflegen Sie Ihre Freundschaften. Sie sind ein Geschenk«, sagte Margareta. Es klang, als sagte sie das zu sich selbst.

»Und Sie? Haben Sie Freunde hier im Viertel?«

Margareta hob ihr Glas an die Lippen, merkte, dass es leer war und stellte es zurück.

»Ich hatte einmal einen Freund, aber das ist jetzt lange her«, erwiderte sie. »Ich komme gut allein zurecht.«

Der Fisch machte plötzlich kehrt und steuerte wütend den Skalar an, der eine neue Runde begonnen hatte. Der Skalar drehte ab und ergriff die Flucht. Der gelbe Fisch schien zufrieden und nahm seine Patrouille wieder auf.

»Ich glaube, ich muss jetzt gehen«, sagte Pia. »Darf ich dieses Mal zahlen?«

Margareta schien erst protestieren zu wollen, aber dann überlegte sie es sich anders und nickte dankbar.

»Ich kann Sie nach Hause bringen. Ich brauche ohnehin etwas Bewegung«, sagte Pia, nachdem sie bei dem Mann mit dem Fez und dem langen Schnurrbart gezahlt hatte.

Sie überquerten den Platz und gingen auf ein zwölfstöckiges Hochhaus zu.

»Ich begreife nicht, dass jemand so wohnen will«, sagte Pia, begriff aber sofort, was sie da gesagt hatte. »Entschuldigen Sie, ich …«

»Das macht nichts. Ich weiß, was Sie meinen. Es ist einfach nur traurig. All die zerstörten Träume«, sagte Margareta und blieb vor der eingetretenen Tür zum Müllraum stehen. Der Abfallgestank war durchdringend, und ein gelber Zettel an der Tür warnte vor Rattengift. Auf dem Boden lagen volle Windeln, Glasscherben, Pappkartons und ein kaputter Fernseher. Pia rümpfte die Nase und zog die Tür zu in dem unbeholfenen Versuch, den Gestank einzuschließen.

»Was ist bloß mit den Leuten los?«, sagte sie.

»Die meisten geben sich sicherlich Mühe. Mir fehlen die Müllschlucker. Aber die wurden schon vor Jahren plombiert. Und die Müllmänner kommen auch nicht mehr so oft, vermutlich weil sie mit Steinen beworfen werden. Da wohne ich«, sagte Margareta und deutete auf eines der höchsten Hochhäuser. »Fast ganz oben. Man kann bis in die Stadt sehen.«

Pia schaute die Fassade hinauf. Hinter dem Haus türmten sich schwarze Wolken, und ein kalter Wind verhieß ein Unwetter.

Die Haustür schlug hinter Margareta zu, und sie verschwand in dem dunklen Treppenhaus. Levin ging mit raschen Schritten zu ihrem Auto zurück, das sie in einer Fußgängerstraße in der Nähe geparkt hatte. Sie hoffte, dass es noch dort stand. In diesem Viertel hätten sie fehlende Räder oder ein ausgebranntes Fahrzeug nicht sonderlich erstaunt. Aus der Ferne sah es jedoch noch unbeschädigt aus, wie sie erleichtert feststellte.

Neben dem Auto stand eine ihr vertraute Gestalt. Pia verlangsamte ihre Schritte. Ihr Herz tat ein paar Sprünge, und ein mulmiges Gefühl beschlich sie. Da entdeckte Beata sie und winkte übertrieben mit dem ganzen Arm, als hätte sie jemand auf einer einsamen Insel zurückgelassen.

»Hallo, Kleine«, sagte sie und umarmte Levin, die fast ganz in ihren Armen verschwand.

»Was machst du hier?«, fragte Levin unnötig streng.

Beata schob sie ein Stück von sich weg, ließ sie aber nicht los.

»Was ist denn?«, fragte sie.

»Ich frage mich nur, was dich schon wieder hierher geführt hat.«

Fassungslos schüttelte Beata den Kopf.

»Jetzt reg dich mal ab. Ich habe doch gesagt, dass ich dem Pizzabäcker versprochen habe, mich um sein Aquarium zu kümmern. Und das habe ich auch vor. Falls es Euer Gnaden genehm ist.«

Pia spürte, wie die Wut von ihr Besitz ergriff. Sie wollte nicht streiten, aber die Worte kamen wie von selbst.

»Ich frage mich nur, warum du dich neuerdings so für diesen Stadtteil interessierst. Könnte das zufällig etwas mit einer großen dunkelhaarigen Schönheit zu tun haben?«

Beata kniff die Lippen zusammen und die Falten auf der Stirn bildeten ein wütendes V.

»Du bist doch nicht ganz bei Trost. Ich komme in diesen Stadtteil, weil ich weiß, dass du hier bist, und dann machst du mir auch noch Vorwürfe.«

»Du streitest es jedenfalls nicht ab«, schrie Levin und riss die Tür ihres Autos auf. Mit quietschenden Reifen brauste sie um die Ecke, während ihr der Zorn in den Ohren pulsierte, und verließ laut fluchend das Viertel.

Auf der Autobahn beruhigte sie sich wieder etwas, ihr Herz hämmerte nicht mehr ganz so laut, und ihre Wut verblasste von Blutrot zu Rosa. Nach einem Kilometer fiel ihr auf, dass sie das Tempolimit überschritt und nahm den Fuß vom Gas.

Beata hatte Recht. Sie war nicht ganz bei Trost.

Der Ermittler vom Dezernat für Wirtschaftskriminalität hatte ein spöttisches Lächeln aufgesetzt, das Ulf Holtz faszinierte.

»Noch einmal von vorne«, sagte er zu dem Mann, der auf seiner Schreibtischkante saß.

»Alle Konten wurden aufgelöst. Er hat riesige Summen in bar abgehoben. Trotzdem haben wir keine anderen Konten oder illegale Transaktionen entdecken können.«

»Um welche Größenordnung handelt es sich?«

»Es wurden fünf Millionen eingezahlt, aber das Geld verschwand sofort wieder. Wohin, weiß ich nicht.«

»Wisst ihr, wer das Geld eingezahlt hat?«

»Eine Firma, die wir schon länger im Visier haben. Sie kaufen und verkaufen gastronomische Unternehmen. Vermutlich handelt es sich um Geldwäsche, aber es ist uns bislang noch nicht geglückt, sie dranzukriegen. Und ehrlich gesagt, sind die Summen viel zu gering, um ihnen hinterherzujagen.«

»Findest du denn, fünf Millionen sind nur Trinkgeld?«

»Die Wechselstuben waschen jeden Tag das Hundertfache. Schwarzgeld und Beträge aus kriminellen Machenschaften. Fünf Millionen sind dagegen Kleingeld«, sagte der Ermittler.

Ulf Holtz seufzte. Da waren Milliarden im Umlauf, und was taten seine Kollegen? Sie jagten mit Äxten bewaffnete kleine Ganoven, die Geldtransporter überfielen, während die großen Banditen unbehelligt blieben.

»Okay. Vielen Dank«, sagte er.

Der Ermittler glitt elegant vom Schreibtisch und nickte ihm zum Abschied zu.

Ulf Holtz hatte nun schon mehrere Tage lang erfolglos versucht, Morteza Ghadjar zu erreichen. Nahids Vater hatte sein Telefon abgemeldet und war offenbar ohne Angabe einer neuen Adresse weggezogen. Sein Haus hatte er verkauft, aber es war bislang niemand wieder eingezogen, und der Makler hatte keine Auskunft geben wollen.

Um seine Nerven zu beruhigen, hatte Holtz das Dezernat für Wirtschaftskriminalität gebeten, ein paar Nachforschungen anzustellen. Offenbar war Morteza Ghadjar untergetaucht, und Holtz machte sich immer mehr Sorgen. Er versuchte, sich auf seine eigentliche Aufgabe zu konzentrieren, den Bericht über das Skelett auf der Insel, musste aber dauernd an Morteza Ghadjar denken. Nach einer halben Stunde legte er den Bericht beiseite und begab sich in die Abteilung der operativen Analytiker.

Holtz wusste nicht genau, warum es ihm eigentlich so wichtig war, Morteza ausfindig zu machen, aber mit jedem Tag nahm das Gefühl der Dringlichkeit zu. Er redete sich ein, Morteza etwas schuldig zu sein, wusste aber, dass sein Motiv eigentlich egoistischer Natur war. Es ging ihm um Vergebung. Hätte er nicht immer davon gesprochen, wie wichtig es war, das Richtige zu tun, wäre sie vielleicht nie gefahren. Es war seine Schuld, dass sie tot war. Er hatte das dringende Bedürfnis, sich verzeihen zu lassen. Aber erst musste er Morteza ausfindig machen.

Ulf Holtz fühlte sich unbeschwerter, als er das Präsidium verließ. Nicht einmal der Regen störte ihn. Dann betrat er die Gerichtsmedizin auf der anderen Seite des Innenhofs. Die Tür des Seziersaals war wie immer geschlossen, und er klopfte an die Milchglasscheibe.

»Hallo«, sagte Ulla Fredén und ließ ihn herein. »Brauchst du ein Handtuch?«

»Nein, das trocknet auch so«, erwiderte er und wischte sich ein paar Tropfen aus der Stirn.

Ulla Fredén trug wie immer einen weißen Kittel und das Haar hochgesteckt unter einer blauen Plastikhaube. Holtz betrachtete sie, als sie ihn an den Seziertischen aus Edelstahl vorbei in ihr Büro führte. Seine Blicke folgten ihren weichen, weiblichen Bewegungen, und er versuchte, sich den weißen Kittel wegzudenken, was ihm jedoch nicht gelang. Die Frau in dem großen Haus mit Aussicht auf die Felder war eine andere.

»Der Bericht des Osteologen ist eingetroffen«, sagte sie und nahm die Unterlagen, die zuoberst in einem Edelstahlschrank mit Glastüren lagen. Sie hatte schlanke, kräftige Waden. Eine Strähne war aus dem Haarschutz gerutscht und lockte sich auf ihrem weißen Kragen. Holtz war bislang nie aufgefallen, wie figurbetont der Arztkittel war.

»Hier ist es«, sagte sie und legte das rostbraune Wadenbein auf den Tisch.

Ulf Holtz reagierte nicht.

»Was ist? Du wirkst irgendwie so abwesend.«

»Wie bitte? Entschuldige, ich war in Gedanken.«

Ulla Fredén sah ihn prüfend an.

»Der Bericht entspricht nicht ganz deiner Theorie«, sagte sie und wog den Knochen in der Hand. Als ich das Gesicht modelliert habe, bin ich davon ausgegangen, dass es sich um eine junge Frau handelt.«

Ulf Holtz nickte.

»Sie war zwar noch recht jung, aber kein Mädchen, also eine junge Frau. Sie war dreißig, vielleicht fünfunddreißig Jahre alt.«

Irritiert runzelte Ulf Holtz die Stirn. Er versuchte sich zu erinnern, konnte sich jedoch nicht entsinnen, woher er diese Information zuerst bekommen hatte. Hatte er vielleicht einfach den Schluss gezogen, dass es sich um ein Mädchen handeln musste?

»Nimm es nicht so schwer. Meine erste Beurteilung war dieselbe wie deine. Sie war recht klein, aber der Osteologe ist sich sicher, dass es sich um eine erwachsene Frau handelt. Außerdem zeigen die Veränderungen der Beckenknochen, dass sie wahrscheinlich ein Kind zur Welt gebracht hat.«

Gerard beugte sich über Linda, die sich schützend einen Arm vors Gesicht hielt. Ihr Fuß schmerzte, und der Schmerz strahlte in die Wade aus.

»Wie geht's?«, fragte er und kniete sich neben sie.

»Der Fuß«, stöhnte sie.

Gerard half ihr auf die Beine.

»Au! Ich kann nicht auftreten.«

Er hob sie hoch, als sei sie ein kleines Kind und wickelte sie in seinen nassen Umhang.

»Sie müssen ins Warme«, sagte er und ging zum Dorf.

Sie protestierte nicht. Weglaufen konnte sie sowieso nicht, außerdem hielt er sie fest. Der Regen nahm zu und peitschte ihnen ins Gesicht. Sie lehnte ihren Kopf an seine Schulter und hatte den Geruch nasser Wolle in der Nase.

Im Haus war es warm und trocken. Gerard setzte Linda auf die Bank an der Wand, nahm einen Stock und stocherte in der Glut unter dem Topf. Langsam gewöhnten sich Lindas Augen an die Dunkelheit. Sie horchte.

»Hier«, sagte Gerard und reichte ihr ein dickes Fell. »Ziehen Sie Ihre nassen Sachen aus und wickeln Sie sich da rein. Gleich bekommen Sie was Warmes zu trinken. Ich lasse Sie allein, damit Sie in Ruhe die nassen Sachen ablegen können.«

Gerard verschwand hinter dem Vorhang des anderen Zimmers.

Linda zog sich im Sitzen aus. Sie ließ die tropfnassen Kleider zu Boden fallen. Bibbernd wickelte sie sich in das Fell und lehnte sich mit geschlossenen Augen zurück. Die Glut von der Feuerstelle wärmte sie, und bald waren ihre Wangen gerötet. Erst jetzt spürte sie, wie müde sie war. Ihre Lider wurden immer schwerer, und alle vernünftigen Gedanken wurden immer schwerer greifbar.

Linda schreckte auf. Etwas hatte sich verändert. Sie war nicht mehr allein. Diese Erkenntnis schärfte ihre Sinne. Auf einen Schlag war sie hellwach.

Die Frau stand direkt vor ihr. Etwas an ihr stimmte nicht. Sie stand so dicht vor ihr, dass Linda sie hätte berühren können, aber es schien eine unsichtbare Wand zwischen ihnen zu stehen, die es der Frau unmöglich machte, sie zu sehen.

»Sie haben mich erschreckt«, sagte Linda und lehnte sich instinktiv zurück. »Ich habe mich verletzt, und Ihr Mann ...«

»Sie hört Sie nicht«, sagte Gerard, der gerade eintrat. Er goss ein dampfendes Getränk in einen Becher und reichte ihn Linda. »Trinken Sie das, dann wird Ihnen warm«, sagte er.

Linda probierte, und das Getränk war süß und heiß.

Gerard strich der Frau über die Wange. Diese wandte sich ihm mit einem liebevollen Blick zu, blieb aber stumm.

»Sie kann weder hören noch sprechen. Aber sie kann einigermaßen von meinen Lippen lesen«, sagte Gerard.

Die Frau lächelte und nahm ihnen gegenüber auf einem Hocker Platz.

»Meine Tochter ist nicht wie andere, kommt aber trotzdem recht gut zurecht«, sagte er.

»Ihre Tochter? Ich dachte ...«

»Was?«

»Ich weiß nicht. Und der Junge?«

»Tor ist mein Enkel. Ich kümmere mich um die beiden«, erwiderte Gerard.

Linda trank mit kleinen, vorsichtigen Schlucken, während

Gerard erzählte. Gunhilda ist mit einem Gehirnschaden zur Welt gekommen, der aber so unbedeutend war, dass man ihn zuerst nicht entdeckt hatte. Anfangs hatte man angenommen, dass sie mit dem Sprechen etwas spät dran und außerdem etwas eigen sei, aber dann hatte sich gezeigt, dass sie weder hören noch sprechen konnte.

»Ich habe mich ihr ganzes Leben um sie gekümmert. Vermutlich habe ich ihr und mir keinen Gefallen damit getan, aber ich habe keine Alternative gesehen«, sagte er.

Linda warf ab und zu einen Blick zu Gunhilda hinüber, die sie entspannt betrachtete.

»Und Tor?«

»Wir wissen nicht, wer der Vater ist. Ich habe natürlich alles unternommen, um das herauszufinden, aber ohne Erfolg, und eigentlich spielt es auch keine Rolle.«

»Aber wie...«

»Eines Tages merkte ich, dass sie sich veränderte und außerdem zugenommen hatte. Da war sie bereits im fünften Monat.«

»Meine Güte, wie schrecklich«, rief Linda.

Gerard lachte.

»Im Gegenteil. Ich sehe das als Geschenk. Tor gibt Gunhildas und meinem Leben einen Sinn«, sagte er und stocherte wieder in der Glut, um das Feuer anzufachen.

Linda bewegte ihren Fuß. Der Knöchel tat immer noch weh, aber sie glaubte nicht, dass er gebrochen war. Sie stellte den Fuß auf den Boden und trat vorsichtig mit der Ferse auf. Vermutlich würde sie aus eigener Kraft zum Boot zurückkommen.

Da fiel ihr etwas ein.

»Was haben Sie eigentlich am Grab gemacht?«, fragte sie.

Beschämt legte er das an der Spitze schwach glühende Stöckchen beiseite. Dann trank er einen Schluck aus seinem Becher und sah sie über den Rand hinweg an.

»Eigentlich ist das lächerlich, aber das ist so eine Angewohnheit von mir. In der letzten Nacht danke ich den Göttern. Das war immer so, und Rituale gefallen mir.«

»Inwiefern war das immer so?«

»Ehe es Verordnungen gab und alles abgesperrt wurde, lag hier ein Opferplatz. Im Spätsommer, vor Herbstbeginn, versammelten sich die Asagläubigen und opferten den Göttern. Rein symbolisch natürlich. Aber dann wurde daraus ein Hippieritual und damit nahm es ein Ende. Ich mache das jetzt nur noch für mich.«

Linda trank den Becher leer.

»Danke, dass Sie mir geholfen haben«, sagte sie, stand auf und verzog dabei das Gesicht.

»Da drüben liegen trockene Kleider, die Sie leihen können. Ich kann Ihnen dann zurück zum Boot helfen.«

»Danke, ich komme schon zurecht«, sagte Linda und humpelte ins Nebenzimmer. Rasch schlüpfte sie in einen dicken Pullover und eine Trainingshose, die auf Fellen neben dem schlafenden Jungen lagen.

Gunhilda lächelte und winkte ihr zum Abschied zu. Gerard gab ihr die Hand. Es regnete nicht mehr, aber die Luft war kalt und feucht.

Ulf Holtz wusste nicht, wie es nun weitergehen sollte. Vor ihm auf dem Schreibtisch lag eine Mappe mit Informationen über die vermisste Gunilla Pirinen, das zweite Mädchen, das die Alphagruppe herausgesucht hatte. Das Mädchen auf dem Schulfoto schien ihn höhnisch anzulächeln. Sein sorgfältig aufgebautes Kartenhaus war eingestürzt. Die Suche nach einem vermissten Mädchen war Zeitvergeudung gewesen. Die Analyse der Alphagruppe war von Ulfs Angaben ausgegangen. Wie hatte er nur so dumm sein können? Allererstes Gebot war, alle Möglichkeiten in Erwägung zu ziehen, sich nicht auf eine einzige Theorie einzuschießen und vor allen Dingen, alle Testresultate abzuwarten. Er hatte gegen jede Regel verstoßen. Gunilla Pirinens Alter stimmte nicht mit den neuen Informationen überein.

Das Telefon klingelte. Erleichtert sah er, dass es Pia war. Wenn er im Augenblick überhaupt jemanden brauchen konnte, dann sie.

»Hallo«, antwortete er. »Ich bin in meinem Büro. Komm doch rüber.«

Kurz darauf erschien Pia mit einer Papiertüte in der Hand in seinem Büro.

»Frische Schnecken. Ich konnte nicht widerstehen«, sagte sie und stellte die Tüte vor Holtz auf den Tisch, dem der Duft gleich bessere Laune bescherte.

»Ist was passiert?«, fragte sie und ließ sich auf Holtz' Lieblingssessel nieder. Dann streckte sie die Hand nach der Tüte aus, aber Holtz schnappte sie ihr vor der Nase weg.

»Na, nimm schon«, sagte Pia, da Holtz sich nicht entscheiden konnte, ob er eine Schnecke mit Zimt oder mit Marzipanfüllung wählen sollte. Er nahm von jeder Sorte eine und warf die Tüte Levin zu, die sie elegant auffing.

Während sie die noch warmen Schnecken aßen, erzählte Holtz ihr von den jüngsten Erkenntnissen. Pia Levin leckte sich den Zucker von den Fingern und wischte sie an ihrer Hose ab. Holtz betrachtete sie missbilligend.

»Du bist doch keine Katze«, sagte er und gab ihr eine Serviette von dem nie versiegenden Vorrat aus seinem Schreibtisch.

Pia deutete mit einem Kopfnicken auf das Bild hinter seinem Schreibtisch.

»Hübsch. Ist das neu?«

»Ja, und teuer war es auch. Aber es gefällt mir, außerdem hielt ich es für ein gutes Omen in Bezug auf diese Ermittlung. Aber jetzt bin ich mir da nicht mehr so sicher. Diese Insel gibt ihre Geheimnisse nicht preis.«

Das Gemälde mit der ausgebombten Stadt und den Konturen des Peace-Symbols hing etwas schief, machte sich aber gar nicht schlecht.

»Was hast du da?«, fragte Pia und deutete auf ein Foto, das unter einem Papierstapel hervorlugte.

Holtz reichte es ihr.

»Wer ist das?«

»Das andere vermisste Mädchen, aber sie ist zu jung, wie sich herausgestellt hat. Sie heißt Gunilla Pirinen und verschwand Ende der Siebziger. Wenn ich mich recht entsinne, hat ihre Mutter sie als vermisst gemeldet«, sagte er und zog eine Mappe aus einer Schreibtischschublade. Er warf sie Pia zu, doch sie verfehlte das Ziel. Die Mappe glitt über den Tisch und der Inhalt fiel fächerförmig zu Boden. Ulf stand auf, um sie aufzuheben, aber Pia kam ihm zuvor.

»Was ist das für eine Karte?«, fragte sie.

Der Bogen war zweimal gefaltet. Pia faltete ihn auf und legte ihn auf den Tisch, den er fast komplett bedeckte. Jetzt sah sie, dass es keine normale Landkarte, sondern ein Übersichtsplan von einem Wohnviertel samt Umgebung war.

»Was hat dieser Plan mit der vermissten Gunilla zu tun?«, fragte sie nach einer Weile. »Wenn ich mich nicht irre, ist das ein Plan von dem Viertel, in dem ich die letzten Wochen den größten Teil meiner Arbeitszeit verbracht habe.«

Mit dem Finger suchte sie nach der abgebrannten Schule, dem Platz und den Hochhäusern, die ihn in einem Halbrund säumten. Schmale Straßen führten wie Radspeichen von dem Platz aus ins Viertel. Kleine Parks und Spielplätze waren ebenfalls eingezeichnet.

»Ja, schon möglich. Sie hat dort gewohnt.«

»Seltsamer Zufall.«

»Das Leben ist voller seltsamer Zufälle. Das solltest du inzwischen wissen.«

Pia Levin konnte ihren Blick nicht von dem Plan losreißen, der ganz offensichtlich die Skizze eines Architekturbüros war. Nicht alle Ideen waren verwirklicht worden, aber im Großen und Ganzen entsprach die Zeichnung dem Viertel von heute.

»Wie klein alles wirkt, wenn man es so sieht«, sagte sie. »Weißt du, was das hier ist?«

Ulf Holtz betrachtete verständnislos eine Linie am oberen Rand.

»Deine Insel.«

Linda lachte über seine Miene.

»Von der Autobahn aus ist die Insel gerade mal einen Kilometer entfernt.«

»Bist du dir sicher?«

»Ja. Von der Stadt ist es weit, aber nicht von hier«, sagte Pia und klopfte mit dem Finger auf den schmalen Sund, der die Insel mit den Grabungen von dem ultramodernen Vorort trennte.

»Das erklärt, warum sie von der Vermisstenliste als mögliche Kandidatin ausgewählt wurde. Räumliche Nähe war vermutlich ein Kriterium für die Alphagruppe. Aber das spielt jetzt keine Rolle mehr«, meinte Holtz und legte die Papiere in die Mappe zurück.

»Ich habe vor, noch einen letzten Ausflug auf die Insel zu unternehmen«, sagte er. »Hast du Lust mitzukommen?«

»Ja, warum nicht. Ein bisschen Abwechslung tut mir gut. Außerdem habe ich Linda schon lange nicht mehr getroffen«, sagte Pia.

»Natürlich, Linda! Die habe ich ganz vergessen«, sagte Holtz und erhob sich. Er nahm seine Jacke von dem Haken an der Tür und bestellte ein Taxiboot, während Levin ihre Sachen holte.

Kerstin wischte ihr mit einem schmutzigen Lumpen, den sie auf dem Boden gefunden hatte, die Stirn ab. Das Mädchen murmelte vor sich hin und stöhnte ab und zu, sie habe Durst. Ihre Lippen waren trocken, und ihr Atem stank nach Lösungsmittel. Kerstin saß auf dem Boden, der Kopf des Mädchens ruhte auf ihrem Schoß. Die Haut war schmutzig und grau, das blonde Haar klebte am Kopf.

»Du musst aufwachen.«

Kerstin schüttelte sie behutsam, aber nichts half. Schließlich legte sie den Kopf des Mädchens vorsichtig auf den Boden und erhob sich. Anschließend ging sie planlos im Raum auf und ab. Alle möglichen Gedanken schossen ihr durch den Kopf. Am liebsten hätte sie das Mädchen mitgenommen und wäre geflohen, aber sie wusste, dass das sinnlos war. Wo hätten sie sich verstecken sollen? Stavros würde sie und die Namenlose töten. Nervös schaute sie sich um. Wo war er? Lauerte er wie ein Raubtier in den Schatten? Er war schon mehrere Male wie aus dem Nichts aufgetaucht, mit einem schiefen Lächeln auf den Lippen und den Tod im Blick. Kerstin hatte inzwischen eingesehen, dass das, was er mit ihr machte, nicht in Ordnung war, und konnte sich nicht erklären, warum sie immer wieder hierher zurückkehrte. Stavros sperrte sie nicht ein. Du musst nicht wiederkommen, hatte er gesagt und mit der Hand über den geblümten Stoffbeutel gestrichen, der immer über seiner Schulter hing. Schon bei dem bloßen Gedanken daran begann Kerstin zu zittern. Die Nadel, die Spritze und das Feuerzeug. Ihr stockte der Atem, als wäre der Sauerstoff im Raum knapp. Sie rannte zu dem vernagelten Fenster. Das Brett saß fest, aber sie bekam eine Kante zu fassen und zog, bis es sich löste. Das unbarmherzige Licht der untergehenden Sonne fiel auf verstreuten Müll, Klebstofftuben und Plastiktüten.

Die Matratze war braun vor Schmutz. Kerstin legte unbewusst ihre Hand in den Schoß. Nur einmal, hatte er gesagt. Sie wusste nicht, wie viele Male es bislang gewesen waren. Es waren verschiedene Männer gewesen, und doch waren sie alle gleich. Es waren Bauarbeiter gewesen, und sie verstand kein Wort von dem, was sie sagten.

Nur noch einmal, hatte er gesagt und auf den Stoffbeutel geschaut.

»Bitte, hilf mir.«

Das Mädchen war aufgewacht. Sie lag auf der Seite und sah Kerstin an. Ihre Augen waren braun mit grünen Sprenkeln.

Genau wie meine, dachte Kerstin.

Pia Levin nahm die äußerste Stahlkugel und ließ sie los.

Klack, klack, klack.

»Wie funktioniert das eigentlich?«, fragte sie.

Ulf Holtz saß auf einer der Kojen und ließ die Beine baumeln. Linda ging in der engen Kajüte auf und ab.

»Die Bewegung setzt sich irgendwie fort, ohne dass es den Kugeln in der Mitte anzumerken ist«, antwortete Holtz.

»Fast wie im Leben«, meinte Pia.

»Wie meinst du das?«

»Stell dir vor, das hier ist ein Ereignis in früher Kindheit«, sagte sie und hob die Kugel an, soweit es die Schnur zuließ, und ließ dann los. »Das Leben vergeht, augenscheinlich vollkommen unbeeinflusst von diesem Vorfall. Aber er lebt fort, und später im Leben kommt dann die Reaktion«, sagte sie.

»So kann man das natürlich auch sehen«, meinte Holtz, glitt von der Koje und nahm an dem langen Tisch mitten in der Kajüte Platz. Linda setzte sich neben ihn.

Pia spielte gedankenverloren mit den Kugeln des Newtonpendels, während Linda von ihrer Begegnung mit Gerard, seiner taubstummen Tochter und dem kleinen Tor erzählte. Ulf Holtz hörte zerstreut zu. Er hatte sowieso nie geglaubt, dass der große Wikinger etwas zu verbergen hatte. Holtz reckte sich und unternahm ein paar tapfere Versuche, Rücken und Nacken zu dehnen.

»Gerard erzählte, dass sich die Asagläubigen früher hier versammelten, um die Götter um milde Winter anzuflehen, wie man das schon zur Wikingerzeit getan hatte. Aber offenbar fand diese Tradition einige Jahre später ein Ende, als sie zu einem Hippieritual mutierte, das darauf hinauslief, in Ruhe einen Joint zu rauchen.«

Ulf Holtz beugte sich vor, packte die Kojenkante mit beiden Händen und machte ein Hohlkreuz.

»Hippies?«, fragte er und erhob sich mit glühenden Wangen.

»Ja. Und?«

Pia Levin stoppte die hin- und herschwingenden Kugeln. Sie musterte Holtz und sah, dass das analytische Gehirn des routinierten Polizisten zu arbeiten begonnen hatte. Ereignisse, Beobachtungen und Berichte passierten in seinem Innern in rasendem Tempo Revue, bis sie schließlich ein Muster ergaben.

»Das ist des Rätsels Lösung«, sagte er, riss seine Tasche an sich und kramte die inzwischen prall gefüllte Mappe hervor. »Hier«, sagte er und legte ein Foto des Peace-Zeichens auf den Tisch. »Ich weiß zwar nicht viel über Hippies, aber einer Sache bin ich mir sicher, nämlich, dass dieses Symbol mit ihnen verbunden ist.«

»Aber Papa, das ist wirklich das Dümmste, was ich seit Langem gehört habe. Meinst du, Frieden ist nur etwas für bestimmte Leute?«

Holtz verdrehte die Augen.

»Du weißt, was ich meine.«

»Nein, das tue ich nicht. Aber du kannst es mir gerne erklären.«

»Jetzt regt euch mal ab«, sagte Pia Levin und nahm das Foto vom Tisch. »Lasst uns laut nachdenken. In den Siebzigerjahren kamen alle möglichen Leute an diesen Ort, der damals dafür bekannt war, allerhand Gesindel anzuziehen«, sagte sie und machte mit den Fingern Anführungsstriche in der Luft.

Linda atmete tief ein, war aber nicht schnell genug, und Levin fuhr fort:

»Eine kleine und noch recht junge Frau, vielleicht ein Blumenkind des Friedens, stirbt und endet in einem flachen Grab, wo sie bleibt, bis von ihr nur noch das Skelett übrig ist und du sie dort findest, Linda.«

»In sitzender Stellung«, meinte Holtz. »Ich glaube, sie wurde sitzend begraben, in einer von den Gruben, die die Archäologen ausgehoben haben.«

»Warte. Wenn deine These mit dem Knochenhaufen stimmt, dann hätte sie über einen langen Zeitraum in einem offenen Grab gesessen, und das wäre ein Ding der Unmöglichkeit.«

Ulf Holtz kniff die Augen zusammen.

»Auch darüber habe ich mir Gedanken gemacht und eine Theorie entwickelt. Sie stirbt an Ort und Stelle oder wird in die Grube gesetzt. Dann wird sie mit Erde bedeckt und nach einiger Zeit, vielleicht mehreren Jahren, ebnen Landwirtschaftsmaschinen alles ein. Das Skelett wird zusammengedrückt, was die Position der Knochen erklärt.«

Pia Levin nickte zustimmend.

»Vielleicht. Und im Übrigen ist es gar nicht sicher, dass sie schon tot war, als sie in die Grube gesetzt wurde.«

»Was soll das denn heißen?«, rief Linda.

»Rein theoretisch könnte sie noch gelebt haben, als sie begraben wurde«, meinte Pia.

Linda verzog das Gesicht.

»Nein, ich will jetzt nichts mehr davon hören.«

»Was wissen wir denn über sie?«, fragte Pia.

»Zumindest weiß ich, wie sie aussah«, erwiderte Ulf Holtz. Er nahm vier Ausdrucke aus der Mappe, die Jane in verschiedenen Lebensphasen zeigten, und reichte sie Pia.

Sie betrachtete ein Bild nach dem anderen und stutzte plötzlich.

»Seltsam... Das hier könnte Margareta sein«, murmelte sie.

Sie blieben lange am Tisch sitzen. Holtz suchte die Skizze von dem Grab hervor. Jeder Knochen war auf dem Millimeterpapier eingezeichnet. Während der Ausgrabung war es Holtz so vorgekommen, als hätten die Knochen durcheinandergelegen, aber jetzt sah er, dass ihre Position einem fast kompletten Leichnam entsprach, einem Menschen, der an Ort und Stelle in sich zusammengefallen war. Dass der Schädel und einige der größeren Knochen etwas weiter weg gelegen hatten, ließ sich vermutlich dadurch erklären, dass die Erde durch Regen und Frost in Bewegung geraten war. Professor Sebastian hatte erläutert, dass keine Erde der anderen gleiche und dass sich feststellen ließe, ob sich die Knochen bewegt hätten. Aber die Zusammensetzung der Erde wies keine größeren Abweichungen auf, was für Holtz' Theorie sprach, dass die Leiche mit örtlicher Erde bedeckt worden war. Stoffreste waren auch gefunden worden sowie einige Knöpfe und natürlich das Peace-Zeichen. Die Stoffanalysen hatten nichts ergeben, und ein paar Münzen hatten nur bestätigt, was sie ohnehin wussten, nämlich dass das Grab nur wenige Jahrzehnte alt war.

Warum hatten sie sonst nichts gefunden? War alles verrottet und eins mit der Natur geworden? Holtz runzelte die Stirn.

»Keine Spuren sind auch eine Spur«, sagte er unvermittelt. Pia Levin nickte.

»Worüber redet ihr?«, fragte Linda von ihrer Koje aus, wohin sie sich zurückgezogen hatte.

»Bist du wach? Ich dachte, du schläfst«, sagte Holtz.

»Nein, ich liege hier und denke über die Ereignisse des Sommers nach. Stellt euch vor, ich freue mich darauf abzureisen.«

»Gefällt es dir hier nicht?«, fragte Pia.

Linda zog den Vorhang beiseite und streckte ihren Kopf aus der Koje.

»Doch, aber ihr kennt mich ja. Es ist an der Zeit weiterzuziehen. Ich glaube, dieses Mal fahre ich nach Guatemala.«

Ulf Holtz spürte, wie sich ein Gefühl der Enttäuschung in ihm ausbreitete, aber darüber schwieg er. Er hatte gehofft, dass Linda zu Hause bleiben und vielleicht bei ihm wohnen würde, bis sie was Eigenes gefunden hatte. Und dann war da noch Andor. Aber Holtz war sich durchaus bewusst, dass das egoistische Gedanken waren, und er verspürte auch eine gewisse Erleichterung. Er musste sein eigenes Leben leben und durfte sich nicht von seinen erwachsenen Kindern abhängig machen.

»Was macht ihr?«, fragte Linda und sprang aus ihrer Koje.

»Wir tragen das zusammen, was wir im Grab gefunden oder eben nicht gefunden haben. Wenn es doch nur einen kleinen Gegenstand gegeben hätte, der uns weitergebracht hätte. Vielleicht etwas von demjenigen, der das Grab ausgehoben hat. Irgendetwas.«

Linda nickte. Holtz sah sie an. Sie war wirklich eine Schönheit. So jung und so hübsch, und das ganze Leben hatte sie noch vor sich. Diesen altklugen, nachdenklichen Blick hatte sie schon als Kind gehabt.

»Was geht jetzt gerade da drinnen vor?«, fragte Holtz und deutete auf ihren Kopf.

»Warte«, erwiderte sie zögernd. »Du hast was über das Grab gesagt. Über Funde.«

Barfuß eilte sie in eine Ecke, in der ihre Kleider gewaschen und ordentlich zusammengefaltet lagen. Hastig durchsuchte Linda den Stapel.

»Was ist? Wonach suchst du?«, fragte Ulf.

Linda wühlte in den ordentlich gestapelten Kleidungsstücken, die sie auf die Insel mitgenommen hatte. Holtz verfolgte das Schauspiel mit zunehmendem Interesse.

Linda schob die Hand in die Taschen ihrer frischgewaschenen Hose. Erst einmal, dann noch einmal. Ulf Holtz erhob sich, ging zu ihr und legte ihr eine Hand auf den Arm. Sie wandte ihm ihr blasses Gesicht zu.

»Mädchen, was ist denn los?«

Linda starrte ihn an, als wüsste sie plötzlich nicht mehr, wer er war.

»Ich habe im Grab noch etwas entdeckt, kann es aber jetzt nicht mehr finden.«

»Immer mit der Ruhe. Wovon redest du?«

»Ein kleiner Gegenstand aus Plastik, den ich in die Tasche gesteckt habe. Jetzt ist er weg«, sagte sie.

»Wieso hast du ihn denn nicht ordnungsgemäß verwahrt und in die Fundliste eingetragen?«

Linda sah verzweifelt aus.

»Ich weiß nicht, ich dachte, es wäre Abfall, und dann habe ich es einfach vergessen.«

Ulf Holtz war verärgert, gab sich aber alle Mühe, ruhig

zu bleiben. Ihm war schleierhaft, wie man so dumm sein konnte.

»Dir ist doch klar, dass alles, was man an einem Tatort findet, wichtig sein kann«, sagte er verbissen.

Sie drehte sich abrupt um und sah ihn an.

»Mensch, ich bin schließlich keine Kriminaltechnikerin. Ich habe ja nur mitgeholfen. Wenn du, wie es deine Pflicht war, hiergeblieben wärst...«

Sie schlug sich die Hände vor das Gesicht und stöhnte.

»Entschuldige, Papa.«

»Denk nach. Wo könnte dieser Gegenstand hingeraten sein?«

Linda durchsuchte alle ihre Hosen. Sie wühlte in den Taschen, als könnte sie das Ding auferstehen lassen, wenn sie nur lange genug suchte.

»Konzentrier dich, Linda. Wo könnte der Gegenstand hingeraten sein?«, sagte Holtz und betonte dabei jede Silbe.

»Andor müsste es wissen.«

»Andor?«

»Ja. Er hat meine Wäsche gewaschen.«

Ulf Holtz blieb die Spucke weg.

»Und?«, fauchte Linda. »Was ist schon dabei?«

»Das besprechen wir ein andermal. Wo ist er?«

Linda zog ihr Handy aus der Tasche, ließ es aber vor lauter Aufregung fallen. Es zerfiel in seine Einzelteile, und der Akku schlitterte über den lackierten Holzboden.

»Verdammt, verdammt, verdammt.«

Sie sammelte auf allen vieren die Teile ein und setzte sie wieder zusammen. Ulf Holtz wollte ihr helfen, aber sie wies ihn wütend ab. Er sah Pia an, aber diese hob nur die Hände in einer Zieh-mich-da-bitte-nicht-rein-Geste.

Schließlich gelang es Linda, ihr Telefon wieder in Gang zu setzen.

Ulf und Pia verstanden nicht viel von der erregten Unterhaltung. Nach einer Weile warf Linda ihr Handy auf den Tisch und verschwand mit einem großen Schritt durch die Dachluke. Pia folgte ihr.

Ulf Holtz seufzte tief, hob Lindas Kleider auf und legte sie zusammengefaltet auf ihre Koje. Anschließend ließ er sich schwer auf einen Stuhl fallen. Er war am Ende. Wie hatte er nur so dumm sein können, seiner Tochter eine forensische Grabung zu überlassen? Er hatte ihr doch das Prozedere erläutert, oder etwa nicht?

Gedankenverloren spielte er mit dem Newtonpendel auf dem Tisch, er hob die äußerste Kugel an und ließ sie los. Klack, klack, klack. Ein lautes Scheppern von draußen riss ihn aus seinen Gedanken, und er begab sich an Deck um nachzusehen, was los war.

Auf dem Kai stand Pia neben dem Müllcontainer. Sie hatte ihren Kopf hineingesteckt und unterhielt sich mit jemandem. Die schweren Klappen waren geöffnet und mit Ketten gesichert. Holtz fand, dass der Container an einen Drachen erinnerte.

Als er den Container erreichte, zog Linda gerade ihren Kopf zurück und hielt eine kaputte Mülltüte in der Hand. Aus einem Schlitz hing eine braune Bananenschale und eine braune Flüssigkeit tropfte aus der Tüte. Sie verzog angewidert das Gesicht.

»So klappt das nie«, sagte sie und warf die Tüte zurück.

»Könnte mir mal jemand erklären, was hier los ist?«, fragte Ulf Holtz.

Pia hing über dem Containerrand und schien die Tüten von einem Ende zum anderen zu schichten.

»Irgendwo muss sie sein«, rief sie, als Lindas Kopf wieder in der Öffnung auftauchte.

»Linda!«

Diese hielt inne und wandte sich ihrem Vater zu.

»Das Teil lag in meiner Hosentasche, und Andor hat es weggeworfen, als er meine Hosen gewaschen hat.«

Ulf Holtz warf einen Blick in das Innere des Containers. Er war zur Hälfte mit stinkenden Mülltüten gefüllt.

»Wann ist der zuletzt geleert worden?«

»Keine Ahnung. Aber es ist noch nicht so lange her, dass Andor gewaschen hat, und der Container ist erst halbvoll. Die Tüte müsste also noch hier liegen«, sagte Linda und tauchte wieder ab.

»Weißt du, was ihr außerdem noch weggeworfen habt?«, fragte Ulf und versuchte seinen analytischen Scharfsinn einzusetzen. »Komm da wieder raus. Wir versuchen es jetzt systematisch.«

»Hier«, sagte Linda plötzlich und hielt die Tüte von einem Schuhgeschäft in die Höhe. »Ich bin mir sicher, dass es die hier ist.«

Ulf Holtz war skeptisch. So einfach kann das nicht sein, dachte er, nahm Linda die Tüte aber aus der Hand und entfernte sich ein Stück von dem Gestank, um sie näher zu untersuchen. Pia half Linda aus dem Container. Sie rümpfte die Nase, als sie Linda die Hand gab.

»Du riechst auch nicht mehr so toll«, meinte Linda und lachte.

Ulf Holtz hatte die Tüte auf einen Tisch gelegt und riss sie vorsichtig auf. »So geht die Spurensicherung für gewöhnlich nicht vor, aber es ist besser, wenn wir das möglichst rasch hinter uns bringen.«

Er kippte den Inhalt der Tüte auf den Tisch. Alles war mit einer hellgelben Flüssigkeit verklebt und stank. Holtz sah sich nach einem Gegenstand um, mit dem er herumstochern konnte, fand aber nichts Passendes, holte tief Luft und machte sich mit bloßen Händen ans Werk.

»Da«, sagte Linda plötzlich und deutete mit dem Zeigefinger.

Ulf Holtz nahm den kleinen Gegenstand in die Hand.

»Das hier?«

»Ja. Das habe ich in dem Erdhaufen gefunden«, sagte Linda.

Sie wagte nicht, ihrem Vater in die Augen zu sehen.

Ulf Holtz hielt den kleinen Gegenstand zwischen Daumen und Zeigefinger und betrachtete ihn schweigend.

»Das könnte ein Teil von einem Pfeifenmundstück sein«, sagte er.

Es brannte, tat aber nicht besonders weh, da der Schlag die Wange nicht genau getroffen hatte. Ihre Mutter hob die Hand ein weiteres Mal, aber Kerstin zog den Kopf ein, und ihre Mutter stürzte in der Küche zu Boden.

»Du bleibst zu Hause«, lallte sie.

Kerstin wich ein paar Schritte zurück, um dem mit Erbrochenem verkleckerten Kleid ihrer Mutter nicht zu nahe zu kommen. Diese lag halb aufgerichtet auf dem Fußboden und versuchte erfolglos aufzustehen. Die Küche, die einige Tage zuvor noch nach Schmierseife gerochen hatte und sauber gewesen war, sah wieder verlottert aus. Es war sogar noch schlimmer als sonst. Eine zerbrochene Wodkaflasche lag auf der Erde, und es stank nach Alkohol. Ihre Mutter hatte die Flasche fallen lassen und war vollkommen verzweifelt gewesen. Kerstin hatte sie nur einmal so erlebt, damals, als sie das Porzellanpferd zerbrochen hatte. Ihre Mutter hatte erfolglos versucht, den verschütteten Wodka in ein Glas zu schieben. Als Kerstin sie davon hatte abhalten wollen, hatte ihre Mutter sie beiseite gestoßen.

Kerstin war getürmt und tagelang fortgeblieben. Erst danach hatte sie den Mut gehabt, nach Hause zurückzukehren. Da hatte die Wohnung fast noch schlimmer ausgesehen.

»Du verschwindest nie wieder«, kreischte ihre Mutter. »Du darfst mich nicht allein lassen.«

Kerstin betrachtete ihre Mutter mit leerem Blick und versuchte wirklich, ein Gefühl der Zärtlichkeit oder wenigstens des Mitgefühls aufzubringen, aber es gelang ihr nicht. Sie empfand nur Verachtung. Sie kehrte ihrer Mutter den

Rücken und ließ sie auf dem Boden in dem Schmutz und zwischen den Glasscherben liegen. Bereits im Treppenhaus konnte sie leichter atmen. Sie rannte die Treppe hinunter auf den Hof. Kerstin wollte eigentlich nicht, aber ihre Beine trugen sie trotzdem dorthin. Sie würde alles tun, wenn ihr Körper nur das bekam, woran er sich gewöhnt hatte. Alles.

Kerstin zog den Kopf ein und rannte durch den Regen. Der warme Sommer hatte ein abruptes Ende genommen. Das Laub der Bäume in dem Wäldchen war bereits gelb. Die Luft war klar und sauber, und während sie rannte, atmete sie die feuchte Luft tief ein.

Was hatte sie erwartet? Dass ihre Mutter eine normale Mutter sein würde? Wie idiotisch!

Dieses Mal hatte ihr Kerstin wirklich geglaubt, und deswegen war die Enttäuschung auch größer denn je. Sie spürte einen metallischen Geschmack im Mund, wenn sie an den Ausbruch ihrer Mutter dachte. Phasenweise war ihrer Mutter alles egal. Es konnten Wochen verstreichen, ohne dass Kerstin ihre Mutter traf, dann plötzlich war diese wie verwandelt und wollte über jeden ihrer Schritte Bescheid wissen. Kerstin wusste nicht, was schlimmer war, ganz auf sich gestellt zu sein oder ihrer Mutter Rede und Antwort stehen zu müssen.

Sie rannte weiter, sprang über die Schienen und stolperte über ein Brett, das aus einem Stapel herausragte, fing sich aber wieder. Kerstin hatte ihre Freunde und brauchte ihre Mutter nicht. Sie wünschte sich, irgendwie verschwinden zu können.

Das Verlangen nach dem weißen Gift veranlasste Kerstin, noch schneller zu laufen. Es hatte wie immer wie ein leiser Wunsch begonnen, der immer dringlicher wurde und sie jetzt ganz erfüllte. Bald, bald. Die Nadel, die in ihren Arm eindrang und sie von allem befreite. Kerstin wollte kein anderes Leben führen. Sie wollte immer so leben. Die keuchenden Bauarbeiter, die sie zu Boden drückten, während Stavros draußen Wache schob, spielten eigentlich keine Rolle, das wusste sie. Das hatte er gesagt. Er brauchte schließlich Geld, er zählte es immer mit schnellen Fingern, ehe er es in der Hosentasche verschwinden ließ. Bald würde es ihr erspart bleiben. Nur noch ein paarmal, dann würde das Geld reichen, und sie würde alles bekommen, was sie brauchte. Das hatte Stavros versprochen.

Kerstin verlangsamte ihre Schritte. Die Tür war mit einer großen Holzplatte verrammelt. Sie begann zu schwitzen und spürte gleichzeitig, wie sich die Erkenntnis, dass sie nichts bekommen würde, wie eine kalte, ölige Flüssigkeit in ihrem Körper ausbreitete. Als sie die Holzplatte erreichte, war aus ihrer Enttäuschung Panik geworden. Ihre Hände suchten fieberhaft nach einem Spalt, wobei ein paar Fingernägel abbrachen und sie sich die Haut aufschürfte, sodass sie blutete. Stavros war nicht da, wie sie gehofft und geglaubt hatte. Dort drinnen gab es das, was sie brauchte. Es musste einfach so sein.

»Mach auf. Bitte, mach auf«, jammerte sie und klopfte an die Holzplatte.

Nichts geschah. Sie rannte um das Haus herum und blickte zum Fenster hinauf. Die Bretter saßen schief, eines fehlte. Vielleicht war ja doch jemand da. Das Mädchen musste dort sein.

»Hallo«, rief sie, aber ihre Stimme überschlug sich.

Dann erinnerte sie sich an die Eisenstange. Wo war das krumme Armierungseisen, das sie beim ersten Mal genommen hatte, als sie die Tür aufgebrochen hatte? Sie hatte es doch nur einfach beiseitegeworfen? Ihr Herz klopfte schneller. Sie schluckte immer wieder, aber ihr Mund blieb trocken. Kerstin suchte in den Büschen am Haus. Das regennasse, welke Gras roch verrottet. Da. Auf der Erde, nur ein paar Meter von der Hauswand entfernt. Wie hatte sie das übersehen können? Sie nahm die rostige, geriffelte Eisenstange, holte aus und schlug mit aller Kraft zu, verfehlte aber den Spalt, auf den sie gezielt hatte. Noch einmal, jetzt genauer. Das Holz splitterte. Noch einmal und ein weiteres Mal. Die Holzplatte gab nach, und sie konnte ihre Hände hindurchschieben, um sie wegzuziehen.

Kerstin rannte die Treppe hoch. Das Mädchen in der Ecke regte sich nicht. Nichts regte sich, alles war still.

»Wo versteckt er es?«, sagte sie. »Bitte, sag's mir.«

Das Mädchen rührte sich nicht. Die Dose mit dem Kleber war umgefallen. Ihr Gesicht war grau. Sie hatte die Augen geöffnet.

»Bitte, sag mir, wo es ist.«

Sie schüttelte das Mädchen. Der Chemikaliengeruch ihres Atems überwältigte sie. Das Mädchen regte sich noch immer nicht, nicht einmal als Kerstin mit den Fäusten auf sie einschlug.

»Bitte, wach auf. Ich brauch' das jetzt!«

Sie tastete mit der Hand hinter das Mädchen. Nichts. Sie zog den schweren, leblosen Körper von der Wand weg. Nichts unter der Decke, nichts in der Ecke.

Wo war der Stoffbeutel? Kerstin durchsuchte den ganzen Raum, jeden Winkel, sie drehte allen Unrat um und trat gegen alles, was auf der Erde lag. Da, hinter einem Dachsparren zwei Meter über dem Boden entdeckte sie ein geblümtes Stück Stoff. Sie sprang in die Luft, verfehlte es, sprang nochmal, erwischte es und zog es nach unten. Es klapperte. Erleichterung. Der Löffel, die Spritze, das Feuerzeug, Watte und das weiße Pulver. Sie bereitete rasch alles vor, was sie brauchte. Ihre Hände zitterten, als sie das Feuerzeug aufflammen ließ und das Heroin zu sprudeln begann. Kerstin kleckerte etwas, aber es gelang ihr, das Meiste zu retten. Die Nadel funkelte. Sie schob die Schlaufe des Riemens am Arm ganz nach oben und zog sie mit den Zähnen zu, indem sie den Kopf zurückbeugte.

Kerstin ballte die Hand einige Male zur Faust, damit die Venen in der Armbeuge deutlicher hervortraten. Eine blaulila Linie schlängelte sich ihren schmalen Arm entlang. Sie stieß die Nadel in die Vene, drückte langsam den Kolben hinunter und betrachtete die Flüssigkeit, die Strich um Strich abnahm. Ihr Herz drosselte sein Tempo. Sie zählte die Herzschläge und schloss die Augen.

Er zerrte an ihren Haaren. Fest, mehrmals, Haarbüschel lösten sich. Kerstin schrie.

»Wach auf, du kleine Schlampe! Du sollst aufwachen«, zischte er und schlug so fest mit der flachen Hand zu, dass ihr Kopf zur Seite flog. Ein roter Nebel tauchte am Rand ihres Gesichtsfeldes auf. Kerstin krümmte sich zusammen, und ihre Bauchmuskeln verkrampften sich aus Überlebensreflex, sodass sie verwirrt und verängstigt in Embryostellung dalag.

Wann würden die Tritte kommen? Es war, als hätte ihr Gehirn Gehör und Sehschärfe zurückgenommen und stattdessen ihren Geruchssinn geschärft. Der süßliche Geruch war so durchdringend, dass er in jede Pore, jeden Millimeter Haut und jedes Haar zu dringen schien. Der Brandgeruch überzog ihr Gesicht wie eine dünne Schicht.

»Wenn du dich noch mal an meinem Horse vergreifst, dann bring ich dich um, das verspreche ich dir. Niemand wird dich finden. Niemand weiß, wo du bist. Kapiert?«

Stavros' Stimme war sanft. Er strich ihr über das Haar, über die Wange und den Hals. Kerstin schluckte und wich zurück, als sich die warme Hand auf ihren Hals legte. Sie hörte, wie er inhalierte, den Rauch in der Lunge hielt und dann langsam entweichen ließ.

»Wir machen einen kleinen Ausflug, du und ich«, sagte er und ließ die Finger über ihren Kehlkopf gleiten.

Kissen und Decke lagen auf dem Boden. Eine leere Weinflasche kühlte ihre Wange. Kerstins Mutter fror und streckte die Hand nach der Decke aus, bekam sie aber nicht zu fassen. Verärgert schob sie die Flasche beiseite. Sie hatte einen sauren Geschmack im Mund und ihr Kiefer schmerzte. Sie tastete mit der Hand und fühlte die vertraute, runde Form einer Wodkaflasche. Sie umfasste sie und drehte sich auf den Rücken. Noch ehe sie es sehen konnte, merkte sie, dass die Flasche leer war. Eine Welle des Selbstmitleids schlug über ihr zusammen. Sie schluchzte auf und warf die Flasche von sich. Sie ging nicht kaputt. Das Laken unter ihr war nass, es klebte an ihr, und Uringeruch stieg ihr in die Nase.

Kerstins Mutter setzte sich an der Wand auf und blieb lange so sitzen. Ihr Durst brachte sie schließlich trotz ihrer Kopfschmerzen dazu, das Bett zu verlassen. Ein bösartiges Hämmern hinter ihrer Stirn wurde durch jede Bewegung verstärkt. Langsam schlurfte sie ins Badezimmer. Mit jedem Schritt nahmen die Schmerzen zu. Sie trank über das Waschbecken gebeugt aus der hohlen Hand. Große, kalte Schlucke gaben ihrem Körper ein wenig Leben zurück.

Wo war Kerstin? Sie hatte ihr doch befohlen, zu Hause zu bleiben. Eine vage Erinnerung an Streit und Geschrei wurde deutlicher. Wann war das gewesen? Sie begann zu zittern, erst leicht, dann immer heftiger, bis sie nicht mehr stehen konnte. Die Tränen und Schluchzer raubten ihr sämtliche Energie. Sie ließ sich auf den runden Teppich mit den langen Fransen sinken.

Jegliche Kraft schien ihren Körper zu verlassen, als durchlaufe er einen Reinigungsprozess. Zu guter Letzt war sie vollkommen erschöpft, die Tränen versiegten, das Schluchzen verebbte, und ein Gefühl der Ruhe überkam sie. Kerstins Mutter lag halbnackt auf dem Fußboden im Badezimmer, verfluchte ihr Leben, aber gab auch ein Versprechen ab. Kerstin würde wieder eine Mutter haben, eine richtige, nüchterne Mutter. Sie würden woanders neu anfangen.

Wenig später saß sie am Küchentisch. Sie hatte zwei Tassen Tee mit viel Zucker getrunken. Sie war müde und ausgelaugt, aber auch entschlossener denn je.

Es eilte. Wo war ihr kleines Mädchen? Kerstins Mutter zog einen dünnen Pullover und einen sommerlichen Rock mit Knopfreihe auf der Vorderseite an und ging nach draußen, um nach ihrer Tochter zu suchen. Vor dem Haus blieb sie stehen, unsicher, wo sie beginnen sollte. Sie grübelte. Wovon hatte Kerstin während ihrer wenigen offenen Gespräche erzählt? Sie fühlte sich ohnmächtig. Was wusste sie eigentlich über das Leben ihrer Tochter?

Es roch nach regennassem Asphalt und feuchtem Sand. Planlos und mit einer nagenden Unruhe im Körper irrte sie in der Gegend herum. Hier und dort war ein Fenster erleuchtet, aber Rohbauten und unbewohnte Häuser dominierten das Viertel. Erst jetzt fiel ihr auf, wie öde es war. Einige wenige Straßenlaternen verbreiteten einen gelben Schein, aber zum größten Teil lag das Wohnviertel im Dunkeln. Es schauderte sie, und sie wünschte, sie hätte einen Mantel angezogen. Ihre Suche war unsystematisch. Ab und zu rief sie Kerstins Namen, aber niemand antwortete. Sie begann zu rennen, von einem zunehmenden, unerklärlichen Gefühl der Dringlichkeit erfüllt.

Aus dem Augenwinkel sah sie plötzlich, dass sich neben den unfertigen Häusern etwas bewegte. Als sie sich umdrehte, war jedoch nichts zu sehen. Irgendjemanden musste sie doch fragen können, irgendeine Menschenseele musste doch wissen, wo Kerstin war. Wieder ein Schatten und das Geräusch einer Haustür, die ins Schloss fiel. Sie schlug die Richtung ein, aus der das Geräusch gekommen war, stolperte über einen abgebrochenen Zaun, blieb mit der Strumpfhose hängen, eilte jedoch weiter, ohne sich um die Laufmasche und die blutige Schramme zu kümmern.

Sie streckte die Hand nach der Klinke aus und stellte erstaunt fest, dass offen war. Die Tür glitt auf, und sie trat ins Dunkel.

»Kerstin?«, rief sie.

Ihre Stimme hallte in dem dunklen Eingangsbereich. Er kam ihr vertraut vor und auch wieder nicht. Die gleiche Farbe an den Wänden wie in ihrem Haus, aber staubig und verlassen. Statt der Fahrstuhltür gähnte ein dunkles schwarzes Loch.

»Ist da jemand?«, rief sie die Treppe hinauf.

Keine Antwort. Aber dann nahm sie weiter oben eine Bewegung wahr. Schlurfende Schritte und Geflüster hallten im Treppenschacht wider.

Mit trockenem Mund und klopfendem Herzen begann sie

die Treppe hochzugehen. Irgendwer musste wissen, wo Kerstin war. Auf jedem Stockwerk hielt sie inne und spähte in die Dunkelheit. Um den leeren schwarzen Fahrstuhlschacht machte sie einen großen Bogen.

Niemand antwortete auf ihre Rufe. Sie war am Ende der Treppe angelangt, und ein leeres Stockwerk breitete sich vor ihr aus. Eine dunkle Gestalt bewegte sich in den Schatten.

»Ist da jemand?«, flüsterte sie.

Er trat in das schwache Licht des Fensters und kam dann auf sie zu. Ein junger Mann, fast noch ein Junge. Kerstins Mutter wich zurück. Warum war sie hierhergekommen?

»Ich suche meine Tochter Kerstin«, sagte sie, wobei sie langsam rückwärtsging, bereit, jederzeit wegzulaufen.

Er kam näher, und sie trat einen weiteren tastenden Schritt zurück und spürte nichts als Leere. Eiseskälte breitete sich in ihrem Körper aus, als ihr Gehirn registrierte, dass da kein fester Boden mehr war. Sie sah sich schon mit fuchtelnden Armen im Abgrund des Aufzugsschachts verschwinden und schrie auf.

Der Mann warf sich nach vorne, bekam ihren Arm zu fassen und zog sie zu sich. Beide fielen in dem Vorraum neben dem Schacht zu Boden. Sie rollte auf die Seite und atmete rasch und unkontrolliert.

»Das war knapp«, sagte der Mann mit heller Stimme, erhob sich und trat ein paar Schritte zurück. »Suchen Sie Kerstin?«

Sie fand, dass er etwas Gequältes hatte, etwas Finsteres in dem rundlichen, vernarbten Gesicht mit den roten Flecken.

»Wissen Sie, wo sie ist?«, fragte sie und erhob sich.

Der Mann sah aus, als wolle er etwas sagen, zögerte dann aber. Er wandte sich von ihr ab und schlenderte zu einem Fenster am anderen Ende des Stockwerks.

»Bitte«, rief sie. »Wissen Sie, wo Kerstin ist?«

»Ja. Ich glaube, ich weiß, wo er sie hingebracht hat.«

Das Stück Plastik, das Linda in der Erde gefunden hatte, erwies sich ganz richtig als Teil einer Pfeife. Die Analyse datierte es mehrere Jahrzehnte zurück. Es konnte zwar lange Zeit nach Jane in die Erde gelangt sein, aber der Fund deutete zumindest in die richtige Richtung.

Ulf Holtz legte das Plastikstück auf den Leuchttisch in dem sterilen Kabuff, das zur Entnahme avancierter DNA-Proben verwendet wurde. Die Luft und alles andere in dem hermetisch abgeschlossenen Raum war gereinigt worden. Der kleine schmutzige Gegenstand war vielleicht das, wonach Holtz gesucht hatte, ein Bindeglied zwischen damals und heute. Dass es sich ausgerechnet um ein Pfeifenmundstück handelte, dafür dankte er seinem glücklichen Stern. Sorgfältig schob Holtz die Nadel mit der Wattespitze in das Pfeifenrohr, schob sie einige Male hin und her und zog sie dann wieder heraus.

Sein Mundschutz bewegte sich wie eine Membran. Zum ersten Mal hatte Holtz das Gefühl, in dieser Ermittlung eine brauchbare Spur zu haben. Er legte das kleine Wattestäbchen in ein dicht schließendes, steriles Kästchen. Mit etwas Glück würden sie herausfinden, wer diese Pfeife zuletzt geraucht hatte. Aber es war nicht sicher, dass sich Speichel in dem Pfeifenrohr befand oder dass die Probe eine ausreichende Menge DNA enthielt.

Ulf Holtz brachte das Kästchen höchstpersönlich ins GFFC, das Gemeinsame Forensische Forschungscenter, das auf der anderen Seite des Hofs am Rand des Häuserblocks lag, in dem sich die verschiedenen Dezernate sowie die Gerichtsmedizin, die Staatsanwaltschaft und andere Einheiten zur Verbrechensbekämpfung lagen.

Er hatte seine Beziehungen spielen lassen, um schneller an die Reihe zu kommen. Der Chef der biologischen Abteilung hatte sich erst geweigert, aber als Holtz ihm sein Anliegen dargelegt hatte, war seine Neugier geweckt worden, und er hatte ihm versprochen, sich der Sache nach Feierabend anzunehmen.

Was ein altes Skelett so alles bewirken kann, dachte Holtz, als er das ultramoderne Entree aus Stahl und Glas betrat. Die Empfangsdame bat ihn, Platz zu nehmen, bis er abgeholt würde.

Weiche, orangene Sofas standen im Foyer, und an den Wänden hing moderne Kunst. Er lehnte sich zurück und betrachtete eines der großen Ölgemälde. Es zeigte ein rundes, sandfarbenes Gebäude unter einer brennenden Sonne. Festlich gekleidete Menschen bildeten davor eine Schlange. Über der Tür las Holtz das Wort Sombra, das er nicht verstand, aber er vermutete, dass es etwas mit Stierkampf zu tun hatte. Zwei schwarze muskulöse Stiere wurden von der Seite in die Arena geführt. An den Wänden des Gebäudes hingen halb abgerissene Plakate, wie er sie selbst in den Ferien in Spanien gesehen hatte.

Holtz fühlte sich an Ulla Fredén erinnert, was ihn erst ein wenig verblüffte, bis ihm wieder einfiel, dass in ihrem Wohnzimmer das Gemälde eines Stierkämpfers gehangen hatte. Ulla Fredén hatte etwas in ihm wachgerufen, und er konnte es nicht bleiben lassen, sie sich unbekleidet vorzustellen. Gerade als er sie wieder entkleidet hatte, rief jemand seinen Namen.

In der zweiten Etage des sechsstöckigen Gebäudes des

GFFC waren die Biologen untergebracht. Das Haus war neu, und viele sahen es als Beweis für das allzu große Vertrauen an, das die Politiker in Technik und Wissenschaft bei der Verbrechensbekämpfung setzten. Das Labor verschlang enorme Summen, und Spezialisten aus aller Welt waren für utopische Gehälter angeworben worden, um, wie es hieß, das modernste forensische Forschungszentrum der Welt zu schaffen.

Ulf Holtz hatte sich nicht blenden lassen. Technik konnte Erfahrung und Menschenkenntnis nie ersetzen. Er hatte jedoch für taube Ohren gepredigt. Aber jetzt war er zumindest froh, überhaupt vorgelassen zu werden.

Der Biologe nahm das Kästchen entgegen und begab sich ans hinterste Ende des Labors. Dort nahm er das Wattestäbchen heraus, schnitt die Watte ab und ließ sie in ein wassergefülltes Reagenzglas fallen. Holtz folgte den Handgriffen mit Interesse. Seine Spannung stieg. Das Röhrchen stellte er erst auf eine Schüttelmaschine und anschließend in eine Zentrifuge. Die DNA wurde so erst aufgelöst und setzte sich dann am Boden des Reagenzglases ab.

»Sie können eine Tasse Kaffee trinken, während ich hier beschäftigt bin. Wie Sie wissen, muss die Probe eine Weile im Wärmeschrank stehen«, sagte der Chefbiologe. Aber Holtz schüttelte den Kopf. Er wollte die Probe nicht aus den Augen lassen, jetzt wo er endlich etwas gefunden hatte. Vielleicht würde er ja einen genetischen Code erhalten, der sich in ihren Registern fand.

Der Biologe murmelte etwas Unverständliches, was Holtz als ein Okay auffasste, und setzte seine Arbeit fort. Nach einer Weile wandte er sich wieder an Holtz.

»Na also. Wollen Sie, dass ich das Ergebnis mit der Datenbank abgleiche, oder machen Sie das selbst?«

»Das mache ich selbst. Nur noch eine Frage: Ist es die DNA von einem Mann oder einer Frau?«

Der Biologe warf einen Blick auf den Ausdruck und reichte ihn Holtz.

»Es ist ein Mann.«

In der Datenbank waren alle DNA-Profile gespeichert, die je in einer Ermittlung aufgetaucht waren. Es handelte sich um Hunderttausende Datensätze. Nahm man dazu noch die Datenbank von Europol, dann gab es mehrere Millionen Möglichkeiten, einen Treffer zu landen.

Ulf Holtz kehrte in die Rote Zone seiner eigenen Gefilde des forensischen Dezernats zurück und beschloss, erst einmal eine Tasse japanischen Tee zu trinken, den er in einem Spezialgeschäft gekauft hatte, an dem er vor einiger Zeit zufällig vorbeigekommen war. Die mit einem Kimono bekleidete japanische Verkäuferin hatte ihm, die Handflächen gegeneinander gelegt und mit einem fernen Lächeln, zugenickt. Holtz war über eine Stunde lang in dem Laden geblieben und hatte sich in die Geheimnisse des Tees einweihen lassen. Als er das Geschäft wieder verließ, hatte er eine Kanne, einen Wasserkocher, zwei Päckchen Tee und ein Zubehör aus Bambus erstanden, über dessen Verwendung er sich jedoch nicht ganz im Klaren war.

Der japanische Tee schmeckte himmlisch. Der Dampf des heißen, etwas süßlichen Getränks stieg ihm ins Gesicht, er trank einen weiteren Schluck und setzte sich dann an den Computer. Nie mehr Teebeutel, dachte Holtz und gab seine PIN ein, um auf die Datenbank zugreifen zu können. Er gab das Resultat der DNA-Auswertung des Pfeifenstiels ein, lehnte sich zurück und wartete ab, ob sich unter all den Millionen gespeicherten DNA-Funden ein Treffer ergab.

Und in der Tat! Nach nur wenigen Sekunden fand das Programm ein entsprechendes DNA-Profil im nationalen Register verurteilter Krimineller.

Holtz betrachtete lange die Informationen auf dem Bildschirm. Hätte er ein paar Monate länger gewartet, wären sie gelöscht worden, da das System Angaben über Täter, die zehn Jahre nach Verbüßung ihrer Strafe gesetzestreu gelebt hatten, automatisch aussortierte.

Manchmal hat man Glück, dachte er und klickte auf Drucken.

Der Geruch von alten Menschen und Kaffee löste in ihm eine Sehnsucht nach seinem japanischen Tee aus. Die Altenpflegerin, die ihn empfing, tippte einen Zahlencode ein und drückte auf den Fahrstuhlknopf.

»Ohne Codeschloss besteht die Gefahr, dass sie auf eigene Faust losmarschieren«, sagte sie entschuldigend zu Holtz, der zwischen ihr und einem Wagen mit schmutzigem Geschirr eingezwängt stand.

Er schluckte und atmete auf, als der Fahrstuhl endlich im fünften Stock anhielt. Er folgte der Altenpflegerin in einen größeren Raum, in dem alte Leute mit leeren Blicken saßen.

»Kommen Sie, wir gehen in mein Büro«, sagte sie und lotste Holtz einen langen Korridor entlang.

Die Wände des Büros hatten einen warmen Farbton, und die Besucherstühle waren bequem. Holtz war gleich etwas wohler zumute, obwohl er immer noch die unangenehmen Gerüche in der Nase hatte.

»Eine Tasse Kaffee?«

»Nein, danke. Ich habe nur ein paar Fragen. Das geht ganz

schnell«, sagte er und nahm ungebeten in dem Sessel am Fenster Platz, das einen Spalt geöffnet war.

Die Altenpflegerin nahm mit vor der Brust verschränkten Armen an ihrem Schreibtisch Platz und beugte sich vor. Holtz fühlte sich plötzlich in seine Kindheit und in das Zimmer des Rektors zurückversetzt, wo er für seine Streiche Rede und Antwort stehen musste. Er räusperte und reckte sich, um auf Augenhöhe mit der Altenpflegerin zu sitzen.

»Wenn ich richtig informiert bin, wohnt bei Ihnen ein Mann namens Stavros Karamadlis«, sagte er.

Die Frau beugte sich noch weiter vor. Sie fuhr sich mit der Zungenspitze über die Vorderseite ihrer Zähne und zog belehrend ihre Brauen zusammen. Aber noch ehe sie etwas sagen konnte, fuhr Holtz fort:

»Ich würde nur gerne kurz mit ihm sprechen. Mehr nicht«, sagte er und setzte sicherheitshalber noch ein entwaffnendes Lächeln auf.

Die Altenpflegerin fuhr sich erneut mit der Zunge über die Zähne. Holtz überlegte sich, ob sie wohl Snustabak konsumierte.

»Wie Sie wissen, bin ich für das Wohl unserer Bewohner verantwortlich. Aus Datenschutzgründen kann ich mich weigern, Ihnen überhaupt etwas zu erzählen«, sagte sie.

Holtz wollte etwas erwidern, aber jetzt kam ihm die Altenpflegerin zuvor.

»Ich will ganz ehrlich sein. Stavros wohnt seit fast zehn Jahren hier, und er hatte noch nie Besuch. Weder von Verwandten noch Freunden noch sonst jemandem. Wenn plötzlich nach so langer Zeit ein Polizist auftaucht und mit ihm sprechen will, weckt das natürlich meine Neugier. Was hat er denn ausgefressen?«

Ein Funke blitzte in ihren Augen auf, und Holtz fühlte sich an eine Katze erinnert, die gerade einer Maus einen Hieb versetzt hat und nur darauf wartete, dass diese wieder munter werden und einen Fluchtversuch unternehmen würde.

»Wenn Sie nichts dagegen haben, würde ich jetzt gerne mit ihm sprechen«, sagte Holtz.

Die Altenpflegerin schüttelte den Kopf und schwieg lange.

»Nun gut«, sagte sie dann, erhob sich und ging zur Tür.

Holtz ging davon aus, dass er ihr folgen sollte.

»Wenn Sie ein vernünftiges Wort aus ihm rausbekommen, dann sind Sie der Erste seit sehr langer Zeit«, meinte sie noch.

Der Mann saß mit dem Rücken zum Fenster auf einem Sessel und starrte auf einen Fernseher, in dem eine bunte Musiksendung lief. Er würde nie mehr etwas Vernünftiges sagen. Graue, fettige Haarsträhnen fielen ihm ins Gesicht, Spucke lief ihm aus dem Mund. Er trug die graugrüne Kleidung des Pflegeheims, ein Fleck auf der Brust deutete an, dass ihm auch das Essen Mühe bereitete.

Holtz ging vor ihm in die Hocke und versuchte seinen Blick aufzufangen. Der Mann summte vor sich hin und schaute ins Leere.

»Wie lange geht es ihm schon so?«

»Fast immer schon. Anfangs war er noch etwas lebhafter, aber im Laufe der Jahre wurde es immer schlimmer. Eigentlich müsste er zur Behandlung in ein Krankenhaus, aber... Sie wissen ja, wie das ist.«

Holtz erhob sich. Seine Gelenke knackten.

»Nein, das weiß ich nicht«, erwiderte er und sah sich in dem spartanisch möblierten Zimmer um. Ein braunes Gemälde mit einem Fuchs in einem Busch und eine blaue Vase auf einem Bord neben dem Bett waren die einzigen Gegenstände, die zur Not dekorativ genannt werden konnten. Ein Bett mit einer gelben Decke, ein niedriger Tisch, ein Besuchersessel und zwei Schränke machten die gesamte Einrichtung aus.

»Hat er irgendwelche persönlichen Habseligkeiten?«
Die Schwester deutete auf die Schränke.
»Da ist alles drin.«
»Darf ich?«
»Ja. Ich bin draußen, wenn Sie mich brauchen«, sagte die Altenpflegerin und verließ das Zimmer.

Der Schrank aus hellem Holz war bis auf einen kleineren Umzugskarton leer. Im anderen Schrank hing ein Mantel, und in den Fächern lagen Unterwäsche sowie ein paar T-Shirts. Holtz wühlte in den Kleidern und schaute in die Manteltaschen, fand außer Fusseln aber nichts. Anschließend wuchtete er den Umzugskarton runter und öffnete ihn. Ein paar alte Kriminalromane, ein Buch mit dem Titel *Der schwedische Pate*, ein Holzkästchen und ein Fotoalbum. Das war alles. In dem Kästchen lagen Schlüssel, Stifte und einige vermutlich italienische Briefmarken.

»Nicht viel für ein ganzes Leben«, sagte Holtz und griff zum Fotoalbum. Zerstreut begann er es durchzublättern. Die meisten Bilder zeigten Männer im Gefängnis. Harte Burschen mit leeren Blicken, die vor der Kamera eine starre Pose eingenommen hatten. Auf den beiden letzten Seiten des Albums war ein junger Stavros mit verschiedenen Frauen an seiner Seite zu sehen.

Der alte Mann auf dem Stuhl hustete und stieß ein unbegreifliches Geräusch aus. Holtz zuckte zusammen und drehte sich beschämt zu ihm um, weil er ihn beinahe vergessen hatte. Ein Hustenanfall schüttelte Stavros, er wurde hochrot im Gesicht und bekam kaum noch Luft. Er warf sich zurück, wobei sein Hemd aufklaffte und eine Tätowierung auf der Brust sichtbar wurde. Holtz wartete ab, bis der Hustenanfall vorüber war und der Mann wieder zu Boden starrte, dann zog er das Hemd ein Stück beiseite und betrachtete das tätowierte Peace-Symbol eingehender.

Das Brennholz knisterte und zischte. Kerstin hatte noch nie so etwas Schönes gesehen. Sie folgte einem aufstiebenden Funken mit dem Blick, bis er ins feuchte Gras fiel und erlosch. Wie ein Stern, dachte sie, und sie erschauerte trotz der Wärme von dem Feuer, die ihrem nackten Körper entgegenschlug. Jetzt konnte sie sterben. Es hatte keine Bedeutung, wenn ihr Herz jetzt stehenblieb. Kerstin drehte sich auf den Rücken und legte eine Hand auf die Stelle, an der sie ihr Herz vermutete, spürte aber nichts. Vielleicht war sie bereits tot. Aber würde sie dann frieren? Dieser Gedanke beunruhigte sie. Ewig frieren wollte sie nicht. Es knackte erneut, und eine weitere Funkenkaskade stieg auf.

Sie konnte sich nicht genau erinnern, wann er ihr die Kleider ausgezogen hatte. Alles verschwand in einem Nebel. Sein schwerer Körper auf ihrem, seine suchenden, unsanften Hände. Stavros hatte sie seine kleine Hure genannt. Er hatte gesagt, er hätte sie satt, hätte keine Verwendung mehr für sie, weil sie nichts mehr wert war.

Sie hatte stechende Bauch- und Unterleibsschmerzen. Er war ungewöhnlich brutal gewesen und in sie eingedrungen, obwohl sie trocken gewesen war. Er hatte gelacht und gejault wie ein Wolf, der den Mond anheult, dann hatte er sie an den Haaren gezogen und ihr mit der flachen Hand ins Gesicht geschlagen. Er war schnell gekommen, dann von ihr weggerollt und hatte sie einfach neben der Grube im Gras liegenlassen.

Irgendwo tief unten in Kerstins Bewusstsein war die Erinnerung an ein klappriges Boot, das schaukelte und sich im Kreis bewegte. Die Bilder waren verschwommen, schwer zu fassen. Vielleicht war das ein Vorbote des Todes. Kerstin war das egal. Ihre Hände schmerzten, als sie an die Grube und den Spaten dachte. Na mach schon, grab, Kleine, sonst kriegst du nichts, hatte er gesagt und mit der Spritze vor ihrem Gesicht herumgefuchtelt. Sie hatte eine bereits vorhandene Grube noch tiefer ausgehoben, erst unbeholfen, dann immer hektischer. Sie hatte nur ein einziges Ziel. Die Befreiung.

Kerstin sah in den Himmel hinauf, um Sterne zu finden, aber sie sah keine. Sie legte ihre Hand auf den Schmuck, den sie um den Hals trug, ein Geschenk von ihm. Der schönste Schmuck für das schönste Mädchen. Er hatte ihn ihr umgelegt und damals von Frieden und Liebe gesprochen. Sie wären im Zeichen des Friedens miteinander verbunden. Seines in Tinte, ihres in Silber.

Als sie sich eine Stunde lang mit der Grube abgemüht hatte, hatte er lachend gemeint, das genüge für ihren kleinen Körper. Sie verstand nicht, was er meinte.

Dann hatte er ihr mit der Spritze geholfen, das Band um ihren Arm festgezogen. Ohne ihn war sie nichts.

Kerstin umklammerte mit ihrer Hand das Medaillon. Das Metall war warm. Ihre Gliedmaßen waren vollkommen entspannt, und trotz der Schmerzen in den Händen, im Gesicht und im Unterleib erfüllte sie eine große Ruhe. Sie lächelte, als sie zum Feuer schaute. Dort saß er und hatte ihr den Rücken zugewandt. Sie hörte, wie er den Rauch seiner Pfeife tief inhalierte und den Atem anhielt.

Alles war still, alles würde gut werden.

Holtz warf den Papierstapel auf den Küchentisch. Es war ein langer Tag gewesen, und die Erinnerung an das Pflegeheim und den alten Mann verfolgte ihn. Er hatte alle Fenster seines Hauses geöffnet, schien aber den sauren Geruch, der sich in seiner Kleidung und seinen Haaren festgesetzt hatte, nicht loszuwerden.

Ein kleiner Gangster mit psychotischen Charakterzügen, der sich mit Drogen zugrunde gerichtet hat, hatte der Analytiker gemeint, als Holtz ihn um eine kurze Beschreibung von Stavros' Persönlichkeit gebeten hatte. Er hatte sich unentwegt mit anderen Häftlingen gestritten und oft vollkommene Rücksichtslosigkeit an den Tag gelegt. Unberechenbar war ein Wort, das immer wieder auftauchte. Außerdem war er durch seine Vorliebe für junge Mädchen aufgefallen und mehrfach wegen Zuhälterei und Entführung verurteilt worden, da er seine Opfer hin und wieder eingesperrt hatte.

Bei seiner Freilassung aufgrund seines hohen Alters und seiner Krankheiten war er in so schlechter Verfassung gewesen, dass er schlicht keine Straftaten mehr begehen konnte. Stavros war in ein Heim gekommen, und dort saß er jetzt, während sein Leben langsam verebbte.

Der Tee war zum zweiten Mal kalt geworden. Holtz trank einen kleinen Schluck und betrachtete den Papierstapel. Irgendwo auf den vergilbten, mit der Schreibmaschine getippten Seiten, fand sich die Antwort. Stavros war auf der Insel gewesen, als Jane in die Grube geraten war. So musste es gewesen sein. Die Urteilsschriften, die er sich im Stadtarchiv besorgt hatte, waren recht dünn, dafür aber zahlreich. Stavros war vor Gericht Stammkunde gewesen, und etliche der Dokumente ließen eine gewisse Resignation erkennen. Es war, als hätte das Gericht irgendwann einfach nicht mehr den Nerv gehabt, sich noch ein weiteres Mal mit dem Abschaum der Gesellschaft auseinanderzusetzen.

Aber Holtz wollte die Zusammenhänge verstehen und sich nicht einfach nur auf die knappe Analyse der Alphagruppe verlassen. Er hatte sie zweimal von vorne bis hinten gelesen. Zweimal. Dass Stavros nicht zu Sicherungsverwahrung verurteilt worden war, erschien rätselhaft. Zweifellos war er ein gemeingefährlicher Verrückter gewesen. Vielleicht hatte das ja mit dem Zeitgeist zu tun. Einen Mann, der aus kleinen Mädchen willenlose, drogensüchtige Prostituierte machte, würde man heute einfach wegsperren.

Oder nicht?

Er dachte an die Tatorte, die er unlängst besucht hatte. Dunkelhäutige, vollkommen verängstigte Frauen aus entlegenen Ländern waren dort gezwungen worden, ihre Körper zu verkaufen. Statt mit Rauschgift hatte man sie mit Voodoo gefügig gemacht, aber sonst war alles nach dem gängigen Muster abgelaufen. Junge Frauen ohne Namen und Geschichte, die kamen und wieder verschwanden, ohne dass es jemanden kümmerte. Niemand nahm Notiz von ihnen, es war, als existierten sie gar nicht.

Holtz begann den Papierstapel durchzublättern. Er suchte nach Namen in der Peripherie, Namen von Opfern und Mittätern. Frauennamen mit einer Verbindung zu Stavros. Es waren viele. Er griff zu einem weiteren Packen Papier, blätterte, unterstrich ein paar Namen. Schlug eine Akte auf und ließ seinen Blick über die Seiten schweifen.

Nein, so komme ich nicht weiter, ich brauche einen Analytiker, dachte Holtz und begann im Zimmer auf und ab zu gehen. Dann blieb er vor seinem Bonsai stehen, entfernte ein welkes Blatt und steckte es zerstreut in die Hosentasche. Der Bonsai hatte sich gut entwickelt. Mehrere kleine hellgrüne Blätter waren aus dem knorrigen Stamm gesprossen.

Stavros hatte viele Menschen ins Verderben gezogen. Hauptsächlich junge Frauen, die seinen Weg gekreuzt hatten. Er hatte sie ausgenutzt und weggeworfen. Heroin und Gewalt waren bereits Anfang der Siebzigerjahre sein Erfolgsrezept gewesen. Die Anonymität der Vororte und die nicht vorhandene soziale Kontrolle hatten für ihn einen perfekten Spielplatz abgegeben.

Holtz hob den Blick, folgte dem dicken Stamm des Bonsais und den Ästen, die sich verzweigten und immer dünner wurden. Ein Ast war abgestorben, ein anderer war an derselben Stelle nachgewachsen. Langsam schaute er zurück zum Tisch. Sein Blick fiel auf das Fotoalbum, das er aus dem Pflegeheim mitgenommen hatte. Ihm kam ein Gedanke.

Die Anonymität der Vororte. Die mangelnde soziale Kontrolle.

Die Frisuren der Häftlinge ließen darauf schließen, dass die Fotos vor zehn bis zwanzig Jahren gemacht worden waren. Er wusste, dass Stavros fast sein ganzes erwachsenes Leben in Gefängnissen zugebracht hatte. Holtz blätterte um. Diese Bilder schienen älter zu sein und waren am Rand vergilbt. Ein junger Mann, zweifellos Stavros, war zu sehen, aber auch, und zwar auf mehreren Fotos, eine junge Frau. Sie war gekleidet, wie es die Hippiemode vorschrieb, hatte langes blondes Haar und war blass und sommersprossig. Sie schien Anfang zwanzig zu sein. Holtz kam sie irgendwie bekannt vor.

Er schloss die Augen und legte den Kopf in den Nacken. Pia hatte etwas gesagt, als sie ihn in seinem dunklen Büro überrascht hatte. Er konzentrierte sich, rief sich die Begegnung wieder ins Gedächtnis und stellte sich Pia vor. Sie waren ins Labor gegangen und hatten sich Bilder aus der abgebrannten Schule angesehen. Fotos von der Überwachungskamera.

Holtz runzelte die Stirn, legte das Album beiseite und blätterte in den Gerichtsurteilen. Ein Name tauchte immer wieder auf. Er rief Pia Levin an.

»Wie heißt diese Frau aus der Schule?«

Holtz hörte sich die Antwort an und verabschiedete sich, ohne die Gegenfrage zu beantworten. Er rieb sich die Schläfen, schloss die Augen und öffnete sie wieder. Sein Blick fiel auf den Bonsai. Er betrachtete den neuen Ast, der anstelle des alten gewachsen war, und schlug die letzte Seite des Fotoalbums wieder auf.

Dann rief er Pia ein zweites Mal an und bat sie um einen Gefallen.

Der Mann mit dem scheuen, ausweichenden Blick und der vernarbten Haut hielt sich dicht an den Hauswänden, verlangsamte gelegentlich seinen Schritt, als würde er Ausschau halten, schien aber zu wissen, wohin er unterwegs war. Kies knirschte unter den Sohlen. Kerstins Mutter eilte neben ihm her und versuchte mit ihm Schritt zu halten. Er sah sie ab und zu unter dem rötlichen Haar, das ihm in die Stirn hing, von der Seite an. Sie versuchte ihn nach ihrem Ziel zu fragen. Aber er ging wortlos und zielstrebig weiter.

Kerstins Mutter war vollkommen erschöpft. Sie hatte Schmerzen im Magen, die nach oben ausstrahlten. Sie presste eine Hand auf den Bauch und hetzte weiter. Trotz der Anstrengung spürte sie, dass ihre Augen brannten und dass sie den Tränen nahe war. Was hatte sie nur angerichtet? Sie würde alles tun, um eine bessere Mutter zu sein. Guter Gott, alles, damit Kerstin zu ihr zurückkam.

Unter dem schwachen Licht einer Laterne blieb sie stehen und versuchte sich zu orientieren.

»Bitte, warten Sie«, keuchte sie.

Er blieb stehen und drehte sich um. Er wirkte verärgert.

»Kommen Sie, Sie müssen sich beeilen«, sagte er, ging weiter, blieb aber stehen, als er merkte, dass sie ihm nicht folgte.

Kerstins Mutter sank in die Hocke und rang nach Luft. Sie hatte keine Kraft mehr. Sie wollte nicht mehr. Der junge Mann näherte sich ihr. Er ist vermutlich nicht viel älter als Kerstin, dachte sie. Er blieb einige Meter von ihr entfernt zögernd stehen.

»Wo ist Kerstin?«

»Ich glaube, sie ist auf der Insel«, sagte er.

»Auf was für einer Insel?«

»Wir müssen uns beeilen«, sagte er und setzte sich wieder in Bewegung.

Kerstins Mutter erhob sich, holte tief Luft und heftete sich an seine Fersen. Sie kamen an halbfertigen Häusern, leeren Baubuden und Baukränen vorbei. Rasch überquerten sie ein Feld, auf dem ein großes Gebäude im Rohbau stand, und gelangten zu einem Wäldchen. Hier war das Wohnviertel zu Ende. Sie hatte sich bislang noch nie so weit davon entfernt. Bis hierher reichte das Licht der Häuser nicht mehr. Sie eilten auf einem Pfad weiter, der an dem Wäldchen entlangführte. Ehe sie zu der großen Straße kamen, bogen sie ab und gingen etwa einen Kilometer weit bis zum Seeufer.

»Was für eine Insel?«, wiederholte sie, als er langsamer wurde.

Der Mann betrat einen Steg, an dem ein paar Kähne lagen. Er ging von Boot zu Boot und zog an den Leinen.

»Das hier können Sie nehmen«, sagte er.

Sie sah ihn verwirrt an.

»Wie meinen Sie das?«

»Er hat sie auf die Insel mitgenommen, das macht er manchmal mit ihnen«, sagte der Mann und deutete über das Wasser. Es lag schwarz und vollkommen glatt da. In der Ferne ließ sich ein Umriss erahnen.

»Wer ist er?«

»Stavros macht sie kaputt, wie die ganzen anderen vor ihr. Beeilen Sie sich«, drängte er und gab ihr einen leichten Schubs in Richtung Boot.

Kerstins Mutter stieg geistesabwesend in den schmalen Kahn. Er machte die Leinen los, schob das Heck in seine Richtung und zog mehrmals am Starterseil des Außenborders, der nach einigen Fehlzündungen ansprang.

»Mit dem Handgriff Gas geben, das ist kein Problem. Dann sehen Sie recht bald den Feuerschein.«

»Kommen Sie nicht mit?«

Er schüttelte den Kopf.

»Nein, mich geht das jetzt nichts mehr an«, sagte er und rannte weg.

Sie ließ sich schwer auf die Ducht sinken und schlug die Hände vors Gesicht. Verängstigt, verfroren und verwirrt. Sie sah wieder das Gesicht ihrer Tochter vor sich. Die kleine, zerbrechliche Kerstin, die sie einfach sich selbst überlassen hatte. Was war sie nur für eine Mutter?

Sie streckte die Hand nach dem Griff des Außenborders aus und zog ihn zu sich heran. Das Boot wendete. Dann gab sie Gas.

Die Kaffeemaschine zischte, als die letzten Tropfen verdampften. Margareta hatte ihnen den Rücken zugewandt und schaute auf ihre Welt. In der Ferne ragten die Wahrzeichen der Stadt in den Himmel. Einige gab es schon ewig, andere waren erst in den letzten Jahren dazugekommen. Im Westen glitzerte das Wasser, und wenn man die Augen zusammenkniff, konnte man sogar die Insel erahnen. Unter ihrem Fenster lag der Platz mit der abstrakten Plastik, die abgebrannte Schule grenzte an das Wäldchen, das das Wohnviertel von der Autobahn trennte.

Sie drehte sich zu ihnen um.

»Sie sind also Pias Kollege.«

»Ja, normalerweise arbeiten wir zusammen«, erwiderte Holtz.

»Normalerweise?«

»Ja, ich ... war in letzter Zeit nicht ganz fit.«

Margareta nickte und nahm Tassen aus einem Schrank.

»Sammeln Sie die?«, fragte Pia und deutete auf dichtgedrängt stehende Porzellanpferde im obersten Schrankfach. Margareta wollte etwas sagen, schwieg dann aber und schloss die Schranktür. Der ausgeleierte Metallverschluss rastete mit einem Klicken ein. Margareta schenkte Kaffee ein, zog eine Schublade heraus und stellte Würfelzucker auf den Tisch.

Die Küche war fast klinisch sauber, aber unmodern. Ein grünlackierter Kühl- und Gefrierschrank brummte in der Ecke, und über dem einfachen Herd hing eine riesige Dunstabzugshaube, die uralt zu sein schien.

Ulf Holtz räusperte sich.

»Könnte ich anstatt Kaffee vielleicht ein Glas Wasser bekommen? Ich bin dieses Treppensteigen nicht gewöhnt.«

Margareta drehte den Kaltwasserhahn auf, ließ es eine Weile laufen und füllte ein Glas.

»Die Aufzüge funktionieren nur noch selten«, sagte sie und reichte es ihm.

Holtz trank langsam. Er fühlte sich verschwitzt und war außer Atem.

Pia Levin nippte an ihrem heißen Kaffee.

Nach einer Weile begann Holtz auf seinem Stuhl hin- und herzurutschen. Die Stuhlbeine schrammten über den Boden, und er fingerte an der Häkeldecke auf dem Küchentisch.

Margareta hatte sich wieder ans Fenster gestellt.

»Ich habe sie nie vergessen können«, flüsterte sie.

Pia Levin stand auf und trat neben sie.

»Geht es Ihnen nicht gut?«

Margareta drehte sich um und stützte sich auf die Spüle. Sie suchte nach Worten. Ihre Augen glänzten.

»Am meisten hat es mich gequält, dass ich nicht wusste, was mit ihr passiert war.«

»Mit wem?«

Ulf Holtz' Stuhl quietschte, als er sich zurücklehnte.

»Als wir zurückkamen, war sie verschwunden. Ich habe sie nie wieder gesehen. Mein ganzes Leben habe ich mich gefragt, was aus ihr geworden ist«, sagte Margareta so leise, dass sich die Beamten anstrengen mussten, ihre Worte zu verstehen.

Holtz trank einen großen Schluck Wasser und wischte sich einen Tropfen vom Kinn.

»Margareta, sprechen Sie von Kerstin?«

Sie hob den Kopf, schien aber durch ihn hindurchzusehen.

»Nein. Von dem Mädchen im Haus.«

Ulf Holtz fragte sich, ob sie den Verstand verloren hatte und Fantasie und Wirklichkeit durcheinanderbrachte. Vielleicht forderten die jüngsten Erlebnisse ihren Tribut. Ob er sie unter Druck setzen konnte?

»Und Kerstin?«

Margareta sah ihm fest in die Augen.

»Kerstin ist nicht mehr. Sie ist vor fünfzig Jahren verschwunden.«

Holtz nickte mitfühlend. Pia warf Holtz einen Blick zu, der ihr mit einem Kopfschütteln bedeutete zu schweigen. Das hier war sein Rätsel. Er wollte es lösen.

»Erzählen Sie, was aus Kerstin geworden ist«, sagte er.

»Kerstin ist nicht mehr. Sie ist nicht mehr.«

Die Stimme brach.

»Bitte, Margareta. Was meinen Sie?«, sagte Pia.

Ulf Holtz schickte seiner Kollegin einen verärgerten Blick und griff nach der Tasche, die er neben sich abgestellt hatte. Er nahm eine Mappe heraus, blätterte darin und legte ein Foto auf den Tisch.

»Erkennen Sie diese Person?«

Margareta schlug die Hand vor den Mund.

»Aber ... Wo haben Sie das her?«, fragte sie durch die Finger.

»Das ist das Foto von einem Modell, das wir auf der Grundlage eines Skeletts aus einem Grab auf der Insel angefertigt haben.«

Margaretas Blick flackerte, und sie schien entlegenen Gedanken nachzuhängen. Als sie wieder sprach, hatte ihre Stimme einen dunkleren Klang.

»Es gab keine Sterne am Himmel«, sagte sie vage.

Pia Levin nahm das Foto vom Tisch und betrachtete es. Sie schüttelte ungläubig den Kopf und legte es wieder zurück.

»Gestern habe ich einen Mann getroffen, er heißt Stavros«, sagte Holtz.

Margaretas Kiefer schlugen aufeinander.

»Er ist ein Wrack. Er konnte mir keinerlei Auskünfte erteilen«, fuhr Holtz fort.

Margaretas Miene veränderte sich. Erleichterung?

»Aber ich habe seinen Urteilsschriften interessante Dinge entnommen«, fuhr Holtz fort, ohne Margareta aus den Augen zu lassen.

»Ulf, was soll das?«, zischte Pia Levin.

Er kümmerte sich nicht um sie.

»Der Name Johansson taucht dort mehrere Male auf. Das ist ein sehr häufiger Name, also habe ich ihm zunächst weiter keine Bedeutung beigemessen.«

Er meinte, rote Flecken auf Margaretas Wangen zu entdecken.

»Ein abgebrochener Ast hat mich dann auf einen Gedanken gebracht. Ein Ast, der abgebrochen war und einem neuen Ast Platz gemacht hatte. Derselbe Ast und auch wieder nicht«, fuhr er fort.

Margareta starrte ihn mit aufgerissenen Augen an.

»Dann habe ich Nachforschungen bei der Meldebehörde angestellt.«

Er ließ die Worte in der Luft hängen. Margareta atmete schwer.

»Sie sind nicht Margareta Johansson, oder?«

Pia starrte ihn an, als sei er nicht ganz bei Trost.

»Jetzt reicht's!«

Holtz hob die Hand, um sie zum Schweigen zu bringen.

»Margareta ist Ihre Mutter. Nicht wahr, Kerstin Johansson?«

»Ich verstehe nicht, wovon Sie sprechen. Ich bin Margareta!«

Holtz nahm ein Fotoalbum aus seiner Tasche. Er legte es auf den Tisch und schlug die letzte Seite mit einem Bild von Stavros und einer jungen Frau auf. Margareta rang nach Luft und schaute dann weg.

»Margareta?«, fragte Pia.

»Das war nicht meine Schuld, nur damit Sie das wissen. Sie ist gestolpert und mit dem Kopf auf einen Stein gefallen.«

»Wer?«, fragte Pia verwirrt.

»Meine Mutter. Sie stürzte, als sie mich hochziehen wollte. Sie schrie und zog an meinen Kleidern ...«

Sie fasste an ihren Hals.

»Und?«, fragte Ulf Holtz und bedeutete Pia zu warten.

»Sie hat mir die Halskette abgerissen, die ich von Stavros bekommen hatte. Ich war gerade erst aufgewacht und lag da und fror. Dann kam sie. Stavros war außer sich. Sie prügelten sich, und sie stürzte. Ich bin mir sicher, dass sie gestürzt sein muss«, sagte Margareta angestrengt.

Holtz zog eine Kette mit einem funkelnden Schmuck aus der Tasche.

Margareta riss die Augen auf. Ihre Nasenflügel bebten. Langsam streckte sie eine zitternde Hand nach dem Schmuck aus, einem Peace-Zeichen, und ergriff ihn.

»Versuchen Sie sich an das zu erinnern, was passiert ist«, sagte Holtz.

Sie konnte ihren Blick nicht von dem Schmuck abwenden.

»Es ist alles so verschwommen. Stavros hat geschrien, da

wäre nichts zu machen, sie wäre tot, und hat mich weggeschleift. Ich erinnere mich nicht mehr so genau.«

»Die Grube. Erinnern Sie sich an die?«

Margareta runzelte die Stirn und nickte wie zu sich selbst.

»Dort gab es bereits eine Grube. Er zwang mich, sie noch tiefer zu machen. Er drohte, mich zu töten und mich in dieser Grube zurückzulassen.«

»Aber das hat er nicht getan, oder?«

»Ich weiß nur noch, dass er mich wieder runter ans Ufer geschleift hat. Da lag ein Boot. Ein kleines Boot mit Motor.«

»Und wie ist Ihre Mutter auf die Insel gekommen?«

Margareta versuchte sich zu besinnen. Sie suchte nach Bruchstücken, die sie vor vielen Jahren gedacht und dann verdrängt hatte. Pia legte ihr einen Arm um die Schultern. Margareta zitterte am ganzen Körper. Jegliche Farbe war aus ihren Wangen gewichen.

»Unten am See lagen Boote. Ich glaube, sie gehörten den Pfadfindern. Es war kein Problem, auf die Insel zu gelangen. Sie muss uns gefolgt sein.«

»Was ist dann passiert?«

»Ich weiß nicht. Alles ist so undeutlich.«

Unbewusst rieb sie sich die Armbeuge.

»Niemand hat nach mir gefragt. Niemand wollte etwas wissen. Verstehen Sie? Ich war ein vernachlässigtes Kind, und niemand hat mich vermisst.«

Pia strich ihr über die Wange.

»Es war nicht meine Idee, sondern die von Stavros.«

»Erzählen Sie.«

Margareta brach in Tränen aus.

»Wir sind erstmal abgetaucht und haben darauf gewartet, dass die Polizei kommt. Aber es ist nie einer gekommen. Es hat nie jemand nach meiner Mutter oder mir gefragt«, erzählte sie.

»Und wovon haben Sie gelebt?«

Sie senkte den Blick und starrte lange zu Boden.

»Darüber will ich nicht sprechen. Das ist ein anderer Teil meines Lebens. Ich habe das alles hinter mir gelassen«, sagte sie und wandte sich zum Fenster.

»Wir müssen das wissen.«

»Einmal in der Woche kam eine Zahlungsanweisung. Irgendeine Stütze, glaube ich. Das ging immer so weiter. Und es hat gereicht für die Miete. Nach einer Weile hatte ich mich daran gewöhnt, und die Jahre gingen ins Land.«

»Kamen Sie damit zurecht?«

»Nein. Ich ... habe für Stavros gearbeitet.«

Die beiden Beamten schwiegen und warteten darauf, dass sie von sich aus erzählen würde.

»Als Sie merkten, dass man Ihrem Geheimnis auf der Spur war, was taten Sie da?«, fragte Holtz, als sie eine Weile geschwiegen hatte.

»In der Zeitung wurde von diesen Grabungen berichtet. Zuerst habe ich das gelesen, ohne zu verstehen, worum es dabei tatsächlich ging, aber abends vor dem Einschlafen kam alles, was ich verdrängt hatte, zurück.«

»Und was haben Sie getan?«

»Erst überhaupt nichts. Aber als ich dann zufällig von der polizeilichen Ermittlung auf der Insel erfuhr und davon, dass Pia den Beamten kannte, der damit befasst war«, sagte sie und nickte Holtz zu, »da ...«

»Ja?«

»Ein so unglaublicher Zufall musste ein Zeichen sein«, meinte sie.

Holtz dachte an das Newtonpendel. Was hatte Pia gesagt? Ereignisse in früher Jugend konnten über Jahre hinweg folgenlos ruhen, um viel später im Leben wieder an die Oberfläche zu drängen.

Margareta wirkte verbissen.

»Das ist jetzt alles passé. Ich habe mich aus einem schwarzen, chaotischen und in jeder Beziehung erniedrigenden Loch befreit, und es ist mir gelungen, Dunkelheit in Licht zu verwandeln. Mehr habe ich nicht zu sagen.«

»Und Stavros?«

»Wir waren ein paar Jahre zusammen. Dann ist er von der Bildfläche verschwunden. Ich weiß nicht wohin.«

Ulf Holtz erhob sich, ging zur Spüle und füllte sein Glas mit Wasser. Ihm war zu warm, und er hatte irgendwie Atemnot. Er verspürte einen Druck auf der Brust, stellte sich ans Fenster und schaute nach draußen, um sich zu sammeln, während er trank. Das Viertel war kleiner, als er es sich vorgestellt hatte. War es wirklich möglich, dass die junge Kerstin Johansson die Identität ihrer Mutter angenommen und als diese weitergelebt hatte? Eigentlich erstaunte ihn das nicht weiter. Kerstin war im Übergang vom Alten zum Neuen verschwunden. Die Menschen waren in einem steten Strom aus der Stadt in die neuen Vororte gezogen und hatten sich dort mit dem Strom der Gastarbeiter vermischt. Niemand wusste so genau, wer kam und wer ging. Vermutlich war es nicht unmöglich gewesen, die Identität zu tauschen, auch nicht mit der eigenen Mutter.

Er drehte sich zu Margareta um. Sie saß kerzengerade da, die Hände gefaltet, und sah ihn an.

»Was geschieht jetzt?«, sagte sie.

»Nichts. Eigentlich. Was in der Nacht vor fünfzig Jahren

geschah, ist verjährt. Aber eines sollten Sie wissen«, antwortete er.

»Und das wäre?«

»Der Schädel, den wir in dem Grab gefunden haben, weist Schäden auf. Und zwar keine, die ...«

Margareta sah ihn fragend an.

»Was wollen Sie damit sagen?«, rief sie dann.

Pia bedachte Holtz mit einem derart wütenden Blick, dass dieser seine Bemerkung sofort bereute.

Margareta bewegte tonlos die Lippen. Holtz konnte ihr förmlich ansehen, wie sich ihre Gedanken ordneten und ihre Erinnerungen klarer wurden. Sie riss die Augen auf, als sie begriff, was wirklich geschehen war.

»Mama hat noch gelebt«, flüsterte sie.

Es bestand kein Zweifel daran, dass das Auto Morteza Ghadjar gehörte. Die Ermittler hatten, wie sie es ausdrückten, die Nadel im Heuhaufen gefunden. Wie lange es dort gestanden hatte, wusste niemand von der Parkplatzaufsicht, aber da der exklusive Geländewagen noch relativ sauber war, glaubte Holtz, dass es sich um höchstens einen Monat handeln konnte. Das Auto war die einzige Spur, die er von Nahids Vater hatte.

Er ging um den Wagen herum und strich mit der Hand über den Lack. Braunes Laub raschelte bei jedem Schritt. Er konnte den Tower des Flugplatzes sehen. Wolken fegten über den Himmel, wurden größer und dunkler. Ein Flugzeug donnerte in einigen Hundert Metern Entfernung über das Rollfeld, kippte nach hinten, kämpfte sich von der Startbahn hoch und verschwand wenig später zwischen den Wolken.

Für Holtz war es eine triste und stille Zeit. Linda war nach Guatemala gereist. Er hatte versucht, sie zum Bleiben zu bewegen. Andor und er hatten sie zum Flughafen begleitet und ihr hinterhergesehen, als sie mit energischen Schritten durch die Sicherheitskontrolle verschwunden war. Holtz glaubte immer noch, die Wärme ihrer Umarmung zu spüren. Er hatte das seltsame Gefühl, Linda sowohl zurückgewonnen als auch verloren zu haben. Ohne das Skelett hätte er nie diese Gelegenheit gehabt, sie wirklich kennenzulernen. Oder zumindest wirklicher als früher. Sie hatte versprochen, bald wieder nach Hause zu kommen, was Andors Trauer kaum geschmälert hatte, denn er hatte beim Abschied wie ein begossener Pudel ausgesehen.

Holtz ließ die Finger über die Motorhaube gleiten, während er darüber nachdachte, wie er sein Leben nun gestalten sollte. C. hatte erklärt, er könne sich Zeit lassen, sei aber jederzeit willkommen. Er dachte an Margareta oder Kerstin, wie sie ja eigentlich hieß. Schließlich hatten sie ihr das Meiste entlockt. Die Psychologen und Verhaltensforscher der Alphagruppe hatten ein umfassendes Gutachten angefertigt und waren zu dem Schluss gekommen, dass ihre Geschichte zwar etliche Widersprüche und Lücken enthielt, im Großen und Ganzen jedoch zu stimmen schien. Sie war in der Wohnung geblieben, die sie mit ihrer Mutter geteilt hatte, und hatte so allmählich aus eigener Kraft in ein geregeltes Leben zurückgefunden. Nach diversen Gelegenheitsjobs hatte sie Arbeit in der Schulbibliothek gefunden und war dort geblieben. Die Schule hatte offenbar eine große Anziehung auf sie ausgeübt.

Holtz hatte Pia und Margareta zur Beisetzung des Skeletts in die Kirche begleitet. Bei der Andacht waren nur sie und der Geistliche zugegen gewesen. Ohne erkennbare Gefühlsregung hatte Margareta mit leerem Blick dagestanden und sich die unpersönlichen Worte des Geistlichen angehört. Vor dem Kirchenportal hatten sie sich voneinander verabschiedet, und Holtz hatte Margareta mit gemischten Gefühlen durch die Pforte und um eine Ecke verschwinden sehen.

Was wirklich alles auf der Insel geschehen war, hatten die Psychologen nie ganz in Erfahrung gebracht. Vielleicht hatte Stavros ihre Mutter in die Grube gestoßen, als sie bereits tot oder nur bewusstlos gewesen war, und dann mit Erde bedeckt. Sie würden es nie genau wissen. Die Alphagruppe hatte herauszufinden versucht, wer die Teenagerin war, von der Margareta gesprochen hatte, aber ohne Erfolg. Sie konnten nicht einmal mit Sicherheit sagen, ob es das Mädchen wirklich gegeben hatte. Vielleicht war sie nur ein Spiegelbild der jungen Kerstin, die so ihre eigene Erniedrigung abstrahiert hatte.

Holtz hatte überlegt, ob es Anita Swedberg gewesen sein konnte, dann aber eingesehen, dass er auf diese Frage nie eine eindeutige Antwort erhalten würde. Das Schicksal des anderen Mädchens, Gunilla Pirinen, das zufälligerweise in Margaretas Viertel gewohnt hatte und einige Jahre später als vermisst gemeldet worden war, blieb ungeklärt.

Das Handy klingelte. Holtz ließ es klingeln, bis es wieder verstummte. Er hatte keine Lust, sich mit jemandem zu unterhalten. Doch es klingelte erneut. Verärgert schüttelte er seine Melancholie ab und zog es aus der Tasche. Es dauerte einige Sekunden, bis er registrierte, dass der Anruf aus dem Iran kam. Seine Hände begannen so unkontrolliert zu zittern, dass er kaum in der Lage war, die grüne Taste zu drücken.

»Hallo«, sagte er und lauschte dann der Frauenstimme am anderen Ende. Englisch mit Akzent. Sie stellte sich als eine gute Freundin von Morteza Ghadjar vor, wollte ihren Namen jedoch nicht nennen. Sie erzählte, sie sei von Mr. Ghadjar beauftragt worden, Nachforschungen über seine Tochter anzustellen.

»Nachforschungen? Und wo ist Morteza?«, fragte Holtz schließlich. Er musste sich an dem schwarzen Geländewagen festhalten.

Sie erzählte ihm, was sie wusste.

»Er ist festgenommen worden, und Sie wissen also nicht, wo er sich befindet?«

Trotz des kalten Windes begann Holtz zu schwitzen.

Die Frau erläuterte ihm mit sachlicher Stimme, worin ihr Auftrag bestand sowie dass sie mit Hilfe eines Vermögens an

Bestechungsgeldern glaubwürdige Informationen über die erhängten Frauen erhalten hatte. Die Frauen waren noch am Tag ihrer Hinrichtung begraben worden. Ihr war es jedoch gelungen, Fotos zu kaufen, die die Sicherheitspolizei angefertigt hatte, ehe die Frauen in anonymen Gräbern für Landesverräter verscharrt worden waren.

Ulf Holtz wollte nichts mehr hören. Das Bild seiner geliebten Nahid in schwarzen Kleidern mit einer Schlinge um den Hals stand ihm klar und unbarmherzig vor Augen. Blaue Lippen in einem aschfahlen Gesicht. Er hörte zu, verlor aber den Faden und begriff zunächst nicht, was die Frau sagte.

»Was haben Sie gesagt? Es war gar nicht Nahid?«